BASS ROCK

Tu as eu le marque - page en premier.
Voici le livre pour l'utiliser.
Une saga de femmes, en Ecosse.
Je ne sais pas ce que vaut cette auteure
mais c'est plus pour le symbole que
pour le récit.
Gros bisous à mon petit c. d'abricot.

Maman

_____

et le Père qui
te fait aussi des
bisous.

DU MÊME AUTEUR

APRÈS LE FEU, UN MURMURE DOUX ET LÉGER, Actes Sud, 2013.
TOUS LES OISEAUX DU CIEL, Actes Sud, 2014 ; Babel n° 1796.

Ouvrage traduit avec le soutien du gouvernement australien
par l'intermédiaire de l'Australia Council for the Arts,
service de financement et conseil consultatif pour la promotion artistique.

Titre original :
The Bass Rock
Éditeur original :
Jonathan Cape, Londres
© Evie Wyld, 2020

© ACTES SUD, 2022
pour la traduction française
ISBN 978-2-330-16128-6

EVIE WYLD

Bass Rock

roman traduit de l'anglais
par Mireille Vignol

ACTES SUD

pour les Wyld

J'avais six ans. Ma mère et moi, juste nous deux, promenions Booey sur la plage où papa et elle avaient grandi : un mélange de rochers noirs et de pâle sable froid. Il faisait toujours froid – même en été nous portions des pulls de laine et avions la goutte au nez, irrité à force d'être essuyé sur nos manches. Mais en ce jour de novembre, le vent poussait la chienne à marcher près de nous, les oreilles aplaties, les yeux plissés. Une pellicule de sable ripait en prenant des allures de drap géant gonflé par la bourrasque.

Nous cherchions des porcelaines parmi les débris de la marée. J'en tenais deux, imprimées dans le creux de ma main, blanches comme la gorge d'un goéland argenté. Ma mère, qui avait l'œil, en avait déjà trouvé six. Je sentais la victoire m'échapper.

Dans une mare résiduelle reposait une valise noire, pleine à craquer. La fermeture éclair était rompue et, là où ses dents ne se rejoignaient plus, je vis deux doigts aux ongles rouges et une articulation grise à la place d'un troisième. Le moignon ressemblait au jambon en plâtre miniature de ma maison de poupée. L'eau de mer avait absorbé les couleurs, ne laissant qu'un gris dur et le blanc de l'os. C'était sans doute cet os qui évoquait aussi fortement le jambon minuscule. Je chassai quelque chose de mon visage et, dérangées par ce mouvement, des mouches s'échappèrent de la valise en une nuée lourde et épaisse.

Derrière moi, ma mère : "Encore une ! J'en ai trouvé une autre !", puis l'odeur, comme celle d'un chat crevé dans la cheminée en été, une odeur si large et grande qu'il était impossible de voir au-dessus ou autour d'elle.

Ma mère s'approcha derrière moi. "Qu'est-ce que…"

Je fixai les doigts en essayant de leur trouver un sens, tandis qu'elle me tirait par le bras. "Éloigne-toi, éloigne-toi, disait-elle en crachant encore et encore dans le sable. Ne regarde pas, éloigne-toi." Mais plus je regardais, plus je voyais et, entre les doigts blancs, apparut un œil qui semblait soutenir mon regard, qui semblait me connaître, qui posait une question et qui donnait une réponse. Dans mon souvenir, qui est un souvenir d'enfance, peu fiable, l'œil cligne.

L'ÎLOT DE LAMB

I

Le petit supermarché de Musselburgh ferme à dix heures du soir et le personnel prend un air offusqué lorsque j'y entre à neuf heures trente-cinq. J'imagine à quoi je dois ressembler après huit heures de route. Je me suis débarbouillée dans une station-service près de Durham et mes cheveux ont séché bizarrement. Mon apparence négligée suffit à me faire cataloguer comme voleuse à l'étalage.

Je me suis garée vers l'arrière du magasin, à côté du distributeur automatique, pour ne pas oublier de retirer du liquide avant de partir, car les boutiques plus proches de la maison ont tendance à refuser les cartes de crédit.

Je reste longtemps devant les aromates. Il y a du gingembre et des piments frais, je me demande comment je pourrais les utiliser. J'opte finalement pour du thym citronné. Je ferai peut-être un poulet rôti demain. Ou quelques cuisses. Je ne sais pas cuisiner – j'aime les cuisses parce qu'elles ne se dessèchent pas trop quand je les oublie.

Je force toujours la dose en ce qui concerne les fruits, mais il est difficile de ne pas s'enthousiasmer. Ils ont des prunes du Kenya de couleurs différentes – jaunes, orange, violettes et noires – ; j'en place une barquette de chacune dans mon caddie. Ça fait trente prunes à manger en une semaine, soit un petit peu plus de quatre par jour, ce qui semble réalisable. Deux le matin, deux le soir. Si j'étais le genre de personne capable de faire des conserves, j'en préparerais un bocal de chaque variété, juste pour le plaisir de les regarder. Mais elles développeraient un filet de moisissure, comme la fois où j'ai fait de l'huile d'olive aux piments et que la bouteille a noirci. Un ingrédient fondamental du processus de préservation m'échappe. Je soupçonne qu'il s'agit de la propreté. Je continue mes courses et bien que j'essaie de penser à quelque chose de nouveau et d'intéressant à cuisiner, quand j'arrive devant le rayon des surgelés, j'ai des spaghettis, des tomates en boîte et des palourdes en boîte. Des œufs que je ne mangerai jamais, un pain complet tranché et les herbes aromatiques. Rien qui me fasse envie ce soir. Mais au moins, ce choix de nourriture dégage une impression de sérieux. Je suis en déplacement professionnel. Le genre de femme qui travaille pour rendre service à sa famille, pas le contraire. Je ne suis plus la personne qui, en juin dernier, n'a pas réussi un seul jour à sortir du lit avant midi. Qui a arrêté d'aller au travail, de voir ses amis et de répondre au téléphone. Qui a dû se faire conduire à l'hôpital par sa sœur quand sa respiration refusait de fonctionner, quand elle pouvait seulement émettre un long râle. Je ne suis plus celle qui a passé une semaine dans une chambre sans objet tranchant, avec cet avertissement affiché sur la porte : *Absolument aucun couvert (même les cuillères !)*.

Dans les haut-parleurs, on annonce que le magasin ferme dans cinq minutes et j'ai l'impression que le message s'adresse particulièrement à moi.

Il y a une femme dans le rayon des surgelés, que je traverse seulement parce qu'il se trouve en fin de parcours. Elle n'a ni caddie ni même un panier ; elle regarde les glaces. Elle en choisit des chères, menthe-chocolat, une boîte de quatre illustrée d'une bouche féminine, énorme et vulgaire, qui croque le chocolat.

Elle a une cigarette à la bouche, prête à être allumée, une épaisse chevelure bouclée qu'elle a crêpée et laquée, et du rouge à lèvres rose. Elle me sourit et dit : "Une glace pour finir la soirée ?" Je me sens si troublée que je rougis, puis ris trop fort et me contente de répondre : "Des prunes." Elle sourit de nouveau, se détourne et s'en va. Je vais m'entendre dire *des prunes* toute la nuit.

Au fond de l'allée des surgelés se dresse un présentoir de glaces à l'orange Jubbly de Mr Freeze. Quand nous étions enfants, papa, dans ses meilleurs jours, lorsqu'il ne désirait rien d'autre que nous faire rire, Katherine et moi, chantait la réclame qui passait à la télé dans sa jeunesse : *"Lovely jubbly, lovely jubbly orange drink.*" Il est difficile de déterminer pourquoi elle déclenchait chez nous une telle hilarité, c'était sans doute dû à son désir de nous amuser, plus qu'à la chanson elle-même. Il n'empêche que je me retrouve figée sur place car, comme je le découvre chaque jour au détour d'une multitude de détails, je suis confrontée à la réalité de ne plus jamais entendre sa voix interpréter cette chanson. J'ai oublié ces putains de cuisses de poulet et m'empresse de retourner vers les viandes, mais les bons morceaux sont tous partis ; ne restent que les animaux au goût de poisson qui ont vécu dans des conditions ignobles. Je dépose une boîte de sardines dans mon caddie, replace le thym sur les rayons. Du gruyère en tranches, une tablette de chocolat et un peu de céleri, pour sauver les apparences.

Une seule caisse est restée ouverte, nous sommes quelques-uns à faire la queue en essayant de prétendre que ces courses tardives sont exceptionnelles. Je feuillette un magazine et tombe sur la photo d'un homme taciturne, le pouce sur la lèvre supérieure pour mettre en valeur ses boutons de manchette ou sa montre. Il plisse le front d'une manière qui se veut sexy. En face de lui, une fille-allumette blafarde, raie au milieu, lèvres rouges en forme de cœur : marionnette au repos. Ses yeux tristes se perdent dans le lointain. Elle est là pour être regardée par l'homme aux boutons de manchette et au front plissé ; elle n'est pas là pour le regarder, lui.

La voix de ma mère dans ma tête : "Pourquoi toutes ces femmes essaient de ressembler à des cerfs éblouis par des phares ? Pourquoi tous ces hommes veulent se donner l'air de rire trop fort en public ?"

Je suis contente que le temps où je me souciais de la réaction ou du manque de réaction des autres vis-à-vis de mon corps et de mon visage soit révolu. Dans un sens, je suis plus vieille que ma mère car, à mon âge, elle au moins était engagée dans sa vie – elle avait un mari, des enfants, puis elle en a perdu une partie et vit maintenant comme elle semble y avoir toujours été destinée : seule, avec son travail. Voilà neuf mois qu'elle travaille sur les champignons vénéneux de France. Dans mon appartement, le seul tableau encadré est celui qu'elle m'a offert pour ma crémaillère il y a trois ans et qui dépeint une amanite tue-mouche et un scarabée vagabondant à côté pour donner une idée de l'échelle. Il est posé contre le mur de ma chambre, pas encore accroché. Une araignée se niche probablement derrière. Ma mère a conçu sa solitude comme un nouveau départ. Elle tient une maison propre. Elle mange ce qu'elle veut, quand elle veut : rien de toute une journée puis un crabe à l'anglaise à onze heures du soir, ou un bol de petits pois surgelés, crus, qu'elle grignote comme des cacahuètes au petit-déjeuner. J'admire le célibat qu'elle a adopté depuis le décès de papa. Je crois que je pourrais y aspirer, mais sans avoir à passer par la case veuvage.

Même si je dois reconnaître qu'il serait parfois agréable de baiser et de se faire baiser.

Il m'arrive de regarder des hommes et femmes célibataires sur internet. Je les choisis toujours plus âgés que moi – non pas que je cherche quelqu'un de mûr ou d'expérimenté, mais parce que les jeunes mettent des filtres sur leur profil pour écarter les vieux, catégorie à laquelle j'appartiens soudain, maintenant que j'approche la quarantaine.

J'ai eu quelques *matchs* : Steven de Harringay, cinquante-six ans ; Philip de Clapton, quarante-neuf ans ; Isabella de Hampstead, soixante-deux ans. Et s'ils n'ont pas de filtres, comme Marco de Tooting, trente-six ans, c'est peut-être parce qu'ils ont un fétiche quelconque. La mémoire de mon téléphone était presque saturée, alors j'ai supprimé l'application, et je l'ai fait devant les yeux de ma sœur pour qu'elle puisse rejeter la tête en arrière en poussant des caquètements exaspérés.

La caissière me dit "bonsoir", comme si elle me bouclait au commissariat de police.

Je reviens vers ma voiture avec mon petit sac de courses quand, juste devant les portes coulissantes, je remarque la femme aux glaces. Elle en mange une en tapotant sur la boîte avec les longs ongles de sa main libre. Il n'y a que ma voiture sur le parking. Elle doit attendre que quelqu'un vienne la chercher. Je m'efforce d'éviter son regard. "Salut !" crie-t-elle. Je souris, mais sans la regarder – va-t-elle essayer d'engager une nouvelle conversation ? Devrais-je expliquer cette histoire de prunes ?

"Salut ! redit-elle. Ça fait plaisir de te voir, ma caille ! Comment ça va ?" Elle a l'air de penser que nous nous connaissons.

Peut-être veut-elle de l'argent. Je me sens soudain très seule sur le parking – l'agent de sécurité a commencé à baisser les rideaux métalliques, je me tourne vers lui, mais il ne me voit pas.

"Euh, excusez-moi, mais je ne suis pas sûre qu'on se connaisse", dis-je en m'empressant de rejoindre ma voiture. Je ne retirerai pas d'argent ce soir.

"Non, souffle-t-elle en trottant pour me rattraper, mais fais semblant que si, y a un mec caché derrière ta caisse." Je m'arrête et elle me rentre dedans. Je ne vois personne près de ma voiture ; il faut dire qu'avec les lumières vives des distributeurs, les alentours sont plongés dans l'obscurité.

"Je t'ai acheté une glace", poursuit-elle en haussant le ton. Elle me tend le carton. J'en prends une machinalement.

"Qu'est-ce qu'on fait ? On devrait avertir le gardien." Pendant que je murmure ça, l'éclairage s'éteint à l'entrée du magasin.

Je ne vois toujours personne et j'ai soudain un mauvais pressentiment. Qui va faire ses courses aussi tardivement, sans voiture, juste pour acheter des glaces au chocolat ? Ce n'est pas un comportement normal. Monte en voiture, je pense, débarrasse-toi de cette femme et rends-lui cette glace qui complique considérablement la situation, au niveau physique et mental. J'appuie sur le bouton qui ouvre automatiquement le coffre et la femme dit : "Ça fait une éternité ! Je t'ai pas vue depuis l'école – qu'est-ce tu deviens ?"

Confuse, j'ouvre la bouche et, tandis que je cherche désespérément une réponse tout en sachant que ça n'a aucune importance, que nous ne sommes pas allées à l'école ensemble, une silhouette émerge de l'obscurité du côté passager de ma voiture et tout ce que je distingue, c'est qu'il a une main dans la poche de sa veste, qu'il porte des vêtements foncés et qu'il s'éloigne de nous rapidement, sans courir. Je le regarde partir avec le cœur qui bat au fond de ma gorge. J'ai le sentiment atroce d'être sur le point de pleurer.

"Pervers de mes deux, dit-elle en déballant une autre glace.

— On devrait pas le signaler ?

— Signaler quoi ? Qu'il y a un type louche ? Y a des types louches à chaque coin de rue, ma caille, crois-moi.

— Euh, écoute, merci beaucoup. Je suis désolée, j'avais pas compris ce qui se passait.

— C'est rien, t'inquiète.

— Tiens, je te rends la glace, lui dis-je.

— Ah non, tu la gardes, ma caille – j'en ai encore deux." Elle croque bruyamment dans le chocolat de la nouvelle. "Bon, fais gaffe à toi, lance-t-elle en se tournant pour emprunter le raccourci qui rejoint la route principale.

— Attends. Et s'il revient ? Je peux pas te déposer quelque part ?" Ça ne me ressemble pas, surtout seule et dans le noir, d'offrir de ramener chez elle une parfaite inconnue, mais ça m'a échappé, il est trop tard.

La femme se retourne, me sourit.

"Tu sais quoi ? Ça serait super."

Une fois dans la voiture, je m'interroge. Qu'est-ce que je fabrique ?

"Ça te dérange pas ? demande-t-elle en montrant sa glace.

— Pas du tout."

Nous sortons du parking et suivons la route qui gravit la colline. "J'ai toujours une grosse envie de glace quand je suis stone, tu sais."

Elle m'indique le chemin et me dit d'où elle vient, ce que j'oublie aussitôt.

"C'est une ville plutôt merdique, mais remarque, je viens d'un quartier plutôt merdique", explique-t-elle.

J'acquiesce. Pas une seule question ne me vient à l'esprit. Il n'y a plus d'éclairage public sur la route qui rejoint le littoral et je n'ai pas roulé en pleins phares depuis des années. Je m'attends à voir quelque chose passer furtivement, des yeux rouges éclairés par mes feux. Elle ne semble absolument pas perturbée par l'incident du parking. J'éprouve une nostalgie de gamine de onze ans.

"Qu'est-ce que tu fais ? me demande-t-elle.

— Des trucs en freelance." J'essaie de prétendre que vider la maison de ma grand-tante et de ma grand-mère est un vrai boulot. "Des trucs à archiver, principalement. Je viens juste les week-ends, je suis sur un nouveau projet, là."

Je me racle longuement la gorge.

"Cool ! Des œuvres d'art ?

— Oui. D'autres trucs, aussi."

J'ai dit *trucs* beaucoup trop de fois.

"C'est cool, ça. Moi, j'aime bien les arts." Un long, très long silence s'ensuit. "Comment t'as mis le pied là-dedans ?

— J'ai fait une licence d'histoire de l'art." C'est presque vrai, j'ai fait la première année en tout cas, mais il y a tellement long-temps que l'influence de mes études sur la direction qu'a prise ma vie est pour le moins douteuse. "Ma mère est peintre bota-niste, alors c'est de famille." Sauf que ça ne l'est pas vraiment. Je suis à deux doigts de lui confier, pour essayer de faire avan-cer les choses, que mon père vient de mourir, comme si c'était arrivé ce matin ; en fait c'est incroyable que je reste bloquée là-dessus, plus personne ne peut l'accepter maintenant que deux années se sont écoulées. Ils ne disent peut-être pas qu'*il est temps de tourner la page*, mais ils le pensent, ça se voit sur leur visage.

"Genre, des plantes et tout ça ?

— Oui. Enfin, des champignons.

— Ah d'accord", dit-elle.

Puis le silence revient.

Je m'aperçois, trop tard, que je devrais lui demander ce qu'elle fait ; le silence a clos le sujet. Une pluie légère se met à tomber.

"Je m'appelle Maggie. Diminutif de rien. Juste Maggie.

— Viv. Pour Viviane.

— J'ai jamais rencontré de Viviane avant", me dit-elle comme si ça la surprenait réellement. J'éprouve le besoin de développer.

"Ma mère aimait le prénom parce qu'il lui faisait penser à *vivacité*.

— Ah ! Ma mère disait que Maggie lui faisait penser à un pous-sin, une petite boule de duvet."

Je suis acculée, je n'ai rien à dire. Si seulement je pouvais arrê-ter de mentionner ma mère.

Sur la route côtière, elle me demande d'arrêter la voiture près du terrain de golf.

"Je finirai à pied. Belle balade sous les étoiles.

— T'es sûre ?"

Elle me tend une main que je serre comme si nous venions de conclure un marché quelconque.

"À plus, ma caille."

Il n'y a aucune autre voiture sur la route et je la regarde descendre vers la plage d'un pas libre et décontracté, comme si elle marchait en musique. Quelque part dans le noir j'entends les vagues déferler contre l'îlot Bass Rock, même si je ne peux pas le voir.

II

Chez le boucher, Ruth acheta du bœuf à braiser. Elle comptait faire une tourte. Toute la journée, elle avait eu dans les narines l'odeur du *meat pudding* que Betty leur avait laissé – un mets fort apprécié en Écosse, semblait-il, et qui était insidieusement apparu quatre fois sur la table depuis leur arrivée, cinq semaines auparavant. De quoi lui saper le moral, à l'instar du hachis parmentier de poisson de son enfance. La pensée du plat baignant dans le cuiseur vapeur lui retourna l'estomac. Elle allait préparer une tourte de bœuf toute simple, avec des pommes de terre et des haricots verts. Une des rares recettes qu'elle conservait dans les dernières pages de son agenda. Peut-être ferait-elle aussi une génoise, le *Victoria sponge*, pour les garçons. Restait à savoir s'ils apprécieraient le geste ou s'ils auraient l'impression qu'elle cherchait à les soudoyer.

Elle finit par conclure qu'il était possible de trop penser à ce genre de choses.

La journée devait son éclat aux vestiges d'un été indien. Il faisait trop froid pour ne pas se couvrir la tête, mais le soleil lui cuisait le dos au point qu'elle se sentit un peu moite après avoir arpenté la rue principale. Elle s'arrêta quelques instants sur l'escalier en béton de la piscine découverte et regarda les membres blancs des nageurs qui luisaient sous l'eau. Une femme progressait si lentement qu'elle paraissait presque statique. Son bonnet à fleurs disparut sous l'eau et sa tête émergea en vaporisant une haleine humide. D'autres baigneurs, plus attachés au mouvement, nageaient autour d'elle. Elle aime être en apesanteur, songea Ruth. Elle se moque d'aller de l'avant. Sur la plus haute marche, un bébé mouette voûté observait lui aussi les nageurs. Il cria et piétina en signe de dégoût. Ruth le regarda. "Ils font ça pour s'amuser", lui expliqua-t-elle. Il inclina la tête pour lui faire profiter de son œil de marbre noir.

Une lettre d'Alice l'attendait à la poste. Ruth acheta une carte postale de la piscine et du Pavillon, avec en arrière-fond la présence hostile du versant escarpé du Law, le pic volcanique. Lorsqu'elle l'avait vu pour la première fois, son inclinaison abrupte lui avait semblé contre nature, et l'arche en os de baleine se dressant au sommet lui était apparue comme le symbole d'une forme abjecte de paganisme. Maintenant qu'elle s'y était accoutumée, ses pensées s'orientaient davantage vers les gens qui avaient porté les os à la cime et, en fin de compte, au sentiment de triomphe qu'ils avaient dû éprouver chaque jour en les voyant étinceler au soleil. Sur la carte postale, le Law englouti par le noir et blanc était malheureusement peu mis en valeur, l'arche formée par les os était à peine discernable ; en dépit de cela, elle aimait l'idée de pouvoir marquer d'une croix l'emplacement de sa fenêtre tandis qu'elle écrivait. On la reconnaissait désormais au Pavillon ; la serveuse la salua d'un hochement de tête et l'escorta à une table avec vue sur la piscine. Elle chercha des yeux la femme flottante, mais elle était partie, à moins qu'elle n'eût coulé, peut-être. Ruth percevait ici et là les regards insistants de dames qui s'interrogeaient à son sujet. Le jour ne tarderait pas, elle le savait, où elle devrait se faire quelques alliées au risque, sinon, de sembler distante. N'empêche qu'elle avait toujours eu besoin de temps pour nouer des liens et elle accordait plus d'importance à son amitié avec Betty, la domestique, d'autant plus que Peter s'était déjà plaint des dizaines de fois de sa cuisine, un problème qui devrait être abordé avec tact.

Le papier à lettres d'Alice était raffiné et personnalisé : motif de saule sur la doublure de l'enveloppe, papier vélin blanc avec un filigrane orné. Ses missives étaient autant de petits colis à déballer, à conserver et à regarder pendant des années. Subrepticement, après avoir commandé – du thé dans une théière en argent et un sablé écossais –, elle renifla l'enveloppe. Peut-être y sentit-elle la ruineuse crème pour les mains d'Alice, mais il était aussi possible que cette dernière eût parfumé la lettre avec son atomiseur corail et laiton. Ruth l'imagina à son bureau, vêtue d'une robe d'intérieur de tulle et chaussée de talons hauts. Le contenu, toutefois, n'était pas à la hauteur de l'emballage.

Puss chérie,

Quelle malchance, notre bon vieux Ludwig est mort, probablement de la mort-aux-rats, même si bien sûr il était vieux comme Mathusalem, la pauvre bête, et presque complètement aveugle la dernière fois que je l'ai vu. J'ai parlé à père ce week-end, qui est boule-versé. Ils ne voulaient pas te déranger en t'apprenant la nouvelle, mère estime qu'à l'heure actuelle, tu es déjà "suffisamment confrontée à la mort dans ton mariage", ce qui me fait lever les yeux au ciel. Je savais que tu aimerais être au courant.

Père veut une stèle, mais ils sont en profond désaccord sur le nom à graver dans la pierre — mère est en faveur d'Albert, père trépigne, hurle que la guerre est terminée et qu'il veut enterrer son ami sous son vrai nom. Mère craint un acte de vandalisme, même si je ne suis pas sûre que ce soit une pratique très courante à Much Hadham. Il va sans dire qu'Antony aurait enlevé le corps et lui aurait donné une sépulture en mer.

En tout cas, Puss, je suis vraiment navrée d'être porteuse d'une si triste nouvelle, j'espère que tout va bien pour toi à tous égards.

Mark et moi célébrerons ce week-end notre cinquième anniversaire de mariage — n'est-ce pas tout simplement inimaginable ? Tu vas me manquer, bois une "tite goutte de scotch" à notre santé.

Londres est un enfer.

Je t'embrasse,

Alice

Ruth replia la lettre et la rangea soigneusement dans son enveloppe. Elle la lissa sur la nappe de lin blanc et l'aplatit sous la salière. Par la fenêtre, elle regarda au-delà de la piscine et du port où, dans l'eau sombre, elle repéra de nouveau le bonnet à fleurs, flottant au large cette fois-ci. À moins qu'il se fût simplement agi d'une balise rosie par le soleil. Par temps clair comme ce jour-ci, l'îlot Bass Rock semblait assez proche pour qu'on le contournât à la nage, mais elle avait été admonestée sans humour par plus d'un habitant local pour l'avoir proclamé en public. Elle but son thé sans lait et glissa le biscuit dans sa poche pour s'épargner une réputation de panier percé. Elle régla l'addition augmentée d'un pourboire qui l'excusait de partir sans adieu ni merci et noua son foulard rouge autour de ses cheveux en marchant, les nuages menaçant de bruiner. Elle ne put se résoudre à remettre son manteau. Le doux persiflage des bateaux du port et de leurs voiles contre les mâts s'était amplifié – le vent se levait. Les cris des mouettes étaient incessants.

En rentrant chez elle, elle s'arrêta à la piste cavalière qui bifurquait vers la plage, entre les arbres. Il faisait sombre sous leur feuillage et le vent n'y pénétrait pas. Une pique lumineuse – une colombe – se posa sur la plus haute branche d'un sapin et l'arbre entier oscilla comme si elle était d'une lourdeur de plomb. Ruth suspendit le paquet de bœuf à braiser et son manteau à la clôture, puis elle s'approcha de la colombe. Son cœur battait, non par crainte, mais comme s'il était attiré vers l'obscurité des arbres, hors de sa poitrine. Des papillons blanc, bleu et noir, qui auraient dû trépasser depuis longtemps, flânaient dans l'air calme. "Dites-moi une chose", demanda-t-elle – à eux, à la colombe ou aux arbres ; elle n'en était pas sûre – "dites-moi que faire à présent." Silence. "Dites-moi une chose au moins, *n'importe quoi*. Une toute petite chose." Mais la colombe ne daigna même pas tourner la tête vers elle et les arbres n'étaient que des arbres. Elle se demanda si elle n'était pas redevenue folle et sursauta en voyant, lové dans les fougères, un renard endormi. À moins qu'il ne fût mort. Autour de lui, la terre était griffée et retournée, mais il n'y avait aucune trace de sang sur son corps. Sa fourrure était grise, pas orange comme celle des renards que l'on chasse ou qui figurent sur les tableaux. Pas mort : elle perçut des mouvements de respiration sous les petites côtes.

Lorsqu'elle revint à la clôture, la viande et son manteau avaient disparu. Elle se fit l'effet d'une cruche. Le retour s'effectua dans le froid, l'habituel vent humide ayant usurpé la clarté de l'après-midi. Ruth serra les bras autour de son corps et marcha d'un pas vif, elle courait presque. La maison ne lui était pas encore familière ; quand elle arrivait au coin du terrain de golf et levait les yeux, elle avait toujours l'impression qu'elle n'y était pas tout à fait "chez elle", qu'elle arrivait chez un membre opulent de la famille. La demeure était trop grande, ce qu'elle avait signalé à Peter la première fois qu'ils l'avaient vue, trop grande pour un couple et deux enfants pensionnaires. Trop d'espace – les logements des domestiques étaient de la même taille sinon plus larges que la chaumière de Peter à Dummer. L'appartement qu'elle avait loué à Kensington avant de rencontrer son mari aurait pu rentrer dans la salle de bal vide au piano négligé. Elle avait eu l'intention de le faire accorder, mais personne ne pouvait s'en charger à North Berwick. L'accordeur habituel était mort, lui avait expliqué Betty, ils devraient en chercher un nouveau à Édimbourg. Ruth avait rougi après lui avoir demandé : "Mais alors, vers qui les autres se tournent-ils pour faire accorder leurs pianos ?" Betty l'avait regardée et elle avait été consciente, comme des centaines de fois auparavant, qu'une autre femme aurait facilement pu la remplacer, faire les choses qu'elle faisait. Si seulement elle avait pu demander : "Dites-moi juste comment cette femme s'y prendrait et je l'imiterai."

Elle choisit l'entrée de service pour ne pas être vue sans manteau et dut se faufiler à côté de Booey, le vieux labrador allongé contre la porte comme un boudin étouffant les courants d'air. Elle s'excusa du dérangement avec une caresse, se dirigea d'un pas vif vers le chiffonnier et retourna les poches de sa jupe pour en extraire ses clés et de la menue monnaie. Même avec des gants, ses doigts étaient glacés et elle les réchauffa quelques instants sur sa figure. Dans le miroir, elle découvrit que le froid et le vent salé lui avaient rougi les joues ; ses cheveux, décoiffés une fois libérés du foulard, ne flattaient plus son long visage. À dire vrai, elle avait une mine chevaline et rubiconde. Elle becqueta ses cheveux du bout des ongles et appliqua une légère couche du rouge à lèvres qu'elle gardait avec ses cigarettes dans le tiroir du chiffonnier. Elle n'avait pas meilleure allure, bien qu'elle semblât peut-être sensiblement plus décidée.

Peter et les garçons prenaient leur goûter dans la cuisine. Sur le plan de travail reposait un gros *Victoria sponge* préparé la veille par Betty. Ruth l'avait su, naturellement – Betty s'assurait toujours de lui dire ce qu'il y avait à manger pour les enfants –, ça lui était simplement sorti de l'esprit. Dans ce cas, elle leur ferait des pommes au four. Certes, ce n'était pas le comble du raffinement et leur aspect était rebutant, mais elle éprouvait le besoin de contribuer modestement au repas du soir, même s'il s'agissait seulement de le prolonger après ce maudit *meat pudding*.

"Chérie, lui dit Peter en l'embrassant sur la joue, comment s'est passée ta matinée ?

— Bien, répondit-elle en laissant la lettre d'Alice dans son enveloppe sur le plan de travail. Mais la boucherie était fermée, je crains que nous devions manger ce que Betty nous a préparé.

— Quelle perspective épouvantable. Tu prendras bien une part de gâteau avec nous ? C'est le seul mets qu'elle semble réussir, nous devons en profiter.

— Oh, arrête, chéri. Nous ne sommes pas encore habitués à la cuisine écossaise, voilà tout. Leurs traditions sont différentes, ici, dit-elle en se versant un verre d'eau pour étouffer la pensée du repas.

— Évidemment, tu dis ça parce qu'elle te fait peur."

Peter fit une grimace aux enfants. Michael rit, mais Christopher était récemment devenu trop mûr pour se le permettre. Elle lissa et tira son chandail par-dessus la ceinture de sa jupe. Elle avait un peu mal au cœur.

"Tu fais exprès de raconter des âneries, je préfère donc t'ignorer." Elle s'adressa aux garçons : "Qu'avez-vous fait aujourd'hui ?

— On a vu un requin", répondit Michael, la bouche pleine.

Ruth lança un regard furtif à Peter.

"C'est exact. Il est venu s'échouer dans Milsey Bay – la pauvre bête a dû se trouver piégée à la marée descendante.

— Il était mort, précisa Michael.

— Et il était grand ?" Ruth se versa un autre verre d'eau. Le premier, un peu trop tiède, n'avait pas produit sur son estomac l'effet apaisant qu'elle escomptait.

"Très, répondit Peter.

— Nous avons demandé à un pêcheur quelle espèce c'était et il a dit que c'était un requin pèlerin." C'était la phrase la plus longue que lui ait adressée Christopher depuis le déménagement. Elle sourit.

"Avait-il d'énormes dents ?

— Non, déclara-t-il, ce n'est pas ce genre de requin."

Peter haussa légèrement les sourcils derrière la tête du garçon et Ruth s'assit à côté de lui.

"Finalement, je vais peut-être goûter un petit morceau de gâteau, dit-elle. Et demain, vous pourriez me montrer où est ce requin, les enfants – ça me semble tout à fait répugnant.

— Y avait une mouette qui mangeait son œil", ajouta Michael.

Les garçons étant couchés depuis longtemps, Ruth monta l'escalier jusqu'au dernier étage et ouvrit la porte de leur chambre sans faire de bruit. Michael allait commencer son premier trimestre en pension – il aurait dû y aller l'année précédente, mais il était resté à la maison en raison de sa fragilité pulmonaire. Christopher était interne depuis deux ans, depuis le mariage. Le temps s'était calmé sur la mer. Tel le vent qui emporte au loin certains états d'âme et souvenirs, il est possible de se morfondre dans une humeur plutôt noire puis de se retrouver devant le liseré d'écume laissé par les vagues et de s'interroger sur le sens de cette noirceur. Ruth avait seulement besoin de s'habituer un brin plus, de s'impliquer sérieusement dans un projet. La peinture, peut-être. Elle perçut un mouvement infime dans la chambre des garçons. Au clair de lune, les bosses de leurs corps endormis lui évoquèrent des phoques. La brise pénétrait par la fenêtre entrebâillée et les épouillait de leurs cauchemars. Elle referma doucement la porte et resta un instant sur le seuil en tendant l'oreille. Le murmure insolite d'une chanson s'en échappa, puis disparut aussitôt. Un tour que lui jouait le terrain de golf en acheminant des bruits lointains, sans arbres pour les filtrer. Ruth quitta le palier, descendit l'escalier en empruntant l'extérieur des marches pour éviter de faire du bruit – elles grinçaient horriblement si l'on ne faisait pas attention – et rejoignit Peter dans le salon pour un dernier verre.

"Les garçons étaient très heureux, aujourd'hui", dit-il en levant les yeux du bar. Il lui tendit un brandy, se servit un whisky. "Je crois qu'ils commencent à s'habituer à la maison – je te l'avais bien dit, ils avaient seulement besoin d'un bol d'air marin." Il but une gorgée d'alcool et exhala un fort soupir de contentement. "Ça nous a fait à tous le plus grand bien.

— Oui, tu as raison."

Elle sourit, leva son verre et but. Quand ils étaient arrivés, les vacances d'été promettaient de durer une éternité, elles leur laissaient tout le temps nécessaire pour s'installer, s'habituer au nouveau chapitre de leurs vies ensemble. Mais rien encore ne semblait s'être mis en place.

"Je suis persuadé que le pensionnat sera bénéfique à Michael – je crains qu'il ne me ressemble un peu trop parfois." Le sourire de Peter se dessina au-dessus de son verre.

"Qu'est-ce que tu veux dire ?

— Je l'ai surpris en train de faire les poches d'un de tes manteaux ce matin.

— Que cherchait-il ?

— De l'argent, j'imagine. Nous habitons à deux pas d'un magasin de bonbons, maintenant. Un jour, j'ai volé une livre dans la pince à billets de mon père. Je me suis fait surprendre en essayant d'acheter des berlingots chez l'épicier, qui n'a pas pu me rendre la monnaie et en a touché deux mots à ma mère quand elle est allée faire ses courses." Peter rit fort et subitement. "J'ai reçu la rossée de ma jeune vie.

— Tu n'as pas frappé Michael ?

— Il a écopé d'une petite tape derrière la tête et d'un bon savon. Je n'ai pas le cœur à aller plus loin, à présent. En Grèce, j'ai vu un garçon se faire fusiller pour avoir volé des raisins – ça met les choses en perspective." Il pouffa d'un petit rire peu convaincant. "Il va falloir que ça cesse quand il entrera au pensionnat. En attendant, tu serais bien avisée d'enfermer tes objets de valeur à double tour."

Ruth se demanda si Michael s'en serait tiré avec une petite tape s'il s'était comporté de cette manière avant la guerre, qui avait entièrement refaçonné les hommes. Ou les avait fait fondre.

Elle aurait voulu qu'un de leurs anniversaires tombât pendant les vacances, cela lui aurait donné un prétexte pour organiser un pique-nique. Un pique-nique sans raison valable paraissait surfait. Ce serait mal les élever. Elle avait vu une photo d'Elspeth sur une couverture de pique-nique avec les garçons, la tête d'oignon de Michael encore bébé, les yeux noirs de loutre de Christopher. Trois créatures sur une couverture, pleines d'amour.

"J'ai vu une lettre d'Alice sur le bar. Tout va bien à Londres ?

— Oui, très bien. Ils célèbrent leur anniversaire de mariage ce week-end."

Peter leva la tête.

"Tu dois être terriblement déçue de ne pas pouvoir y aller.

— Oh. Non. Pas vraiment. L'idée de tous ces gens, mère, père, tout ce vacarme. Ça ne m'a jamais beaucoup tentée. Et ce n'est même pas la date réelle."

Étant donné qu'ils avaient séjourné un mois et demi au Kenya pour célébrer leur vrai anniversaire de mariage, mais qu'Alice refusait de rater l'occasion d'organiser une réception, le couple avait effrontément annoncé une fausse date à tout un chacun. Il était parfois un peu agaçant de voir Alice si sûre d'elle, si certaine que tout le monde jouerait le jeu. C'était pourtant le cas, Ruth n'avait même pas reçu un appel exaspéré de sa mère.

"Tout à fait – j'ai du mal à imaginer pire circonstance –, toutes ces opinions en l'air et ces types avec leurs blagues vaseuses." Peter faisait allusion à la soirée qu'Alice avait donnée pour annoncer leurs fiançailles, où un invité avait apporté un paquet de cigarettes de marijuana.

"Oui, je suis ravie d'avoir une échappatoire." Elle prit le temps de se demander si c'était vrai et considéra que oui, sans doute. Ce n'était pas toujours facile à déterminer. Son assertion renfermait le germe racorni d'un sentiment pitoyable.

"Oui, tout va bien, très bien. Malgré la mort de Ludwig." Dès que les mots franchirent ses lèvres, elle sentit sa gorge se resserrer importunément.

"Le chien ?

— Oui.

— Hum. Vieux ?

— Oui. Mais il y a aussi une histoire de mort-aux-rats."

Peter se glissa derrière elle et posa une main sur sa nuque.

"Décidément, c'est une triste journée pour le règne animal.

— Ma foi, dit-elle en s'apercevant qu'elle retenait ses larmes. Ce n'était qu'un chien.

— Tout à fait. Et je ne suis qu'un homme. Et un requin n'est qu'un requin."

Il alla se poster près du bow-window en dépit de l'obscurité et du fait qu'il n'y avait rien à voir. Le bruit des vagues déferlant sur la plage lui parvenait à travers la vitre. Elle plaça une main sur son ventre et espéra que la marée n'emporterait pas le requin avant que Christopher et Michael pussent le lui montrer.

Le lendemain, avant que le reste de la maisonnée ne s'éveillât, Ruth sortit par la porte de service et inspecta le jardin. Elle n'aimait pas fumer devant les enfants, ni même devant Peter. L'habitude semblait appartenir à une autre période de sa vie, accoudée au balcon à Kensington, faisant tomber sa cendre sur les passants.

Les mauvaises herbes commençaient à envahir les interstices humides entre les briques de l'allée. L'air était une créature différente aujourd'hui, vous sentiez sa langue froide sur vos bras nus dès que vous n'étiez plus au soleil. Elle avait appelé Alice tard la veille pour la féliciter du faux anniversaire. Noces de bois, apparemment, pour cinq années de mariage. Peter et elle n'en étaient qu'au coton. Deux matières peu substantielles, quand on y réfléchissait. Au téléphone, Alice s'était joyeusement remémoré la journée de son union avec Mark, mais elle s'était déroulée dans une atmosphère très différente pour Ruth à qui les convives adressaient scrupuleusement la parole, l'un après l'autre, en raison de sa qualité de demoiselle d'honneur. Elle l'avait revécue, plus tard au lit, tandis que Peter dormait.

Lors des discours, le nom de son frère avait servi de marque de ponctuation. Ludwig avait gambadé dans les rosiers, ignorant les invités et s'occupant de ses propres affaires. Il avait pris la manie de manger les gueules-de-loup, qu'il évacuait pratiquement entières, déposant des petits déchets colorés sur la pelouse, ce qui contrariait prodigieusement mamie. Ruth aurait tant aimé partir avec Ludwig, franchir le portail, descendre jusqu'à la mare, libérer ses pieds, s'allonger pour fumer et parler à Antony dans sa tête. Au lieu de cela, elle s'était greffé un sourire sur le visage et l'avait adressé au médecin de famille à l'œil voilé, qui s'était exclamé d'une voix forte : "Mais tu es belle comme un cœur !" Le regard oblique et le rougissement de la jeune femme à ses côtés ne lui avaient pas échappé.

"C'est gentil", avait-elle répondu avant de s'excuser et de se placer à proximité d'Alice et de Mark, qui montrait comment il pouvait encercler la taille de son épouse de ses deux mains. Les boucles brunes d'Alice reposaient si sereinement sur ses tempes qu'elles semblaient y être peintes. Elle s'était penchée vers Ruth : "Ma petite chérie, pourrais-tu aller dans ma chambre ? Tu trouveras mes cigarettes dans le tiroir du haut de la commode et nous filerons en douce, un instant. Je suis complètement lessivée."

Mais en entrant dans la maison, mamie lui avait confié un plateau d'œufs au curry et ordonné de circuler parmi les invités.

"Nous employons des gens pour cela", avait répondu Ruth à sa grand-mère qui la fixait d'un œil noir et luisant.

Maintenant qu'Alice était mariée et qu'Antony n'était plus de ce monde, avait-elle songé en traversant le jardin avec son plateau, au milieu de convives à qui elle ne donnait pas le temps de voir ce qu'elle proposait et encore moins de se servir, Ruth devrait bientôt acheter ses propres cigarettes – et pour cela elle aurait besoin d'avoir son propre argent. Ces pensées mesquines et déplaisantes lui trottaient dans la tête depuis la mort d'Antony ; elles la prenaient au dépourvu et la honte la poussait à se mordre l'intérieur des joues. Ce n'était pas aussi simple, elle le savait, sans pour autant parvenir à mettre un nom sur le sentiment.

Ludwig avait aboyé et le tintamarre de la conversation sur la pelouse avait momentanément décru, tous les yeux se tournant vers le teckel ; il dressait son long museau vers une bergeronnette qui le toisait du sommet de la palissade blanche. "Oh, Albert !" s'était écriée la mère de Ruth.

Ludwig avait exécuté quelques pas de danse au pied de la palissade, les oreilles rabattues côté rose. Le vacarme avait repris et Ruth avait regardé la bergeronnette. "Bonjour, Antony", lui avait-elle dit, avant de se demander quelle aberration, quel genre d'ineptie, avait fait apparaître son frère défunt à la réception, déguisé en petit oiseau. Tante Josephine, qui ne se tenait pas très loin d'elle, lui avait adressé un regard de grande compassion ; c'est ce qu'avait cru Ruth, mais elle avait découvert par la suite que sa tante avait signalé l'incident à sa mère et cela, associé au comportement qu'elle aurait plus tard dans l'année, avait servi à faire interner Ruth une quinzaine de jours dans un sanatorium à Deal, ce qui avait été humiliant, inquiétant, et lui avait appris une chose ou deux sur l'utilité de faire semblant.

Ils ne voyaient pas encore le requin, mais ils le sentaient.

"Ils attrapaient des baleines ici, dans le temps, lui expliqua Christopher, et après, ils en faisaient du parfum. C'est le pêcheur qui me l'a dit."

L'odeur du requin mort rendait l'idée improbable, mais le visage du garçon affichait un intérêt trop vif pour que Ruth exprimât ses doutes à voix haute.

Michael les suivait en traînant un bâton sur la plage. Comme il s'y appliquait depuis qu'ils étaient sortis du terrain de golf, à un kilomètre environ, ils étaient talonnés par un long serpent noir.

"Tu te passionnes pour les requins et les baleines, Christopher ?"

Le garçon se donna le temps de réfléchir.

"Je ne m'y étais jamais vraiment intéressé. Mais maintenant que j'en ai vu un et maintenant que nous vivons ici et qu'eux vivent là… Je ne savais pas qu'ils étaient si gros. C'est drôle qu'il y ait tant de grosses choses juste ici, sous l'eau, qu'on ne peut pas voir.

— Oui, certainement", répondit Ruth.

D'abord l'odeur, puis le bruit – les cris des mouettes s'invitant au festin. Elles virèrent en direction de Milsey Bay. Trois golfeurs étaient perchés au sommet de la falaise, dont un avec un appareil photo ; ils regardaient la plage en parlant plus qu'elle n'en aurait cru des golfeurs capables. L'excitation ne suffisait pas à les faire descendre – ils agitaient leurs clubs et spéculaient avec assurance sur ce qui avait bien pu provoquer un spectacle aussi répugnant.

En gravissant la dune jusqu'au sommet, la baie devint visible et Bass Rock se profila à l'horizon. Par temps dégagé et à marée basse, il semblait si proche qu'on aurait pu le croire échoué sur le sable, comme s'il avait largué les amarres et dérivé à sa guise. Ruth n'aimait guère l'îlot ; elle considérait que l'idra et Craigleith formaient des ajouts charmants, des marques de ponctuation dans le gris de la mer du Nord, mais que Bass Rock avait quelque chose de difforme, comme la tête d'un enfant atrocement handicapé. Lorsqu'elle le fixait trop longuement, elle se sentait souvent emportée, incapable de détourner les yeux ; cette fascination s'apparentait à ce qu'elle ressentait parfois en regardant son visage dans la glace, comme si l'examiner attentivement serait le comprendre.

Le requin reposait sous un manteau de mouettes. Elles s'envolèrent en un bloc criard lorsque Michael se précipita sur elles, brandissant son bâton et braillant "Hue ! Hue !" comme pour aiguillonner un cheval. La bête formait un énorme croissant sombre, gris acier sur le sable. Un tronc gigantesque, encombrant, désespérément lourd sur la terre ferme. Ses fentes branchiales, flasques, exposaient une chair intime. Un homme grisonnant se tenait de l'autre côté ; il avait un col romain et un long pardessus d'une couleur assortie à la peau du squale. Le vent traçait une raie de côté dans ses cheveux ébouriffés. Les mains derrière le dos, il arborait un large sourire découvrant des dents très espacées. Une fois que les oiseaux furent dispersés, ils restèrent tous les quatre en silence autour du requin mort. Les golfeurs sur la falaise avaient disparu, exactement comme les mouettes ; il n'y avait plus que les bourrasques pour les séparer.

L'homme brisa le silence ; il leva le bras et appela avec un fort accent, peut-être gallois : "Vous devez être madame Hamilton de la grande maison ?

— Oui, répondit-elle, sans la moindre envie de contourner l'animal pour le rejoindre. Ruth Hamilton. Et voici mes…" Elle réprima de son mieux une hésitation, mais c'était une telle épreuve pour eux tous qu'elle se débattit avec le mot approprié "… garçons. Christopher et Michael." Les enfants regardèrent l'homme sans sourire. Il s'approchait du museau du requin, léché par les vagues. Il attendit une accalmie pour traverser et se précipiter de leur côté. De près, il n'était pas aussi âgé qu'elle l'avait cru à première vue et, bien qu'il ne fût pas excessivement grand, il était large d'épaules et se campait, les pieds très écartés, comme s'il s'apprêtait à faire un bond de géant dans des bottes de sept lieues.

"Révérend Jon Brown", dit-il, la main tendue. Elle la serra puis il examina attentivement les deux frères, les salua également en marmonnant son approbation tandis qu'ils regardaient le requin derrière lui.

"Bien, bien, se réjouit-il, il n'y a pas beaucoup d'enfants dans le coin, on a besoin de sang neuf. Besoin de frasques et de facéties. Vont-ils être scolarisés à St Augustine le trimestre prochain ?

— Ils iront en pension à Fort Gregory.

— Ah ! J'y prêche régulièrement. Excellent – ils s'habitueront parfaitement. Excellent, excellent. Vous êtes installés ici depuis longtemps ?

— Cinq semaines.

— Je comptais venir me présenter – je suis un vieil ami de votre Betty, voyez-vous, nous nous connaissons depuis toujours.

— Je la saluerai de votre part.

— Oui, je vous en prie." Il lécha ses lèvres et découvrit ses dents, d'un blanc tirant sur le gris. "Je ne vous ai pas encore vus à la messe dominicale ?" C'était évidemment là qu'il voulait en venir depuis le début. Il souriait chaleureusement, sans accorder à Ruth le répit de détourner les yeux. Il posa les poings sur ses hanches en une posture de flibustier.

Ruth lutta de toutes ses forces pour ne pas rougir.

"Avec le déménagement et tout le reste, nous étions débordés. Nous viendrons peut-être la semaine prochaine.

— Bien, dit-il en s'intéressant à Christopher. J'envisage d'articuler mon sermon autour de ce requin. Tu aimes les requins, mon garçon ?"

Christopher acquiesça et regarda à nouveau par-dessus son épaule. Michael partit en courant au bord de l'eau, entreprit la tâche de tracer une ligne tout autour de l'animal.

"Ces énormes monstres, si puissants, qui finissent dévorés par des petits oiseaux blancs, reprit le révérend Jon Brown, l'idée vaut la peine d'être explorée. C'est pour ça que je suis venu voir de mes propres yeux – une source d'inspiration, comprenez-vous." Il se tourna encore vers Ruth.

"Bien sûr, dit-elle, car il attendait une réponse.

— Quoi qu'il en soit, je suis ravi de vous avoir tous rencontrés, je passerai bientôt faire la connaissance de Mr Hamilton. Je m'arrangerai avec Betty pour fixer une heure qui vous convient, n'est-ce pas ?"

Peter n'apprécierait pas sa visite. C'était trop long à expliquer, tout cela était trop personnel. "Bien sûr", redit-elle. Il la salua en soulevant un chapeau imaginaire, fit un petit signe de tête à Christopher qui le lui rendit.

"Je dois partir – j'entends l'appel de scones à la crème", conclut-il avant d'escalader la dune vers la ville. Michael, qui avait cessé de dessiner les contours du requin, enfonçait son bâton dans sa gueule avec une expression de ravissement et d'horreur.

"Michael, cria-t-elle.

— Ça pue !" s'exclama-t-il gaiement. Elle descendit vers lui.

"Arrête, s'il te plaît – tu risques de tacher tes vêtements. Tu te vois expliquer cela à Betty ?" Les mouettes commençaient à revenir, comme si seul le pasteur avait une emprise sur elles. Perchée sur la queue du squale, l'une d'elles se lança dans une exploration particulièrement intrusive de ce qui était peut-être ses parties intimes.

"Et si nous allions dans un endroit moins répugnant, qu'en pensez-vous ? Nous pourrions manger un *crumpet* en ville, par exemple ? Ou un scone – le révérend Jon Brown m'en a donné envie." Plantée comme elle l'était, la bile à la gorge et la puanteur de poisson lui bouchant le nez, elle n'aurait pu imaginer rien de plus désagréable que d'ingurgiter un scone et sa crème, mais le retour des mouettes provoquait en elle un malaise insidieux. Elle se tourna vers Christopher pour voir sa réaction et s'aperçut qu'il regardait fixement dans la direction qu'avait prise le pasteur. Il ressemblait à un garçon perdu en mer ou parmi les étoiles.

III

"Ils ont une fille dans la porcherie. Ils veulent la brûler."

La veuve Clements est venue tambouriner à la porte en chemise de nuit, la pommette fendue d'un fin trait rouge. Le tapage ne réveille pas mon père, assommé par la boisson comme il l'est. Cook l'enveloppe d'un châle, la pousse à s'asseoir et ravive le feu, mais la pauvre éplorée se tord les mains.

"Va-t'en le chercher, petit", me dit Cook.

Père est à plat ventre sur son lit, la liquette rabattue exposant son derrière. La vue de ses fesses n'est pas loin de me faire fuir : deux énormes rochers gris et lisses scindés par une sombre raie poilue, un ours malade. La pièce empeste le vin et autres saletés que je préfère ne pas nommer, et il ronfle en alternant clics et soubresauts. Je lui enfonce avec rudesse le doigt entre les omoplates ; il s'agite et se retourne.

"Père, réveillez-vous." Il entrouvre un œil et sombre de nouveau dans le sommeil.

"La veuve Clements est blessée. Elle dit qu'il y a une sorcière à brûler." En entendant le nom de la veuve, il ouvre les deux yeux. Il bat des paupières en essayant d'interpréter ce qu'il voit. Un sanglot nous parvient du coin de l'âtre dans la pièce voisine. Il cligne encore des yeux, s'assied et se frotte le visage comme s'il voulait s'arracher la peau.

"Quoi ?" demande-t-il, mais il n'attend pas ma réponse ; la veuve pleure bruyamment à présent. "Donne-moi ma culotte." Il redevient un instant l'homme qu'il était avant la mort de Mère et d'Agnes. Il est solide et puissant. Mon cœur s'emballe à sa vue.

Je le laisse se vêtir et m'aperçois en revenant que le sang a coulé sur la joue de la femme. Cook tente de la nettoyer par petites touches avec le bord de sa chemise de nuit, mais la veuve l'esquive. Dès qu'elle voit Père à la porte, elle se lève et lui tend les bras comme une enfant. Il nous regarde, Cook et moi, et je comprends qu'il s'est déjà passé quelque chose entre eux. Il accepte son étreinte, la force à s'asseoir et fait glisser son pouce sur sa mâchoire, là où le rouge s'est amoncelé.

"De quoi s'agit-il, Charlotte ?" demande-t-il, et le fait qu'il l'appelle par son prénom confirme tout. Ce n'est pas le moment d'y penser, je remets à plus tard de réfléchir aux implications. "Ils disent qu'ils ont une sorcière. Ils veulent la brûler.

— Qui disent qu'ils ont une sorcière ?

— Les jumeaux Browning l'ont attrapée dans les bois. Ils l'ont enfermée dans la porcherie. Ce n'est qu'une fille." Mon père se lève et sort de la maison sans donner de consignes. Je le suis.

"Reste ici, Joseph", ordonne-t-il, mais je désobéis. Je me tiens un peu en retrait pour qu'il ne puisse pas me voir dans le noir.

La porcherie des Browning n'est pas loin – juste au bout du ruisseau qui alimente notre chaumière –, mais le terrain est boueux et je dois marcher prudemment pour garder l'équilibre. Je vois mon père tomber deux fois ; il se relève et repart sans ralentir le pas.

Une faible lumière luit à l'intérieur ; il s'engouffre sous la porte basse. J'observe à travers une brèche dans le mur : j'ai du mal à distinguer la scène. Au début, je ne vois ni fille ni sorcière.

"Que diable se passe-t-il ici ?"

Plusieurs hommes – ceux qui se souviennent de mon père tel qu'il était – s'éclipsent, apeurés, mais les plus jeunes restent. Ils l'ont seulement connu à l'état d'ivrogne et d'imbécile. Par terre, quelque chose bouge et émet un atroce bruit sourd, comme une vache qui vêle. Une fille gît, sa robe réduite à un chiffon entortillé sous ses aisselles. Deux hommes – une moitié des jumeaux Browning et un inconnu – épinglent ses poignets sous leurs pieds ; l'autre jumeau Browning se relève en remontant sa culotte sous sa chemise défaite. La fille est difficile à distinguer, car elle est couverte de boue. Taches de couleur, blanc de ses yeux, rouge de sa bouche ouverte. Je n'arrive pas à déterminer si elle est vivante.

Son corps maculé de souillure noire brille sous la lampe. Je devrais détourner les yeux.

Mon père s'approche d'elle d'un pas décidé ; trois hommes s'avancent pour le repousser. Il les chasse comme des mouches.

"Elle m'a ensorcelé !" hurle le jumeau Browning en retenant sa culotte. Mon père lui donne un coup de poing sous le menton qui fait claquer sa tête en arrière, puis ses jambes flanchent et il s'effondre. Les autres reculent d'un pas, mon père soulève la fille et la recouvre de sa robe, bien qu'elle soit déchirée, boueuse et collée à son corps. Il la charge sur son épaule pour avoir les bras libres. "Si elle est morte, je reviendrai vous couper les oreilles.

— Pose-la", dit une voix, et l'autre Browning surgit de l'ombre, armé d'une fourche. Père ne cille pas. Je sais qu'il ne la lâchera pas. L'homme s'approche et braque la fourche sur son visage. Père avance d'un pas, de sorte que les dents lui touchent la gorge. Un simple mouvement et le gars peut lui éclater le cou. Il le regarde droit dans les yeux. Le jumeau abaisse la fourche, Père lui tourne le dos et sort de la porcherie, la fille sur l'épaule comme un sac d'os. Je me sens gonflé d'orgueil — mon père le héros est de retour. Il m'a manqué.

"C'est la sorcière qu'elle m'a forcé – dis-lui ! couine le Browning à la mâchoire blessée.

— Elle ensorcelle les hommes et aussi la terre", hurle l'autre en cherchant le soutien du petit groupe. Mais mon père est parti ; il n'y a plus rien à expliquer.

Browning se tient debout, dépité, les bras ballants. "C'est à nous de la brûler", dit-il doucement.

Au matin, nous sommes blottis autour du feu tandis que Cook soigne la fille dans sa chambre. Elle sort de temps à autre pour nous donner des nouvelles : "Je l'ai nettoyée" ou "Elle a mangé un peu d'avoine" ou "Elle dort". Nous n'avons pas fermé l'œil. Dans la nuit, chaque bruit ressemblait à celui des Browning venant incendier notre chaumière.

Assis, les mains sur les cuisses, Père réfléchit. Je suis certain que nous réfléchissons aux mêmes choses. Le village n'est plus ce qu'il était. Ils sont soulagés de pouvoir blâmer quelqu'un. C'est devenu un besoin, de nos jours.

Cela fait quatre ans et quelques mois que nous avons enterré Mère, et Cook nous nourrit depuis, y compris au petit-déjeuner. Les œufs de ses deux poules ont remplacé l'orge après les mauvaises moissons, mais l'une d'elles a cessé de pondre et elle l'a mise au pot. Une fois qu'elle a eu plumé et vidé l'animal, la chair montrait des espèces de signes de pourriture. C'était la première fois que ça se produisait – tout est parti de chez nous. Bientôt, la pourriture a tout envahi, toutes les viandes, les rendant sombres et visqueuses. L'odeur est doucereuse et infâme : quand votre nez en perçoit le premier relent, vous croyez à un lys des prés, puis, comme la pression d'un doigt derrière le globe oculaire, elle vous assaille. Et si vous avez le malheur de toucher la viande avariée, la puanteur vous colle à la peau, les autres la sentent aussi et font tout pour vous éviter.

Un matin, en ouvrant l'œuf cuit par Cook, j'ai trouvé un petit poussin noir, comme un corbeau entièrement formé, qui avait taché l'intérieur de la coquille.

C'est comme un effroyable souvenir d'enfance, une présence au fond des bois. Malgré tout cela, les gens mouraient de faim et certains ont donc mangé la chair noire – les rares qui l'ont tenté ont péri dans d'abominables crises en hurlant et vomissant de la boue. J'ai vu des fermiers au milieu de prés de vaches mortes, les narines bouchées avec de la terre argileuse. J'ai vu des gens emmener leurs enfants dans la forêt et revenir seuls, ou ne pas revenir du tout, leurs chaumières plongées dans l'obscurité et le silence, mais personne n'allait prendre de leurs nouvelles, car le besoin de lutter pour leur propre survie était plus fort que celui de s'occuper d'autrui. Et maintenant que la fille est venue, c'est nous qui la sauvons – la pourriture a commencé chez nous et il faudra davantage que le respect déclinant des villageois envers Père pour les convaincre que l'affaire ne doit pas finir avec nous.

On martèle à la porte, c'est le vieil ami de mon père, le meunier Fergus. Il regarde derrière lui avant d'entrer, comme s'il craignait d'être vu ici.

"Ils se sont réunis, lui explique-t-il, et ça se présente mal pour toi. On est quelques-uns à avoir pris ta défense, mais les Browning ont l'oreille des villageois.

— Ils ne peuvent rien me faire : je suis leur pasteur, répond mon père en élevant la voix, comme s'il essayait de s'en convaincre lui-même.

— Ah, Callum, dit Fergus, ça fait longtemps que ce n'est plus vrai." Personne ne le contredit.

Lorsqu'on a retrouvé Agnes dans les bois, Père a prié, parlé et il s'est montré raisonnable. Lorsque Mère est morte, folle, hurlant comme si elle avait des oiseaux cousus sous la peau, ses forces l'ont abandonné. Il n'avait plus que moi pour qui être raisonnable, et je ne suffisais pas.

La lumière commence à s'effacer du ciel et la fille sort de la chambre de Cook. Elle boite, une ligne marque la lacération de la chair entre sa narine et sa lèvre supérieure. Elle ne ressemble à personne de connu ; ses cheveux sont roux mais ce n'est pas tout, ses lèvres sont presque violettes, à cause des coups ou du froid, à moins que ce soit leur couleur naturelle, je suis incapable de le dire. Je n'arrive pas à détourner les yeux de ses pieds nus, même si ses ongles sont en deuil et ses orteils d'un blanc qu'on trouve seulement sur les poitrines d'oiseaux. Il est facile de voir Agnes en elle, ou la femme qu'elle aurait pu devenir.

Cook pose les mains sur ses épaules. "C'est Sarah. Elle a été séparée de sa mère et de sa sœur l'hiver dernier."

La fille a de grands yeux marron. Je ne saurais lui donner un âge, mais d'après ce que j'ai vu hier soir dans la boue, je dirais qu'elle est plus vieille que son visage ne le laisse penser.

Elle parle peu, répond aux questions de mon père par des hochements de tête ou des phrases d'un ou deux mots. Sa voix semble provenir d'un endroit lointain et elle est difficilement compréhensible.

Père lui couvre les épaules et la regarde se réchauffer les mains devant le feu.

Nous la regardons tous manger un bol de soupe d'avoine, Cook avec une tendresse manifeste. Il me faut un certain temps avant de me rendre compte que Sarah porte une vieille robe ayant appartenu à Mère. Une pierre froide s'installe dans mon ventre quand je m'en aperçois. C'est l'ordre naturel des choses. Les vêtements d'Agnes lui seraient trop petits, ceux de Cook trop grands. Ceux de ma svelte mère aux joues rouges lui vont parfaitement.

Après la soupe, Cook ordonne à Sarah d'aller se recoucher et elle s'exécute avec soulagement. Nous la regardons peut-être d'un peu trop près.

Père est assis, les mains tendues vers les flammes. Il a les yeux humides.

"Joseph, me dit-il après un moment, tu le sens ?

— Je sens quoi ?" Il ne répond pas.

Je me tais. Effectivement, je sens quelque chose.

"Nous devons la protéger, dit-il. Nous devons la protéger. C'est la seconde chance."

II

Ruth avait mal dormi, elle s'était réveillée tout au long de la nuit, ayant trop chaud ou trop froid. À présent, l'odeur du pensionnat lui polluait le nez comme un mélange de boue épaisse et de fleurs croupies. Elle ne parvenait pas à la chasser de ses narines, même avec la vitre de la voiture ouverte. Ce qui lui donnait mal à la tête. Christopher et un Michael pâle et peu convaincant leur avaient fait au revoir de la main depuis le perron de la nouvelle école, la sinistre surveillante plantée derrière eux au cas où il y eût une scène. Ils sont ensemble, s'était consolé Ruth, tout en sachant qu'en réalité, dès que Peter et elle auraient disparu, ils seraient séparés et placés par groupes d'âge.

"Aux vacances de Noël, ils seront plus sûrs d'eux, plus forts, plus coriaces", avait fièrement décrété le directeur en leur offrant des biscuits au gingembre. Ce qu'ils avaient omis de demander, c'étaient quelles méthodes seraient employées pour leur inculquer cette robustesse. Ruth refoula la pensée. Le directeur était prématurément vieilli par la guerre et il lui manquait l'annulaire de la main gauche. Il portait une prothèse noire rattachée à son poignet au moyen d'un élastique. Le résultat était plutôt élégant. C'est si étrange, songeait-elle toujours, qu'une balle puisse choisir d'enlever un seul doigt ou d'emporter la personne entière. Après la mort d'Antony, elle avait examiné la douille que son père utilisait comme presse-papiers. Il semblait absurde que le corps humain ne pût survivre à un si petit trou, fait par un objet si modeste. Quelle affreuse déception. Il n'avait pas fallu longtemps avant que, dans le bureau du directeur, la conversation ne dérivât sur la guerre. Ruth avait été soulagée d'apprendre qu'il ne s'était pas battu en Normandie – dans un recoin de son esprit, elle appréhendait avec horreur de devoir un jour rencontrer un soldat qui s'y était trouvé et qui avait tenu Antony dans ses bras alors que sa vie fondait dans la boue. Cette odeur de fleurs, croupies au fond d'un vase.

Ils avaient emprunté une route côtière dans l'après-midi. Peter, qui conduisait les deux mains agrippées au volant comme s'il s'apprêtait à bondir par-dessus à tout instant, était silencieux depuis qu'ils avaient déposé les garçons.

"Es-tu triste de les avoir laissés ?" demanda-t-elle. Il changea de vitesse après avoir franchi un dos-d'âne.

"J'essaie de ne pas y penser, répondit-il. Écoute, maintenant qu'ils sont en pension, j'ai beaucoup de travail à rattraper. Serais-tu affreusement contrariée si je prenais le train pour Londres demain ? Une semaine devrait suffire à remettre de l'ordre dans mes affaires. C'est juste que… ça veut dire que je vais manquer ton anniversaire.

— Bien sûr." Elle avait compté profiter de leur promenade pour évoquer la perte qu'elle avait subie la semaine passée, mais elle aurait désormais le sentiment de le manipuler, ce qui n'était nullement son intention. On ne pouvait d'ailleurs pas encore parler de bébé, ce n'était qu'un fatras composite accroché à son corps. Un poussin coagulé dans sa coquille. Elle avait seulement compris de quoi il s'agissait en raison de la date et du fait qu'Alice lui avait un jour confié que cela lui était arrivé à trois reprises. Quand elle avait senti les crampes, elle avait donc su que ce n'étaient pas de simples menstrues. Mais aborder la question maintenant serait inutile ; Peter se croirait obligé de rester pour la réconforter, de lui faire consulter le médecin, d'exiger des explications. Et à vrai dire, elle allait bien. Un peu lasse. La prochaine fois, elle saurait se ménager, dormir plus, ou au moins garder le lit plus longtemps. "Je suis certaine que j'aurai largement de quoi m'occuper avec mes parents.

— Oh zut, dit-il en donnant un coup peu persuasif sur le volant. J'avais complètement oublié qu'ils venaient. Quel jour arrivent-ils ?"

Ruth sourit. Il était réellement plus commode pour elle de les voir séparément. Cela évitait toute possibilité de malentendus.

"Tu sais pertinemment qu'ils arrivent mercredi et repartent vendredi." Il évalua sa réaction d'un coup d'œil et, s'apercevant qu'elle souriait, il posa une main sur son genou.

"Mince, je crois que je vais les rater."

En l'absence de Peter, elle aurait quelques jours de tranquillité pour se familiariser avec la maison récemment désertée, pour avoir enfin l'impression de la gouverner, pour se reposer et se rétablir. C'était un bon programme, sans que Peter ne sût pourquoi. Elle fredonna un petit air pour lui montrer qu'elle n'avait vraiment aucune objection, qu'elle ne faisait pas la moue.

"J'aurais pu trouver pire, comme épouse, tu sais ?" Il lui serra le genou puis laissa sa main remonter le long de la cuisse.

"Il n'empêche que le révérend Jon Brown meurt toujours d'envie de te voir à l'église, mon chéri", dit-elle en explorant une forme de riposte. Il ricana et remit la main sur le volant.

"Oui, eh bien, tu vas devoir lui présenter mes excuses. As-tu la moindre idée de ce que ton pasteur faisait pendant la guerre ?" C'était sa réaction type dès que quelqu'un lui déplaisait. D'ordinaire parce que la personne en question n'avait pas combattu tandis que son épouse était emportée par une pneumonie. Bien qu'il n'allât jamais jusqu'à l'exprimer en ces termes.

"Je ne le lui ai pas demandé, bien évidemment. Mais il me semble qu'il est sans doute trop vieux." Nouveau ricanement de Peter.

Elle ferma donc les yeux et un souvenir lui revint, le souvenir heureux d'être à l'arrière de la motocyclette d'Antony, un bras autour de la taille de son frère, l'autre tenant Ludwig encore chiot blotti dans sa robe. Elle n'avait pas l'impression que ça remontait à très loin, pourtant il ne restait plus que la moto, recouverte d'une bâche dans le hangar de son père. Et elle, aussi, sans doute. Même si elle ne correspondait pas tout à fait à ce qu'elle avait imaginé devenir.

Elle venait de faire ses adieux à Peter en l'embrassant à la porte, quand le téléphone sonna. Sa mère.

"C'est toi, Puss chérie ? Tu as un rhume terrible, ça s'entend." Ruth avait décroché avec un simple : "Résidence Hamilton."

"J'ai plutôt mal dormi la nuit dernière, ce n'est rien. Est-ce que tout va bien ?" Ça ne ressemblait pas à sa mère de téléphoner.

Elle se contentait habituellement d'une note discrète au bas d'une des lettres d'Alice.

"Oh, tout à fait, ma chérie, tout à fait. Je t'appelle juste pour te dire que ce mercredi semble sérieusement compromis : papa a encore une crise de goutte et le trajet est ardu, j'espère que tu comprends. J'imagine que, de toute façon, tu préfères avoir la maison à toi pour ton anniversaire, ce sera donc une bonne occasion de profiter du calme."

Ruth pressa un moment l'espace entre ses sourcils, puis elle sourit pour se donner une voix enjouée. Pas plus tard que la veille au soir, elle avait planifié les menus avec Betty ; celle-ci avait confirmé la commande de saumon et de perdrix auprès d'un garde-chasse, un ami personnel, pour le déjeuner d'anniversaire, et la maison Fortnum avait déjà expédié un ananas par le train de nuit.

"Bien sûr, maman.

— Comment vont les enfants ?"

Ruth supposait que sa mère disait *les enfants* pour parler de Michael et Christopher car elle ne voulait pas se donner la peine de se rappeler qu'ils étaient des garçons et qu'ils avaient des noms. "Tu auras bientôt des enfants à toi", lui avait-elle dit avec une petite caresse indulgente – devant Christopher –, le jour de son mariage. Le souvenir la fit tressaillir.

"Ils vont bien.

— J'imagine que tu dois être extrêmement soulagée qu'ils soient partis en pension. Bref, papa t'embrasse, nous avons vu Alice le week-end dernier, elle a un peu grossi, mais ça lui sied à merveille. Elle parle de prendre un nouveau chat, je n'arrive pas à comprendre pourquoi, j'ai beau lui répéter que rien ne peut se substituer à ses propres enfants, elle ne m'écoute pas." Alice n'avait jamais mentionné ses pertes à leur mère. La confidence aurait suscité des mois d'inquiétude autoritaire.

Ruth se regarda dans la glace suspendue au-dessus du téléphone, ouvrit le deuxième tiroir du chiffonnier adjacent et en sortit un paquet de cigarettes et une boîte de pastilles de menthe pour se rafraîchir l'haleine après avoir fumé. Glissé dans le paquet, un carnet d'allumettes au nom du restaurant où Alice l'avait invitée la dernière fois qu'elle était à Londres. Elle avait l'impression que cela faisait une éternité. Elle frotta une allumette dans le silence, le combiné niché entre son épaule et son oreille.

"Bon, chérie, nous sommes attendus chez les Winslow alors je dois aller me préparer ; n'oublie pas de prendre soin de toi et reste au chaud, n'est-ce pas ? J'ai entendu dire qu'il faisait un temps absolument lugubre en Écosse. Au revoir, Puss chérie.

— Au revoir, maman. Embrasse papa." Mais elle avait raccroché immédiatement après que Ruth lui avait dit *au revoir*.

Sa mère n'avait jamais été douée pour mentir – non pas qu'elle bafouillât ni ne s'inquiétât plus que de raison, mais parce qu'elle se souciait comme d'une guigne d'être découverte. Les Winslow habitaient à trois heures à l'ouest de chez eux. Vieux amis et excellents hôtes, ils organisaient des réceptions fastueuses, prévues des semaines à l'avance. Ses parents devaient savoir depuis longtemps qu'ils n'avaient pas l'intention d'aller en Écosse pour son anniversaire. Avec ou sans crise de goutte. Elle ne devrait rien révéler à Peter s'il lui téléphonait, au risque d'essuyer une scène épouvantable, car elle devrait le dissuader de revenir lui tenir compagnie pour son anniversaire.

Ruth souffla la fumée sur la glace. Lorsqu'elle se dispersa, elle fixa son visage jusqu'à ce qu'il se changeât en une série de formes et d'ombres, puis qu'il ait complètement disparu. Si seulement Antony avait pu être auprès d'elle, occuper l'espace, préparer des boissons, au lieu d'être brassé dans la terre de l'autre côté de la mer.

C'était mieux ainsi, ses parents n'auraient fait que se plaindre du temps, du vent, de la *maison sombre et abyssale*. Ils étaient de ceux qui ont toujours froid et sa mère refusait catégoriquement de porter des sous-vêtements chauds qu'elle jugeait trop masculins. Ils s'enquéraient de sa santé en ciblant systématiquement leurs questions sur la raison pour laquelle elle ne s'était pas encore arrondie du fait de son *propre* enfant. La dernière fois, sa mère était allée jusqu'à toucher son ventre pour vérifier si quelque chose frétillait à l'intérieur puis, s'apercevant que non, elle avait vaguement diagnostiqué *un excès de* haggis.

Ruth se dirigea vers la porte de service, l'ouvrit, et apprécia le contraste de la fraîcheur du jour avec la tiédeur de la cigarette. Elle sortit et surprit Betty, qui pinçait aussi une cigarette entre ses ongles noirs. La situation aurait dû causer un certain embarras, mais Betty se contenta de lui adresser un signe de tête. Ruth s'adossa au mur de pierre.

"C'est un jour pour fumer", dit-elle en remarquant que Betty avait ôté ses chaussons et se tenait pieds nus. En comparaison de ses mains calleuses, ses pieds étaient étonnamment blancs et soignés.

"*Aye**. Le soleil tape dur aujourd'hui." Elle avait terminé sa cigarette et Ruth la regarda l'étouffer entre ses doigts comme une mèche de bougie.

"Vous en fumerez une autre avec moi ?" demanda Ruth en lui tendant son paquet. Betty ne répondit pas, mais elle en prit une et l'alluma avec son propre briquet de poche, plutôt élégant. Ruth expira la fumée par le nez.

"Quand nous avons déposé les garçons, leur école avait une odeur… je n'arrive pas à m'en débarrasser, comme des pommes de terre pourries, quelque chose de calamiteux.

— *Aye*, il faut dire que c'est la saison des satyres puants. Il y en a plein la forêt, là-bas.

— Vraiment ?"

Elles furent un moment silencieuses, admirèrent les volutes que leur fumée formait dans l'air froid.

"Excusez-moi, Betty. Qu'est-ce qu'un satyre puant ?"

La femme sourit.

"Un sale champignon, qui pue le pourri. Et qui ressemble au membre turgescent d'un homme." Elle agita sa cigarette.

"Ah, je vois." Nouveau silence.

"Betty, je suis horriblement navrée de vous avertir si tardivement. C'était ma mère au téléphone. Ils ne pourront pas se joindre à nous cette semaine, en fin de compte."

Betty inspira brusquement entre ses dents et forma un impressionnant rond de fumée.

"Y a pas de mal, madame. Je vais annuler ce que je peux, je congèlerai le reste. Pas de Mr Hamilton non plus ?"

Ruth confirma d'un hochement de tête. "J'ai décidé d'ignorer la date, cette fois-ci. Il devient lassant, à la longue, de nous acharner à nous remémorer, année après année, que nous sommes nés

---

* *Aye* (prononcer "aïe"). Oui, en Écosse. (*Toutes les notes sont de la traductrice.*)

et toujours en vie. Je ne supporte pas d'en faire toute une histoire", affirma-t-elle en essayant de déterminer si elle était sincère. C'était fort possible.

Un goéland argenté se posa sur le mur du jardin, au-dessus des framboisiers, et évalua les fruits tardifs avec le discernement d'un chaland avisé.

"Je n'aimais pas beaucoup ma propre mère, quand j'y repense, dit Betty comme si elle poursuivait une conversation à ce sujet. Je crois qu'on n'est pas censées comprendre ce genre de chose avant qu'elles soient mortes et enterrées."

En la regardant de plus près, Ruth vit qu'elle avait pleuré.

"Grand Dieu, Betty, avez-vous perdu votre mère ?

— *Aye*, répondit-elle en souriant. Mais ce n'est pas pour ça que je pleure. Ça fait réfléchir à certains aspects de la vie, voilà tout.

— Oh non, je suis vraiment désolée." Ruth eut honte du stoïcisme qu'elle avait cru éprouver en annulant une fête d'anniversaire, comme une gamine de neuf ans. "Vous devez prendre votre journée et être auprès de votre sœur – prenez la semaine, je suis seule ici, de toute façon." La sœur cadette de Betty était *convalescente* à Landbrooke, un endroit que la mère de Ruth aurait qualifié d'*asile de fous* dans ce cas, mais de *sanatorium* dans le cas de sa propre fille.

"C'est gentil, madame, vraiment gentil. Mais nous nous détestions cordialement, ma mère et moi. Franchement, c'est plus pour Mary que je verse des larmes. C'est l'anniversaire de ma nièce cette semaine, et ça la met dans tous ses états.

— Mary a une fille ?"

Betty inspira bruyamment par le nez. "*Aye*. Bernadette. Elle aura onze ans demain. Elle est chez notre tante à Musselburgh, la plupart du temps.

— Ça doit être extrêmement difficile pour vous, Betty." Le goéland tendit et pencha le cou pour tenter d'attraper une framboise – n'y parvenant pas, il se repositionna sur le mur et inclina la tête de l'autre côté, comme si une perspective différente pourrait l'aider. "J'espère que je ne suis pas indiscrète… le père de l'enfant ?

— Un des mystères de notre époque", répondit Betty. Elle tira si intensément sur sa cigarette qu'elle la grilla de moitié. "Je me demandais, madame, si vous auriez des objections à ce que je l'amène ici un jour ou deux, à l'occasion. Bernadette. Elle est intelligente et elle sait se rendre utile. Ma tante est de plus en plus frêle. Ce n'est pas très drôle pour elle là-bas.

— Bien sûr, Betty. J'en parlerai à Mr Hamilton, je suis sûre que si nous pouvons faire quelque chose…"

Betty sourit, son visage ouvert était étrange et plutôt charmant. "Ce serait une aide précieuse, madame", dit-elle en tournant les yeux au ciel dénué d'oiseaux, dénué de nuages, saturé du bleu absolu des premiers jours d'automne. "Une aide précieuse."

Elles restèrent un moment silencieuses. Ruth sentit le vent lui soulever les cheveux et vit les yeux de Betty plissés par la concentration.

"Vous êtes proche de votre sœur, à Londres ?"

Ruth haussa les épaules.

"Nous nous entendons bien, tout en étant très différentes. J'imagine que le fait d'avoir des origines communes crée une affinité tacite. J'étais proche de mon frère, mais il a été emporté par la guerre."

Betty s'intéressa à Ruth comme si elle ne l'avait pas vue correctement jusqu'alors.

"Alors là, c'est un coup dur."

Ruth acquiesça.

Le goéland s'égosilla, évoquant à Ruth le Nain Tracassin ; il trépignait furieusement et prit son envol du mur, bredouille. Betty sourit, ses larmes séchées, son visage sévère à peine adouci.

La maison avait la manie de s'élargir dès que le soleil entamait son déclin, surtout en l'absence de Peter. Betty s'était retirée dans ses quartiers avec Booey ; Ruth se servit un sherry et partit en quête de repères. La pièce inoccupée au dernier étage, à côté de celle des garçons, était pleine de cartons à déballer. C'était là qu'elle prévoyait un jour d'installer un berceau. Elle essaya de se représenter la chambre, mais rien ne lui vint à l'esprit, ce qui la poussa à explorer celle des garçons.

Elle était immaculée, contrairement à sa propre chambre d'enfant, dans laquelle mamie refusait de mettre les pieds. Leurs draps étaient impeccablement repliés. Ce n'était pas l'œuvre de Betty

– c'était une pratique de l'internat que Christopher avait enseignée à Michael. Le lit au carré.

Sur la table de chevet de Michael reposait l'ourson en peluche qu'il avait gardé sur lui en permanence jusqu'à la rentrée, dans la poche de son manteau ou en le traînant par une patte usée jusqu'à la corde. Le garçon devait désormais se sentir incomplet. Un rang de soldats de plomb était disposé autour de l'ours, pour le défendre. Elle ouvrit le tiroir. Trois carnets d'allumettes entamés, plusieurs petites bobines de fils de couleur, une lime à ongles, deux bouts de crayon et un étui doré de rouge à lèvres rouge vif. Il y avait un chaton séché, un gland, un bouton-d'or pressé et une liste rédigée d'une main inconnue. *Banque, tailleur (£4), pain, saumon, poudre dentifrice.* Des vestiges de sa mère. Peut-être n'étaient-ce pas des pennies qu'il cherchait dans ses poches, il aurait pu penser que le manteau appartenait à Elspeth. Après tout, Ruth avait hérité de deux de ses manteaux d'hiver. Heureusement que celui qu'on lui avait volé sur la clôture était le sien propre.

Elle s'assit sur le lit de Michael et glissa une main sur l'oreiller. Des mois après la disparition d'Antony, elle avait éprouvé une peur panique de ne plus pouvoir se rappeler son visage. Regarder son portrait n'était d'aucune aide. Les traits existaient dans le mouvement et dans le bruit ; la personne photographiée se résumait à un jeu de lumière et d'ombre sur du papier, rien de plus. Alors elle avait pris une paire de ciseaux et découpé un carré dans la doublure de sa veste ; elle le caressait la nuit sous son oreiller en prétendant que son frère était à côté d'elle et de Ludwig, qui se languissait, l'énervait puis l'attristait encore.

Au chevet de Christopher, une photo d'Elspeth avec lui, peu avant qu'elle ne tombât malade. Le bras de sa mère était nonchalamment posé sur ses frêles épaules, son visage à lui respirait le bonheur. Autour du portrait, une collection d'objets était disposée avec soin. Des coquillages de porcelaines et de bigorneaux, une petite pierre trouée, trois plumes de geai rapportées du jardin de la résidence de Dummer et arrangées en ordre décroissant, des verres de mer blancs et un fragment de chine au motif de saule de la taille d'une pièce de monnaie. D'autres babioles recueillies dans la nouvelle maison. Le souffle de Ruth dérangea les plumes qui s'éparpillèrent sur le dessus de table encaustiqué. Elle les remit à leur place, consciente de leur importance et du fait que, derrière son dos, Christopher la regardait. Elle s'arma d'un large sourire et se retourna, son nom aux lèvres. Mais il n'était pas là, évidemment. Il était à des lieues d'elle, l'esprit occupé par quelque chose de complètement différent.

Le soleil avait presque disparu pendant qu'elle se trouvait dans la chambre des garçons. Du palier, à travers la fenêtre de l'escalier, on avait une vue parfaite sur la plage. Elle regarda la dernière lueur d'orange à l'horizon et songea, comme elle le faisait toujours dans les moments de pure beauté, au dernier souffle de son frère, les secondes l'ayant précédé et celles lui ayant succédé. Elle perçut un mouvement du coin de l'œil, se tourna en s'attendant à voir Betty, gênée par avance de se faire surprendre dans le noir, un verre de sherry à la main. Encore une fois, rien, si ce n'était le doux frémissement d'un cousin bourdonnant à la fenêtre. Elle partit vérifier la salle de bains, seule pièce à la porte entrouverte, et crut voir à l'intérieur une silhouette, debout dans un coin, mais elle se volatilisa dès qu'elle tira sur le cordon de la lampe.

Le matin de l'anniversaire de Ruth, Betty avait dressé une table élaborée pour le petit-déjeuner ; il y avait un porte-toasts plein, deux œufs durs et, sur le chauffe-plats, une assiette couverte qui sentait le bacon.

"Merci, Betty, mais il est vraiment inutile de vous donner toute cette peine quand Peter et les garçons ne sont pas ici. Surtout avec votre mère.

— Madame, répondit-elle, ce qui n'indiquait ni accord ni désaccord. Au fait, joyeux anniversaire." Elle planta un soliflore avec un brin de bruyère devant l'assiette de Ruth.

"Oh, c'est adorable, merci." Ce n'était pas la première fois qu'elle demandait à Betty de modérer ses attentions, mais cela n'avait jamais fait la moindre différence dans le passé.

"Bruyère blanche pour votre protection", ajouta la domestique comme si c'était une évidence. Elle mit son foulard. "Si ça ne vous dérange pas, madame, je vais aller voir Mary, maintenant.

— Bien sûr. Et encore merci, merci beaucoup."

Betty quitta la pièce avec un sourire crispé, sa démarche expéditive résonnant dans le couloir puis au-delà de la porte de service. Elle n'utilisait jamais l'entrée principale.

La maison sombra de nouveau dans le silence et Ruth regarda la longue table en essayant de s'imaginer à son aise. Il y avait un napperon en dentelle sous le beurrier, lui-même en argent. Le beurre avait été sculpté, allez savoir comment, en une spirale de coquillage. Elle se représenta Betty, assise devant la motte, prédisant que Ruth mangerait une de ses spirales au petit-déjeuner, puis la sculptant en forme de conque qu'elle avait placée sur le petit plateau en argent avec le minuscule couteau en argent. Elle coupa le beurre en deux et sentit le métal écraser le gros sel. Elle le tartina sur son pain grillé qu'elle posa dans son assiette.

Il y eut un craquement à l'étage, puis un autre, comme si quelqu'un marchait dans les chambres à coucher. Elle se figea, parfaitement immobile, le couteau à la main. La porte de la salle à manger s'ouvrit lentement.

La tête bovine de Booey apparut entre ses genoux et Ruth poussa un cri. Elle glissa son poignet sur l'arête de son nez.

"Je t'avais oublié, mon vieux. Excuse-moi", dit-elle en posant le couteau. Elle prit ses deux oreilles dans ses mains et les chiffonna. Booey, qui avait une haleine de maquereau, lui sourit de toutes ses gencives noires et haleta gaiement en émettant une vapeur infecte. Ruth lui donna une tranche de bacon ; ses babines firent un claquement creux. Il mit le menton sur son genou et lui adressa un regard suppliant aux yeux voilés. Elle posa l'assiette de bacon par terre et grignota son toast.

Quand il eut fini, Booey la remercia d'un coup d'œil en arrière et se dandina lentement jusqu'à la cuisine pour s'allonger, le dos contre le fourneau. Ruth se versa du thé et fit flotter une tranche de citron à la surface. Que ferait-elle pour son anniversaire ? Elle entendit un nouveau bruit à l'étage, retint son souffle et écouta. Le vent, peut-être. Elle repoussa doucement sa chaise et sortit de la salle à manger. Booey ronflait déjà dans la chaleur de la cuisine quand elle passa à côté de lui, avant d'entrer dans le couloir où elle examina l'escalier. Un, deux, trois craquements. La maison qui se tassait ? Elle grimpa les marches dans le plus grand silence. Arrivée en haut, elle descendit du tapis d'un pas léger ; la porte de sa chambre était fermée. Elle l'avait laissée ouverte par habitude, son père détestait que l'on fermât les portes, à moins que l'on s'habillât. Mais Betty avait pu la fermer – elle était du genre à aimer les portes closes.

Plus vite Ruth regarderait à l'intérieur, plus vite elle pourrait reléguer son cœur affolé et son appréhension au domaine de l'imbécillité puérile. Elle ouvrit. La pièce était vide. Elle ne vit pas la fille près de la fenêtre. Elle ne vit pas ses cheveux roux, son visage blanc, les creux sombres de ses yeux ni les haillons qu'elle portait, ni ses pieds nus et anguleux, ni les os qui saillaient de ses mains tels des bâtons. Mais Ruth pouvait imaginer une fille exactement comme elle, sans l'avoir jamais vue avant ; elle pouvait l'imaginer distinctement en sachant que ses yeux étaient incapables de la voir. Tout comme elle savait qu'il n'y avait aucune raison qu'elle ne pût pas bouger, que son cerveau lui jouait des tours en entravant ses mouvements. Elle avait l'impression que tous les meubles de la chambre – le lit, les chaises, la table de chevet et les rideaux – étaient soulevés du sol par une sorte de magnétisme et tous retenus – pas en suspension mais collés, pour le moment – au plafond. Ce n'était pas le cas, bien sûr, mais ça correspondait au ressenti de Ruth. Et encore cette odeur de fleurs en décomposition, son souffle de mort.

Un grand coup se fit entendre au rez-de-chaussée et elle tourna la tête. C'est ainsi qu'elle sut qu'elle pouvait bouger et quand elle regarda à nouveau, la pièce était vide et les meubles au sol, là où ils avaient toujours été.

Un homme attendait à la porte de service, la casquette à la main. "Bonjour, madame, Betty vous fait envoyer ça, c'est arrivé par le train." Il lui tendit le carton posé à ses pieds. À l'intérieur, un gros ananas.

I

C'est le genre de café soluble qui contient aussi du lait en poudre. L'agente immobilière a dû le laisser là. Je ne suis pas experte en la matière, mais j'ai l'impression qu'il sera imbuvable. Je ne peux pas sortir du lit sans mon café, au risque de passer pour quelqu'un qui s'est choisi une hygiène de vie. Le problème, c'est que je reste allongée à réfléchir. Sortir du lit pour soulager ma vessie ne suffit pas, ça ne compte pas vraiment : si je me lève juste pour aller faire pipi, je retourne aussitôt sous les draps ou me retrouve assise sur le canapé, couverte de coussins pour me tenir au chaud. C'est un faux départ. En revanche, si j'arrive à visualiser la meilleure mouture de café – dans une grande cafetière à piston, ni brûlé par manque de patience ni macéré trop longuement –, je peux enfin me résoudre à sortir du lit, entamer la procédure et accomplir cet acte mineur. Ensuite, après m'en être versé une tasse, me voilà capable de déambuler et de regarder fixement une tâche à réaliser dans la journée.

Ce matin, je trie les cartons des tableaux qui étaient autrefois accrochés aux murs.

Il y a une aquarelle, travail très amateur, d'une baleine ou d'un requin échoué sur la plage. Probablement un requin, si je me fie à l'attention portée à la gueule, redessinée plusieurs fois et plutôt angoissante. Quatre petites silhouettes, représentées par de simples coups de pinceau, entourent l'animal, avec un Bass Rock déformé en arrière-plan. Mrs Hamilton peignait beaucoup, mais ne semble jamais avoir beaucoup progressé. Je trouve des tonnes d'aquarelles, toutes plus imparfaites les unes que les autres. C'est là que maman a débuté quand elle était enfant. Elle m'a raconté qu'après avoir été abandonnée par son mari, Mrs Hamilton s'as-seyait à côté d'elle sur la plage devant un chevalet et, tandis que la dame s'appliquait sans succès à tout caser à l'intérieur du cadre, maman se concentrait sur un objet de petite taille – des œufs de requin ou une porcelaine. Leur camaraderie semble en décalage avec la femme que j'ai connue, qui rôdait dans son immense maison déserte comme un vieux renard, en quête de coins tran-quilles où elle pouvait boire et fumer sans être dérangée. Elle ne peignait jamais à cette époque. Nous ne la voyions pas souvent en dehors des grandes occasions, des anniversaires et d'un Noël que nous avions passé chez elle ; nous nous rassemblions dans la salle à manger devant une soupe de carottes à l'orange, dans le silence angoissé du bruit que nous risquions de faire. Si je la croi-sais dans l'escalier, elle essayait de dissimuler son ivresse, inclinait la tête et m'adressait un "Très bien", comme si j'avais accompli une tâche qu'elle m'aurait confiée. *Mrs Hamilton*, que nous n'ap-pelions jamais *grand-mère* et certainement pas *mamie*, est la seule aïeule que ma sœur et moi ayons connue, quoique d'après mon père, quand j'étais bébé, j'aie été présentée à son père et à celui de Christopher à une occasion, dans une gare ferroviaire. Adolescente, je me suis demandé tout haut si nous appelions notre grand-mère *Mrs Hamilton*, car nous éprouvions des réticences à mentionner tous les autres grands-parents, brouillés avec nous, morts ou cin-glés. Maman m'a alors prié de cesser "de nous bassiner avec ça".

Ma mère était toujours prompte à nous rappeler que nous aurions été nourries d'abats et de compote de pruneaux à Blyth si Mrs Hamilton n'était pas intervenue pour la scolariser à Londres, mais nous n'avons jamais été personnellement témoins de sa géné-rosité. Les seuls moments où je l'ai vue exprimer son affection, c'était lorsqu'elle frottait les oreilles d'un de ses Booey en chu-chotant, de façon que le chien remuait la queue en soulevant la poussière des coussins du canapé.

"Elle nous a tous sauvés", disait ma mère, comme si ça expli-quait tout, ou quoi que ce soit du reste, au sujet de Mrs Hamil-ton. Si nous insistions pour en savoir plus, elle quittait la pièce sous un prétexte quelconque.

Plusieurs des tableaux que j'ai déballés dans la salle de bal ont fait remonter de vagues souvenirs de mon enfance. Je ne prêtais pas grande attention aux peintures de la maison à l'époque – je ne m'intéressais pas aux paysages surannés, je dessinais des ananas et des chiens. Je les coloriais au surligneur, m'appliquant à ne pas dépasser les épais contours noirs, et je les trouvais fabuleux. Katherine, de trois ans ma cadette, composait une véritable nature morte – un vase de fleurs séchées ou quelques oranges et une bouteille verte – puis elle s'asseyait et méditait sur son œuvre. Elle utilisait des crayons pastel, soufflait sur les résidus de pigment avec le plus grand sérieux, enfilait une vieille veste cirée pour ne pas tacher ses vêtements. Elle levait les yeux au ciel en découvrant mon ananas turquoise, mon chien violet. Je considérais que ses dessins étaient un gaspillage de couleurs, et ceux accrochés au mur un gaspillage de papier.

Je reconnais une aquarelle. *Paysage du Lothian avec le château de Tantallon en arrière-fond*, apprend-on au dos. Aucune indication sur ce qui se passe au premier plan. Le château de Tantallon est un petit machin brun sable au bord de la falaise. Normalement, quand il est représenté en peinture, c'est depuis la mer d'où il domine, immense, imposant et menaçant. Sur l'aquarelle, il semble complètement anodin. Au premier plan, un trou sombre dans la terre, une grotte sur laquelle pousse un arbre aux racines torsadées comme des serpents adipeux, aux branches feuillues aplaties par le vent. L'ouverture de la grotte n'est pas noire, elle est de ces teintes obscures qui incitent à plisser les yeux pour tenter de voir à l'intérieur. Le tableau était suspendu au-dessus du lit de tante Bet, au-dessus du lit que ma mère partageait avec elle les nuits de grand froid. Je le range dans la pile destinée à la salle des ventes.

Je m'arrête tard pour déjeuner, me dirige vers la cuisine qui garde la même odeur – margarine et graillon d'un millier de rôtis, nettoyant à métaux et liquide vaisselle. Et ces infects *meat puddings* que Bet nous concoctait jusqu'à ce que Katherine se proclame végétarienne, le moment de notre enfance où j'ai éprouvé le plus d'affection pour elle. Probablement le moment où j'ai éprouvé le plus d'affection pour elle jusqu'à maintenant, à l'âge adulte.

Le grand frigo rouillé a disparu. Remplacé par un minibar flambant neuf que l'agente immobilière a rempli de bouteilles vertes d'une eau minérale en vogue. Il faudra plus que de l'eau minérale pour convaincre les clients que la maison est une oasis de modernité. Elle sera vraisemblablement achetée à l'aveugle, de toute façon – par un milliardaire américain en quête de villégiature à côté d'un terrain de golf, qui embauchera un entrepreneur pour démolir l'intérieur et tout repeindre en blanc brillant ou en jaune bouton-d'or. Ils installeront un robinet d'eau bouillante et plusieurs téléviseurs à écran plat. Ils trouveront un moyen de réparer le wi-fi et de régler le problème de réseau téléphonique.

La plupart des meubles – les vieux canapés, le secrétaire, le piano, les chaises longues assorties dans lesquelles Katherine et moi lisions nos bandes dessinées – ont été expédiés à une vente aux enchères à Musselburgh. L'agente immobilière a fait installer ce qu'elle décrit comme du "mobilier neutre", à savoir un sofa gris. J'ai ôté quelques bouteilles de son minibar pour pouvoir caser le gruyère, le céleri et le chocolat ; je sors maintenant une tranche de fromage et quatre carrés de chocolat. J'enveloppe le chocolat dans le fromage. Les fantômes de tante Bet et de Mrs Hamilton m'observent avec consternation.

La table de la cuisine est restée, avec ses chaises recouvertes de vinyle jaune, ses coussins déchirés qui nous pinçaient les cuisses quand nous étions en short. C'est drôle, ce souvenir – si vivace alors que je pourrais compter sur les doigts d'une main le nombre de beaux jours que nous avons passés à North Berwick. Le short devait être porté avec un pull de pêcheur rêche, épais, et un bonnet. L'agente immobilière exige que les chaises éraflées soient dissimulées sous la table.

Sur le palier du premier étage, la vue donne sur le terrain de golf et sur la mer. L'îlot Bass Rock semble distant, mais je me rappelle qu'il regardait par-dessus mon épaule quand je m'approchais tout doucement des patelles dans les mares résiduelles. On le sentait aussi se pencher sur la piscine découverte de la ville, comme s'il cherchait à projeter son ombre sur nous.

Ici et là, des objets personnels ont été oubliés. Sur le rebord de la fenêtre, dissimulée derrière un gros gland de rideau, se trouve une photo dans un cadre d'argent. Mrs Hamilton, que l'on peut alors encore qualifier de jolie, est assise sur le canapé avec mon oncle Christopher et papa, avant que ce dernier se fasse pousser les cheveux mais, à en juger par son sourire, à l'époque où il était régulièrement défoncé.

Mrs Hamilton a les mains derrière la tête, ce qui paraît hasardeux, car on aperçoit l'extrémité allumée d'une cigarette à proximité de sa coiffure solidement laquée. Un chiot jaune – Booey IV, celui qui a mis fin à ses jours en avalant une livre de beurre – dort sur ses genoux. Elle garde la bouche résolument fermée et le regard flou. Oncle Christopher regarde droit vers l'objectif, sans sourire ; il a la barbe fournie et la raie sur le côté. Sa ressemblance avec D. H. Lawrence donne un aspect anachronique à la photo en couleurs. Je ne l'ai jamais connu avec des cheveux aussi noirs. Dans mes premiers souvenirs, il n'en a presque plus. Papa est assis par terre devant eux, le visage flou comme si quelqu'un l'avait appelé à l'instant même du déclic. Je replace le cadre derrière le rideau. Il devrait rester quelques vestiges des gens qui ont vécu ici, une fois que la maison sera vendue.

Le palier mène à la chambre de Mrs Hamilton et à un bureau. On avait toujours l'impression de porter une atteinte indécente à sa vie privée quand on regardait à l'intérieur. Enfant, je passais souvent devant la porte après que les quartiers de tante Bet avaient été fermés pour économiser le chauffage et que Katherine et moi dormions ensemble à l'étage supérieur, dans l'ancienne chambre de papa et oncle Christopher. Il y avait beaucoup de pièces disponibles, mais maman était inflexible : nous devions partager. "Rien ne peut vous faire de mal ici, mais beaucoup de choses peuvent vous faire peur." Mrs Hamilton me faisait peur. Quand j'écoutais à sa porte, je l'entendais parler toute seule, marquer de longues pauses pour les réponses. À l'intérieur, son lit est fait et je dois me rappeler que ma présence n'est plus une intrusion. Il y a des tableaux à cataloguer dans la pièce. Celui qui ressemble un peu, mais pas complètement, à un Stubbs ; deux daguerréotypes raffinés, le premier d'une femme opulente dans un corsage à col monté, le second d'un border collie. Il devait être bien dressé pour rester immobile aussi longtemps. À moins qu'il n'ait été empaillé. On retrouve les aquarelles d'amateur de Mrs Hamilton sur les murs de sa chambre. De Bass Rock, d'étoiles de mer et de mouettes. Il sera difficile de savoir qu'en faire. L'agente immobilière m'a demandé de laisser tout élément "susceptible de créer une ambiance balnéaire neutre". Elle m'a envoyé une "planche de tendances" pour montrer ce qu'elle veut dire : sculptures de mouettes perchées sur un bâton, bois flotté sur support, pichet à rayures rouges et blanches. Peut-être qu'elle souhaitera garder ces croûtes.

Quand je l'ai connue, tante Bet était âgée et elle avait le corps d'un mousse : chaque bout de chair méritait sa place. Ses biceps ressortaient comme des tangerines. En y repensant aujourd'hui, devant le lit soigneusement fait, il me semble probable qu'elles étaient amantes, Mrs Hamilton et elle. Peut-être seulement compagnes sur la fin, une cohabitation silencieuse, mais elles étaient toujours présentes, dans un coin de leurs vies respectives.

Je soulève l'édredon, poussée par une curiosité pragmatique de la mort. Quelqu'un a-t-il fait le lit après le décès de Mrs Hamilton ou s'en est-elle chargé elle-même avant de prendre le gin dans le bar et ses clés de voiture au crochet près de la porte ? Il n'y a pas de draps et le matelas est souillé – une horrible tache foncée s'est répandue puis a été absorbée par le tissu. Elle a coulé sur la tranche, noircissant les rayures bleu clair du coutil. Je laisse retomber l'édredon. Qui sait quelles autres maladies Mrs Hamilton a combattues ? On peut beaucoup saigner quand on boit trop. Mais elle n'est pas morte chez elle. Elle est morte seule dans les bois au mois de janvier. On l'a retrouvée, une cigarette entre les doigts, une bouteille de gin quasi vide à ses côtés. Eh bien, c'est réconfortant.

Je vais consulter mes messages dans le jardin. Pour avoir du réseau, il faut grimper sur le banc à côté des framboisiers, réduits à l'état de souches marron enchevêtrées dans un grillage vert, et se hisser pour s'asseoir sur le mur. Trois golfeurs me lancent un regard soupçonneux ; je leur fais un signe de la main. Aucun ne me renvoie mon salut. Saluer une femme ne fait pas partie de leur jeu.

Je reçois un SMS. C'est Katherine.

J'ai quitté Dom. On dîne ensemble quand tu reviens ?

Typique. Il est impossible de lui donner une réponse satisfaisante.

T OK ?

J'évite d'ordinaire toute abréviation dans mes messages, mais j'ai trouvé que le meilleur moyen de communiquer avec ma sœur, c'est de la décevoir d'entrée de jeu par mon laisser-aller pour évacuer le problème. Sa nouvelle n'est pas complètement inattendue. Katherine n'aime pas surprendre, voilà six mois qu'elle fait allusion aux difficultés dans son couple. Par le biais de conversations sur les enfants, principalement, le fait qu'elle pense qu'elle aimerait en avoir, mais se demande si Dom est taillé pour ça. Il ne l'est pas : ç'aurait dû lui sauter aux yeux dès leur première rencontre. Or Katherine ne veut pas d'enfants. Elle cherche simplement une bonne excuse. Ce n'est pas du tout qu'elle soit instable ou en dépression – ça, c'est mon domaine. Son seul acte de témérité a été d'épouser Dom, un amour de vacances qui avait besoin d'un titre de séjour. Dom, dont l'ambition était de descendre de sa ville natale de Nouvelle-Écosse jusqu'à Cuba, en kayak, puis d'écrire un livre relatant ses aventures. En six ans, il avait raffiné l'art de parler du périple comme s'il était sur le point de se concrétiser, ou le serait, si seulement les *costards-cravates aux commandes* voulaient bien se *sortir la tête du cul* et accepter de le financer. Qui étaient ces costards-cravates et quel était le budget de l'expédition ? Ces questions restaient sans réponse. Je n'aimais pas Dom, et ça datait de bien avant qu'il y ait eu quoi que ce soit entre nous. Mais notre mère, qui voyait en lui une âme en peine, affectait de le trouver fascinant. Ils se sont mis à boire ensemble aux réunions de famille en donnant l'impression que maman partageait son avis sur le fait que nous étions tous pompeux et ennuyeux comme la pluie, alors qu'il était exceptionnel. Elle sentait qu'il avait besoin de son soutien.

Ça va. Mercredi ? Chez toi ?

Je lui renvoie un pouce levé. Je perçois sa désapprobation dans les trois points m'indiquant qu'elle rédige une réponse qui n'arrive jamais.

De retour à l'intérieur, je remarque que le meuble-bar est toujours à sa place dans la salle de séjour. Il contenait autrefois des mini-cannettes de limonade R. White, que Mrs Hamilton buvait le matin pour soulager ses indigestions. J'y découvre une bouteille de whisky entamée. Je la remplacerai avant de partir, même si je vois mal qui pourrait s'en soucier maintenant. Il n'est pas encore trois heures de l'après-midi, alors j'allonge la boisson avec un peu d'eau du robinet. Tante Bet aurait trouvé à redire, mais ça me donne l'impression d'être raisonnable. Dès que je fais une pause, j'ai des difficultés à me remettre au travail. Un verre m'aidera peut-être à me concentrer. Si ça ne marche pas, de toute façon, il sera trop tard pour s'en soucier.

Mon souvenir le plus persistant de tante Bet la place dans un vieux fauteuil roulant, dans la salle de bal. Elle demandait à notre mère de prendre le panier en osier plein de crayons de couleur dans le secrétaire et me faisait asseoir par terre, à ses pieds, et dessiner. Nous passions ainsi des matinées interminables en silence, satisfaites. Elle disait toujours "Occupez-vous de vos dessins, les filles, je monte la garde", et c'est exactement ce que nous faisions. Elle regardait fixement par la fenêtre, semblait s'attendre à ce que quelqu'un émerge péniblement de l'eau. Je coloriais mes ananas, mes chiens et quand ils étaient finis, je leur attribuais un nom en échange de son assentiment. Elle me donnait alors l'impression d'avoir représenté une chose qu'elle avait depuis longtemps perdue et qu'elle était soulagée de voir enfin sur la feuille. Elle touchait parfois les contours avec ses petites mains tordues et enflées, qui n'étaient pas de la même couleur que le reste de son corps, comme si elle avait le sang coupé au niveau des poignets.
Je suis debout, le front effleurant la vitre, lorsque j'entends la porte d'entrée. Je pose mon verre, le reprends et le range dans le meuble-bar, puis je descends le couloir à grands pas, en respirant par le nez, comme une personne très occupée, perpétuellement importunée par des requêtes futiles – autant dire que je singe ma sœur. Je reste quelques instants dans le hall, désorientée, car il n'y a personne. Puis j'entends un tiroir se refermer ; derrière moi, près de la porte de service, un homme met quelque chose dans sa bouche.
"Viv, chérie." Il est difficile de le discerner à contre-jour, mais je reconnais les traits busqués de notre famille. Oncle Christopher sort de l'ombre, plus chauve que la dernière fois que je l'ai vu, plus mince aussi. Il a le visage buriné par les éléments – sa génération n'a jamais su maîtriser le concept de crème solaire et, dans les Highlands, la neige réfléchit le soleil. L'année de mes seize ans, nous avons passé Noël dans sa petite cabane de pierre,

avec l'eau de pluie qui ruisselait sous la porte, traversait l'habitation et disparaissait dans la grille sous la cheminée. Katherine a essayé de l'assécher avec un balai, au bord des larmes, au bord de la puberté. J'ai fait semblant d'adorer la rigole, refusé de l'enjamber, préférant la piétiner en chaussettes. Nos sacs de couchage étaient mouillés et notre porridge préparé à l'eau.

"Salut, ça fait plaisir de te voir." Je m'avance, nous nous embrassons sur la joue et j'espère que je n'empeste pas l'alcool, alors même que je le sens dans son haleine, sous celle de menthe poivrée.

"Je viens juste de voler une des pastilles de maman – je ne pense pas qu'elle m'en tienne rigueur. Alors, comment vas-tu ? Je suis tellement content que tu puisses nous rendre ce service, c'est vraiment gentil de ta part.

— Oh, c'est avec plaisir. Ça m'embête d'être payée pour le faire.

— N'importe quoi ! Ça nous coûterait beaucoup plus cher d'employer quelqu'un d'autre." Deux mensonges : je ne l'aurais pas fait gratuitement et je touche davantage, de l'heure, que ma sœur – c'est la raison pour laquelle j'ai accepté, à l'origine. Et je suis à peu près certaine que Christopher m'a proposé ce boulot parce qu'il est au courant de mon bref séjour à l'hôpital l'an dernier.

"Bon." Les mains ballantes devant le corps, j'applaudis comme une otarie savante. J'ai oublié comment me comporter avec lui, nos contacts sont épisodiques depuis la mort de papa.

"Bien, bien. Que penses-tu de la vieille bâtisse ? J'y dormais très mal quand j'étais enfant. Mais tu n'es sans doute plus une enfant, si ?

— Je suis même pas loin de la quarantaine." C'est censé être drôle, mais je crains d'avoir l'air de me vanter ou, pire, de lui reprocher de ne pas savoir mon âge.

"Mais bien sûr ! dit-il. Eh bien, dans ce cas, nous devons célébrer ta maturité autour d'un verre !" Il se faufile à côté de moi, m'agrippant les coudes au passage pour les serrer gentiment. Je suis soulagée qu'il ne l'ait pas mal pris. Il entre dans la salle de séjour et se dirige directement vers le bar. J'ai envie de disparaître en le voyant sortir mon verre à moitié plein.

"Tss, cette Deborah. Pas étonnant qu'elle n'ait pas encore vendu la maison." Mais il le dit avec le sourire et il me vient à l'esprit qu'il essaie de me mettre à l'aise, qu'il est conscient que ce n'est pas le fait de l'agente immobilière.

"Tu la connais bien ? L'agente ?

— C'est ma sœur. Enfin demi-sœur. Impossible d'embaucher quelqu'un d'autre, elle ne me l'aurait jamais pardonné."

Curieusement, cette information rend la situation encore plus fâcheuse. J'ai entendu parler de Deborah, mais je ne l'ai jamais rencontrée. Je me demande si elle va lui rendre compte de tous mes mouvements. Je me demande ce qu'elle sait sur moi. Je finis par avoir honte de mes propres pensées.

Il sert deux verres, me tend le mien et nous trinquons. Il avale la boisson en fermant les yeux.

"Ta grand-mère serait très contente de te savoir ici."

Improbable, à mon avis. "Mrs Hamilton ? Tu crois ?

— Oh oui, elle t'aimait énormément. Pas facile de s'en apercevoir avec elle, ça ne tournait pas très rond vers la fin, n'est-ce pas ? J'imagine que Katherine et toi en aviez une peur bleue.

— Je la connaissais pas vraiment." Ça semble poli et évasif.

Il sourit. "Pas vraiment la bonne-maman des boîtes de biscuits."

À la lumière de la fenêtre, je remarque qu'il a extrêmement maigri.

"Dis-moi, comment va ta sœur ?

— Ça va. Je crois qu'elle va divorcer.

— D'avec l'Américain ?

— Le Canadien.

— Ma foi, c'est sans doute pour le mieux. Si j'étais une femme, j'éviterais les hommes comme la peste. J'ai toujours rêvé d'être une lesbienne." Il le dit avec mélancolie, comme s'il avait simplement choisi un mauvais parcours professionnel.

"Et comment va ta mère ?

— Elle va bien – elle n'a absolument pas changé."

Il sourit. "Elle est parfaite." Il écluse son verre et son regard est attiré par un chien de faïence marron et blanc sur la cheminée. Un de ces affreux chiens à gueule écrasée qu'on trouve habituellement par paire dans les maisons bourgeoises.

"C'est drôle, on n'a jamais su ce qui était arrivé à l'autre chien – ils vaudraient une fortune s'il y en avait deux. Notre père avait décrété que Michael ou moi l'avions cassé, mais si c'est le cas, je n'en ai vraiment aucun souvenir. Je me rappelle juste qu'il y a eu tout un pataquès, et que nous avons été accusés tous les deux." Il se tourne vers moi, les yeux brillants. "Rien de pire que d'être accusé à tort quand on est enfant. Tu ne le veux pas, par hasard ? Il a l'air perdu, tout seul."

Il me tend le chien, que j'accepte, car il me semble impoli de refuser. Christopher n'a jamais vu mon appartement, il ignore à quel point une faïence de valeur y serait déplacée.

"Écoute, je suis juste passé pour te donner un peu d'argent et te demander un service, si ce n'est pas abuser.

— Ah bon ?"

Il sort une enveloppe de sa poche et commence à éplucher des billets de cinquante livres.

"La maison risque de croupir sur le marché, si Deborah continue comme ça, et il est toujours préférable d'avoir une présence sur place... Que dirais-tu de garder la boutique quelque temps – de rester un peu après avoir terminé l'inventaire ? J'aurais l'esprit plus tranquille si je savais que quelqu'un habite ici."

Il cesse de compter l'argent et me regarde.

"Je ne m'attends pas à ce que tu y résides en permanence et, naturellement, tu seras rémunérée et défrayée. Mais le trajet est peut-être un cauchemar depuis Londres. Si c'est le cas, je peux toujours demander à tante Pauline de passer – elle n'est pas loin, oncle John est de nouveau souffrant.

— Non, non, c'est bon. Bien sûr, je serai ravie." Je ne sais pas encore si l'idée me plaît, mais je sais que la tâche m'incombe, elle n'est pas la responsabilité de parents éloignés et âgés. J'éprouve déjà une déplaisante sensation d'échec et je ne suis venue que deux fois. La première, j'ai effectué les trajets aller et retour au petit matin quand les routes étaient désertes, dormi toute la journée, après quoi je n'ai pas fermé l'œil de la nuit et eu deux jours de migraine. Mais je serai payée, juste pour traîner, ce qui est mon occupation habituelle.

"Génial", dit-il. Il remet l'argent dans l'enveloppe, me tend le tout et referme mes doigts autour du papier. Il me tapote la main deux fois. Je suis certaine que ma mère et lui se sont parlé. Je me demande si elle n'a pas complété le montant.

Je rentre à Londres le soir même. Je ne dors jamais bien la nuit et je m'amuse à faire semblant d'être en cavale. Je bénéficie d'un programme de protection des témoins ou je fuis une catastrophe nucléaire. J'entonne des chansons difficiles sur l'autoroute, Dolly Parton ou Jimmy Somerville ; il n'y a personne pour m'entendre chanter faux. Quand je n'ai plus d'énergie dans la voix, j'écoute la radio. Les nouvelles ne sont jamais bonnes. "Un styliste se suicide par chagrin pour sa mère." Je change de station. C'est très perturbant dans ce sens, l'inverse paraîtrait plus logique : une mère se donnant la mort par chagrin pour son fils. Là, je serais d'accord, et c'est la raison, ou l'une des raisons, pour laquelle je n'ai jamais voulu d'enfant.

Je trouve une station de musique qui passe une chanson dont nous avions la cassette dans la voiture quand Katherine et moi étions petites. *Bonedigger, bonedigger, dogs in the moonlight**, le long voyage de chez oncle Christopher, le silence entre nos parents, l'indifférence pleine de maturité de Katherine tandis que je m'efforçais de lui taper sur les nerfs en croquant des bonbons Polo à la menthe comme si ma vie en dépendait. Au réveillon de Noël, après le chevreuil au chou rouge que je mangeais seulement parce que Katherine était végétarienne, on m'a servi du vin comme à tout le monde. On en a offert à ma sœur, qui a décliné en disant : "Mais enfin, je n'ai que treize ans." Longtemps après que maman et Katherine étaient allées au lit, le ton est monté entre papa et Christopher qui, la bouche pâteuse d'alcool, a sifflé : "Ben voyons, putain, t'es un mec super généreux, Michael, pas vrai ?" Puis j'ai entendu une portière s'ouvrir et la cassette passer tard dans la nuit. Quand nous sommes partis, deux jours après, maman s'est assise dans la voiture, les bras croisés. Christopher et papa se sont brièvement étreints pour se dire au revoir, ils avaient les yeux rouges.

J'éteins la radio. Il est presque minuit. J'imagine qu'un loup-garou galope à côté de la voiture. C'est ce que je faisais sur le trajet pour l'Écosse lorsque j'étais enfant. Quand on regarde dans les buissons sur le bas-côté, quand on se concentre sur l'obscurité, il est facile de les voir : ils s'apprêtent à faire la course, ils

* Extrait de *You Can Call Me Al*, de Paul Simon.

65

cherchent mentalement à faire tomber votre voiture en panne. L'air est doux et réconfortant à Londres, avec ses lampadaires et ses trottoirs pluvieux. Tout le monde dort, les loups se sont transformés en renards.

La fille gît, la bouche pleine de terre, nue en dessous de la taille. Pour la retrouver, il faudrait un chien, et l'homme qui va avec. Elle s'est éloignée du village, plus profondément qu'elle n'en avait l'intention. Personne ne vient.

Au lieu de cela, un choucas descend de son perchoir forestier, d'où il a vue sur le grand îlot rocheux de Bass Rock, d'où il a peut-être observé la violence et attendu, pensant dans sa cervelle d'oiseau que telle est la nature de l'homme, que bientôt ce sera fini et que bientôt il y aura de la viande.

Il se pose, froisse ses plumes, contourne la fille ; il la traite avec respect. Puis, par petits mouvements précautionneux, il la becque, s'écarte en gonflant son plumage, revient à la charge. Il est prudent. Les yeux sont encore bons ; la langue bonne aussi, une fois qu'il en aura secoué la terre. Les douces brioches du visage. D'autres oiseaux le rejoignent, ainsi que des fourmis, dans les cheveux, dans les parties humides, des mouches à viande et leurs bébés charnus, des scarabées aux pattes crochues, tout un microcosme cancanier, fouineur, maniaque, sans-gêne. Les bestioles de la forêt entreprennent de connaître la fille avant la nuit et l'arrivée des grosses créatures : les renards, les buses, une hermine rousse qui se nourrit du tissu entre l'index et le pouce. C'est un soulagement d'être dépiautée, de se débarrasser du pire de la chair.

La fosse n'est pas assez grande pour contenir son corps, surtout quand il commence à se boursoufler ; elle en déborde en faisant danser la terre meuble sur son ventre.

Toujours personne. Il faudrait qu'un chien traquant un cerf passe par là, suivi des hommes du village. Il la trouverait, aboierait et ils entreraient dans la forêt. Ils soulèveraient son corps et la ramèneraient au village. Il y aurait des cris de colère et de tristesse, de vengeance, et il y aurait ceux qui disent qu'elle l'a bien cherché en s'aventurant seule si loin.

Un renard emporte un morceau de jambe, une main presque sèche à présent, mais sur laquelle demeure un peu de chair. Un autre s'essaie à un bras, mais quand la fille bouge, il s'écarte d'un pas de danse, *frippityfrip*, le châle de la fille contient encore le haut de son corps.

Sous le vêtement, ses petits seins ont maintenant disparu, ils sont caves, retirés, racornis et décomposés. Vient le temps de la neige et au printemps, de la pluie ; la fille n'est plus que des os nettoyés au fond d'un trou dans la terre. Les œufs du choucas éclosent, les poussins demandent de la viande. Il n'y a toujours aucun signe des hommes.

L'ÎLOT THE SISTERS

I

Je dors jusqu'à midi, quand on sonne à ma porte. Je ne vais pas ouvrir. Je n'ouvre quasiment jamais, car aucune de mes connaissances n'utilise la sonnette. On frappe fort. En sortant du lit, je renverse un verre d'eau sur le livre que j'ai laissé écartelé par terre. Je ramasse le bouquin mais, ne repérant aucune surface plane où le poser, je le replace à côté de la flaque. J'enfile ma robe de chambre qui traîne depuis plusieurs jours au sol en une boule humide, ayant servi à éponger une maladresse précédente, et j'essaie de lisser mes cheveux, qui ont pris en séchant une allure de perruque ajustée de travers. Je m'approche le plus discrètement possible de la porte et regarde par le judas. C'est un livreur.

"Navrée, dis-je en affectant un air d'homo sapiens convaincant, je travaille de nuit." Je me demande s'il perçoit les vapeurs de mensonge qui émanent de mon corps. Il se borne à me tendre une petite machine pour recueillir ma signature. Je signe du doigt et nous remarquons tous les deux que j'ai l'ongle sale. Il ne va jamais croire que je suis docteur ou infirmière. Quoique ça pourrait être du sang dû à une longue intervention chirurgicale. Il me donne un colis et s'apprête à partir. "Vous pouvez retourner au lit maintenant", me dit-il.

Je ferme la porte et examine le paquet en le rapportant dans la cuisine – il me semble important d'avoir une idée de son contenu avant de l'ouvrir. Je m'ébroue en sentant quelque chose me chatouiller le cou. Je me regarde dans la glace. Une tégénaire domestique de la taille d'une souris est posée sur mon épaule ; je crie, lâche le colis, ôte la robe de chambre et la jette par terre. L'araignée atterrit sur le dos, se remet sur ses pattes et file se réfugier dans l'obscurité de la manche. Je hurle sans pouvoir émettre un son avant de surprendre encore mon reflet dans la glace. Nue, bouche ouverte, hirsute. Il va falloir attraper cette araignée. Il va falloir nettoyer mon appartement et chasser les araignées. Je retourne au lit et, de là, fixe le livre humide qui a gonflé pour atteindre deux fois sa taille d'origine. J'ai perdu ma page, mais c'est sans importance. Je lisais, dans le temps. Maintenant mon regard vagabonde sur le texte sans lui trouver de sens, sans envoyer d'images à mon cerveau. Je ferme les yeux. Dans mon sommeil, les araignées se terrent au fond de mes oreilles, tissent leur toile derrière mes orbites.

À six heures du soir, je me réveille en me souvenant que Katherine est censée venir dîner. Mais je ne l'ai pas contactée et elle n'a pas donné signe de vie non plus. Je contourne prudemment la robe de chambre, qui est restée sur le sol de la cuisine. Je n'ai pas ouvert le colis. En le soulevant, j'ai l'impression que quelque chose s'est cassé. J'en sors un coffret en bois – une des charnières de cuivre est brisée, le couvercle pend. À l'intérieur, cinq petits cailloux marron. Une note, aussi :

Viviane,
Ce n'est qu'une boîte à babioles, mais maman l'aimait beaucoup et j'ai pensé qu'elle te ferait peut-être plaisir. À mon avis, les cailloux sont en réalité de très vieilles dents de lapins !
Je t'embrasse fort,
Christopher
X

C'est un cadeau d'un ennui déconcertant. Il l'a sans doute posté avant que nous nous soyons vus hier, ce qui rend tout cela un peu vain. Je le pose sur la cheminée, à côté du chien marron et blanc, d'une carte postale reçue il y a si longtemps que je ne me souviens plus qui l'a envoyée, et d'une fourchette sale.

"Eh bien, dis-je, voilà qui sera parfait pour mes babioles." J'ouvre la poubelle pour y mettre l'emballage, mais elle est pleine, elle pue, alors je le jette à côté.

J'ai faim et me maintiens dans la lueur du frigo jusqu'à ce que son alarme se déclenche, mais je n'ai toujours pas la moindre idée de ce que je dois faire. Dès que je me serai remise de mes émotions, ce qui ne saurait tarder, je me débarrasserai de l'araignée, je sortirai la poubelle et je récurerai l'évier, car il est auréolé de graisse.

Je trouve dans le freezer un sac de gambas qui souffrent de sévères brûlures de congélation. Je les dégèle à l'eau froide en surveillant mon téléphone. Dans le placard, je récupère une tête d'ail coiffée de pousses vertes et des spaghettis – pas les linguine que Katherine utiliserait, car ils sont censés avoir une forme plus adaptée pour accompagner les fruits de mer. Il reste une poussière de flocons de piments au fond d'un bocal. Je garde un œil sur le portable, m'attendant à ce qu'elle annule. J'aimerais qu'elle annule. Je ne me sens pas d'attaque pour elle ce soir. Je me verrais bien manger les gambas toute seule, sur le canapé, devant une émission culinaire peut-être. Dans le frigo, il y a une bouteille entamée, un blanc moelleux qui serait totalement inacceptable aux yeux de ma sœur ; je m'en sers un verre en me demandant si je devrais aller acheter une salade. De toute façon, je suis obligée d'aller chercher du vin, que Katherine vienne ou non.

J'enfile mes chaussures et décrète que si je n'ai pas reçu de message d'elle à mon retour, c'est qu'elle ne vient pas. Mes cheveux se sont un peu égalisés – ils forment un petit nid de chaque côté, comme si c'était intentionnel. L'argent que Christopher m'a donné est toujours dans l'enveloppe. Je l'ai compté après son départ : deux mille livres sterling, plus du double de ce que nous avions convenu. J'ai songé à en parler à maman, voir comment en rendre une partie, mais je ne m'y suis pas encore résolue. Je ne m'y résoudrai jamais, car j'ai envie – très envie – de tout garder.

L'enveloppe dans la poche, je me dirige vers le magasin le plus cher, plutôt qu'à la coop, et je fais la queue avec un panier contenant des prunes (j'ai laissé les autres à North Berwick, elles seront pourries quand j'y retournerai), une miche de pain au levain et deux bouteilles de vin à vingt-deux livres pièce. La file est longue et le type qui attend devant moi n'arrête pas d'agiter la jambe. Je détecte une bouteille à quinze livres. Je pourrais quitter la queue et les échanger, mais je n'aimerais pas qu'on pense que je fréquente une boutique chic pour m'approvisionner en piquette. Qu'est-ce que je fais ici ? Pourquoi ne suis-je pas allée à côté acheter mon *Fat Man's Creek* habituel à cinq livres quatre-vingt-dix-neuf ? Et si, en voulant échanger les bouteilles, j'en faisais tomber une, si elle se cassait et si l'homme à la caisse était obligé de faire semblant que ce n'était pas grave, alors que ça l'est ? Et si quelqu'un s'insurgeait quand j'essayais de reprendre ma place dans la queue ? Ou si je refaisais la queue derrière tout le monde et si quelqu'un m'invitait à rejoindre ma place d'origine ? Je suis persuadée que j'aurais mieux fait de me contenter de mon *Fat Man's Creek*. Devant, l'agité de la jambe tient une canette de jus de coco et un sac de mozzarella di buffala. Il se tourne vers moi et lève amicalement les yeux au ciel, car la cliente qui le précède met une éternité à choisir le parfum de sa crème glacée, puis demande si elle peut goûter la bergamote-estragon et quand le caissier lui explique très poliment que malheureusement, s'il l'autorise à le faire, il se retrouvera avec un bac invendable, la femme manifeste un agacement démesuré.

Je réponds au type en haussant les sourcils.

"Heureusement que ce fromage vaut le coup d'attendre", lance-t-il sans grande discrétion.

Je souris.

"Je m'appelle Vincent, dit-il.

— Oh. Moi, c'est Viv.

— Ouah. Deux noms en V. Ça n'arrive pas très souvent."

Je fixe la caisse d'un regard décidé. J'ai manifestement franchi une étape de ma vie où les gens que je croise en faisant les courses ont envie de me parler. Il est peut-être temps de me faire couper les cheveux.

On dirait qu'il a emprunté le manteau de sa mère.

"Je vois que vous avez choisi l'option à vingt-deux livres, commente-t-il.

— Oui.

— C'est mon anniversaire la semaine prochaine."

Je hausse de nouveau les sourcils en hochant la tête. Ça dépasse les bornes.

"L'an dernier, pour mon anniversaire, je me suis fait tatouer, un vrai tatouage, sur l'épaule – une vraie épaule." Il le dit à voix haute, mais en murmurant, comme si cette information n'était pas destinée aux autres personnes qui font la queue. J'ai l'impression que celles-ci me reprochent de manquer d'amabilité en retour.

"C'est un tatouage de quoi ?" Mais je n'ai pas le temps de finir ma question qu'il a déjà ôté son manteau et déboutonne sa chemise pour me le montrer, en plein milieu du magasin. Surprise, je ris. Sans le moindre embarras, il expose une épaule velue, ni musclée ni lisse, mais pas démesurément flasque ni poilue non plus. Juste un peu. Je sens sa propre odeur sous le déodorant – il renifle sous son bras.

"Merde, excusez-moi, je dois puer, dit-il sans paraître gêné, j'ai oublié de mettre du déodorant ce matin et j'ai dû le faire à la pharmacie en allant au boulot – je crois que j'ai raté l'aisselle." Quel sentiment ce doit être de traverser la vie en se fichant de ce qu'elle pense de vous. Je me souviens d'un groupe de filles, à l'école, qui avaient offert un déodorant à bille à une autre lycéenne. Je revois sa honte d'habiter ce corps qui l'avait trahie. Et ses camarades qui patrouillaient la cour de récréation, bras dessus, bras dessous.

Il se débarrasse de sa chemise d'un haussement d'épaules et me montre le tatouage : un petit chien. Personne ne semble s'offusquer de le voir torse nu, mais personne ne s'en amuse non plus.

"Je voulais un loup, explique-t-il, c'est mon animal totem, mais le tatoueur lui a donné des allures de jack russell, alors maintenant, c'est vraiment un chien.

— C'est bien." Je dis ça histoire de dire quelque chose. C'est tout sauf bien.

"C'est pas bien du tout, renvoie-t-il. Oh merde – je suis navré, je suis en train de vous montrer mes nichons." Pas une once d'inquiétude dans sa voix. "Qu'est-ce que vous avez de prévu, maintenant ? demande-t-il en reboutonnant sa chemise.

— Euh, dis-je en regardant mon panier de courses. Je vais cuisiner. Je crois.

— Moi, je vais boire un verre. Vous devriez venir. Je suis génial quand je bois." Les gens se rencontraient-ils comme ça, dans le temps ? Comment trouvait-on quelqu'un à baiser ? Il n'est peut-être pas britannique. Il est peut-être défoncé à la méth.

"J'ai beaucoup de boulot."

C'est à Vincent de passer en caisse, il pose sa boisson et son fromage, paie en pièces d'une livre et dit à l'employé de garder la monnaie, qui s'élève à deux pence.

"Super, fait-il en se tournant vers moi pendant que je vide mon panier. Hoopers : j'y serai à partir de huit heures.

— Oui, je réponds parce qu'un « non » ferait bêcheuse. Je verrai comment ça se présente.

— Super, à tout à l'heure, alors", dit-il avant de s'éloigner à toute hâte comme si je l'avais retardé. En arrivant à la porte, il me fait signe sans un regard en arrière, et je lève aussi la main, ce qui est parfaitement inutile.

Les gens derrière moi s'agitent et se raclent la gorge, visiblement gênés par la scène de comédie romantique qui vient de se jouer sous leurs yeux, mais sans le casting de charme requis. Je me retourne vers la caisse et bataille avec mon enveloppe de billets.

Toujours aucune nouvelle de Katherine. Je pose la barquette de prunes sur la table, avec les bouteilles, qui ne sont pas loin d'avoir percé le sac en papier. Je vais bientôt vider la poubelle de recyclage, qui déborde, ensuite je pourrai y jeter le sac déchiré.

Je prends une autre douche, parce qu'être propre, c'est déjà la moitié du boulot. La robe de chambre reste par terre. J'enfile une jupe, des collants et un chemisier souple. Je veux donner l'impression que j'ai passé la journée à travailler.

Je mets une casserole d'eau salée sur le feu, y plonge les gambas et les regarde tourner à l'orange. Je les sors, les verse dans un bol et, pendant qu'elles refroidissent, je coupe un talon du pain au levain et déniche du vinaigre de malt. Toujours rien de Katherine. Je débouche une bouteille de vin, en bois un verre tout en enlevant ma jupe, qui n'est pas confortable, et je m'assieds en chemisier et collants sur le canapé. Il y a un trou dans l'orteil de mes collants et ils commencent à filer juste au-dessus du genou. Je me lève pour relancer la machine à laver, car j'avais laissé une lessive avant de partir et la pièce a une odeur négligée. Je remplis mon verre et feuillette le supplément en couleurs du journal de la semaine dernière. Quand j'arrive à la fin, je n'ai pas le moindre souvenir de ce que j'ai regardé. Je recherche sur mon téléphone les symptômes de démence précoce et je suis satisfaite de découvrir qu'ils comprennent une *perte de capacité à exécuter des tâches quotidiennes*, puis je clique sur un lien ouvrant une liste d'aliments qui préviennent la démence. Je me renseigne ensuite sur la prononciation de *crucifère*. J'ai une marque d'eczéma sur le mollet, je l'ai eue presque toute ma vie, mais si je l'enduis de pommade tous les jours, si je ne bois pas trop, évite les sucres et ne la gratte pas, elle s'efface. Elle est actuellement de la taille d'une plume de duvet, et me provoque sans cesse une démangeaison lancinante. À l'hôpital, ils l'avaient recouverte d'un pansement au gel, qui avait attendri la peau et fait disparaître la plaque. Si je mangeais des légumes crucifères et soignais ma jambe révoltante, je me sentirais mieux, j'aurais meilleure mine et j'irais mieux. Je me gratte à travers les collants jusqu'à ce que j'aperçoive la lueur satisfaisante de l'écorchure.

Je m'assieds et regarde la poussière flotter au-dessus de la lampe de la table de la cuisine. Je ne détecte aucun mouvement sur la robe de chambre. Je n'arrive pas à déterminer si aller boire un verre avec un inconnu rencontré dans un magasin est le genre de chose que fait une personne dérangée, ou si c'est le contraire. Je me demande ce que Maggie du supermarché ferait à ma place. Une action décisive s'impose. Un élan. Dire oui à la vie. Maggie n'hésiterait pas, il me semble. Vincent jouerait le rôle principal dans un film où il serait incompris, charmant, et finirait par triompher. Je n'aurais aucun rôle dans ce film. Ma sœur pourrait facilement incarner une garce prétentieuse, attendrie par un geek qui tapote sur son ordinateur et fait des blagues de pets. Si ça se trouve, ça résume le fonctionnement de sa relation avec Dom. Maggie pourrait interpréter l'anticonformiste, qui porte le décès de sa mère avec une grande tristesse, ou mieux, qui a des problèmes non résolus avec son papa. Maggie, dans le film où Vincent tient le rôle principal, s'effondrerait et révélerait qu'elle vit seulement par crainte de mourir. Katherine finirait par admettre que traîner en culotte en grignotant du fromage industriel devant *Die Hard* lui a manqué pendant toutes ces années. *Merci, Vincent, merci.* Quant à moi, je figure dans une production différente qui n'a jamais réussi à obtenir de financement.

Les gambas ont refroidi, je leur arrache la tête et la queue, décortique leurs corps rebondis. J'en mords une – je ne l'ai pas déveinée, mais je suis sûre que j'ai mangé bien pire que de la merde de crevette dans ma vie. La chair à l'intérieur est le truc le plus blanc au monde. Blanc crevette : ça devrait être une couleur du nuancier Farrow & Ball. Imaginez une peau comme ça.

Je finis la première, place les autres sur le quignon beurré, les noie dans le vinaigre et m'assieds sur le canapé avec mon assiette. Quand je regarde mon téléphone, je trouve un message de Katherine m'annonçant qu'elle est en chemin et me demandant si j'ai besoin de quelque chose. J'éteins les lumières et mange le sandwich en buvant le vin à la seule lueur orange du réverbère devant ma fenêtre. Je finis par admettre que c'est ridicule, et sans doute dangereux. À huit heures quinze, je remets ma jupe, rince mes doigts à la crevette et pars au pub.

Il n'y a aucun client à Hoopers, juste Vincent, qui lit le journal devant une pinte de Guinness presque vide. Il ne lève pas la tête quand j'entre, je dois aller jusqu'à lui et m'éclaircir la gorge.
"Salut, dis-je et il me regarde avec une expression perplexe.
— Ah ! C'est toi ! Salut !
— Ben, je passais dans le coin, alors…
— Ben oui. Je t'ai demandé de venir ici."
Silence.
"Bon, je vais commander à boire – tu veux… ?" Je montre son verre et je m'attends à ce qu'il refuse ou qu'il insiste pour offrir le mien, mais il se contente de dire : "La même chose." Je me retrouve au comptoir et il reprend sa lecture.

Je rapporte les boissons – dommage que je sois déjà soûle. Il est assis sur la banquette, l'autre siège est un tabouret sur lequel je m'abaisse. Il me semble anormalement bas. Vincent n'a même pas posé son journal. Il le tient encore le temps de compter jusqu'à un, deux, trois, quatre, puis il le plie et le met de côté en poussant un long soupir.
"Désolé, dit-il, c'est le bordel partout."
Il ne me remercie pas pour la bière, dit "Santé !" à la place.
"Qu'est-ce que tu lisais ?
— Oh." Il essuie la mousse de sa moustache. "Pour être honnête, je voulais juste me donner un air occupé et profond jusqu'à ce que t'arrives, dans l'espoir de t'impressionner. Je suis pas doué pour inventer des histoires, ça me file des démangeaisons." Il pose

son verre, me regarde enfin dans les yeux et sourit en voyant mon expression. "Ça a marché ?"

Je bois une longue gorgée.

"Alors, comme ça, un loup, hein ?

— Un loup ?

— Ton animal totem ?

— Ah ah. C'était juste pour dire quelque chose. C'est qu'un chien mal dessiné, mais dès que je suis stressé, je raconte n'importe quoi. Je t'ai déjà dit, je suis nul pour inventer des trucs.

— Oh. Et t'étais stressé ?

— J'avais faim. Je voulais manger le fromage que j'avais acheté. Je suis rentré chez moi, j'ai mis la boule entière de mozzarella dans une assiette, un peu de sel, et j'ai tout avalé, comme ça.

— Oh. Je suis rentrée chez moi et j'ai mangé des crevettes. De la même manière.

— Tu vois ?" dit-il comme si nous venions de révéler un aspect fondamental de la condition humaine. Il prend son verre, le porte à sa bouche, regarde un point au-dessus de ma tête, puis dit, presque pour lui : "C'est comme ça que ça marche."

Je ne ressens pas l'ivresse habituelle, ce ballon d'eau tendu sous ma poitrine.

L'espace d'un soir, je suis la femme que j'avais pensé devenir, érudite et drôle. Je lui raconte des anecdotes familiales, parle de la mission que l'on m'a confiée en Écosse, de Mrs Hamilton. Je force le trait pour faire d'elle un véritable personnage. Une dame distante, acerbe et snob. J'imite sa voix. Je décris ma mission comme si j'étais à la hauteur, sans me forcer, comme s'il s'agissait d'un vrai boulot. Je me montre généreuse envers ma famille, leur besoin de moi. Vincent semble déçu d'entendre que je vais passer beaucoup de temps en Écosse, ça ne m'échappe pas. Je m'imagine faire de l'exercice pour être en forme, aller voir un dermatologue. Je le fais rire en lui racontant la fois où papa m'avait invitée à un petit-déjeuner au champagne à Piccadilly pour célébrer mes premières règles.

Après la fermeture du pub, nous restons dehors, au froid. Notre haleine blanche mesure l'espace qui nous sépare. Vincent sort son téléphone et me demande mon numéro. Il n'essaie pas de m'embrasser avant de partir, il se contente de m'étreindre, en riant dans sa barbe. J'avais présumé qu'il essaierait de m'embrasser, mais je m'efforce de faire comme si la pensée ne m'a jamais effleuré l'esprit.

Une expression à la ça-me-dérange-pas-de-pas-être-embrassée.

Il ne propose pas de me raccompagner, ce qui ne me dérange pas non plus, il disparaît dans la rue en sifflant. Je me rappelle le silence en buvant le champagne avec papa, quand il avait commencé à comprendre qu'inviter sa fille de quatorze ans pour une telle occasion n'était peut-être pas ce qu'on attendait de lui. "C'est bon, avait-il fini par dire pour briser le silence. Et si on célébrait autre chose ?" Il avait scruté les journaux accrochés au mur pour les clients. "Et si on trinquait à la santé de Torvill et Dean ?"

Je reviens dans mon appartement plongé dans le noir, et je ris en y repensant. Sans transition, je pleure en y repensant. C'est toujours comme ça quand je bois du gin après la bière.

II

Il était visiblement impossible de manœuvrer Peter par la honte, de le persuader d'aller à la messe de dimanche.

"Je vais me sentir horriblement gênée quand nous reverrons le pasteur. Nous habitons une petite ville, les gens aiment que nous ayons tous les mêmes croyances, que nous suivions tous la même voie." Ruth, assise devant le miroir de sa coiffeuse, fixait des barrettes dans ses cheveux pour les tenir en place sur le chemin de l'église de St Baldred.

"Pourtant, nous ne croyons pas tous la même chose, si ?" lui renvoya-t-il. Elle se crispait quand il abordait son manque de foi. C'était comme s'il restait seul sur une île, sirotant allègrement son gin sous un palmier, tandis qu'elle et la plupart de leurs connaissances partaient en bateau. C'était au moment précédant la livraison de l'ananas qu'elle s'était sentie le plus susceptible de s'en aller, bien qu'elle n'en eût pas parlé à Peter, évidemment. Elle ne l'imaginait pas réagir autrement qu'en l'expédiant immédiatement à Landbrooke rejoindre la sœur de Betty.

"Ma chère, je ne t'empêche aucunement d'aller t'ennuyer à mourir dans une église glaciale. Ne te prive pas. Personnellement, j'ai l'intention de lire le journal avec un toast et une tasse de thé."

Dans ses périodes plus sombres, elle considérait qu'il s'agissait d'une infidélité. Comme si, avec le décès d'Elspeth, il s'était retourné contre Dieu et que son amour pour sa nouvelle épouse ne suffisait pas à le ramener à Lui. Ce qui n'avait pas grand-chose à voir avec la propre relation de Ruth à Dieu.

Peter était arrivé samedi en fin de soirée, un jour et demi plus tard que prévu. Il était aussi légèrement ivre, ce qui avait ennuyé Ruth, mais seulement dans la mesure où il s'était endormi avant qu'elle ait eu la possibilité de lui parler ou d'entreprendre quoi que ce fût d'autre. Elle portait le mini-kimono de soie que sa sœur lui avait offert pour sa nuit de noces. Elle avait prévu de sortir du lit pour l'accueillir, mais en fin de compte, elle était restée dissimulée sous la courtepointe tandis qu'il ôtait sa cravate en titubant et lui expliquait à quel point il était exténué. En vérité, cela l'avait plutôt agacée et elle fut réticente à accomplir le devoir qu'il attendait d'elle le lendemain matin, mais ça ne l'avait pas rebuté, lui. Elle s'était surprise à regarder le jour poindre par la fenêtre, lui adressant un sourire encourageant à l'occasion, quand elle pensait que cela s'imposait. Il n'était pas convenable d'être agacée par les attentions de son époux.

La semaine suivant le décès de sa mère, Betty avait été essentiellement absente dans la journée et Ruth s'était retrouvée à vagabonder dans North Berwick comme un animal errant. Quoiqu'elle eût demandé à Betty de réfréner ses efforts, elle trouvait en se levant un petit-déjeuner inutilement élaboré qui atterrissait en grande partie dans la gueule du chien, puis elle déambulait de pièce en pièce et la détermination qu'elle avait éprouvée à son réveil s'amenuisait au fil des heures. Elle allait souvent dans la pièce destinée à devenir une nursery, pleine de cartons, et se disait que c'était peut-être une mauvaise idée d'en faire une chambre d'enfant. Car à un moment donné, il était envisageable qu'elle dût renoncer et la transformer en autre chose, ce qui marquerait un tournant sur lequel elle n'avait pas envie de s'attarder. À chaque menstruation, elle avait l'impression d'avoir échoué à une épreuve fondamentale. Elle se promenait le long du terrain de golf jusqu'à la plage et allait voir l'îlot tassé sous la couche blanche des fientes de fous de Bassan. Persistait toutefois un sentiment d'omission, d'inatteignable, de trouble tenace ou d'anomalie. Elle se rendait au Pavillon, buvait un thé, lanternait devant le journal. Elle faisait des rêves poignants d'un bébé qu'elle oubliait avoir enfanté : elle marchait près des rochers et se souvenait soudain que le nourrisson était seul, qu'il mourait de froid et de faim. Dans les secondes qui suivaient son réveil, elle sentait plus clairement que jamais qu'elle ne voulait pas d'enfant à elle, issu de ses racines et de ses cartilages, son cœur transplanté dans un autre corps, s'éloignant d'elle. Il ne prendrait jamais. Elle s'était aperçue qu'étant incapable de mettre des mots sur l'anomalie qui l'habitait, elle était tout aussi incapable de l'exposer à Dieu et, après plusieurs jours, elle avait cessé de prier. Ce qui rendait sa présence à l'église en ce jour d'autant plus importante, en vue de régler toutes ces questions sans réponses.

"Avant que tu partes…" Peter tendit le bras et saisit un petit écrin sur la table de chevet. Il le remua devant ses yeux comme si elle était une enfant et que la boîte contenait un chocolat. Son attitude irrita légèrement Ruth, mais il fallait s'attendre à cela après une séparation – ils devaient se réhabituer l'un à l'autre. Et elle avait souffert de n'avoir personne à qui parler pour mettre de l'ordre dans ses pensées.

"Joyeux anniversaire, ma chérie. Navré de t'avoir fait faux bond."

À l'intérieur, ni collier, ni bague, ni même un bracelet. Une broche. Qui ressemblait un peu à ce que la mère de Ruth aurait pu porter pour épingler un foulard, quand elle cherchait à projeter une image *raffinée*. C'était un petit chien en étain, un terrier quelconque, avec des émeraudes en guise d'yeux et un collier en strass. Il était d'une laideur confondante.

"Oh !" dit Ruth, qui le sortit de l'écrin en s'ingéniant à exprimer son appréciation d'une beauté incroyablement délicate. Ce ne fut pas sans difficulté qu'elle parvint à dire : "Je l'adore.

— Viens ici, je vais l'agrafer", offrit Peter d'un ton complaisant. Il le plaça un peu trop bas sur son pull-over, de sorte qu'il pendait. Elle se tourna vers la glace pour le regarder.

"C'est le même, n'est-ce pas ?" demanda-t-il.

Ruth paniqua, se tritura les méninges pour deviner de quoi diable il voulait parler. "Je l'adore, redit-elle quand rien ne lui vint à l'esprit.

— Le chien, expliqua-t-il avec un hochement de tête avec lequel il tentait de la rallier. Ton chien, celui qui a été empoisonné, c'était bien la même race, si je ne m'abuse ?

— Oh !" La méprise sur le chien, la laideur de la broche, tout cela fut balayé par son émoi face à la prévenance de son mari.

"C'est tout simplement parfait. Merci, chéri." Elle caressa le bijou et se regarda le caresser dans la glace. Il y eut un silence.

"Ce n'est pas la bonne race, n'est-ce pas ?" Il semblait affreusement dépité.

"Il est parfait. Je l'appellerai Ludwig.

— Tu es sûre ? Je l'ai juste… je l'ai vu et il m'a immédiatement fait penser à toi."

L'ombre d'un instant, alors qu'elle regardait son reflet et écoutait son mari, elle crut qu'elle allait éclater de rire, mais au lieu de cela, elle renversa la tête en arrière et l'embrassa sur les lèvres.

"Cette semaine, une bête sauvage s'est échouée parmi nous. Une sorte de kraken, si vous préférez." Là, le pasteur Jon Brown leva la tête, sourit, et adressa un clin d'œil à ses ouailles.

"Vous êtes nombreux à être allés voir ou à avoir entendu parler du gros requin échoué dans Milsey Bay. Les autres l'auront peut-être senti."

Il y eut un murmure d'assentiment, et le ricanement plutôt excessif d'un homme assis au premier rang.

"En ce qui me concerne, je suis allé le voir après la messe de dimanche dernier. J'ai regardé les vagues lécher son museau, les oiseaux becqueter ses yeux et j'ai réfléchi : *Sublime créature, pourquoi es-tu ici ? Aussi inapte sur la terre que n'importe lequel d'entre nous, parcourant le monde en quête de Dieu.* C'est peut-être cette quête qui a poussé le requin hors de l'eau. Puis j'ai pensé à quel point la nature se prête aux interprétations."

Ruth songea aux garçons, à la candeur de leur émerveillement. Les lettres qu'ils avaient envoyées du pensionnat étaient brèves et sobres. Elles étaient adressées à Peter, mais il les avait laissées sur la table et elle les avait lues. La maison ne semblait pas leur manquer, on les sommait certainement de ne pas mentionner ce genre de choses. Elle se demanda si leurs missives étaient vérifiées avant d'être postées, comme celles d'Antony à l'armée. Cette étrange impression que quelqu'un d'autre avait façonné leurs mots et leurs idées pour les rendre plus universellement acceptables.

Un homme toussa et se fit rabrouer par son épouse. Il leva les mains au ciel : *Que veux-tu que je fasse, que je meure étouffé ?*

La femme hocha la tête : *Je ne veux pas t'écouter. J'en ai assez de t'écouter.* L'homme reprit ses aises contre le dossier du banc tandis que la femme restait si immobile et raide, qu'elle semblait prête à décoller de son siège, à planer d'agacement jusqu'au plafond.

"Peut-être, poursuivit le pasteur, que cette femelle requin a entendu les cloches de l'église et qu'elle s'est dit : *Je suis fatiguée. Fatiguée de manger et de nager.* Et de faire tout ce que font les requins. Et elle a pensé : *C'est là-bas que je me trouverai en paix. Là-haut avec les gens poilus à deux jambes.* Elle a péniblement traîné son corps gigantesque sur le sable et elle y est morte, noyée d'air, tandis que les oiseaux apparaissaient et la becquetaient, la harcelaient, et que le soleil se levait et brûlait sa peau humide.

"Une femelle requin, fatiguée d'être requin, meurt. Mais qu'advient-il d'elle ensuite ? Doit-elle finir comme notre Seigneur Jésus-Christ sur la croix ? Pour qui se sacrifierait-elle ?"

Non loin de l'homme qui toussait et de sa femme, Ruth reconnut la nuque de Betty, sa chevelure rebelle enguirlandée dans un foulard vert ce jour-là. Ruth tressauta quand elle remarqua que la voisine de Betty s'était retournée et la fixait droit dans les yeux, le menton collé à la poitrine, un fatras de cheveux roux foncé sous un fichu bleu. Un sourire se dessina lentement sur son visage. Il s'agissait donc de Mary. Ruth voulut lui rendre son sourire, mais à cet instant Betty surprit sa sœur et lui tourna sèchement la tête vers le pasteur Brown. Ruth devina à sa silhouette que Mary continuait de sourire.

"Et si la femelle requin avait été attirée par autre chose ? Et si, victime d'une forme de sortilège, elle avait nagé en somnambule jusqu'à la baie, s'apercevant trop tard de ce qu'elle avait fait ?

"Cette bête morte annonce peut-être un voyageur. Pensez à Jonas et la baleine. Et si la femelle s'était échouée pour qu'un autre être se glisse hors de son ventre, pour qu'il pose le pied sur la terre et se joigne à nous ? Cette âme est peut-être venue par gentillesse, mais quel mode d'enfantement ! Un requin, ce poisson violent et sans scrupule – pas une baleine comme Jonas, mais une créature infernale à grandes dents."

Ruth sourit en entendant cela – elle imagina demander à Christopher d'instruire le pasteur sur les différentes espèces de requins quand il rentrerait à Noël. Le sermon lui parut embrouillé et certains passages étaient tout à fait ineptes, comme si le révérend n'avait pas grand-chose à dire, mais tenait absolument à intégrer l'animal dans son discours. Sans sa voix mélodieuse, elle doutait que quiconque lui eût prêté la moindre attention.

Un mouvement attira le regard de Ruth, le long de la chaire et derrière les piliers – un chat ? Elle plissa les yeux pour mieux voir dans l'obscurité. Près du mur, un petit renard haletait. Il se réfugia contre la pierre, les yeux noirs et fous, la langue pendante, les côtes tressaillant au rythme de son souffle, les dents pointues et blanches, la queue droite comme une fléchette. Personne d'autre ne semblait l'avoir remarqué. Le renardeau agita la tête, hérissa le poil et leva une patte noire.

Mon enfant.

Avant que Ruth pût approfondir la pensée, elle sentit qu'on lui saisissait la cheville et elle émit un râle de peur, pas particulièrement fort, mais suffisamment pour que la plupart des membres de l'assemblée se tournent vers elle. Il n'y avait rien sous son banc et un enfant n'aurait jamais pu se cacher dans un espace aussi réduit. Son propre corps, en tressaillant, lui avait sans doute donné l'impression qu'une petite main s'était prestement enroulée autour de sa cheville. Ruth avait très chaud et toussa dans son poing à deux reprises pour faire semblant que le bruit venait de là. Elle adressa un sourire confus à ses voisins sans croiser leur regard, fronça les sourcils et fixa son attention sur le pasteur, qui commençait la quête. "Faites circuler la corbeille et souvenez-vous : « Celui qui se fie en ses richesses tombera ; mais les justes reverdiront comme la feuille. »"

Le renard était parti et elle se demanda s'il n'avait jamais été là.

"En parlant de générosité, dit le révérend Jon Brown, j'aimerais consacrer un moment à la mémoire de Mrs Andrea Whitekirk, qui nous a quittés pour un monde meilleur. Beaucoup parmi vous se souviennent de ses délicieux puddings au suif et de sa gestion scrupuleuse du festival des moissons et du pique-nique hivernal à la grande maison." Ruth sentit de nouveau des visages se tourner vers elle. "Andrea laisse derrière elle ses chères Elizabeth et Mary, travailleuses assidues, défenseuses du Christ, et elle rejoindra son époux Declan aux pieds du Tout-Puissant. Prions pour les enfants qu'elle nous laisse."

Certains baissèrent la tête, d'autres s'agenouillèrent sur les coussins. La femme du tousseur se mit à genoux et força son mari à l'imiter. Betty et Mary restèrent assises, droites comme des piquets, pendant le bref murmure que dura la prière.

"Madame Hamilton, je me demandais si je pouvais vous déranger deux secondes ? dit le pasteur en serrant sa main entre les deux siennes alors qu'elle sortait de l'église avec l'assemblée. Si vous pouviez m'attendre devant le portail, je vous raccompagnerais – je déjeune sur la marina aujourd'hui.

— Bien sûr", répondit Ruth, immédiatement persuadée qu'elle allait être réprimandée.

Elle le regarda prendre congé des derniers fidèles, le vit toucher le bras de Mary tandis que Betty, nouée à sa sœur par le coude, affichait un sourire tout en dents que Ruth ne lui avait jamais connu. Le pasteur était très tactile – solide poigne autour d'un bras, paume enveloppant un visage d'enfant, tapotement sur le dos d'une vieille dame. Il confia le rangement de l'église au vicaire d'un geste gracieux et aérien, en cramponnant l'épaule du jeune homme. Ce dernier disparut à l'intérieur, ses grandes oreilles d'un rouge flamboyant.

"Madame Hamilton, dit-il en s'approchant, où est Mr Hamilton ?

— Oh." Elle envisagea de mentir. "Je crains qu'il ne soit pas très porté sur l'église.

— J'estime que la moitié de mes fidèles ne sont pas très portés sur l'église, mais ils viennent pour sauver les apparences. J'admire la transparence d'esprit de votre mari."

Elle ne sut comment interpréter sa remarque. "Vous vouliez me parler ?"

Ils descendaient le sentier qui menait au front de mer ; des mouettes blanches planaient entre les toits, formant un joli tableau sur le fond bleu clair du ciel.

"Eh bien, c'est juste, que… voilà un bon moment que vous êtes installée dans la maison, n'est-ce pas ?" Le mot "installée" connotait beaucoup de choses que Ruth était loin de ressentir, mais elle acquiesça. La question recélait une certaine tension, et Ruth n'était pas sûre de son sens. Elle songea à la fille invisible dans sa chambre et s'empressa d'écarter la pensée.

"La maison est tout à fait confortable, merci, pasteur.

— Avez-vous rencontré beaucoup de gens, vous êtes-vous fait des amis en ville ?

— Non, j'imagine que je…

— Je sais que vous fréquentez le Pavillon et que vous vous promenez sur le rivage, mais ne seriez-vous pas plus heureuse avec davantage ? Une table accueillante, peut-être ? Quelqu'un avec qui passer les heures sombres ?

— J'ai un mari.

— Naturellement. Dans ce cas, une voisine de banc à la messe dominicale."

Ses fréquentes visites au Pavillon n'étaient pas un secret, mais le fait qu'il les commentât la perturba. Les gens disaient-ils qu'elle s'y rendait trop souvent ? Ce n'était pas tous les jours. Elle aimait regarder les nageurs. Elle était courroucée à l'idée que quelqu'un trouvât cela digne d'intérêt pour l'Église.

"Je ne vois vraiment pas en quoi l'endroit où je bois un thé, ou la personne à côté de qui je m'assieds à l'église concerne qui que ce soit." Elle essaya de le dire avec légèreté, terminant avec un sourire pour montrer qu'elle n'était pas aussi agacée qu'elle l'était en réalité. Une brise se leva lorsqu'ils quittèrent l'abri de la rue principale et passèrent devant le port. Ruth resserra son col, mais le pasteur laissa sa veste battre au vent, bombant le torse pour affronter l'air froid.

"Absolument, mais c'est le fait même de votre solitude qui suscite tant d'intérêt. Ce qui m'amène à ma question."

Il lui fit face comme s'il s'apprêtait à lui demander sa main. "Auriez-vous l'amabilité d'accueillir notre prochain pique-nique hivernal sur votre plage ?

— Pique-nique hivernal ?

— Il se tient tous les ans, au début du mois de décembre. Historiquement, il se déroule juste devant votre maison – une propriété privée, j'en suis conscient. Les dunes offrent une certaine protection contre les rafales glacées. L'ancienne propriétaire, Mrs Beech, l'organisait pour célébrer le retour des enfants aux vacances de Noël. Il y a un feu de joie, des pommes de terre dans la braise, des jeux et c'est une réjouissance pour tous.

— Qu'attend-on de moi ?

— Votre Betty saura faire le nécessaire – sa mère a préparé plus d'un pique-nique hivernal en son temps –, c'est en effet Mrs Whitekirk qui s'en chargeait. Il suffit de nourrir une trentaine de personnes et d'y ajouter une ou deux bouteilles. Mrs Cleaver fournit les tapis pour s'asseoir et les Allen apportent des guichets de cricket, une batte et une balle. Un ami du port nous prête sa barque – je ne sais pas si vous êtes au courant, mais je suis un navigateur confirmé ; dans ma vie précédente, j'ai sillonné la mer d'Irlande de fond en comble. J'emmène les enfants voir les phoques et les macareux, tandis que les adultes restent sur terre à boire du brandy. C'est extrêmement convivial. Ce n'est pas grand-chose à organiser et la paroisse entière se réjouit à l'avance de l'occasion. Nous avons dû nous rabattre ailleurs ces dernières années, depuis que ce pauvre Mr Beech nous a quittés. Mais je pense qu'il est grand temps d'exorciser les vieux fantômes.

— Fantômes ?"

Le pasteur Brown sourit tendrement. "Simple tournure de phrase, bien sûr. Alors, qu'est-ce que vous en dites ? Ce serait une manière de vous présenter et un geste merveilleux pour la ville entière.

— Je suppose que je peux le demander à Mr Hamilton, mais je ne vois pas ce qu'il pourrait objecter." Elle n'avait pas remarqué beaucoup d'autres enfants en ville. Ce serait bon pour les garçons, à défaut d'autre chose.

"Quelle fabuleuse nouvelle, vraiment, vraiment fabuleuse ! Tout le monde va être très excité." Il se tourna de nouveau vers Ruth, les yeux brillants et humides d'enthousiasme. Le vent ouvrit le col du manteau de Ruth. "Oh, dit-il en touchant la broche, le Bobby des Greyfriars. Beau spécimen.

— Mon mari me l'a offerte. Il était à Londres le jour de mon anniversaire et il m'a fait la surprise ce matin." Elle ne voulait pas qu'il pense qu'elle l'avait elle-même choisie.

"Édimbourg, dit le pasteur.

— Pardon ?

— C'est à Édimbourg qu'il a trouvé votre broche, je peux même vous dire dans quelle boutique : chez Clark, dans la vieille ville. Ma tante, qui vit en Amérique, en a acheté une presque identique. Mais il me semble que le chien n'avait pas les yeux verts." Il lui adressa un regard guilleret. "Vous devez connaître l'histoire : son maître est mort et le pauvre corniaud a passé le reste de ses jours assis sur sa tombe. Il nous donne une bonne leçon de loyauté et de dévouement, ce petit chien, je ne vous dis que ça. Je m'en suis inspiré pour un sermon, une fois, et je dois dire qu'il a été bien reçu, peut-être que je devrais le déterrer – si j'ose m'exprimer ainsi. J'aime puiser des exemples dans le règne animal ; les animaux suivent toujours leur nature, n'est-ce pas ?"

Betty avait mis l'agneau au four avant de partir à la messe et quand Ruth revint, il ne restait plus qu'à le découper. Peter s'en chargea tandis qu'elle se débarrassait de son armure de barrettes.

"Alors, comment était l'église ?" lui demanda-t-il sans chercher à dissimuler son amusement. Sa pointe de dérision irrita Ruth, mais elle eut vite fait de soupirer et concéda :

"Foncièrement effroyable. Je crains de m'être fait embrigader dans l'organisation d'un pique-nique.

— Un pique-nique ?" Il s'interrompit, disposa les tranches de viande sur le plat et regarda par la fenêtre où une mouette se laissait habilement porter par le vent au-dessus du terrain de golf. "En hiver ?

— C'est une tradition, apparemment."

Peter hocha la tête : "Ces Écossais. Toujours à vouloir prouver qu'ils sont plus robustes que le commun des mortels." Il posa l'agneau sur la table et s'assit.

"Eh bien, le pasteur est gallois, en réalité.

— Je suis sûr que les Gallois ont le même problème." Il examina les récipients couverts avec appréhension. "Betty est encore absente, j'ai l'impression qu'elle n'est jamais ici.

— Oh… Elle a perdu sa mère en début de semaine, alors j'imagine qu'elle a une montagne de choses à organiser. Sa sœur est au sanatorium, ce qui doit d'autant plus compliquer la situation.

— Vraiment ?" Il leva la tête, consacra peut-être une pensée à Betty et à sa mère. "La pauvre", dit-il. Ruth le vit tressaillir physiquement comme s'il cherchait à se débarrasser de quelque chose.

"Sa mère était sans doute très âgée. Et elles ne s'entendaient pas", précisa Ruth comme une consolation.

Peter se servit en viande, puis en poireaux. "Oh. Quel ennui – ce sont des rutabagas ?" demanda-t-il. Puis, en soulevant le couvercle d'un ravier : "Encore ces satanées patates à l'eau ! Nous devons exiger qu'elle prépare des pommes de terre au four. Après sa période de deuil, bien entendu.

— Il faut que je te parle à propos de Betty."

Peter se tourna brusquement vers elle. "Bon Dieu, ne me dis pas que tu veux te débarrasser d'elle ! Je ne supporte pas de licencier le personnel et elle travaille dans cette maison depuis toujours – allons, des patates à l'eau ne sont pas la fin du monde, affirma-t-il comme si c'était elle qui s'en était plainte.

— Mais non, chéri. C'est juste que… elle cherche un hébergement pour sa nièce. Betty m'a demandé si elle pouvait lui rendre visite, mais j'ai pensé qu'on pourrait proposer de la garder. Elle pourrait peut-être l'aider et la place ne manque pas dans ses quartiers. Est-ce que ça poserait un problème ?"

Peter renifla la viande au bout de sa fourchette et son visage se teinta de tristesse avant de la glisser dans sa bouche.

"Quel âge a la nièce ? se renseigna-t-il, la bouche pleine.

— Dix ans, je crois.

— Tu ne penses pas que ça risque de… distraire les garçons ?

— Ils sont tous trop jeunes pour cela. Et puis, ils se verraient seulement pendant les vacances.

— Eh bien…" Peter se concentrait maintenant sur la sauce qui manquait d'épaisseur. "Elle sera peut-être plus débrouillarde que Betty dans la cuisine. Tant que nous n'avons pas à la payer, je ne vois pas d'inconvénient. Dis donc, quand tu l'annonceras à Betty, pourrais-tu aussi lui commander du bœuf pour dimanche prochain, avec du *Yorkshire pudding* ? Tous ces aliments détrempés me donnent les pieds des tranchées."

Lorsque, ce soir-là, Ruth fit savoir à Betty que sa nièce pouvait rester chez eux en permanence si elle le souhaitait, Betty tendit sa petite main froide et garda la sienne assez longtemps, sans un mot.

"Elle bénéficiera à toute la maisonnée, madame, je m'en porte garante." Sans être humides, ses yeux exprimaient un sentiment puissant.

"Je n'en doute pas", lui répondit Ruth. Betty s'apprêtait à ajouter quelque chose, mais elle dut s'apercevoir qu'elle tenait toujours la main de Ruth et elle la lâcha, avant de lisser les côtés de son tablier. "Ce sera formidable de l'avoir ici où je pourrai la surveiller. Elle a traversé une période si difficile."

Ruth sourit. En toute honnêteté, elle serait heureuse d'accueillir une autre âme à la maison, surtout en l'absence des garçons. "Aussi, Betty, Mr Hamilton est très attaché à ses pommes de terre au four, et nous pensions à du bœuf, peut-être, pour dimanche prochain ?

— Il ne manquera rien, madame, vous pouvez compter sur nous", répondit Betty avant d'aller se réfugier dans la cuisine, où Ruth l'entendit respirer fort.

Ruth se brossa les cheveux, attentive à son reflet. Elle se sentait un peu gênée de l'influence qu'elle pouvait exercer sur une autre vie, sans que la sienne en soit affectée. Que se serait-il passé si sa mère n'avait pas téléphoné pour annuler sa visite, si elle n'était pas sortie et n'avait pas trouvé Betty d'humeur inhabituellement morose et loquace ? Comment peut-on deviner ces choses-là sans les avoir sous le nez ?

III

La fille ne quitte pas sa chambre de la journée, bien que je l'entende tousser et se retourner dans son lit. Ce soir-là, je reste assis à regarder le feu. J'envisage de quitter cette maison, ce village. Laisser Mère et Agnes dans la terre, seules. Le choix, quand il se présentera, se fera entre trahir la fille ou partir. Père voudra la sauver. Je le vois tourner et retourner la question dans son esprit. Un éclat brille dans ses yeux, il parle de rédemption et de grâce, mais je ne peux penser à rien d'autre qu'aux jambes nues de la fille sous la robe de Mère.

Je suis allé au village dans la journée et j'ai essayé d'ignorer ceux qui hochaient la tête, qui crachaient dans la boue. Ah, si j'étais adulte, les dégâts que je leur infligerais. Les coups de bâton qui leur fendraient le crâne. Je me suis arrêté au fenil pour passer un moment assis dans le noir. Agnes et moi avions l'habitude d'y jouer, dans l'air chargé de poussière à travers les rayons de lumière. Quand j'ai mis un terme à nos jeux, elle a été blessée, ne comprenant pas ce qui avait changé. Je ne lui ai jamais rien expliqué, je lui ai simplement dit qu'on était trop grands.

Je lève les yeux. La fille est sur le seuil, enveloppée dans une couverture. Elle regarde derrière moi.

"J'ai fait un rêve", me dit-elle.

Je ne réponds pas, m'intéresse de nouveau aux flammes.

"De naufrages."

Elle tire une chaise plus près de l'âtre, la faisant racler dans le silence. Je tends l'oreille, mais personne ne bouge, le calme règne dans la maison.

"Je les ai vus. J'ai vu les hommes se faire engloutir, avec le cœur plein d'amour de la vie, d'amour du souffle. L'eau froide coulait comme des épines au fond de leurs gorges et de leurs gosiers, elle leur tombait dans le ventre comme de la pierre."

Elle ne me regarde pas. Je lui jette un coup d'œil oblique à la lueur des flammes, qui adoucissent ses traits. Elle est très jeune et pourtant il y a quelque chose de fourbu en elle. La peau de ses joues est rêche, brûlée par le vent. En glissant de ses épaules, la couverture révèle une cicatrice de la taille de la petite articulation de mon doigt. Je serre les lèvres, car j'aimerais la toucher.

"J'observais depuis le rivage, mais pas un seul n'est revenu. Pas un corps à enterrer, pas un."

Elle me regarde pour la première fois.

"Es-tu renard ou loup ?"

Je ne réponds pas.

"Les renards sentent la mort, ils rappliquent au trot."

Je tousse dans mon poing. Elle prend une inspiration qui soulève son corps tout entier, puis souffle en se tassant légèrement.

"Ma mère guérissait les malades." Elle parle comme si je lui avais demandé de me raconter une histoire. "Elle n'était pas mariée. Les hommes venaient à elle pour se faire percer un furoncle ou arracher une dent. Comme un chien blessé à la patte. Au début."

Elle reste si longtemps silencieuse que je la crois endormie les yeux ouverts.

"Mais toutes ces femmes du village, ces gros culs jalouses de leurs maris qui allaient voir ma mère, elles se sont mises à raconter qu'elle était responsable de la tempête et du naufrage. Elles sont venues nous trouver. Je me suis cachée au coin du champ. Terrée dans la boue. Je les entendais, d'abord elles criaient : *Dis-nous ton nom, dis-nous ton nom, ton vrai nom. Chatouillez-la, chatouillez-la.* Encore et encore. Puis je n'entendais plus leurs mots, mais leur brouhaha. Comme des hommes en train de discuter du meilleur moyen de réparer un araire.

"J'ai attendu qu'il fasse nuit et je suis partie. Je ne sais pas ce qui est arrivé à ma sœur."

Je vais à la table et lui sers une tasse d'eau.

"Bois-la avant qu'elle refroidisse."

J'observe le mouvement de sa gorge lorsqu'elle déglutit. Elle se lève, fait une moue que je suis incapable d'interpréter.

Une fois qu'elle est partie, le feu s'effondre et s'obscurcit, des bords jusqu'au centre. Peut-être ai-je tout imaginé.

II

Ruth s'éveilla autour de trois heures du matin avec la sensation que quelqu'un s'était assis au bord de son lit puis avait rampé sur son corps. Au fond de sa gorge subsistait un arrière-goût salé du rêve dans lequel elle se noyait. Elle se redressa et se servit un verre d'eau pour se rincer la bouche. Peter était absent, vraisemblablement endormi dans la chaise longue de son bureau, où elle l'avait trouvé plus d'une fois ces dernières semaines. Après s'être assurée qu'elle était seule dans le lit et que la sensation provenait de son cauchemar, elle s'aperçut qu'elle était incapable de retrouver le sommeil. Le sujet de la nursery la tourmentait ; qu'allaient penser les garçons si, en rentrant à Noël, la pièce était toujours encombrée des cartons de leur ancienne maison ? N'était-il pas mieux de vivre sans les souvenirs de cette existence passée, de faire de la place pour une vie nouvelle ? Si elle s'acheminait vers cette nouvelle vie, un bébé lui viendrait peut-être naturellement. Devrait-elle être déjà enceinte à ce jour ? Devrait-elle au moins montrer qu'elle faisait preuve de bonne volonté ?

Elle se mit à l'œuvre dès la pointe du jour. En milieu de matinée, Peter apparut à la porte.

"Que se passe-t-il ? demanda-t-il d'un ton jovial. Tu prépares un vide-grenier ?"

Elle s'attendait à répondre qu'elle *débarrassait pour faire place à une nursery* mais, au lieu de cela, "J'ai décidé que j'aimerais avoir une chambre à moi" lui sortit de la bouche.

Il hocha la tête.

"Très bien, *Virginia*. Je viendrai te chercher pour déjeuner, d'accord ?"

Les photographies représentaient le plus gros du chantier. Une sur trois était d'Elspeth. Ruth les empila en s'efforçant de ne pas les regarder de trop près. Cette femme possédait le genre de beauté extraordinaire laissant supposer qu'elle était une personne extraordinaire. Ruth s'attarda sur leur photo de noces, si différente de celle posée sur sa table de chevet et à première vue pourtant similaire. Elspeth n'avait pas l'air de se soucier du photographe, plutôt surprise au milieu d'une exclamation, tandis que Ruth fixait l'objectif avec dureté en essayant désespérément de se rappeler comment sourire. Mais la vraie différence se trouvait en Peter. Quinze années, deux enfants, une guerre et le décès de son épouse. Tout cela se lisait sur son visage, dans la tension de sa main sur sa canne. Dans son sourire contraint.

Elle dénicha un album que ses parents lui avaient confectionné, avec ses initiales sur la couverture. À l'intérieur, il y avait une photographie d'elle, bébé, dans les bras de mamie devant la maternité. Elle aimait le feuilleter quand elle était enfant — cet album lui avait donné un sens jubilatoire de sa propre importance.

La sélection illustrait une série d'anniversaires et autres étapes marquantes de la vie jusqu'à ses quatorze ans, mais sur la photo décollée en dernière page, au mariage d'Alice, elle paraissait morose et chevaline. Celle qu'elle choisit de retirer et d'encadrer représentait Alice, Antony et elle, alignés devant le mur de leur chambre d'enfants à Kensington. Elle ne pouvait pas avoir plus de quatre ans, par conséquent Antony devait en avoir à peu près sept et Alice, neuf. La photo avait sans doute été prise par mamie ; ils étaient tous trois captivés par le coffret en bois que tenait Antony. Alice avait une main posée sur son épaule pour mieux voir ce qui se trouvait à l'intérieur, et Ruth empoignait la chemise de son frère. Ils souriaient tous les trois comme si la petite boîte confirmait l'existence de la magie. Le visage d'Antony était éclairé, donnant l'impression que le contenu rayonnait. Mamie avait peut-être arrangé ce tableau pour en faire une carte de Noël. Ruth n'avait aucun souvenir du jour où elle avait été prise, mais elle sentait encore la flanelle de la chemise d'Antony dans le creux de son poing.

À trois heures de l'après-midi, Peter sortit de son bureau et frappa sur le chambranle de la porte. Il siffla : "Bonté divine ! Tu ne plaisantes pas quand tu te mets à ranger, chère amie. Allez, viens, c'est l'heure de déjeuner. J'entends le jambon se racornir d'ici."

Après le repas, que Betty servait toujours à midi pile sans se soucier de l'heure à laquelle ils désiraient manger, ils s'emmitouflèrent d'écharpes et manteaux, puis rejoignirent la plage en traversant le terrain de golf. La marée basse leur permit de contourner le cap par la gauche, se retrouvant face au vent, qui charriait des relents de goudron. Peter lui tendit une petite flasque de brandy.

"Tu as bien travaillé, ce matin ? lui demanda-t-elle.

— Oh… soupira-t-il avec une lassitude extrême. Il y a tant à faire. Je vais sans doute devoir passer au moins une semaine à Londres avant Noël.

— Je vois."

Il se tourna vers l'îlot Fidra. Le ciel se couvrait. Le gardien de phare allumerait les feux en avance ce soir.

"Oui, c'est on ne peut plus ennuyeux." Ruth lui rendit sa flasque, il but une autre gorgée, puis la glissa dans sa poche. Ils se donnèrent le bras.

"Tout à l'heure, en faisant du rangement, j'ai trouvé plusieurs photographies d'Elspeth. Je ne suis pas très sûre de ce que je dois en faire." Gardant les yeux baissés pour ne pas trébucher sur des algues, elle ne perçut qu'une légère tension traversant le corps de Peter.

"Je devrais les conserver, me semble-t-il.

— Oh, bien sûr, je ne voulais pas dire…

— Non, tout à fait, mais je devrais peut-être les mettre de côté dans un tiroir. Pour les garçons, quand ils seront plus grands.

— Tout à fait, bien sûr." Elle avait envie de lui dire que ça ne la dérangeait pas qu'il les regarde, lui, mais elle était consciente du malaise que cela créerait. "La nièce de Betty arrive dimanche prochain, dit-elle à la place.

— Ah oui. Rappelle-moi son nom ?

— Bernadette.

— Bernadette. C'est plutôt pompeux. À moins que son père ne se soit appelé Bernard. Où est-il, ce père, au fait ?"

Ruth haussa les épaules.

"J'ai l'impression que c'est un sujet sensible. Étant donné la situation de la sœur de Betty.

— Sa situation ?

— Elle vit dans une maison de santé. Je présume qu'elle est assez perturbée.

— Vraiment ? Pourquoi ne suis-je pas au courant ?" Le tranchant de sa voix fit sursauter Ruth. Elle lui en avait bel et bien parlé – à table, elle revoyait la scène.

La nouvelle ne l'avait pas du tout incommodé.

"Je l'ai mentionné lors de notre déjeuner d'agneau et pommes de terre à l'eau.

— Je m'en souviendrais. Je suis seulement inquiet pour mes enfants : imagine que cette condition se transmette de mère en fille. Sait-on pourquoi elle a atterri là ? Peut-on se renseigner ?"

Ruth se sentit gagnée par la panique à l'idée de devoir annoncer à Betty qu'en fin de compte, Bernadette ne pourrait pas rester chez eux.

"Écoute, ce n'est rien de tel…

— Rien de tel ? Je n'arrive pas à croire que tu aies invité cette personne à vivre avec nous, en sachant qu'elle est folle." Elle l'avait entendu employer ce ton au téléphone, dans son bureau, mais le fait qu'il l'utilisât pour s'adresser à elle la surprenait. Peut-être n'avait-elle pas été suffisamment claire. Elle se trouva incapable de répondre et, après une période de silence, Peter soupira et se passa les doigts dans les cheveux.

"Excuse-moi, chérie, je suis sous pression ; je ne devrais pas m'en prendre à toi."

Il fut de nouveau difficile de parler, car l'idée qu'il s'en prît à elle pour se défouler lui semblait atroce. Elle préféra lui poser une main sur le bras. Elle se sentait contrite, mais pas seulement : *chiffonnée* serait peut-être le terme approprié.

Avant qu'elle ait pu trouver ses mots, Peter s'exclama : "Doux Jésus ! J'imagine que c'est ton ami le pasteur."

Dans le lointain, Ruth fut surprise de voir un homme se dresser au bord de l'eau. Elle avait initialement pris la silhouette immobile et noire pour un rocher, mais le révérend s'approchait d'eux à grands pas, la main déjà tendue pour saluer Peter, un large sourire découvrant ses dents.

Il se lança dans un discours alors qu'il était encore trop loin pour être entendu et adopta un pas de course pour se rendre audible.

"Eh bien, voyez-moi ça : le mystérieux Mr Hamilton. Nous nous croisons enfin, dit-il avant d'être assez proche pour serrer la main de Peter.

— Bonjour, répondit Peter très poliment, sans la moindre trace de son humeur précédente.

— Je ne peux pas vous dire à quel point je suis heureux de vous rencontrer.

— Le plaisir est tout à fait partagé."

Le pasteur se tourna vers Ruth, hocha la tête et lui sourit.

"Vous pêchiez ? demanda-t-elle.

— Je pêchais quoi ?

— Eh bien, vous sembliez penché sur l'eau. Je me demandais seulement si vous aviez une ligne dissimulée quelque part ?

— Je vois. Non. Si vous voulez bien me pardonner cette excentricité, je ne faisais que prier, je le crains. J'aime venir sur la grève et écouter l'eau – quand on l'écoute assez longtemps, on entend Sa réponse dans les vagues."

Le silence se prolongea. Le révérend Jon Brown se mit à rire. "Excusez-moi, les séances de bord de mer exaltent mon exubérance."

Ruth sourit et baissa les yeux. Elle eut le souffle coupé : "Mon Dieu, vos pieds." Il ne portait pas de souliers, ses orteils étaient jaune vif et d'un violet profond à la base, le dessus de ses pieds blancs et nus. "Vous vous sentez bien ?

— Juste ciel, s'exclama Peter plaisamment, vous êtes un véritable forcené !"

Les deux hommes rirent ensemble quelque temps. Lorsque le rire menaçait de se tarir, le pasteur le réactivait jusqu'à ce qu'il se trouvât finalement plié en deux, les mains sur les genoux, et émît un gémissement aigu. Il avait quelques années de plus que Ruth lui en avait attribué à l'origine. Les bourrelets burinés de sa nuque en étaient la preuve. Peter lança un regard furtif à son épouse et elle se mordit la lèvre pour se retenir d'éclater de rire à son tour.

Le révérend Jon Brown se redressa d'un bond, pulvérisa des embruns avec ses cheveux puis les brossa en arrière de ses deux mains. "Bon sang, dit-il, je suis resté trop longtemps. C'est juste que…" Il tendit les bras vers le ciel, la mer et l'air.

"Tout à fait, confirma Peter avec un sourire indiquant à Ruth qu'il était temps de prendre congé. Au fait, dites-moi, Révérend, tant que nous vous tenons : notre Betty est l'une de vos paroissiennes, me semble-t-il ?

— En effet, il n'y a pas plus dévote que la jeune Elizabeth.

— Sa sœur aussi ?

— Oh, Peter, je ne crois vraiment pas que…"

Mais Peter persista.

"C'est juste que la nièce de Betty doit venir vivre chez nous – apparemment ma charmante épouse m'en a informé, je ne l'ai pas entendue –, mais il semblerait que la sœur de Betty soit placée dans une maison de santé ?"

Le pasteur acquiesça, la bouche entrouverte, l'œil vigilant.

"Je n'étais pas au courant, énonça-t-il avec calme et lenteur, comme rincé de sa fougue écumeuse. Je ne savais pas que vous alliez prendre Bernadette chez vous." Il y eut un silence. Il donnait l'impression qu'ils auraient dû lui demander sa permission. Il s'essuya le nez d'une main vigoureuse et renifla furieusement. "D'accord. D'accord, c'est très généreux de votre part. Betty ne l'a pas mentionné.

— Oh, le projet est tout récent. Elle arrive ce dimanche." Ruth essaya de jauger la réaction de Peter. Elle trouvait utile de confirmer le plan à voix haute. Peter ne semblait pas perturbé, c'était encourageant.

"Je me demandais juste si vous saviez – si vous pouviez nous donner une quelconque indication quant à la condition de sa mère ? C'est seulement dans l'intérêt de mes garçons, comprenez-vous."

Ruth se sentit foudroyée de honte – celle d'entendre la question de Peter et celle de se réaliser qu'elle aussi, voulait savoir.

"Je comprends tout à fait, monsieur Hamilton. Vous tenez à éviter que la petite Bernadette vous surprenne dans la nuit et vous assassine avec un couteau de cuisine, c'est tout à fait compréhensible. Non. Je ne pense pas qu'elle vous pose ce genre de problèmes."

Peter rosit légèrement. "Non, je ne pensais pas…

— Bien sûr, il n'y a rien de plus naturel pour vous que de protéger vos enfants, monsieur Hamilton. Mais ce qu'il faut garder à l'esprit, avec les gens, c'est que plus ils sont fidèles à leur nature, plus ils manifestent la part d'animal en eux, plus ils deviennent innocents, et plus ils se rapprochent de Dieu. Notre Mary, elle s'est juste un peu trop rapprochée de l'animal en elle pour pouvoir vivre dans la compagnie d'autrui. Mais la rejetonne n'est pas responsable. Oh non." Il semblait parler tout seul à présent.

Ruth s'éclaircit la gorge.

"Bon !" Le pasteur frappa dans ses mains si fort qu'il fit sursauter Ruth et Peter.

"Oui, d'accord, bien sûr", dit Peter comme si l'homme lui avait donné une réponse tout à fait sensée et rassurante.

"Comment vont les garçons, monsieur Hamilton ? J'imagine qu'ils ne tarissent pas d'histoires de lancers et de guichets ?

— Euh, oui, c'est cela.

— Je crois que je vais devoir vous quitter, maintenant, dit le pasteur. J'ai une bécasse au four et la ferme intention de lui faire honneur." Il se mit à marcher à reculons vers la plage, sans cesser de parler et de gesticuler. "Au revoir à tous les deux. Monsieur Hamilton, je suis ravi d'avoir fait votre connaissance ; j'ai hâte de vous voir un dimanche, ou sinon, au pique-nique hivernal, que vous êtes trop aimable d'accueillir chez vous."

Une fois qu'il fut trop loin pour être entendu, Peter sortit sa flasque, but et dit :

"Mon Dieu. Quel énergumène !

— Il semblerait qu'il n'ait même pas apporté ses chaussures", fit observer Ruth. Il n'y avait aucun tas de vêtements sur la plage. "Nous devrions sans doute rebrousser chemin, pour éviter de le regarder partir trop fixement." Mais ils attendirent un peu. Il y avait quelque chose de curieux dans les foulées du révérend Jon Brown.

"Quel est l'animal en lui, à ton avis ?

— Un drôle d'oiseau, je dirais", répondit Ruth. Ils rirent ensemble, Peter lui tendit la flasque et elle en but une gorgée, puis ils rentrèrent chez eux, l'atmosphère désagréable de la conversation précédente dissipée dans la mer.

"Ton pasteur ne serait-il pas un peu porté sur la bouteille, par hasard ?

— Nous ne pouvons que l'espérer."

Il fallut quatre jours pour débarrasser la pièce. Dans les grands placards de la chambre à coucher, Ruth entreposa les objets qui ne trouvaient pas leur place dans la maison, mais qu'elle ne pouvait se résoudre à jeter en raison de leur valeur sentimentale. Quand elle eut terminé, elle s'assit au petit bureau qu'elle avait péniblement transporté depuis le salon avec l'aide de Betty. Elle l'avait mis devant la fenêtre et décidé de ne pas accrocher de rideaux. Ces derniers convenaient à une nursery, pour tamiser le jour, pour créer une ambiance douce et feutrée. Dans son bureau, la lumière directe était crue et dénuée de sentiments. Elle s'installa face à une feuille de papier et se demanda ce qu'elle était censée en faire. Elle redressa la photographie d'Antony, Alice et elle, puis elle ouvrit grand la fenêtre et laissa entrer l'air froid. Du tiroir, elle sortit un crayon. Elle le tint à la main, le serrant un peu trop fort, se pencha sur la page pour dessiner ou pour écrire, elle n'en était pas sûre. Quelque chose vibra en elle. Quelque chose se contracta. Une pulsion à fleur de peau. Le cri d'une mouette embarqua ses pensées à l'instant où elles lui apparaissaient ; elle se leva et ferma la fenêtre si sèchement qu'elle fit trembler le chambranle. La maison replongea dans le silence, mais toujours rien ne lui vint à l'esprit. À quoi s'attendait-elle ?

Elle rangea la feuille de papier et sortit son livre, un roman de Jane Austen qui datait de sa scolarité, mais les mots prononcés par les personnages l'exaspéraient ou l'ennuyaient et, quelques heures plus tard, elle se surprit à regarder fixement Bass Rock et le ciel qui s'assombrissait autour de lui. Elle leva les yeux vers la porte en pressentant la présence de Peter, prête à justifier hâtivement pourquoi elle se trouvait assise dans le noir, les pieds sur le bureau, mais il n'y avait personne. Puis elle eut l'impression qu'il était entré dans la pièce, malgré tout, qu'il s'apprêtait à poser ses mains sur ses épaules ; elle tressaillit légèrement en l'anticipant, mais cette fois-ci encore, il n'y avait personne.

Ruth alluma la lampe et s'épousseta comme si elle s'était empoussiérée en ces quelques heures d'immobilité paisible. Que diable avait-elle bien pu ruminer, elle n'en avait pas la moindre idée. Elle parcourut sa chambre des yeux ; elle était ordonnée et prête à servir à quelque chose, et Ruth se demanda s'ils ne devraient pas plutôt réessayer d'avoir un bébé. Elle sentit le long creux qui s'étirait de sa gorge jusqu'à son ventre.

I

Si je dois rester ici un certain temps, il me faut trouver où dormir correctement et de quoi me couvrir. J'ai d'abord pensé m'installer au dernier étage, dans le bureau de Mrs Hamilton, car me rabattre sur le lit d'enfant de papa prenait des allures de rude épreuve d'endurance émotionnelle. Dans l'espoir de suggérer qu'une artiste peintre pourrait transformer le bureau en atelier, Deborah a dressé un des chevalets de Mrs Hamilton, sur lequel elle a posé un tableau de phare bancal, près de la minuscule fenêtre. Un souvenir me revient subitement : quand j'étais petite, je l'avais trouvée avachie sur la table, endormie, une cigarette consumée jusqu'au filtre entre les doigts. Elle s'était réveillée en sursaut et avait hurlé en me voyant : "Va-t'en !" Je referme la porte, le cœur battant, et porte mon attention sur la literie.

Mon sac de couchage est friable au toucher, rêche et sableux, comme si la dernière fois où je l'avais utilisé, je m'étais glissée dedans toute mouillée après m'être baignée. Au cours de mon échange d'e-mails avec Deborah, depuis Londres, elle n'a pas caché son scepticisme quand je lui ai annoncé que je garderais la maison plus régulièrement. Elle a écrit qu'elle avait *malheureusement* dû jeter mon céleri, car il s'était cristallisé, collé à la paroi de son frigo, ce qui donnait une impression de désordre. *Ce sont les détails*, précisait-elle, *qui font toute la différence aux yeux des acheteurs potentiels.* Elle me demandait de ranger la literie, pliée, dans le placard après l'avoir utilisée et, si j'avais besoin de la machine à laver, elle me priait de faire des lessives nocturnes et de ne laisser aucun linge étendu dans la maison avant de partir. Ses clients ne sont apparemment pas du genre à aimer l'idée qu'il y ait une quelconque forme de vie dans la propriété qu'ils envisagent d'acquérir.

Bien sûr.

Sachant que nous avons des problèmes de couverture réseau, je tiens à m'assurer que toutes les questions de propreté soient réglées à tout moment de la journée, car je ne serai pas toujours en mesure de vous avertir de mon heure d'arrivée.

Je peux vérifier mes messages en grimpant sur le mur, lui ai-je suggéré.

Même, a-t-elle immédiatement répondu.

Même.

Je me demande ce que j'ai fait pour lui apparaître aussi souillon. Je soupçonne que le céleri l'a contrariée plus qu'elle ne l'admet.

La literie, m'a-t-elle dit, se trouve dans la chambre principale. Un édredon est étendu sur le grand lit, que je n'ai aucune intention d'utiliser, avec deux oreillers trop rembourrés. Il y a trois armoires dans la pièce. Les deux premières sont pleines de boîtes à chaussures, qui contiennent des décorations de Noël, des jouets d'enfants et un nounours aux yeux orange usé jusqu'à la corde. Il m'empêche passagèrement de chercher quoi que ce soit d'autre. Je n'aime pas l'idée que Deborah tombe dessus et je le mets dans ma poche, il me semble cruel de l'enfermer à nouveau.

Dans la troisième armoire, je trouve des courtepointes gaufrées jaunes et rose pâle aux hideuses bordures de satin, sur lesquelles je me frottais le nez quand j'étais petite. Je déniche une nappe qui fera l'affaire en guise de drap, et je peux utiliser les coussins du sofa gris comme oreillers.

Je reste sur le seuil de la chambre de papa et Christopher, lits jumeaux côte à côte avec leurs propres table de chevet et lampe à abat-jour froncé et jaune, assorti aux courtepointes que j'ai sorties de l'armoire. Katherine et moi dormions ici, avec nos parents dans le canapé-lit du bureau voisin. Je me souviens du raffut du vent dans le manteau de la cheminée. Ça ne me dérangeait pas à l'époque, mais Katherine se levait parfois et se glissait dans mes draps, m'accordant un sentiment de supériorité fugace, qu'elle réfutait au matin en décrétant qu'elle était plus sensible au froid que moi, comme s'il y avait quelque chose de peu raffiné dans ma tolérance aux basses températures.

Je jette la courtepointe sur le lit et cale l'ourson sur la commode. Je n'ai pas l'intention de dormir avec lui, si c'est ce qu'il croit. J'ai passé des centaines de nuits ici, mais pas depuis le décès de papa, et je ne parviens pas à chasser la vision de l'empreinte de son petit corps d'enfant sur le matelas. Je lisse la courtepointe au-dessus de sa forme, encore et encore, mais elle ne cesse de revenir.

Perchée sur le mur, je m'obstine à me justifier auprès de Katherine, sans lui offrir d'excuses ni m'avouer fautive de ne pas m'être trouvée chez moi quand elle est venue dîner. J'ai tenté de lui expliquer que je croyais que c'était jeudi, ce à quoi elle a réagi en me transférant le texto deux messages plus haut qui disait *mercredi*. J'ai aussi insinué que je ne me sentais pas bien, sans préciser si je souffrais d'un rhume ou de dépression nerveuse. Elle ne répond pas. En redescendant du mur, je remarque un corbeau qui fait son nid au sommet de la cheminée. Lorsque nous étions petites, Bet gardait toujours le feu allumé, la bâtisse avait constamment besoin d'être asséchée. *L'eau de mer pénètre les briques*, disait-elle. *Ça sentirait l'algue si on ne faisait pas de flambée.* En effet, il y avait parfois des relents de sel, de boue ancienne, minérale ; pas une mauvaise odeur en soi, juste inhabituelle dans une maison.

Vincent m'a envoyé un message proposant qu'on aille voir un film ensemble quand je reviendrai à Londres la semaine prochaine, mais je préférerais qu'on boive un pot. Je n'aime le cinéma que lorsque j'y vais seule, question d'éviter la conversation qui suit, à une heure où il est trop tard pour un dîner ou même un verre, et où il faut trouver un commentaire pertinent sur ce qu'on vient de regarder. Je me méprends toujours : je dis avoir adoré le film quand l'autre personne l'a détesté, ou l'avoir détesté quand il représente une épiphanie dans sa vie. En réalité, c'est rarement aussi tranché, ça pourrait se résumer à une simple histoire et à une manière de passer deux heures dans le noir sans inquiéter qui que ce soit.

Le corbeau prend son envol et se pose sur les plus hautes branches du désespoir des singes. Il me crie dessus depuis la cime.

"D'accord, je ne lui dirai rien", je lui réponds, mais il ne me quitte pas des yeux. "Ne m'en veux pas si elle allume le feu et te fait rôtir."

De retour à l'intérieur, l'odeur persistante des Booey imprègne l'air. *Rien de tel qu'un chien mouillé qui sèche au chaud.* Sans cheminée ni fourneau, le sang ne circule plus dans les murs. Quand elle a rendez-vous avec un client potentiel, Deborah aime arriver avec une heure d'avance et ouvrir les radiateurs à fond. Elle utilise une bombe censée vaporiser un parfum de café, mais qui propage en fait des relents de station-service. Le chauffage central ne parvient pas à pénétrer la maison jusqu'à la moelle. Dans la cuisine, je branche la bouilloire puis m'assieds à table devant un mug d'eau chaude. Elle a un goût salé et je la vide dans l'évier. Je sors une bouteille de Deborah du frigo, dévisse le bouchon. Je ne me souviens pas d'avoir bu une seule goutte d'eau de la journée. Je me fais cuire des pâtes, ajoute une demi-boîte de palourdes et un peu d'huile d'olive sur la fin. Je reste plantée un moment, la conserve à moitié pleine à la main, puis je la case au frais, dans l'espace libéré par la bouteille. Elle devrait péter un câble en voyant ça.

Si j'étais un personnage de film ou de roman, je grignoterais mes spaghettis aux palourdes, assise au coin du feu, avec un livre. Mais il y a un nid de corbeau sur la cheminée, et si je fais une tache d'huile sur le canapé gris, je ne trouverai plus jamais le sommeil. Voilà des mois que je n'arrive plus à lire. Je mange donc mon repas, bois un autre verre d'eau, puis je vais chercher le whisky dans la salle de séjour. Christopher a trop enfoncé le bouchon, il est impossible de l'enlever, je dois partir en quête de tire-bouchon dans le tiroir des couverts. L'argenterie a depuis longtemps disparu. Il ne reste que le genre d'ustensiles bas de gamme qui auraient pu être volés dans une cantine scolaire. Le tiroir voisin abrite quelques objets que je reconnais comme ayant appartenu à Betty. Je me demande si ma mère aimerait les récupérer. Son étui à lunettes élimé rouge foncé, le sifflet qu'elle portait et dont elle se servait pour nous appeler à table afin de ménager sa voix. Un petit carnet avec des listes de jours, d'heures et de poids, qu'elle notait avec sérieux, telle une posologie médicale. Et un prospectus en papier glacé dans une pochette de plastique qui contient également tout un tas de reçus. La brochure provient de la maison de retraite que des panneaux indiquaient sur la route de Musselburgh. Elle est imprimée en ces lettres rondes réservées aux personnes âgées : *Surmonter le décès d'un être cher – le guide de la résidence Landbrooke*. Je la feuillette et trouve un formulaire à l'intérieur, rempli par Bet.

Je n'ai jamais rencontré Mary, ma grand-mère. Je n'ai été que vaguement informée de sa mort qui, si j'en crois le document, remontera à douze ans cet été. Je ne dirais pas que maman est évasive au sujet de sa mère, mais elle est discrète. D'après l'histoire que je connais et qui, je le sais, n'est pas toute la vérité, elle était épileptique et a fait une chute de trop. On ne parlait pas de Landbrooke, où elle a été admise peu après la naissance de maman, comme d'une maison de convalescence, mais en des termes beaucoup plus désobligeants. Ma mère ignore tout de son père. Nous sommes une famille embrouillée : maman et papa sont pratiquement frère et sœur, sans les liens du sang. La "fille de la domestique" – mon père taquinait parfois ma mère à ce sujet quand elle cuisinait un hachis parmentier de poisson. Le fait qu'ils se soient retrouvés m'épatait toujours. Maman avait été scolarisée à Londres après le départ de notre légendaire grand-père et, sept ans plus tard, oncle Christopher l'avait croisée en train de vendre des collants dans un hypermarché. Ils avaient pris un appartement ensemble – mon oncle, mon père et elle –, et je ne sais pas ce qui s'y est passé, si ce n'est que mon arrivée a tout chamboulé.

La brochure fait soudain remonter le souvenir de papa à l'hospice, sa voix éraillée et sa couleur moutarde. Je tourne rapidement autour de la table jusqu'à ce que l'image s'éclipse – je la remplace par celle d'une photo que j'ai de lui, en lunettes de soleil et panama, souriant. On ne voit pas grand-chose de son visage, mais ça fait l'affaire. Après son décès, durant les quelques jours étranges que j'ai passés en hôpital psychiatrique, un médecin m'a dit qu'il fallait parfois plusieurs années avant que le souvenir du mourant se dissipe et laisse ressurgir les réminiscences précédant la maladie. Il a demandé à ma mère d'apporter une photo de lui ; je devais la regarder quand les souvenirs remontaient. Maintenant, je rêve de lui en bonne santé, mais dans ces rêves je suis toujours consciente qu'il y a quelque chose dans la pièce avec nous, sans pouvoir me rappeler quoi. Quel embarras de m'être ainsi donnée en spectacle ; maman et ma sœur ont dû se charger de tout, avec le fardeau supplémentaire de mon hospitalisation. Et voilà, je me suis encore laissé entraîner dans le terrier du lapin blanc… Je trouve un canif qui servait à déloger les cailloux coincés dans les sabots de cheval et je l'utilise pour déboucher la bouteille.

À quatre heures du matin, je suis suffisamment fatiguée pour pouvoir dormir. Je n'ai pas bu outrageusement, c'est déjà ça. Je ne me sens pas à l'aise en éteignant les lumières et en sortant de la cuisine ; le reste de la maison est béant autour de moi. Je me glisse dans le lit et m'aperçois une fois couchée que je ne me suis pas brossé les dents. Je me dispense de cette corvée particulière. J'éteins et, bien que la pièce soit plongée dans le noir absolu, je me lève pour tourner l'ourson face au mur, car il m'empêche de trouver le sommeil.

Dehors, les oiseaux vocalisent et la grande fenêtre sans rideaux laisse entrer une lumière blanche et froide. En m'éveillant, j'éprouve tout d'abord la satisfaction d'avoir passé la nuit dans la maison et réussi à dormir, mais elle cède rapidement la place à l'affolement de me retrouver dans la chambre de Mrs Hamilton, sous l'édredon. Je m'assieds, prise de panique, et repousse les couvertures. La tache sombre a disparu, Deborah a dû changer le matelas. C'est bien. Reste toutefois le petit souci de ne pas me réveiller dans la bonne chambre. Peut-être étais-je plus ivre que je le pensais, peut-être me suis-je trompée de lit. L'ourson est couché avec moi, sa patte dans ma main.

Quand c'est terminé, les trois hommes regardent la fille. Il n'y a pas grand-chose à voir. Dans l'obscurité, le sang est une texture comme une autre et l'air marin balaie au loin l'odeur de la mort.

"Je ne voulais pas qu'elle meure." Le jeune refoule les larmes dans sa voix. La fille ressemble un peu à sa mère, maintenant. Si ça se trouve, elle a des enfants, elle aussi. Une pensée lui saisit l'esprit. "Que va-t-il nous arriver ?

— Nous ? lui renvoie le petit. Je l'ai à peine touchée." Il sort un bout de tissu de son manteau et s'essuie la bouche, comme après un bon repas. Les vagues persévèrent et les trois hommes restent debout, au-dessus de la fille. Des oiseaux blancs s'envolent de Bass Rock, juste perceptible au seuil de l'obscurité.

"Les yeux de Rome sont braqués ailleurs, ce soir", dit celui qui a le front haut. Il se baisse et prend la fille sous les aisselles. Elle n'est pas tout à fait morte, elle gémit, alors il la tient sous l'eau un peu plus longtemps. Elle ne se débat pas.

"Là, dit-il, nous ne voulons pas d'ennuis. Aidez-moi à la déplacer et la mer l'emportera à la marée haute."

Le jeune ôte sa cape et lève les jambes de la fille. Il était au bord des larmes, mais un autre sentiment s'est emparé de lui, un sentiment proche de la colère – quelle idée stupide de venir ramasser des algues le soir à côté du camp. Que s'attendait-elle à trouver ? Ils entrent dans l'eau, pas trop profondément, jusqu'à la taille. Le fond est rocailleux et certaines des pierres sont instables. L'homme au front haut en déloge quatre grosses et les pose sur la poitrine de la fille.

Il fait froid et, aussi étrange que ce soit, son corps est tiède, même sous l'eau. Celui au front haut grogne.

"Ça suffit, dit-il, la marée monte jusqu'aux dunes – elle sera engloutie avant le lever du jour."

Il donne une tape dans le dos du jeune. "Tu n'as rien à te reprocher. Elle faisait un tel boucan, il n'y avait pas d'autre solution." Le jeune acquiesce. Il n'y avait pas d'autre solution et il voulait seulement la faire taire, mais elle ne l'avait pas compris. De retour sur le sable, les trois hommes regardent le panier d'algues de la fille.

"On devrait peut-être s'en débarrasser", suggère le petit. Ils l'examinent un moment de plus.

"Non, dit celui au front haut. Non, rien n'indique que c'est son panier et même s'il est trouvé par quelqu'un qui la cherche, ils présumeront juste qu'elle s'est noyée.

— Et sa blessure à la tête ? demande le jeune.

— Simple marque d'un corps charrié sur les rochers."

Les trois hommes ajustent leur cape et rejoignent le camp, où les feux se sont affaiblis et où quelqu'un fait rôtir le lièvre qu'il a attrapé – pour le plus jeune, cette odeur évoque sa maison.

L'ÉGLISE ST BALDRED

I

Ma mère respire délibérément fort pendant quelques instants. Elle est en train de finir un sudoku à la table de sa cuisine. Je suis venue lui apporter les quelques effets de Betty qu'elle aimerait peut-être récupérer, mais je suis arrivée avant qu'elle ait terminé ses grilles matinales et elle ne se laissera pas distraire. Je n'ai pas fermé l'œil de la nuit et j'ai attendu près d'une heure l'ouverture du café voisin en tournant autour de la maison, avec la sensation perturbante d'avoir besoin de parler à quelqu'un pour me prouver que j'en étais capable. Si j'étais entrée chez elle pendant qu'elle dormait, je me serais immédiatement trahie et elle se serait inquiétée. Alors qu'en arrivant avec des cafés, je procède sous couvert de normalité.

Quasiment tous les livres, à l'exception d'une ou deux étagères dans sa chambre à coucher, traitent de champignons ou de lichens. Certains renferment un certain degré d'humidité et auraient besoin d'être aérés, mais ce serait un boulot à plein temps. Maman est immunisée et ne remarque pas que je prends *Champignons vénéneux des Hébrides extérieures* entre le pouce et l'index parce qu'il est couvert d'une moisissure noire qui ressemble à du lichen.

"Maman, des champignons poussent sur tes livres sur les champignons", lui dis-je et elle ne donne aucun signe qu'elle m'ait entendue. Elle inspire bruyamment par le nez.

"J'imagine que vous êtes de nouveau fâchées, Katherine et toi ?"

Je hausse les épaules. "C'est pas qu'on est fâchées, c'est juste que, comme d'habitude, elle profite d'un léger malentendu pour dire tout le mal qu'elle pense de moi."

Maman me lance un coup d'œil au-dessus de ses lunettes. "J'aimerais *vraiment* que tu fasses un effort pour ne pas la rendre folle, tu sais comment elle est." Cette observation provoque en moi un agacement aussi profond qu'excessif. "Au fait, ma chérie…" Elle se concentre de nouveau sur le sudoku du journal en faisant rouler son crayon entre ses paumes. "Je me demande parfois si quelqu'un ne vit pas là-haut.

— Où ça, là-haut ?" Je pose le livre à une distance raisonnable de mon mug, imagine des spores atterrir à la surface du café.

"Ce que je ne comprends pas, dit-elle en nettoyant ses lunettes comme si ça allait l'aider à résoudre son sudoku, c'est pourquoi…"

Elle fait souvent cela. Elle commence une phrase à voix haute et la finit dans sa tête. J'attends qu'elle retrouve la chose qu'elle ne comprend pas, mais en fin de compte, elle ne s'adresse pas à moi. La vie de ma mère est devenue en grande partie intérieure.

"Quoi ?"

Elle lève la tête.

"Hein ?

— Qu'est-ce que tu ne comprends pas ?" J'essaie de ne pas laisser transparaître mon impatience.

"Eh bien, je ne sais pas pourquoi… chaque fois que… ah. Aha !" Elle écrit un chiffre dans une case. "Je te tiens, espèce de salopard." Elle me regarde par-dessus ses lunettes. "Excuse-moi : je parle toute seule.

— Oui.

— Mais je ne sais pas ce qui se passe sous le toit. On dirait que toute une famille de petits cons s'y est installée."

Je téléphone à une entreprise d'éradication des nuisibles tandis que maman vide le lave-vaisselle.

"Avez-vous une idée du genre d'animal qui fait ce bruit ?"

J'ai envie de répondre à la réceptionniste que c'est une famille de petits cons.

"Sans doute des écureuils – il y a un gros arbre devant la maison.

— D'accord, mais il arrive que des chats réussissent à entrer. Êtes-vous certaine de ne pas avoir entendu de miaulements ? Avez-vous ouvert la trappe pour regarder dans les combles ?

— Oui, je lui mens.

— Bon, nous enverrons quelqu'un chez vous entre quatre et six heures cet après-midi.

— Chez elle, je la corrige.

— Excusez-moi, madame ?

— Ce n'est rien. Merci."

Maman entre dans la cuisine au moment où je raccroche.

"Entre quatre et six aujourd'hui. Visite du sire dératiseur."

Elle fronce les sourcils. "Tu vas être obligée de rester : j'ai un rendez-vous pour ma hanche à quatre heures et demie.

— Qu'est-ce qu'elle a, ta hanche ?

— Si je le savais, j'aurais pas besoin de prendre un rendez-vous." Elle me regarde. "Alors ? Tu peux rester ?"

Je suis censée retrouver Vincent à cinq heures. Nous avons prévu d'aller visiter un atelier de céramique – c'est son idée. Notre soirée cinéma s'est mal passée : le film parlait d'une prof de piano qui voulait se faire violer par son étudiant. Nous nous sommes entendus pour éviter le cinéma lors de notre prochain rendez-vous.

"C'est bon ?

— D'accord.

— Bien." Le calme crée une distance entre nous.

"Comment te sens-tu là-haut, dans la vieille maison, ma chérie ? Toute seule ? Tu y dors bien ?"

Je hausse les épaules.

"Je ne suis pas du genre à bien dormir.

— Non, bien sûr. J'y voyais un petit fantôme quand j'étais enfant.

— Quoi ?

— Une fillette.

— Maman.

— Es-tu somnambule ?

— Maman.

— Ah, tu vois. Ne t'en fais pas, elle est tout à fait sympathique, elle se sent juste un peu seule à mon avis. Je rêvais souvent que je la suivais jusqu'à la plage, la nuit, et quand je me réveillais, elle était là, j'étais sortie de nos quartiers et je me retrouvais tout en haut de la maison !

— Maman.

— Oh, ma chérie, tu n'as aucun souci à te faire. Je pense même qu'elle te plaira. Elle traînait toujours dans la salle de bains à l'étage, à côté de la chambre de Christopher et papa : celle que vous partagiez avec Katherine. Ils la voyaient aussi, après cette histoire abominable dans leur pensionnat. Rien d'étonnant à ça."

Il y a dix ans, leur école a fait la une des journaux lorsqu'on a découvert qu'elle avait été impliquée dans ce que la presse a qualifié de "cercle de pédophilie".

Ma mère grimaçait en entendant ce terme : "Je trouve que c'est une formule plutôt chic quand on pense à ce qui se passait là-bas. Ils me le racontaient pendant les vacances. On écrasait des carapaces de crabes dans les flaques pendant qu'ils en parlaient. J'ai toujours eu des remords terribles pour ces crabes." Elle se lève, ce qui indique que la conversation est close. Je n'ai pas fini.

"Comment tu la trouvais, Mrs Hamilton, quand t'étais petite ?

— Eh bien, tu sais." Elle soupire. "Ce n'était pas une femme facile, mais elle nous a tous sauvés en fin de compte. Elle se sentait seule, je pense. Betty aussi du reste. J'ai toujours eu le sentiment que je l'avais déçue.

— Déçue ?

— Je crois qu'elle aurait voulu que je devienne quelqu'un de plus exceptionnel, vu que j'étais l'unique enfant sur laquelle elle avait pu exercer une influence. Elle n'a pas eu le droit de retirer les garçons du pensionnat, parce que c'était le domaine de leur père. Alors elle a déployé beaucoup d'énergie à me rendre heureuse.

— Mais tu es heureuse.

— Oui, ma chérie, bien sûr, mais elle s'était peut-être imaginé que ça allait déteindre sur elle. Et en dépit de tous ses efforts, je ne suis pas certaine que ça ait marché."

Maman se met à déplacer des papiers sur la table, signe qu'elle est sur le point de rompre la conversation.

"C'est Deborah qui vend la maison. Ou qui essaie de la vendre."

Elle me regarde, lève les yeux au ciel.

"Oh mince – tu as beaucoup affaire à elle ?

— Elle m'envoie des e-mails pour me reprocher d'être très sale.

— Oui, ça lui ressemble : elle a la phobie des microbes, elle ne sort jamais sans ses lingettes désinfectantes, si mes souvenirs sont bons." Elle le dit comme si c'était la pire des tares.

"Il me semble que Christopher essaie de veiller sur elle.

— Trop bon, trop con, dit-elle, mais sans méchanceté.

— Parle-moi d'elle.

— Eh bien, tout est lié à cette odieuse affaire avec Mr Hamilton. Ton père ne pouvait pas la supporter, bien entendu."

Il y a un long silence. Je songe à ce qu'une parente éloignée pourrait dire de ma vie dans une trentaine d'années. *Eh bien, elle a gardé la maison quelque temps puis elle n'est plus beaucoup sortie.*

"C'est pas terrible, hein ? dis-je à voix haute.

— Pas terrible, non." Maman se donne une claque retentissante sur les cuisses. "Allez, on y va, espèce de grosse vache, dit-elle à la chienne, qui lève sa fine tête pour la regarder. Allons-y, je t'emmène au parc et tu pourras tuer quelque chose." La chienne sort péniblement de sa corbeille, bâille à s'en recourber la langue, puis étire ses orteils en les pointant en arrière comme une danseuse. Elle m'accorde une truffe amicale et je passe le pouce sur sa joue couverte de verrues. Son museau a blanchi au cours des six derniers mois et nous évitons de mentionner qu'elle flageole sur ses pattes arrière. Maman me touche la tête en passant. "Je n'aurais pas dû te parler du fantôme. Mais franchement, la fille est inoffensive comme l'air."

La chienne éternue. "Sac à crottes, clés, laisse", énumère maman. Je lui crie dans l'escalier : "Y a pas de mal, je crois pas aux fantômes." Mais elle ne m'entend pas ou, en tout cas, elle ne me répond pas.

C'est typique de ma mère de me raconter qu'il y a un fantôme dans la maison où je vais rester, seule, puis de me dire qu'il n'y a absolument aucun souci à se faire. C'est elle tout craché.

"Mange des fruits, me lance-t-elle depuis l'entrée. Ta sœur persiste à me faire livrer ces horribles paniers : je sais plus quoi faire de toutes ces poires vertes et de ces putains de choux-raves." Elle claque la porte et je l'entends descendre lourdement les marches jusqu'à la rue. Elle n'est pas légère, chacun de ses pas est appuyé, décidé. C'est aussi typique de ma mère de quitter la maison dès qu'elle a de la visite.

J'envoie un message à Vincent, lui demande si nous pouvons changer de plan et boire un verre.

Dieu merci : j'avais pas réalisé que les céramiques étaient des bols et des assiettes.

Qu'est-ce que tu croyais que c'était ?

Je sais pas, un truc plus palpitant. Plutôt en lien avec la pâtisserie, à vrai dire.

Le dératiseur arrive à cinq heures, il est jeune avec un accent du Sud-Ouest de l'Angleterre. Il est passionné par son travail.

"C'est l'occasion de voir des endroits intéressants", dit-il gaiement tandis que je le fais entrer dans la chambre de ma mère.

"Ça, je veux bien le croire", je réponds, puis je crains aussitôt de lui avoir innocemment donné l'impression de le draguer. Il est dans les combles, seules ses jambes sur l'échelle sont visibles, avec ses grosses bottines en daim. Il serait étrange de lui proposer un thé, étant donné qu'il va passer son temps en équilibre sur l'échelle et qu'il manipulera peut-être de la mort-aux-rats ; de toute façon, j'ai horreur d'en préparer pour les autres. L'idée de le laisser seul dans la chambre de ma mère me déplaît. J'essaie donc d'engager une conversation.

"Quel est, euh, le truc le plus étrange que vous avez trouvé dans des combles ?"

Il baisse la tête pour que je puisse le voir et répond d'un ton jovial : "J'ai trouvé un cadavre un jour… C'était complètement dément." Il disparaît à nouveau dans la trappe.

J'éprouve immédiatement une vive sympathie pour lui. "Oh", lui dis-je. J'ai des questions que je n'ose même pas formuler.

"Ouais – j'ai dû passer la journée entière avec la police en plein mois d'octobre, quand on est débordés de boulot. C'est en automne que les animaux commencent à se pelotonner au chaud.

— Bien sûr !" Je me rends compte que je suis assise sur le lit et je me demande si c'est inconvenant. Il m'a vue quand il a baissé la tête, il serait donc bizarre que je change de place maintenant. "Moi aussi, j'ai trouvé un cadavre, un jour", lui dis-je, mais pas assez fort pour qu'il m'entende.

"C'est vide", annonce-t-il et, l'ombre d'un instant, je ne sais plus du tout de quoi nous parlions. Il descend l'échelle, lampe électrique à la main. "Je ne vois pas de dégâts. Mais je vais poser quelques pièges, au cas où ils viendraient juste de s'installer."

Je me lève. "Parfait.

— Je me dépêche d'aller les chercher dans mon fourgon", dit-il en souriant. Un grain de beauté foncé chevauche sa lèvre supérieure.

"Qu'est-ce qui était arrivé à l'homme que vous avez trouvé ?"

Il hausse les épaules comme si la question ne lui avait jamais traversé l'esprit. "C'était une femme. Pas sûr. Elle est juste morte là-haut. Faut bien finir par partir un jour, pas vrai ?" Il déguerpit, dévale l'escalier en sifflotant un air connu.

Il faut bien finir par partir un jour. Ce n'est pas tant le fait de mourir, en vérité. C'est celui d'être bazardée, la logistique d'emballer un corps dans une valise à peine plus grande qu'un bagage autorisé en cabine sur un vol intérieur. Je me rassieds sur le lit. Son compagnon l'avait étranglée avec un câble électrique et fourrée dans une valise ; il avait mis le feu à la valise dans leur jardin, puis jeté ce qu'il en restait à la mer. C'est aussi simple que ça de trouver la mort. Mais cette histoire était documentée, avec photo et nom à l'appui : comment la femme avait été tuée, comment son compagnon s'était pendu dans sa cellule, plus tard – leur enfant abandonné.

L'échelle repose toujours contre le rebord de la trappe. Le carré noir est plus important que je l'aurais cru. Quand il est fermé, il se fond dans le plafond, mais ouvert, on a l'impression que la maison se déploie. Elle paraît plus grande à l'intérieur qu'à l'extérieur. Je monte lentement les barreaux, à l'affût de bruits de pas du dératiseur dans l'escalier. Le noir est épais, comme s'il était scellé sous le toit. Il y a une odeur moisie de vieilles photos, un léger soupçon de camphre. Sans lampe électrique, je ne vois rien. Pas même le vent ne réussit à pénétrer dans cet espace, pas de bruit de circulation, pas de craquement de maison, pas d'alarme antivol lointaine. Mais je sens se dresser chaque squame individuelle de ma peau, chacun de mes poils se hérisse comme s'il était aimanté. Je redescends et manque de tomber en m'apercevant qu'il est là, qu'il tient l'échelle.

"Oups, dit-il. Attention." Il me stabilise en posant une main sur ma cuisse et je pique un fard.

"Désolée." Je m'empresse de toucher terre, avec la conviction accablante qu'il remarque mon visage cramoisi. "J'ai juste…

— Oh, tout le monde est curieux, fait-il d'un ton léger, tout le monde aime regarder, c'est naturel." Il se tient très près de moi et dégage soudain une intensité troublante. Veut-il parler d'autre chose ? Je ne détecte absolument aucune odeur sur lui, ni après-rasage, ni sueur, ni haleine au café. Ni dentifrice ni savon.

"Je suis juste allée voir si c'est aussi grand que ça paraît." Toutes nos répliques ressemblent au début d'un film porno.

Il sourit et le grain de beauté escalade son visage. Je fais un pas de côté pour ne plus me trouver entre l'échelle et lui. Je m'assure de m'écarter du lit plutôt que de m'en rapprocher.

Il brandit deux pièges en métal et l'ambiance s'évapore comme si elle n'avait jamais existé.

"Y a rien de plus alléchant que le beurre de cacahuète pour un écureuil – ou pour un rat. Avec ça, on attrape tout ce qui passe."

Il remonte en fredonnant sa petite mélodie.

"Maintenant, si vous l'entendez claquer – ça fait un gros bruit sourd –, dans quatre-vingt-dix pour cent des cas, c'est fini, *game over*, ils sont très efficaces. Mais si ensuite, ça gratte dans tous les sens, on sera peut-être obligés de revenir s'en occuper. Bien sûr, on préférerait que ce ne soit pas le cas – et honnêtement, quatre-vingt-dix fois sur cent, un bon coup de tapette derrière la tête règle l'affaire. Mais ça n'arrivera peut-être pas la nuit, quand vous êtes ici, alors si vous n'entendez rien mais si vous sentez quelque chose…"

Il redescend en revissant le couvercle du pot de beurre de cacahuète. Il se lèche le doigt. "De toute façon, je repasserai dans une semaine pour vérifier, mais s'il y a du bruit ou des odeurs, appelez-moi et je viendrai avant." Il sourit, je souris, et je le raccompagne.

Avant d'emprunter les marches qui mènent au jardin, il se retourne et dit : "C'était un plaisir de faire votre connaissance", et une demi-seconde, l'impression ressurgit avec assez de force pour que je prenne appui contre la porte fermée en m'interrogeant. Je l'entends siffler en repartant vers son fourgon et je l'accompagne en chantant, *Down deep in his soul, she can bring him such misery**.

* *When a Man Loves a Woman*, chanson de Calvin Lewis et Andrew Wright, rendue célèbre par Percy Sledge. "Au plus profond de son âme, elle peut le rendre si malheureux."

J'arrive avec vingt minutes de retard à mon rendez-vous avec Vincent, mais il lui en faut dix de plus pour me rejoindre. Je suis en retard car, n'ayant pas fait de lessive d'un bon moment, j'ai dû aller acheter quelque chose à me mettre sur le dos dans la rue principale. C'est plus difficile que dans mon souvenir. Il fut une époque, j'en suis sûre, où n'importe quelle saloperie m'allait parfaitement bien et voilà que soudain, même dans un tee-shirt noir tout simple, je donne l'impression d'en faire des tonnes. *Quand*, je me demande en me regardant dans la glace de la cabine d'essayage, *mes nichons sont-ils devenus bizarres ?*

Je finis par choisir un haut qui m'est trop grand, parce que les petites tailles soulignent des défauts auxquels je ne veux pas penser. Le chemisier a un motif – il n'y a pratiquement rien d'uni dans cette boutique. C'est le genre d'endroit qui ne vend que des pantacourts et se débrouille toujours pour coller des points de broderie ici et là sur des vêtements qui gagneraient à rester parfaitement ordinaires. C'est un magasin pour mères de famille. Des pois sur chaque article, se nichant jusque dans la doublure d'une veste. Je ressemble à une vierge dans ma grande chemise, ou à quelqu'un qui aime la vie au grand air, j'ai peut-être même un look un peu chrétien, mais au moins je ne sens pas la soupe. Le chemisier a un motif de feuille scandinave et une poche inutilisable sur la poitrine.

"Je trouve ça super, me dit Vincent une fois que nous nous sommes installés à une petite table au fond du pub, que tu puisses porter des trucs comme ça.

— Comme quoi ?

— Tu sais bien, un truc qui fait à la fois jeune et vieux. Trop cool."

Vincent porte un tee-shirt à l'effigie de deux loups hurlants. Mon premier instinct me dit que c'est ironique mais il m'embrouille tant, parfois, que je n'en suis pas si sûre.

Nous restons tard, nous buvons vite. Nous nous embrassons, il met sa monnaie dans la poche sur ma poitrine, mais je me réveille seule. Je ne me souviens pas du genre de baiser que nous avons échangé. Ça ne devait pas être formidable s'il n'est pas auprès de moi. Une bulle d'excitation se manifeste, ma gueule de bois la fait éclater ; j'avale un antihistaminique, une poignée de gélules de valériane et passe le reste de la journée au lit. Lorsque je me réveille de nouveau, il fait nuit et je me sens vaseuse, mais je sais que je dois repartir en Écosse. Je prends une douche en laissant couler l'eau sur mon visage. Je devrais manger. Je me fais cuire des pâtes que je dévore à même la casserole avec de l'huile d'olive et du sel. J'ai envie de retourner me coucher, mais non : j'enfile mes chaussures.

Je fais la route en silence cette fois-ci. Je n'ai pas le cœur à chanter. Je redoute de dormir dans la maison. Mon état me rend nerveuse et je vais penser au fantôme de maman ; j'imagine une fillette victorienne horrifiante aux cernes bleus et au cou tordu. C'est un épuisement froid – dernièrement, les gueules de bois sont devenues longues et insidieuses. Je me rappelle les lendemains de cuite avant que la culpabilité s'installe. Ces journées où je me réveillais à midi, mangeais un hamburger et regardais la télé, peut-être avec des amis. On riait de notre mauvaise conduite. On projetait de bientôt recommencer. Aujourd'hui, un tremblement agite mes poignets et j'ai l'impression que quelqu'un essaie de me pousser la tête sur le volant en épluchant, dans ses moindres détails répugnants, mon comportement de la veille, qui s'accorde parfaitement avec la noirceur qui émane de moi. Je suis méchante comme un chien méchant.

Chaque fois que je vois un panneau *La fatigue tue*, je songe à toutes les autres choses qui tuent aussi simplement et radicalement. Si le dératiseur m'avait embrassée, je lui aurais rendu son baiser ; quand Vincent m'a embrassée, je lui ai rendu son baiser. Quelle différence y avait-il ? Un jour, Dom a glissé la main dans le creux de mes reins et m'a tirée vers lui ; quand j'ai évité sa bouche, il m'a marmonné dans le cou : "J'aime trop comme t'es branque, t'es tellement à la ramasse, ça te rend sexy. Je parie que tu baises comme une bête." Je l'ai fait taire en l'embrassant, puis j'ai prétendu que si seulement je n'étais pas la sœur de sa femme, on pourrait s'en donner à cœur joie. Ça lui a plu. J'envisage parfois d'expliquer à Katherine ce qui s'est passé. Que j'ai seulement cédé pour qu'il arrête et que ce soit fini une fois pour toutes. Il m'apprécie seulement parce que je suis une autre version de toi. C'est comme son régime varié dont il nous rebat les oreilles. Kombucha, haricots mungo, une fille noire, une autre blanche et rousse, des sœurs brisées de manières complètement différentes.

Lorsque j'arrive, je reste quelques instants dans l'obscurité, devant la maison. J'entends les vagues sur la plage, les fenêtres vibrent au vent. Je tourne la tête vers les étoiles, qui encadrent la colline du Law ; la lune illumine les os de baleine – froids et blêmes et beaux.

Je n'allume pas à l'intérieur, je monte l'escalier, me glisse sous l'édredon du lit de Mrs Hamilton et j'éprouve une gratitude infinie à sentir le sommeil peser sur moi, comme si quelqu'un était allongé sur mon corps. Si rêves il y a, ils me laissent tranquille.

Je suis réveillée par Deborah qui cogne contre la porte ouverte de la chambre et me dévisage d'un air horrifié.

"Je vous ai envoyé un e-mail : mes clients arrivent dans un quart d'heure." Elle fait volte-face, s'en va et je l'entends sillonner la maison d'un pas exaspéré, allumer les radiateurs, vaporiser les pièces qui puent l'humidité et faire racler les chaises pour les ranger sous la table de la cuisine. Quand je la rejoins au rez-de-chaussée, elle est en train de gratter des allumettes dans la salle de séjour.

"C'est pour donner une odeur de flambée, m'explique-t-elle avec un geste de la main, comme si elle s'attendait à ce que je sois impressionnée. Enfin bref, vous avez fait le lit ?

— Oui. Je suis arrivée tard dans la nuit, je…" Elle m'examine de la tête aux pieds. Son regard ne laisse aucune place au doute. Je vois pourquoi mon père ne l'aimait pas. Elle me rappelle une ancienne prof de français qui faisait apprendre par cœur à toutes les écolières : *Excusez-moi, madame, j'ai mes règles, s'il vous plaît, permettez-moi d'avoir une serviette hygiénique et de me diriger vers les toilettes**.

"C'est bon. Il n'y en a que pour une heure." Elle ne veut pas connaître les détails. Elle me regarde comme si elle attendait quelque chose. Elle attend que je parte. Manifestement, elle n'aime

* En français dans le texte.

pas l'idée que les acheteurs se projettent dans une maison habitée par quelqu'un comme moi.

Je vais boire un café dans un endroit qui se fait appeler le Pavillon, même si je me souviens de l'ancien, avant que la piscine découverte soit comblée, et ce Pavillon-là n'avait pas de posters de jeunes couples italiens s'amusant dans des restos de bord de route sous le regard des vieux du village. Il ne vendait pas de paninis aux stries prépeintes sur le pain, et n'affichait pas de mots vecteurs d'inspiration au mur : *Énergie, Bon temps, Cappuccino, Rire, Amour.* Puis, comme si un intrus avait fait irruption au sein de leur réunion : *Bicyclette.* La condensation forme un cadre autour de la fenêtre proche de moi. Un jour, papa est entré dans ma chambre sans frapper et quand il a vu ce que je faisais à mes jambes, il a hurlé comme un chien qui aboie après une voiture. Plus tard, je l'ai entendu téléphoner, soûl, enragé, et laisser un message sur le répondeur de mon école : *Qu'est-ce que vous lui avez fait, bande d'enculés ?* J'ai prétendu que je n'avais rien entendu, j'ai changé d'établissement et je n'ai jamais eu mes règles en France.

J'entends Maggie avant de la voir. Elle a forcé la jeune femme derrière le comptoir à lui en taper cinq et lance un *"Livin' the dream"* assez fort pour que toute la salle la regarde. La serveuse se détourne avec un grand sourire gêné. Maggie porte une combinaison de pilote grise et un sac de toile noire en bandoulière. Ses cheveux explosent sur sa tête, de manière à laisser supposer qu'elle consacre tout son temps à baiser et pas une seconde à se coiffer. Elle garde ses lunettes de soleil à l'intérieur et ses baskets en cuir rouge ont les lacets défaits. Ses lèvres sont rose fluo. Sa tenue met en évidence le fait que nous sommes tous en goretex, K-way et doudounes sans manches. Elle est belle et, comme tous les autres clients, j'espère qu'elle va s'en aller.

Pourtant, alors qu'elle promène son regard dans la salle en attendant son café à emporter, je lève la main. Elle me voit et je rougis immédiatement, car tout le monde va penser que nous sommes amies.

"Bordel de merde, ma caille, comment ça va ?!" Elle le crie presque, suscitant le tut-tut réprobateur d'une femme qui fait manger un petit pain à son enfant, puis elle prend un siège à la table voisine, occupée par un homme et son petit-déjeuner – elle ne lui demande pas sa permission et il y a un tabouret à côté de moi, mais non, elle choisit la chaise avec un haut dossier et la tourne à l'envers pour s'asseoir à la Fonzie dans *Happy Days*. Sans aller jusqu'à dire qu'on entend la salle retenir son souffle, le silence indique un sentiment équivalent. Le client attablé devant son repas n'en revient pas, mais que peut-il dire : il ne se servait pas de la chaise, elle ne lui appartient pas. N'empêche, il a l'air prêt à jeter furieusement son couteau et sa fourchette en exigeant une explication.

Maggie sent le tabac et le feu de bois. Est-ce qu'elle campe ?

"Ça va, merci." Je hoche la tête avec un enthousiasme surfait, et exagère mon murmure en espérant l'inciter à baisser la voix.

"Tu t'es de nouveau fait suivre par des détraqués ?" Quelle braillarde !

"Ah ah, non – t'as de nouveau mangé de la glace ?

— Quoi ?

— Laisse tomber."

La serveuse lui apporte son gobelet à emporter et Maggie l'agace en le buvant avec moi. C'est quinze pence de plus pour consommer sur place donc, techniquement, Maggie est en train de les voler. Je donnerai un pourboire pour couvrir la différence.

"Alors, t'as quoi de prévu aujourd'hui ? demande-t-elle après avoir soufflé sur sa boisson.

— Je prenais juste un café, tu sais. Avant de me mettre au boulot.

— On dirait que t'as besoin d'un jour de congé." Elle ajoute quatre morceaux de sucre blanc à son café.

"Je me sens bien. Et toi, comment tu vas ?

— J'ai pris ma journée." Elle sourit par-dessus sa tasse en carton.

"Qu'est-ce que tu fais, déjà ?" Si elle m'en a parlé dans la voiture, ça m'a échappé.

"Je suis sorcière." Elle l'énonce avec simplicité et un tel aplomb que c'est sans doute la chose la plus exaspérante que j'aie jamais entendue.

"Ah bon, vraiment ?" J'essaie de penser à une transition logique. "Et t'arrives à en vivre ?"

Elle grimace, avale son café. Elle a laissé une grosse marque de rouge à lèvres sur sa tasse, mais ça ne semble pas avoir affecté la couleur de sa bouche.

"Non, je suis au chômage – ou à mon compte, ça dépend de ton point de vue. Mais toi, alors ? Pourquoi remettre à plus tard un jour de congé que tu peux prendre maintenant ?

— Oh, c'est pas ça, j'ai du travail." J'essaie de sourire à regret. Maggie s'esclaffe comme si je lui avais raconté une blague.

"Bon, qu'est-ce qu'on va faire de notre jour de libre ?

— Vraiment, je…

— Écoute, dit-elle, j'ai l'intention de finir mon café, d'escalader le Law et de fumer un joint au sommet. Ensuite, je mangerai des *fish and chips* sur la plage en nourrissant les mouettes. Après quoi, j'irai boire un verre au pub. Et je fais tout ça parce que : *I'm tired and bored with myself. Hey now baby*, dit-elle en me montrant du doigt, *I could just use a little help**. Et elle se met à chanter, pas très fort quoique les autres clients puissent l'entendre ; elle s'adresse directement à moi, d'une voix assurée, et j'avale mon café trop rapidement pour éviter de penser à ce que je devrais faire.

"This bum's for hire, even if we're just dancing in the park**."Elle vide sa tasse d'un trait, hurle *"Hey, baby !"* et me tend la main comme si j'étais une enfant et elle, ma mère.

Je prends sa main, car je n'ai véritablement aucun choix.

Nous n'échangeons que quelques mots en gravissant la colline l'une derrière l'autre : je m'interroge fréquemment sur la raison de ma présence. Il y a environ sept ans que je n'ai pas fait d'exercice. Maggie me précède à grands pas, sans cesser de fumer, les jambes de son pantalon retroussées dévoilant des mollets musclés et recouverts d'une épaisse couche de poils noirs. Elle bondit sur les rochers comme un cabri. J'ai des ampoules aux talons

---

* Extrait de *Dancing in the Dark* de Bruce Springsteen. "Je suis fatigué et je m'emmerde. Hé, baby, j'aurais besoin d'un petit coup de main."
** Même chanson, mais les paroles sont déformées : *This bum* au lieu de *This gun* : "Ces fesses (au lieu de « ce flingue ») sont à louer (*gun for hire* veut aussi dire : « je suis un tueur à gages », ou « prêt à tout »), même si nous ne faisons que danser dans le parc (au lieu de *in the dark* : « dans le noir »)."

et une brûlure à l'intérieur d'une cuisse, je trébuche souvent en avant, mais avec le dénivelé, je ne tombe pas de très haut. Le vent fouette les ajoncs et bouscule les mouettes vers la côte. Lorsque nous atteignons l'arche en os de baleine, Maggie se tourne vers moi, le visage brillant sans être en sueur. Elle dit : "Tu le sens ?

— Je sens quoi ?"

Un moment s'écoule et je pourrais jurer qu'autour de nous, le paysage change de couleur : la terre prend une teinte de seiche, la mer lointaine devient noir pétrole, les arbres passent du vert au bleu puis retrouvent leur vert et le ciel papillote en jaune. Le visage de Maggie aussi, ses yeux luisent comme des opales. Puis c'est fini.

"La brûlure ! La poussée d'endorphine ! Quand t'es fauchée, t'as plus que ton corps pour te défoncer." Elle sourit et je mets la fraction de seconde d'émerveillement sur le compte de la circulation accrue de mon sang après l'exercice. Elle sort un paquet de tabac dont elle extrait un joint.

"Heureusement pour nous, je suis pas encore complètement fauchée." Elle l'allume. Il n'y a pas un souffle de vent, même à cette altitude, et elle n'a pas besoin de protéger la flamme dans le creux de sa main. Elle inspire et laisse la fumée s'échapper lentement de sa bouche, en un jet parfaitement droit, blanc et effilé comme une lance.

Arrive un moment dans la soirée où je vois se profiler une limite à ne pas franchir. Ou est-ce une croisée des chemins ? L'une ou l'autre, je vais commander une nouvelle bouteille de vin au comptoir tandis que Maggie nous roule une cigarette chacune. Je lui ai dit que j'ai plus ou moins arrêté de fumer, mais ça ne revêt aucun intérêt pour elle et elle m'a offert cigarette sur cigarette toute la journée. Elle ôte une de ses baskets et la pose sur notre table pour que personne ne s'y installe, même s'il y a seulement six hommes dans le pub. Elle claudique jusqu'à la rue pour fumer, me faisant signe du doigt. Je prends les verres, le vin, et je la suis. Elle m'allume une cigarette avec la sienne. Nous sommes seules dehors. Il fait un froid glacial ; Maggie a les bras nus et une posture décontractée, la poitrine en avant. Je suis aussi crispée qu'un anus de chat, mains glissées dans les manches, nez fourré dans le manteau pour désespérément tenter de souffler un peu d'air chaud sous mes vêtements. Une grosse lune est suspendue dans le ciel dégagé.

"Plus personne ne fume", déplore-t-elle en me prenant la bouteille des mains et, après s'être coincé la cigarette à la commissure des lèvres, elle nous verse deux grands verres. "Je comprends pas pourquoi.

— Les gens se préoccupent plus de leur santé, je réponds, ils veulent tous vivre vieux."

Elle me souffle un nuage de fumée bleue à la figure en souriant.

"Les clopes m'ont sauvé la peau des milliers de fois." Elle avale une longue gorgée de vin, boit par soif plus que par plaisir. Je ne l'interroge pas, car j'ai appris que c'était inutile. Elle me dira ce qu'elle a envie de me dire. Elle ne ressent pas le besoin de faire la conversation – elle a des réponses à ce que l'on vient de dire, mais les répliques ne s'agencent pas l'une après l'autre de façon habituelle. Il lui arrive donc d'avoir des paroles qui me déplaisent, comme "Les échanges de banalité, c'est pas mon truc", ce qui m'a blessée et fait penser qu'elle n'était pas le genre de personne à qui je voulais consacrer du temps, mais au fil de la journée, j'ai compris : elle est incapable de meubler une discussion, s'y essaie parfois et échoue.

Après avoir reproduit le même échange que nous avons eu précédemment en voiture, je ne l'écoute que d'une oreille. Le mural en face de nous dépeint un macareux au bec plein de sprats, ce qui me donne faim.

"Je pourrais te dresser une longue liste d'endroits et de situations auxquels j'ai réchappé en disant que j'allais griller une clope. Je pourrais te faire un inventaire de types qui me voyaient déjà saucissonnée dans le coffre de leur voiture, mais quand ils me cherchaient, j'avais disparu dans un nuage de fumée."

Je détourne les yeux des sprats.

"Tu veux dire que tu t'en sers d'excuse pour filer ?

— Des fois. D'autres fois, je m'en sers pour aveugler un mec."

Elle sourit ; je présume qu'elle parle de l'aveugler avec la fumée, mais elle brandit le bout incandescent de sa cigarette en crachotant.

"T'as brûlé quelqu'un ? Dans l'œil ?"

J'ai le sentiment de ne pas avoir compris une blague, mais elle écarte l'idée d'un geste de la main.

"T'as intérêt à maîtriser plein de méthodes différentes, parce qu'ils en connaissent parfois une ou deux. Faut être consciente de tout l'arsenal dont tu disposes, surtout dans ce genre d'endroit où tu peux pas porter d'arme à feu. Ils s'attendent à ce que tu serres ta clé dans ton poing, parce qu'ils ont lu les mêmes articles que toi. Ils savent que tu vas viser leurs burnes ou leur crever les yeux – ils ont fait leurs recherches et connaissent toutes les stratégies.

— Hum." J'ai la bouche sèche. Je n'aurais pas dû fumer cette dernière cigarette. Ni boire trois cafés, ni trois bouteilles de vin. Nous avons mangé, à un moment donné, mais j'ai des difficultés à me rappeler ce que c'était. Je crois que j'ai besoin de m'asseoir.

"T'as vécu une expérience qui prouve le contraire, ma caille ?" me demande-t-elle.

Je déglutis, me ressaisis, mais aucune réponse ne me vient. Elle fouille dans son sac. Elle en sort une carte pliée de la région d'East Lothian. Avec des petites croix marquées au Bic de différentes couleurs.

"Tu vois ça ? Cette année, depuis le mois de janvier. Elles indiquent toutes des femmes." Je me repenche sur la carte. Elle n'a toujours aucun sens à mes yeux. "Des femmes mortes, clarifie-t-elle. Assassinées. De la même manière."

Je regarde encore les croix. "Un tueur en série ?

— Oui : il faut trois meurtres pour que ce soit un tueur en série. Il y a douze croix sur cette carte.

— Je savais pas que…"

Elle répond à ma question avant que je puisse la poser. "Si t'es pas au courant, c'est parce que chaque meurtre est désigné sous le nom de « cas isolé qui ne représente plus aucun danger pour la société »." Je cligne des yeux, ne sachant pas quoi ajouter.

Maggie agite le papier, me montre une croix rouge à Dunbar. "Celle-ci, une femme de trente-cinq ans poignardée à mort par son petit copain le jour de la Saint-Valentin : crime passionnel, d'après la presse. Gros n'importe quoi, putain. Là…" Elle met le doigt sur une autre croix : "Travailleuse du sexe ligotée et exécutée par suffocation, un sac en plastique sur la tête – et ici…" Elle en montre une autre.

"Attends."

Maggie lève la tête. Comme si elle avait oublié que j'étais là.

"Mais alors, il s'agit de personnes différentes ? Des personnes complètement différentes qui utilisent des méthodes différentes ? Ça peut pas être un tueur en série, dans ce cas." Le silence est pesant.

"Écoute-toi parler, énonce-t-elle lentement. Écoute-toi utiliser les mots qu'ils t'ont donnés.

— Ils ?

— Les flics disent que les meurtres sont *des cas isolés qui ne représentent plus de danger pour la société*, répète-t-elle.

— Oui, mais sûrement si… mais sûrement si cette femme-là a été assassinée par son petit ami, il a été arrêté, il est en prison, et ce crime concerne exclusivement cette situation particulière, non ?"

Elle me regarde. "La situation particulière étant la suivante : c'était une femme et lui un homme.

— Mais un tueur en série, c'est une personne qui travaille seule et qui tue tout un tas de gens.

— Faux. Qu'est-ce que tu fais d'Ottis Toole et Henry Lee Lucas ? Et des meurtriers de la lande ? Sans parler des West ! Et ce putain d'éventreur du Yorkshire qui massacrait des femmes à coups de marteau devant ses copains, en se demandant pourquoi on en faisait toute une histoire ? Et cet enculé de Charles Manson ? C'est un énorme trou noir quand tu commences à enquêter.

— À enquêter sur quoi ?

— Sur la vie. Nos vies. Nos morts."

Une longue pause s'ensuit. Je suis à deux doigts de vomir.

"Tu connais la fourchette d'âge des femmes le plus souvent tuées par des hommes ?

— Non.

— Trente-six à quarante-cinq ans. Tu sais pourquoi ?

— Pas la moindre idée."

Elle se rapproche et je sens son haleine – outre le vin et le tabac, elle refoule quelque chose d'autre, aigre et vieux. "Parce qu'ils ont fini de procréer avec nous, mais qu'on est encore baisables." Elle se rassied et observe ma réaction. Je m'efforce de ne pas en avoir. "Tu sais ce que les gens veulent dire par imbaisables ? Ils veulent dire jetables. Ils veulent dire incinérables.

— Écoute, faut que j'y aille, je dois me lever tôt demain.

"— Bien sûr, répond-elle sans avoir l'air offensée, laisse-moi récupérer ma basket." Elle disparaît avant que je puisse lui dire que je ne lui demandais pas de m'escorter.

Je le fais quand elle revient, les deux pieds chaussés : "C'est vraiment pas la peine de me raccompagner.

— Mon cul, ouais, dit-elle. Je viens juste de te raconter que t'es susceptible de te faire assassiner, la moindre des choses est de te raccompagner."

Elle marche quelques pas derrière moi tout au long du chemin, sans cesser de parler, sans attendre de réponse. Ça me dessoûle de l'écouter. Elle tient un discours de folle. En plein délire.

"Tout est question d'oubli : une amnésie de grande ampleur, sans fin. On oublie la torture, le viol, les seins coupés, les bride-bavardes, les ongles arrachés un à un, puis les doigts. La mort de nos enfants à naître, nos vulves brûlées et réduites en lambeaux. Il n'y a pas de retour à la maison, pas de salut, pas moyen de consacrer le reste de nos jours à nous rétablir, car la suite est faite de strangulation et d'immolation par le feu ; on se retrouve absorbées dans l'atmosphère, inspirées, pissées et chiées par des hommes qui s'enrichissent sur le dos de nos dépouilles carbonisées puis, au fil du temps, on est ridiculisées, transformées en petit plaisir de vacances, un mignon costume, une comédie romantique, un truc à aller voir avec les gamins un jour férié. Une blague ou, au mieux, de quoi faire bander des écoliers et de vieux coincés – *Qu'est-ce qui te plaît ? J'aime bien les filles un peu déjantées, tu sais, avec un goût pour le côté obscur.* Mais veux-tu aussi son sexe abîmé, ses seins sans mamelons, ses fesses cramées et squameuses, ses orbites sans yeux ? Non. Un soutien-gorge push-up et un rouge à lèvres noir. Un chapeau pointu et un œil-de-chat. Tu ne t'en préoccupes pas jusqu'à ce que les cendres ne soient plus des cendres, qu'elles soient devenues l'air que nous respirons au quotidien ; tout est si différent maintenant, tu dis, c'était de la barbarie, tu le dis tout en nous excisant, tu le dis tout en brûlant nos visages et nos seins à l'acide, tu le dis tout en nous baisant avec lenteur et lourdeur, pour marquer ton territoire au fond de notre cul et de notre gorge. Leur désir de voir leur queue en nous, de la regarder enfler notre gorge, de la voir ballonner en pénétrant nos petits ventres. Ils voient leur reflet et s'imaginent dans la chair d'une femme. Et s'ils nous embrassent sur la bouche après, c'est seulement par curiosité pour leur propre goût."

Maggie poursuit, comme en transe : "Que faudrait-il faire pour changer les choses ? Et si toutes les femmes assassinées par des hommes au cours de l'histoire devenaient visibles à nos yeux, toutes ensemble ? Si on les voyait toutes étendues par terre. Si on pouvait projeter un hologramme de tous leurs corps aux endroits où elles ont été tuées ?

— Eh bien, écoute, faut bien finir par partir un jour, non ?" Je la rejoins et marche à sa hauteur. "L'histoire est sanguinaire, il y avait des guerres, la vie était différente." J'ai l'impression de ne pas dire ce que je veux dire. Maggie s'arrête et me regarde. Le silence s'amplifie, mes pieds tressautent dans mes chaussures.

"Quel est le délai convenable avant qu'une mort atroce et terrifiante perde son importance, qu'elle s'installe confortablement ? Avant qu'elle devienne drôle ? Les sorcières ? Jack l'Éventreur ? Les guerres ? 1977 ?

— Je comprends pas trop ce que tu veux dire."

Elle semble déconfite, d'une manière que je n'aurais pas pu imaginer il y a une heure.

"Je sais, dit-elle. Je sais, je sais. Moi non plus : j'arrive pas à l'exprimer clairement, c'est juste le feeling que j'ai à chaque fois que j'entre ou que je sors de la réalité de ces morts, je me dis que je devrais au moins les remarquer. Je devrais les remarquer parce que je suis pas encore morte, mais qu'il n'y a pas de différence entre ces femmes et moi, toi, ta mère ou la dame du salon de thé. On fait que fluctuer dans la zone de mort. On patauge à travers les morts. Tu sais comme tu peux parfois le sentir sur un homme, tu le sais, tout simplement : s'il te tenait seule, s'il avait une pierre... tu sais ce qui se passe quand tu ressens ça ? C'est comme si ton sang le savait. J'essaie d'être attentive, parce que c'est tout ce que j'ai : le pouvoir de témoigner et d'archiver. De regarder les photos de la scène de crime et de savoir que c'est arrivé, que ça arrive et que ça continuera à arriver. Les taches, les plaies. Tes enfants."

Nous sommes devant la maison, dans l'allée sombre qui mène à la porte d'entrée. Maggie se gratte le nez avec une violence qui me fait grimacer. "Excuse-moi, dit-elle. Je suis peut-être un chouïa déglinguée." Elle regarde autour d'elle, prend soudain conscience que nous nous sommes arrêtées.

"Attends, dit-elle. Mais je rêve, bordel – c'est la maison ?

— C'est juste ici que je loge. C'est pas chez moi."

Elle examine les fenêtres obscures du dernier étage et sourit. "Y a un canapé sur lequel je peux dormir ?"

II

Le jour du pique-nique hivernal, quatre femmes se présentèrent à la maison. Elles avaient bondi sur Ruth au Pavillon la semaine précédente avec une offre de services qui excluait toute forme de refus.

Annabelle, Maura, Jayne et Janet arrivèrent avec une heure entière d'avance. Janet, leur cheffe, avait apporté une check-list.

"Je vous en prie, asseyez-vous." Ruth les invita dans le salon, où elle eut l'impression qu'elles inspectaient le décor. Elle soupçonna Maura de trousser le rideau pour le faire tomber plus à son goût. Elle tenait le gland du cordon de l'embrasse comme si elle cherchait à le soupeser et à en déterminer la valeur. Une fois qu'elles furent toutes assises – sac à main convenablement posé sur les genoux, orteils collés et tournés sur un côté, visage chargé d'espoir –, Ruth s'échappa à la cuisine, gardant une oreille méfiante sur ce qu'elles risquaient de dire sur elle et sur la maison. Betty était déjà en train de préparer un plateau, la petite Bernadette rinçait des couverts dans l'évier, et elles échangèrent des sourires. Ruth devrait consacrer un peu plus de temps à la fillette, apprendre à la connaître – Betty lui donnait tant de tâches qu'elle ne l'avait jamais vue inoccupée.

"Oh, merci, Betty. Je suis désolée, je ne m'attendais pas à ce qu'elles arrivent si tôt."

Betty, un sourire grave aux lèvres, disposa des serviettes à côté des palets de sablés tout frais sortis du four.

"Ne vous inquiétez pas, madame. J'ai déjà eu affaire à ces femmes avant."

L'ambiance s'adoucit avec le thé. Les conventions sociales devenaient plus facilement négociables lorsqu'une bouche pleine pouvait légitimer un silence ou quand il était possible de complimenter quelque chose d'aussi neutre qu'un biscuit.

"J'ai toujours dit que Betty faisait les meilleurs sablés de North Berwick, déclara Annabelle. Je suis sûre que si le révérend Jon Brown insiste pour organiser le pique-nique sur votre plage, c'est à moitié en raison de la cuisine de Betty."

Sa remarque suscita une gêne dont Ruth ne comprenait pas l'origine, jusqu'à ce que Jayne se chargeât de l'éclairer : "Annabelle l'a accueilli l'an dernier et ce n'était pas tout à fait abouti, n'est-ce pas ?"

Annabelle déposa prudemment sa tasse dans la soucoupe.

"Quoi qu'il en soit, dit Janet en sortant la liste de son sac à main, devrions-nous commencer ? Le salé, tout d'abord. Si je comprends bien, Betty se chargera des sandwichs : beurre de poisson et concombre…" Elle regarda Ruth, qui acquiesça. "Si vous pouviez dire oui, ma chère petite, cela m'éviterait de lever les yeux après chaque plat, merci. Ensuite, tourtes au porc et aux œufs ?

— Oui." Ruth se sentait vertement fustigée.

"Pain noir ?

— Oui.

— Galettes d'avoine et fromage.

— Oui.

— Bien. Et pour le sucré : pain d'épices, tarte à la mélasse.

— Oui."

Janet cochait allègrement sur son papier.

"Et maintenant, le costume, ma chère petite Ruth.

— Le costume ?

— Je vois que personne ne vous a informée.

— Comment, on ne vous a rien dit ? demanda Jayne.

— Les femmes se déguisent, expliqua Annabelle.

— C'est une partie intégrante du jeu de cache-cache – on s'amuse follement, ajouta Maura.

— Ah non, je n'étais pas au courant. Eh bien, tant pis, je le saurai pour l'année prochaine."

Janet se grandit en inspirant profondément. "Ne vous en faites pas, j'ai prévu des effets supplémentaires. Allons donc nous vêtir dans votre chambre, voulez-vous ? Mesdames, pourquoi ne pas vous changer dans la salle de bal, si notre hôtesse n'y voit pas d'inconvénient ?

— Non, bien sûr, mais…

— Ne vous inquiétez pas, elles ont enfilé leur tenue sous leurs vêtements : pas de quoi faire dresser les cheveux sur la tête."

Annabelle, Maura et Jayne semblèrent un peu contrariées par ce commentaire.

Janet s'approcha de la porte et Ruth posa sa tasse de thé. "Allons-y", dit la cheffe et Ruth s'exécuta.

"J'imagine que vous n'avez pas besoin que je vous montre où est la salle de bal ? demanda-t-elle aux femmes confortablement installées devant l'assiette de biscuits.

— Mesdames, les admonesta Janet, ne restez pas assises à vous gaver." Elles se mirent immédiatement debout et se dirigèrent l'une derrière l'autre vers le couloir. "Franchement." Janet leva les yeux au ciel avec un *tss-tss* désapprobateur.

Ruth s'empressa de la devancer pour monter dans sa chambre, elle voulait éviter d'y être guidée. L'escalier craquait sous leurs pas.

"Oh, regardez ! s'exclama Janet en s'arrêtant devant la fenêtre du palier. Révérend Brown et ses garçons ont déjà préparé le feu de joie. Comme c'est chou ! Ils mettent tout leur cœur à la tâche !"

Le bûcher était réellement extraordinaire, avant même d'être allumé. Ce n'était pas ce que Ruth avait imaginé quand le pasteur avait parlé de "pommes de terre dans la braise". Il se dressait haut comme un phare.

"C'est tout à fait impressionnant, dit-elle. Ils ont dû y passer des heures, j'aurais dû envoyer les garçons pour les aider.

— Oh, ne vous en faites pas, ils ont aidé, répondit Janet. Le pasteur est venu les chercher à l'aube."

Janet gravit les dernières marches tandis que Ruth restait sur le palier, une sensation très déplaisante lui serrant la poitrine.

"Je ne savais pas. Personne ne m'a demandé si j'étais d'accord." Depuis leur retour de pension, la semaine précédente, elle avait éprouvé une angoisse particulière au sujet des garçons, elle craignait de devoir reprendre leur relation à zéro. Elle interprétait chaque variation dans leur personnalité comme un échec personnel – comme s'ils étaient influencés par quelqu'un ou quelque chose d'autre.

"Il faut dire qu'il y a tant à organiser." Janet, plantée devant la porte de la chambre, bouscula Ruth d'un signe de tête, puis elle fit comme chez elle, entra sans retenue, sans la moindre conscience de son intrusion. Ruth envisagea soudain avec horreur que Peter était peut-être encore couché et elle grimpa les marches trois par trois, mais il était sans doute déjà dans son bureau, car quand elle rejoignit Janet, cette dernière s'activait à faire le lit. La colère de Ruth était atténuée par son désarroi. Elle était perdue au point de se demander si elle ne devrait pas être reconnaissante envers Janet de prendre la situation en main.

"Bien, maintenant ôtez vos habits et enfilez ceux-ci." Elle sortit de son sac une longue jupe grise et un chemisier de flanelle vert foncé.

"Merci, mais vous en avez sans doute besoin pour votre costume. Je suis sûre que je peux dénicher…

— Non, répliqua Janet assez sèchement. Je les ai apportés exprès pour vous. C'est une tradition, en fait. Nous sommes toutes habillées de la même manière." Elle déplia les vêtements et lui tourna le dos en déboutonnant son propre corsage.

Ruth n'avait guère d'autre choix que de l'imiter. Elle ne supportait pas l'idée que la femme vînt l'aider. Elle ouvrit la porte de l'armoire en guise de paravent et Janet se retourna en un éclair, avec une expression que Ruth fut incapable d'interpréter, avant de lui adresser un sourire encourageant. Ruth évitait de dissimuler sa poitrine, mais alors même que Janet lui tournait le dos, elle se sentait dénudée. Elle regarda le corps de la femme à la dérobée : une étrange alternance de minceur et de bouffissure – bras comme des fils de fer, hanches empâtées. Janet ôta ses bas, découvrant de fines jambes blanches. Une fois qu'elle fut habillée, elle inspecta Ruth.

"Il faut quitter vos bas, dit-elle.

— Oh, je préfère les garder, merci. Je vais me geler sinon.

— Comme vous voudrez", répondit-elle, mais sur un ton qui poussa Ruth à dégrafer son porte-jarretelles tandis que Janet s'installait devant sa coiffeuse. Elle glissa ses cheveux à l'intérieur d'une fine cagoule noire, le genre de sous-coiffe portée par les nonnes, puis elle fouilla dans son sac et en trouva une pour Ruth.

"Voilà de quoi vous tenir au chaud ; après tout, c'est essentiellement par la tête que le corps perd sa chaleur."

Ruth l'étira et cacha ses cheveux sous le tissu. Elle se vit en homme-grenouille.

"Que sommes-nous censées être ?"

Janet lui tendit un demi-masque noir qui lui arrivait juste en dessous du nez.

"Nous sommes censées être toutes les mêmes."

De retour au rez-de-chaussée, Peter était debout dans le couloir et jetait un regard confus vers la salle de bal, d'où provenaient les voix des autres dames.

"Bonjour, monsieur Hamilton, dit Janet en se glissant à côté de lui en maîtresse des lieux.

— Oui, tout à fait, répondit-il comme s'il s'extirpait d'un rêve. Chérie, que diable se passe-t-il ? Tu ressembles à une religieuse médiévale.

— C'est un déguisement. Apparemment, cela fait partie du pique-nique.

— D'accord." Elle s'était attendue à ce que la situation l'amusât, mais pour l'instant, il gardait un abord ténébreux. Il lui prit le poignet et la guida dans le salon pour que les femmes ne pussent pas l'entendre, quoique Ruth remarquât que leurs bavardages s'atténuaient, puis cessaient complètement.

"Savais-tu que les garçons avaient été sortis du lit en pleine nuit ?

— Oui, je…

— Penses-tu qu'il soit possible de soumettre ce genre d'aberration à mon approbation avant de les envoyer dans le noir et le froid glacial avec un fou furieux ?

— Je ne savais pas…

— Ça défie toute raison, bon Dieu – tu n'as pas oublié ce qui a tué leur mère, par hasard ? Tu n'as pas oublié que nous avons emménagé ici pour renforcer leur résistance pulmonaire, plutôt que tenter de l'affaiblir ?" Elle se noya momentanément dans ses mots.

"J'ignorais qu'on viendrait les chercher. Ce n'était pas en pleine nuit, c'était juste à l'aurore et vraiment…" Elle se plaçait sur la défensive, ce qui n'avait pas été son intention. "… ils ne sont pas les seuls, il y a d'autres garçons sur la plage.

— Je m'en fiche." Son ton était définitif, un couperet. Il inspira profondément, souffla, puis consulta sa montre. "Écoute, je dois aller au bureau de Londres. Branning a téléphoné, ma présence est indispensable, le dossier Howard requiert toute notre attention. Je prendrai le train qui part à vingt, ce qui veut dire que je dois quitter la maison dans un quart d'heure."

Il commença à sortir de la pièce à grands pas, tout en repliant son journal.

"Peter." Elle l'avait appelé sans être sûre de ce qu'elle allait lui dire. Il s'arrêta, la regarda par-dessus ses lunettes.

"Hum ?

— Le pique-nique. Je…

— Eh bien, ne vous occupez pas de moi. Je suis certain que vous allez vous amuser comme des fous.

— Mais les garçons – et nous tous, je veux dire… – ta présence est attendue."

Il ôta ses lunettes et se frotta l'arête du nez. "Tu n'as pas la moindre idée de la charge de travail que je dois abattre afin de te permettre d'aller batifoler sur la plage en costume, avec ton pique-nique. Fais ce que je te demande et pas de discussion !"

Ce fut comme si le sol avait saisi les jambes de Ruth entre ses griffes et la clouait sur place ; elle était un poids mort.

"Excuse-moi, dit-elle d'une voix posée mais forte. Je suis ici parce que tu m'as amenée ici, pour que je puisse m'occuper de tes enfants, alors que tu vis ta vie comme si tu n'avais pas de famille digne de ce nom."

Il revint lentement vers elle. Elle crut un instant qu'il s'apprêtait à la frapper et elle vit que l'idée le traversait aussi ; il changea son journal de main. Il sembla soudain que ce n'était pas le pire qui pût arriver.

"Je ne suis pas leur putain de nounou", lâcha-t-elle entre ses dents. Le mot grossier résonnait entre eux. Elle se demanda si les dames écoutaient, puis s'aperçut qu'elle s'en fichait.

"Non, répondit-il, c'est le moins qu'on puisse dire." Il consulta de nouveau calmement sa montre, puis il marcha jusqu'à la porte et cueillit sa mallette, son chapeau et son manteau en un même mouvement.

Le plancher refusa longtemps de libérer Ruth. Elle regrettait d'avoir dû se disputer vêtue d'un accoutrement aussi ridicule.

Elle arracha sa coiffe et resta sur place, écouta les pas de son mari qui s'amenuisaient, puis entendit la pluie marteler la fenêtre dans une rafale soudaine. Ce départ pour Londres était terriblement malvenu. Elle retourna dans la cuisine, s'arrêta un instant, puis elle prit un lourd saladier marron et le jeta par terre.

"Bordel de Dieu ! hurla-t-elle aux éclats.

— Merde !" lui répondit une voix fluette. Elle vit Michael dans l'office, qui la regardait, un pain d'épices à la main. Ni l'un ni l'autre ne savait quelle expression adopter. Christopher apparut derrière son frère.

"Oui, dit Ruth. Oui, merde, merde aussi. Merde !"

Ils échangèrent un sourire et vécurent tous les trois un moment de partage comme jamais auparavant.

III

"Enfer et damnation !" glapit un homme et le ruisselet charrie un cri. Nous sortons précipitamment de la maison, emmitouflés dans nos couvertures, la veuve Clements y compris bien qu'elle n'ait rien à faire chez nous. L'odeur nous frappe. La porcherie brûle – le cri est une simple alchimie de cochons et de feu.

Un homme s'échappe en titubant, suivi par un autre ; tous les deux tendent les bras et implorent le ciel. Quelqu'un jette un seau d'eau sur le premier avant de le rouler dans la boue, mais il n'y a pas de seau pour le second. Celui-ci tombe à genoux et s'effondre, tête enflammée la première, puis il se fige. Il gît mort par terre, mais continue de brûler tandis que l'autre hurle, il hurle puis se tait, mort à son tour. Les deux corps fument. Nous sommes tous debout, dans nos couvertures, incapables de soutenir notre attention sur l'incendie, car en dépit de l'abomination et de la calamité qui se jouent sous nos yeux, nos estomacs se creusent à l'odeur de la chair rôtie, l'eau nous monte à la bouche. Je prie pour que les cochons aient aussi péri dans le brasier et que ce soient eux que nous sentions.

"Ils viendront la chercher, puis ce sera notre tour, prédit mon père, qui tourne le dos aux flammes et parle à voix basse au cas où quelqu'un écouterait. Prenez uniquement ce que vous pouvez porter et assurez-vous que la fille a des chaussures."

Sarah n'a pas quitté sa chambre, je le sais parce que j'ai passé toute la nuit assis devant sa porte.

Nous entrons dans les bois sans un mot, Père en tête, suivi de la veuve Clements, de Sarah et de Cook – je clos la marche. Nous

143

ne courons pas, mais nous n'en sommes pas loin ; nous n'avons pas de bougies et nous tombons, souvent, plongeant les mains tendues dans la boue, les feuilles et les écorces. J'avance courbé en avant comme si j'étais à moitié animal. Les mollets blancs de Cook luisent dans le noir et je vois sur eux le sang d'une égratignure de ronce.

Chacun de nous porte ce qu'il peut : pour Cook c'est une grande marmite et une demi-douzaine de tasses et bols. Leur cliquetis et sa toux constituent le seul bruit, en dehors des craquements et froissements de fougères et de notre souffle rauque et entrecoupé. Je m'aperçois que l'unique objet que j'ai pris avec moi est un couteau émoussé enveloppé dans un petit bout de toile à sac sur lequel Mère apprenait autrefois la broderie à Agnes. Je dors avec ce tissu sous mon oreiller depuis leur mort, car dans les lignes mal cousues de ma sœur et les points droits et économes de ma mère, je les revois au coin du feu et elles m'appartiennent pour toujours.

Des loups étaient signalés à l'orée de ces bois. Le corps sans vie d'Agnes a été retrouvé juste au-delà de la limite des bouleaux argentés, qui étouffent la lumière même à midi. On sent les loups ou leurs fantômes – proches, attentifs.

Nous avançons à tâtons pendant ce qui semble durer des heures sur le tapis de la forêt, nous rampons par-dessus les branches mortes, nous nous éloignons de plus en plus du village ; il n'y a plus la moindre lueur de l'incendie et la veuve Clements tente de rassurer mon père. "Ils verront que nous sommes partis et ils s'en réjouiront. Ils ne nous poursuivront sûrement pas. Sans la fille, ils ne se sentent plus menacés. Ils seront occupés à éteindre le feu jusqu'au matin."

Nous ralentissons l'allure et dans l'heure, nous atteignons une clairière. "Pas de feu", dit Père à Cook qui a commencé à dégager un coin pour le préparer. Il fait froid et humide, les flammes seraient les bienvenues.

Cook et la veuve s'allongent l'une à côté de l'autre. Sarah s'adosse à un arbre en enlaçant ses genoux. Elle frissonne et, avant que je puisse lui offrir mon manteau, Père a posé le sien sur ses épaules. Elle lève la tête et lui sourit. J'imagine qu'il ne peut pas s'empêcher de voir Agnes en Sarah. Le corps menu de sa fille qu'il a pris des bras de l'homme qui l'avait découvert, qu'il a étendu par terre et caché sous son manteau pour épargner Mère. Je me blottis sous un arbre mort. Ce n'est d'aucun confort, pourtant je m'endors presque immédiatement. Je suis réveillé par un mugissement, mais ça n'arrive qu'une fois et je me dis que c'est seulement quelqu'un qui hurle dans son sommeil. J'essaie de me persuader que nous sommes tous là, car le noir est dense, absolu. Je lutte pour rester éveillé en espérant qu'elle va venir me parler. Pendant des heures, je lui attribue chaque bruit de la nuit. Le hurlement ne se reproduit pas ; ne demeure que le ronflement de Cook, qui me berce et m'endort.

II

Lorsque Ruth revint au salon, les dames étaient parties et elle soupira de soulagement tout en appréhendant de leur fournir une explication. Qu'elles restent dans le doute… Elle n'en parlerait pas, pas un mot. Elle ferait comme s'il ne s'était rien passé d'inhabituel. Voilà ce qui arrive quand on se présente chez les gens avant l'heure prévue et qu'on les habille comme des bécasses.

Les garçons lui ayant signalé qu'ils étaient rentrés parce qu'ils avaient faim, elle retourna dans la cuisine pour ramasser les bris de saladier et leur préparer un sandwich au fromage, en grillant le pain sur la plaque du fourneau.

"Pourquoi t'as jeté le saladier par terre ? voulut savoir Michael après la première bouchée.

— C'était un drôle d'accident, répondit-elle, désireuse de changer de sujet sans tarder. Saviez-vous que le révérend Jon Brown allait venir vous réveiller ce matin ?

— Il nous a prévenus, dit Christopher, mais il nous a demandé de n'en parler à personne. Pour ne pas gâcher l'effet de surprise." Elle devrait peut-être dire à Betty de verrouiller les portes la nuit. Un instant, elle se sentit proche de la nausée, mais elle inspira profondément par le nez. Ce n'était qu'une dispute malencontreuse, ils se réconcilieraient quand il rentrerait à la maison.

"On avait chacun une torche à nous", l'informa Michael, satisfait.

Ruth scruta leur visage en quête d'un signe de détresse. Elle regretta de les avoir appelés *tes enfants*. Elle s'aperçut qu'elle ne savait pas ce qu'elle cherchait ; elle ignorait comment la détresse se manifestait chez un enfant. Peut-être que tout allait parfaitement bien. Ils avaient dramatisé. Si ça se trouvait, ils se réjouiraient à l'idée du pique-nique de l'an prochain. N'empêche. Elle picora les miettes de Michael. "Vous n'avez pas peur que nous n'ayons plus faim pour le pique-nique ?

— J'aime pas les pique-niques, répondit Christopher. Faut manger devant tout le monde et c'est toujours des tourtes.

— Y aura un gâteau ? demanda Michael.

— Betty a fait une tarte à la mélasse.

— Qui sera pleine de sable", ajouta Christopher.

Ruth trouva un sucre à la crème dans le garde-manger et en donna la moitié à chacun.

"Père ne viendra pas, alors ?" dit Christopher. Elle ne l'avait jamais entendu appeler Peter "père" avant. Ça faisait victorien.

"Il a dû aller à Londres.

— C'est pour ça que t'as cassé le saladier ? demanda Michael. Parce que tu voulais qu'il joue à cache-cache avec toi ?"

Ruth sourit. "Que ça reste entre nous trois, mais l'idée de jouer à cache-cache ne m'enthousiasme pas. J'ai cassé le saladier parce que j'ai réagi de façon excessive et que j'avais eu une matinée éprouvante. J'ai aussi pensé qu'il se briserait de manière satisfaisante.

— Et ça a marché ? demanda Michael.

— Parfaitement. Mais mieux vaut dire à Betty qu'il s'agissait d'un accident."

Les garçons acquiescèrent avec sérieux.

Quand ils descendirent à la plage, Ruth avait remis la coiffe, et ils portaient des couvertures et des foulards supplémentaires trouvés dans la buanderie. Ils croisèrent Betty et Bernadette qui remontaient à la maison. Betty s'arrêta en reconnaissant Ruth.

"Eh oui, dit cette dernière. Elles m'ont forcée à me déguiser.

— En effet, madame." Betty semblait très contrariée.

"Vous allez nous rejoindre, toutes les deux, n'est-ce pas Betty ?

— Oh non, j'ai trop à faire : je prendrais du retard.

— Dans ce cas, laisseriez-vous Bernadette venir ? Ça nous donnera l'occasion de faire connaissance ! Je croyais que le but de cette opération était d'amuser les enfants." La fillette vivait avec eux depuis environ un mois, mais Betty l'avait tenue si rigoureusement à l'écart que Ruth n'aurait pas été sûre de la reconnaître dans une parade d'identification.

"C'est très aimable à vous, madame, mais je ne veux pas abuser de votre gentillesse.

— Qu'est-ce qu'il ne faut pas entendre ! C'est un plaisir. Je suis persuadée que les garçons seront heureux de la compagnie."

Betty regarda Bernadette qui dansait d'un pied sur l'autre.

Elle s'approcha de Ruth pour éviter que les enfants l'écoutent. Ils s'observaient timidement. Bernadette avait clairement envie de se joindre à eux.

"C'est juste que je me fais du souci pour la petite, madame. Elle ne sait pas nager et le révérend Jon Brown pêche parfois par excès de zèle.

— Je la surveillerai et ne vous inquiétez pas, je suis tout à fait consciente de la conduite du pasteur." Elle sourit pour la tranquilliser. "Je m'assurerai de lui faire manger et boire quelque chose – une partie de cricket et je vous la ramènerai saine et sauve."

Betty se tourna vers Bernadette qui triturait ses doigts comme si elle cherchait à les apprivoiser. Betty se pencha, s'adressa fermement à la fillette qui acquiesça et garda les yeux baissés.

"Je crains qu'elle ne se sente pas très bien", dit Betty. Les trois enfants examinaient leurs chaussures dans le sable. "Une autre fois. Elle ira sans doute mieux demain.

— Comme vous voulez." Il s'agissait peut-être d'un exécrable reliquat de l'époque victorienne, quand le personnel n'était pas autorisé à fréquenter les employeurs. Bernadette fit un petit salut de la main aux garçons, qui le lui renvoyèrent, puis elle partit en direction de la maison. Regardant la bâtisse derrière la fillette, Ruth remarqua une silhouette debout à la fenêtre de son bureau. Elle se demanda avec agacement si l'une des femmes s'était permis d'inspecter les pièces, mais quelque chose clochait dans son apparence. Betty toucha son bras, elle tressaillit et la silhouette disparut.

"Faites attention à vous, madame, lui dit Betty, et aussi aux garçons."

Six larges couvertures en tartan étaient étendues au pied d'une dune, offrant un semblant d'abri contre le vent, qui soufflait, comme toujours, fort. Le pique-nique était étalé sur deux grandes tables à tréteaux, les mets sous des plats ou protégés par des torchons lestés de couverts et de flasques.

Une vingtaine de personnes étaient déjà rassemblées quand Ruth et les garçons arrivèrent. Plus de la moitié étaient des femmes vêtues exactement comme elle, tandis que les hommes portaient des couronnes en carton d'où dépassaient des oreilles d'animaux découpées – lièvre et renard, pensa Ruth.

"Votre masque !" lui cria l'un d'eux avec un tel sérieux qu'elle sursauta. Elle le sortit de sa poche et se couvrit le visage. Ce n'était pas confortable, mais au moins elle n'aurait pas à faire semblant d'être heureuse de se trouver là. Quelqu'un lui tendit un verre de champagne et trinqua avec elle. Le révérend Jon Brown fit son apparition, affublé d'une casquette de capitaine et d'un foulard. Il passa les bras sur les épaules des garçons.

"Ah ah, dit-il, mes précieux assistants – venez préparer le terrain de cricket avec les autres et vous aurez droit à de la limonade au gingembre." Il les guida vers un petit groupe d'enfants rassemblés autour d'une barque hissée sur le sable. Un superbe schooner était amarré un peu plus loin dans l'eau. Le pasteur prit une batte dans le bateau et commença à orchestrer un match. Sans les garçons, Ruth se sentit perdue.

"Enchanté de faire votre connaissance, dit un homme en lui tendant la main. Je m'appelle Aidan White, je suis proviseur au prieuré de Carlekemp."

Ruth ouvrit la bouche pour se présenter, mais Aidan White la surprit en posant un doigt sur ses lèvres. Elle recula d'un pas.

"C'est juste pour vous rappeler de ne pas révéler votre nom : nous ne voulons pas terminer le jeu avant d'avoir commencé !" Il souriait et un autre homme derrière lui s'avança en riant, la main tendue.

"Richard Duggan, annonça-t-il, directeur de Fort Augustus. Ne vous formalisez pas, tout cela doit vous paraître bien étrange…"

Ruth sut reconnaître Janet dans la femme venue intercepter leur groupe ; elle avait une démarche bien particulière et dressait le bras à angle droit devant son corps, comme si elle tenait un sac à main fantôme.

"Ces messieurs vous ennuient-ils, ma chère petite ?" lui demanda-t-elle en brandissant une bouteille de champagne. Les deux hommes rirent de bon cœur.

Ruth sourit, c'était l'option la plus inoffensive. "Je ne suis pas sûre de bien suivre", dit-elle. Janet remplit son verre déjà vide. L'inconfort la poussait à boire vite.

"Ce n'est rien de plus qu'une tradition ridicule que certaines personnes – elle fit comprendre qu'au moins deux d'entre elles leur tenaient compagnie – prennent un peu trop à la lettre. Nous mangeons et buvons ensemble, puis les femmes vont se cacher et les hommes doivent nous trouver. C'est totalement stupide, mais plutôt divertissant.

— Pourquoi se déguiser pour faire cela ?

— Quand nous vous attrapons, expliqua Duggan, nous devons deviner qui vous êtes." Il le dit en affichant un large sourire. Une cloche sonna derrière lui et Ruth regarda Christopher se mettre à courir. Le vent charriait d'autres voix d'enfants. Elle ne l'avait jamais vu courir vite avant.

"Le principal, c'est de ne pas trop réfléchir, de s'amuser et de réserver les gloussements pour la fin. Je sais que je ne suis pas censée dévoiler votre identité, mais franchement, ces deux-là reniflent le sang neuf à un kilomètre à la ronde – Mr Hamilton serait-il souffrant ?"

Peut-être voulait-elle tendre une perche à Ruth, avec tact, pour justifier l'absence de son mari.

"Il a été appelé à Londres en dernière minute, expliqua-t-elle avant d'ajouter, une seconde trop tard : Je le crains.

— Venez donc, ma chère petite, dit Janet en la tirant vers les couvertures de pique-nique où buvaient quelques femmes assises.

— Bonjour, tout le monde", lança Ruth en les rejoignant. Il y eut un murmure amical et certaines se poussèrent pour lui faire de la place. Elle se tourna vers celle qu'elle croyait être Janet et lui dit : "Je m'attendais à ce qu'il y ait davantage d'enfants…"

La femme lui répondit avec un fort accent écossais : "Oh, en fin de compte, c'est de moins en moins pour les enfants – il n'y en a plus assez qui habitent ici. N'empêche qu'ils prennent du bon temps. Ce Jon Brown est un amuseur-né."

Elles portèrent leur attention sur le match de cricket, qui avait dégénéré en une espèce de variante du jeu de l'épervier appelée *British Bulldog*, avec le pasteur dans le rôle du bulldog. Il montrait les crocs, se tapissait et chassait les enfants qui hurlaient. Ceux qu'il attrapait devaient rester sur la touche ; les mains sur les genoux, ils reprenaient leur souffle en suivant la partie et en acclamant leur équipe. Dans la version écossaise du jeu, il semblait que seul le révérend Jon Brown pouvait être attrapeur. Michael avait été capturé dès le début et s'était rapproché d'une fille plus âgée ; il la regardait encourager les participants puis l'imitait. Ruth le vit sortir un coquillage de sa poche et le lui offrir. La fille cessa ses acclamations, l'examina et glissa quelque chose à l'oreille de Michael ; il sourit et elle lui rendit le coquillage.

Christopher fut l'un des derniers à être attrapé. Le pasteur ne devait pas se contenter de vous toucher, semblait-il, il devait vous *coincer* physiquement et il fallut de longs allers et retours avant qu'il pût coincer Christopher. Si longs que certains de ses camarades se lassèrent et allèrent se promener sur la plage. Ruth sentit une main sur son épaule ; elle leva la tête et vit qu'il s'agissait de Bernadette.

"Tante Betty m'a autorisée à venir, en fin de compte, dit-elle.

— Oh, formidable. Comment m'as-tu reconnue ?"

Bernadette examina attentivement les femmes rassemblées, puis murmura : "Vous ne ressemblez pas aux autres." C'était extraordinairement jubilatoire aux oreilles de Ruth, et elle se demanda si elle était un peu ivre.

Jon Brown ceintura Christopher par-derrière et le souleva dans les airs, le serrant contre lui avant de le libérer. Christopher pivota comme s'il s'apprêtait à se battre et le pasteur se pavana devant lui jusqu'à ce que le garçon se redressât et se calmât, moment auquel le révérend enlaça ses épaules, puis le relâcha. Tout allait bien.

"Veux-tu aller jouer avec eux ou préfères-tu rester un moment à les regarder auprès de moi ?"

Bernadette s'assit et elles s'intéressèrent au début d'une nouvelle partie. "Je ne sais pas jouer au cricket, dit la fillette.

— Ce n'est pas grave, je n'ai pas l'impression qu'ils prennent le jeu très au sérieux aujourd'hui. Je suis sûre qu'ils seront heureux de t'accueillir.

— Je vais attendre.

— Est-ce que tu te plais ici ?"

Bernadette se donna le temps de réfléchir. Le détail qui vous rappelait qu'elle n'était pas l'enfant de Betty était ses cheveux, roux comme ceux de Mary. Elle les retenait en natte derrière la tête et il fallait que le soleil les éclairât directement pour se rendre compte de leur teinte profonde. "Je suis mieux ici qu'à Blyth, merci.

— J'en suis ravie.

— La maison est plus grande, poursuivit-elle, et j'aime qu'on puisse allumer le feu.

— Tu n'avais pas de chauffage à Blyth ?

— Oncle James ne le permet pas. Il dit que quand on a froid, on n'a qu'à porter tous nos habits. Pourtant tante Betty lui donnait de l'argent pour le charbon.

— Ça semble épouvantable.

— Et j'aime pouvoir rendre visite à maman plus souvent."

Ne sachant comment aborder ce sujet, Ruth garda le silence.

"Tante Betty cuisine mieux. Oncle James voulait toujours du mouton et du *haggis*.

— Oh là là. Et comment ça se passe à l'école ? Cet homme est-il ton directeur ?" Ruth pointa du doigt son premier interlocuteur.

"Oui, répondit Bernadette, c'est Mr Duggan." Elle se retourna face au cricket. "Je crois qu'il y a un petit fantôme dans votre maison."

Ruth avala une gorgée de champagne. "Ah bon ?" Son verre se retrouva encore vide.

Une femme s'accroupit pour le remplir et s'exclama : "Et qui est cette 'tite mignonne ?"

Bernadette la regardait avec des yeux ronds.

"C'est Bernadette. Elle habite avec nous.

— Tu n'es pas… Tu n'es pas la petite-fille de la vieille Mrs White-kirk ?

— Si", répondit Bernadette. Ruth comprit soudain pourquoi Betty n'avait pas voulu soumettre la fillette au pique-nique. Elle n'aurait jamais cru que les gens pussent être aussi pénibles, mais après tout, elle était loin de Londres, ou même de Dummer. Elle s'indigna, au nom de Bernadette, mais l'alcool lui avait engourdi et embué la cervelle.

"Mon Dieu, tu es le portrait craché de ton père", lâcha la femme avant de filer disséminer l'information au sein du groupe. Toutes les têtes se tournèrent vers elles.

"Je n'aurais peut-être pas dû venir… constata Bernadette.

— Je pense que cette femme est à la fois légèrement ivre et un peu idiote, répondit Ruth. Vraiment, ne fais pas attention à elle." Un des mystères de notre époque : n'était-ce pas ce que Betty lui avait dit à propos du père ?

"Je crois que je vais aller jouer.

— Bien sûr, nous devrions bientôt déjeuner", dit Ruth. Elle regarda la fillette se rapprocher des enfants comme un baigneur entrant dans l'eau froide.

Les hommes buvaient du whisky et fumaient le cigare, mais personne n'avait touché à un seul plat sur les tables à tréteaux. Il aurait été judicieux de manger quelque chose, car Ruth se sentait un peu éméchée. Elle imagina comment relater les événements de la journée à Peter puis, se remémorant leur morne dispute, elle fut aussitôt exaspérée par son absence. Elle se demanda où il était et ce qu'il faisait au juste, s'il éprouvait de la colère ou des remords à son égard. Elle vida son verre.

Janet apparut à côté d'elle. "Eh bien, dit-elle, nous ignorions que la fillette était venue vous rendre visite. Elle compte rester longtemps ?

— Bernadette ? Elle vit chez nous. Où diable est le problème ? Cette femme s'est montrée parfaitement odieuse.

— Je sais, et je me suis chargée de réprimander Megan – elle ne cesse de jacasser à tort et à travers. Vous devriez toutefois comprendre que l'épouse du père de Bernadette fait partie de notre groupe. Si vous voyez ce que je veux dire. Son mari avait une liaison avec la sœur de votre Betty, puis il est mort. Ce qui a dévasté notre amie, je le crains. J'ai pensé que vous devriez être au courant. Vous pourriez peut-être aborder le sujet avec Betty – je présume qu'elle ne vous a pas exposé la situation dans toute sa complexité quand vous avez embauché l'enfant ?

— Je n'ai pas *embauché* Bernadette, elle vit avec nous, voilà tout. Et je ne vois pas quelle différence ça fait.

— Eh bien, répondit Janet en se tournant vers les dames agglutinées autour de l'une d'elles, ça a pour sûr bouleversé la veuve." Il y eut le bruit creux d'un sanglot et l'une des femmes fourra un mouchoir sous le masque de l'éplorée – son déguisement revêtait apparemment plus d'importance que son chagrin. Il n'était pas facile de savoir quoi dire. "Quoi qu'il en soit, les enfants sont partis en bateau maintenant, alors avec un peu de chance, elle se calmera bientôt."

Sur le rivage, le révérend Jon Brown aidait le dernier enfant à monter à bord. Il avait retroussé haut les jambes de son pantalon et il délogea l'embarcation du sable avec une force surprenante. Christopher tint les avirons jusqu'à ce que le pasteur prît sa place. Ils étaient neuf en tout et la barque semblait trop basse. Ruth se leva.

"Il n'a rien demandé, dit-elle à personne en particulier.

— Qu'est-ce qu'il n'a pas demandé, ma chère petite ?

— Il n'a pas demandé s'il pouvait sortir mes garçons du lit en plein milieu de la nuit et il ne m'a pas demandé s'il pouvait les emmener en mer. Bernadette ne sait même pas nager.

— Allons, il ne les emmène pas nager. Il faudra vous habituer à lui. Je reconnais qu'il est assez excentrique, qu'il agit comme il l'entend, mais c'est ainsi que ça marche ici. Vous feriez mieux de vous détendre." Janet remplit encore le verre de Ruth, alors même qu'elle essayait de l'en dissuader. "Et de vous amuser un peu."

Si les enfants n'étaient pas partis en bateau, Ruth serait aussitôt rentrée chez elle prendre un bain chaud. Mais quand les hommes se donnèrent le bras, fermèrent les yeux et lancèrent le compte à rebours depuis cent tandis que les femmes se dispersaient dans les dunes, elle n'eut d'autre choix que de se cacher elle aussi.

Elle envisagea tout d'abord un endroit évident, de manière à abréger le jeu, mais elle fut gouvernée dans sa fuite par un vague instinct de survie. Quelque chose la talonnait en claquant des dents. C'était à cause du champagne. Elle trouva un tronc creux de bois flotté au moment précis où les hommes appelèrent :

"Attention, on va vous attraper !" Elle se précipita sous l'arbre et ressentit une pointe de la joie hystérique qu'elle éprouvait à se cacher dans son enfance, assortie d'un effroi démesuré. Il y eut quelques instants de silence, puis elle entendit un cri et le rire des hommes.

Dis-nous ton nom.

NON.

Dis-nous ton nom.

NON.

Dis-nous !

Encore des cris. Cris de femmes, rires d'hommes et ainsi de suite jusqu'à ce que l'un d'eux s'exclamât : "Nous la tenons ! Nous tenons Maura McDuff !"

La même clameur s'élevait sur toute la plage ; Ruth n'arrivait pas à comprendre ce que ces femmes subissaient.

Il fallut longtemps pour la trouver ; des bruits de pas s'approchaient d'elle, mais jamais assez pour qu'elle fût repérée. Elle se demanda dans combien de temps ils déclareraient forfait, dans combien de temps les enfants reviendraient. Quelqu'un la tira brusquement de sous le tronc, par la cheville. C'était White, sa moustache était perlée de sable et il empestait le whisky.

"Je la tiens par l'orteil !" cria-t-il alors que Ruth essayait de rabattre sa jupe retroussée ; elle tenta de se lever, mais fut plaquée à terre.

"Je m'appelle Ruth Hamilton", annonça-t-elle, ce qui n'empêcha pas White de s'asseoir sur ses hanches, de piéger ses bras sous ses genoux et de se mettre à la chatouiller, le sommet de son crâne frémissant à chaque mouvement. Le souffle immédiatement coupé, elle laissa échapper un râle d'animal blessé. Elle ne pouvait former aucun mot et n'eut pas le temps de parler, elle sentit ses côtes s'écarter tandis qu'il lui braillait en pleine figure, hilare : *Dis-moi ton nom !* Il plongea une main sous ses aisselles et sur ses seins, puis un autre homme le rejoignit, chatouilla ses jambes nues et remonta le long de la cuisse. Quand elle parvint à capter une brusque bouffée d'air, elle hurla *Ruth Hamilton*, pour s'assurer que le reste du groupe l'entendît ; celui qui lui chatouillait les jambes – Duggan – cessa et frappa l'épaule de White pour lui intimer de se mettre debout.

"Tu dois respecter les règles, mon vieux", lui dit-il amicalement. White libéra le corps de Ruth qui roula sur le côté en crachant du sable. Elle pleurait et son nez coulait. Elle arracha son masque et se tourna vers les hommes, qui faisaient peu de cas de l'incident et pressaient le pas vers le pique-nique, bras dessus bras dessous. Ruth s'assit sur la plage et retint ses larmes. Elle ne put réprimer un haut-le-cœur, enfouit les vomissures dans le sable, lissa sa jupe. Quand elle revint au pique-nique, les autres femmes avaient ôté leur coiffe, bavardaient gaiement et partageaient des tourtes. Quelqu'un alluma le feu de joie et, pendant qu'il flambait, Ruth descendit attendre le retour de la barque sur le rivage. Ils étaient partis depuis trop longtemps.

I

Le matin, je découvre un post-it grand format collé au buffet de la cuisine.

Chère Viviane,
Comme je l'ai déjà mentionné, je vous prie de ne pas conserver vos aliments dans le minibar d'eau minérale. Vous y avez laissé une boîte entamée qui empeste le poisson. Ce n'est pas le genre d'impression que je cherche à produire et vous m'aideriez énormément si vous pouviez garder la maison aussi propre et rangée que des acheteurs potentiels aimeraient la trouver.
Sincèrement,
Deborah, Evans & Walker

Je fais couler l'eau dans l'évier et passe un moment à la regarder s'évacuer avant d'avoir l'idée de prendre un verre. Je me sens répugnante et honteuse. Je me mouche longuement en imaginant que j'expulse toute la fumée de la nuit dernière. Je me souviens de Maggie et elle choisit cet instant précis pour entrer dans la cuisine. Elle porte des chaussettes de laine, un soutien-gorge, un gilet déboutonné… et rien d'autre.

Nous nous regardons, elle ne cherche nullement à se couvrir.

"Quoi d'neuf ? finit-elle par demander.

— Qu'est-ce que t'as fait de tes vêtements ?"

Elle baisse les yeux. Ses poils pubiens attirent l'attention. J'essaie de résister.

"J'aime pas dormir en culotte, puis j'en aurai besoin aujourd'hui. Et je sue comme un porc la nuit alors j'ai enlevé mon tee-shirt." Elle s'approche de l'évier.

"T'as pas… froid ?

— Y a que dans les pieds que je sens le froid – la chatte se réchauffe d'elle-même", répond-elle d'un ton léger. Elle touche la bouilloire pour voir si elle est tiède ; ses bagues claquent sur le métal.

"T'as du café ?"

J'ouvre un placard et lui passe le bocal de café soluble. Elle a beau plisser le nez, elle en verse une cuillérée dans un mug.

"T'as une machine à laver ?"

Je lui montre l'office, qui mène aux anciens quartiers de Betty.

"Je peux m'en servir ?"

Je songe à la note de Deborah. "Je suis pas censée l'utiliser dans la journée au cas où des clients viennent visiter."

Maggie semble perplexe. "Quoi ? Ils n'aiment pas l'idée que tu laves tes habits ?

— Je crois que c'est plus une question d'odeur et de bruit. L'agente immobilière fait une fixette là-dessus.

— Tu ne dois pas craindre les domestiques, *Virginia*, dit-elle d'une voix nasale. Je vais lancer un cycle court et on éteindra la machine si elle débarque."

Je hausse les épaules et elle va chercher son sac à dos, qui est plein à craquer de sachets de vêtements qu'elle dénoue avec enthousiasme.

"Pourquoi tu traînes autant d'habits avec toi ?"

Elle me regarde.

"Je suis pas à la rue, si c'est ce que tu crois. C'est juste qu'en ce moment précis, j'ai choisi de ne pas avoir de domicile." J'entends dans sa voix une tension qui m'était jusqu'alors inconnue.

"Tu dors dehors ? Avec le temps qu'il fait ?"

Elle vide la poudre dans le tambour et ferme le couvercle.

"Ça m'arrive. Pas souvent, mais parfois. J'ai trouvé un arrangement avec un type bien."

Je suis piégée entre une gueule de bois extrême, l'inquiétude et le désir de ne pas m'impliquer. Elle interprète mon silence comme un jugement.

"Écoute, le travail du sexe est un moyen sûr de se débrouiller dans la vie. Comme je te l'ai déjà dit, ma chatte sait se tenir au chaud.

— Je n'essayais pas de… bref, tout ce que je voulais dire c'est que j'étais pas au courant. Quand tu n'es pas avec ce type, tu dors sur la plage ?"

Elle ricane, se décontracte un peu. "Le sable se transforme en béton quand tu restes dessus trop longtemps, le froid te transperce les os. Il m'arrive de trouver un banc sous un abri de golf, mais ces connards de joueurs me virent. Ils font des parties nocturnes avec des balles phosphorescentes, et c'est même pas un euphémisme. Je fais moins confiance à un golfeur qu'à un type qui paie pour le sexe."

Nous entendons le déclic de la bouilloire.

"Et la nuit dernière ? Qu'est-ce que tu aurais fait ?

— Je dors jamais dehors bourrée, par principe. J'aurais marché. Le mouvement aide toujours." Elle me frôle en passant, verse de l'eau dans son mug, puis lève la bouilloire comme une question. Je refuse d'un signe de tête. Elle mélange son café, en boit une gorgée et le goût lui fait retrousser les lèvres.

"Tu veux que je te prête une culotte ?"

Elle pose sa tasse et place ses deux mains sur le plan de travail. Je crains brièvement de l'avoir vexée.

"Tu sais quoi, je veux bien. Oui. Merci."

Après avoir bu son café et enfilé une de mes culottes – la sienne est toujours dans la machine – Maggie doit sortir : "J'ai un rendez-vous que je ne peux pas manquer.

— Et tes vêtements ?

— Je peux venir les récupérer plus tard ?

— Bien sûr.

— Merci, ma caille."

Je la raccompagne et elle m'embrasse sur la joue comme si nous formions un vieux couple.

Vincent m'a embrassée sur les lèvres, bouche fermée, la dernière fois que nous nous sommes vus. Ça m'est revenu à l'esprit le matin, un souvenir enfoui dans l'alcool. Il m'a appelée *mon chou*. Ça m'a déroutée. Si on doit baiser, qu'est-ce qu'on attend ?

Appelle-t-on quelqu'un avec qui on veut coucher *mon chou* ?

Je suis assise en tailleur dans la salle de bal, où la lumière décroît rapidement. Je me lève et vais à la fenêtre ; derrière le terrain de golf, la mer est une feuille de verre gris. Je ne m'imagine pas dehors. Les vêtements de Maggie sont étendus dans l'office, ils sont pratiquement secs, mais elle n'est pas encore rentrée. Je me demande si elle reviendra un jour, si je ne serai pas la dernière personne à l'avoir vue.

J'ai apporté une boîte à chaussures de l'armoire de Mrs Hamilton et je sirote du whisky en passant le contenu en revue, ma gueule de bois suffisamment muselée. Petite photo en noir et blanc d'un garçonnet en costume de Peau-Rouge. Il fronce les sourcils, le regard dur ; il est peut-être mécontent d'être déguisé. Non, en scrutant son visage, je comprends qu'en fait, il prend son rôle de guerrier indien, de Brave, très à cœur – son sérieux est délibéré. Je la tourne et lis au verso, écrit au crayon : *Michael 1949*. Je retrouve l'adulte dans la figure enfantine et souris en discernant la même expression solennelle qu'il adoptait pour peler les tomates de la sauce spaghetti.

Une autre photo, plus ancienne, de trois enfants qui me sont inconnus, penchés sur un coffret. Je la prends d'abord pour une carte postale publicitaire, car leurs visages semblent retouchés : lèvres bien définies, teint de pêche et mimique du garçon au milieu en découvrant un objet merveilleux rayonnant à l'intérieur de la boîte. Ça pourrait être une vieille réclame pour du chocolat. Le coffret est celui que Christopher m'a envoyé et que j'ai brisé quand l'araignée m'est tombée dans le cou. Je retourne l'image : *Ruth, Antony, Alice*. En examinant la plus jeune enfant, je reconnais vaguement les traits de Mrs Hamilton. Je ne savais pas qu'elle avait des frères et sœurs.

Un oiseau s'affole à la fenêtre de derrière, mais quand je m'en approche, je ne trouve qu'une souillure sur la vitre. J'entends un craquement à l'étage. L'air se tend dans la maison. Profitant de ce qui reste de jour, je sors et escalade le mur pour vérifier une nouvelle fois mes messages.

Salut, je dois quitter mon appartement. Peux-tu m'aider ? Dom a pris la voiture.

Peut-être que tu ne reviens pas ce week-end. Dis-le-moi le plus tôt possible, s'il te plaît.

Si c'est plausible.

K

x

Chaque ligne a été envoyée à une heure d'intervalle. C'est le mot *plausible* qui me fait penser que je dois absolument rentrer à Londres. Katherine se rabat sur un vocabulaire bizarre quand elle est stressée. Pendant ses examens universitaires, je me souviens qu'elle m'avait dit "ta requête d'emprunt de £20 n'est pas recevable dans l'immédiat". Son cerveau informatique prend le dessus. Je lui ai toujours envié son cerveau informatique.

Maggie frappe à la porte à neuf heures du soir.

"Excuse mon retard", dit-elle sans autre explication. Elle range ses vêtements dans son sac à dos, les reniflant au passage avec une satisfaction manifeste. Elle sourit joyeusement. "Merci pour la lessive.

— Pas de quoi."

Je suis surprise par le soulagement que m'apporte sa compagnie.

"Écoute, lui dis-je, je ne veux pas, tu sais. Je veux juste que tu saches que…

— Tu crois que je pourrais prendre un bain ?

— Oui."

Je lui trouve une serviette et il y a du shampoing pour bébé sous le lavabo. Bet l'utilisait pour laver ses pulls. Je m'assieds près du feu éteint, en déplorant le nid de corbeau. J'entends Maggie dans la baignoire, les crissements et bruits sourds de ses immersions et émersions. Le fredonnement d'une chanson que je ne reconnais pas. Je ne me suis jamais sentie aussi rapidement à l'aise avec qui que ce soit avant elle. J'ai le cœur serré en pensant à ma sœur.

Maggie descend, vêtue d'une chemise d'homme sur un caleçon long jaune, la serviette en turban sur la tête.

"Royal, dit-elle.

— Tu peux dormir ici.

— Doublement royal.

— Tu veux boire quelque chose ?" Elle me sourit de toutes ses dents, je pars à la cuisine. Je suis un peu gênée par l'assortiment de snacks que j'ai achetés dans la journée : amandes au miel et petits pois au wasabi. Ils sont dans des coupelles et on dirait que j'organise une soirée, alors que j'essaie de persuader une travailleuse du sexe sans domicile fixe de rester avec moi au cas où il y ait un fantôme. J'ai aussi pris des bouteilles de bière, parce qu'il est peu probable de réussir à se soûler sérieusement à la bière. En revenant dans la pièce, les goulots entre les doigts et les coupes dans le creux du bras, je me lance dans le genre de discours qu'elle pourrait tenir.

"Quand j'étais gamine, lui dis-je sans la regarder, j'ai trouvé une femme morte sur la grève. Son petit ami l'avait tuée." Je lui tends une bière et pose les snacks sur la console à côté d'elle. "Il l'a étranglée avec un câble après avoir découvert qu'elle allait le quitter. Puis il l'a fourrée dans une valise – en coupant des morceaux pour la faire rentrer, c'était juste un bagage de cabine, vraiment –, il a essayé de la faire brûler, mais il y arrivait pas alors il l'a jetée à la mer. C'est comme ça qu'elle s'est retrouvée dans une flaque de marée."

Je lève les yeux, Maggie n'a pas touché sa bière. Sa bouche est légèrement entrouverte.

"Je suis navrée.

— Merci", je réponds comme si je méritais sa compassion.

Elle boit et je l'imite.

"Dans un sens, c'est logique, fait-elle remarquer.

— Ah bon ? Comment ça ?

— Dans le sens où ça m'explique qui tu es." Elle se lève et vient s'asseoir à côté de moi. Nous trinquons.

"Et aussi, j'ajoute après un moment pendant lequel nous buvons en silence, aussi j'ai baisé le mari de ma sœur.

— D'accord, dit-elle en haussant les épaules. C'est le genre de conneries qui arrivent.

— Katherine n'est pas au courant.

— T'en es sûre ?

— Oui ! Dom et moi sommes les seuls à savoir. Et c'est pas lui qui va le lui dire.

— Et toi, tu vas lui en parler ?

— Tu crois que je devrais ?

— Je connais pas la situation.

— Je me sens coupable de pas le lui dire.

— Tu veux le lui dire ?

— Non !

— T'es amoureuse de lui ?

— Quoi ? Non. Non, non – c'est un trou du cul fini. Et con comme un balai, en plus de ça." Une bulle de panique se forme dans ma poitrine en parlant de lui. Maggie m'observe une microseconde de plus. Je n'aurais pas dû aborder le sujet. C'est idiot, maintenant trois personnes sont au courant. Je me gratte le tibia, enfonce un ongle bien profondément, palpe l'humidité. J'adore la sensation de me gratter.

"Qu'est-ce que c'est ? me demande Maggie sans montrer la plaie du doigt, mais en la regardant.

— Oh, c'est de l'eczéma. J'en ai depuis toute petite." Je me sens complexée par les démangeaisons et croise les jambes pour que le mollet intact soit au-dessus. J'ai un peu de sang sous les ongles, que j'enfouis sous mon bras. Maggie sort un joint tout roulé de sa poche, l'éventre et prélève une pincée d'herbe à l'intérieur. Elle murmure quelque chose que je n'entends pas dans son poing serré, puis tend le petit nœud dans le creux de sa main et crache dessus, une longue bave étirée. Elle ferme les yeux et dit autre chose.

"Quoi ?" Elle lève un doigt pour me réduire au silence, incorpore le crachat à l'herbe en frottant, puis s'agenouille devant moi. Elle décroise mes chevilles avec fermeté et retrousse la jambe de mon pantalon. Elle s'indigne en découvrant la plaie, qui est affreuse. Des années d'acharnement ont légèrement creusé la chair sous différents degrés de cicatrisation – croûte épaisse et noire à certains endroits, brillante de sang frais à d'autres. Ce n'est pas une chose que je me permettrais de montrer à quiconque en temps normal, mais je réalise aussi que je ne m'autorise pas souvent à la regarder moi-même.

Maggie frictionne le contenu de sa main sur mon tibia. Je ne réagis pas, je me contente de l'observer. Elle n'explique rien, pose le bout de ses doigts sur la cicatrice quelques secondes.

J'ai l'impression que, curieusement, *elle dit deux mots* à la plaie, lui intime de mieux se comporter. Je ne bouge pas d'un pouce. Elle reprend son siège, boit une grande lampée de bière et me demande : "T'aurais pas des chips, par hasard ? Je suis allergique aux fruits à coque."

Quand je pars le lendemain, je donne une clé à Maggie : "Tu me rendrais service si tu pouvais rester quelques nuits. Je suis censée garder la maison."

Elle n'en fait pas toute une histoire, se contente de répondre "Bien sûr" et me tend un sandwich au fromage pour la route. "Fais gaffe à ne pas t'endormir."

Deux heures et demie plus tard, je m'arrête dans une station-service et passe cinq minutes assise, complètement immobile. Et si elle invitait ce type avec qui elle a un arrangement ? Et si elle cherchait à m'arnaquer ? Comme ces escrocs qui dérobent les vieilles dames en abusant de leur confiance ? Suis-je la vieille dame ? J'imagine la tête de Deborah lorsqu'elle arrivera dans le salon et trouvera Maggie en chaussettes avec un mec à poil et une pipe à crack. Ils laisseront entrer des chats errants qui chieront partout et donneront naissance à des chatons. Ils revendique-ront leurs droits de squatteurs. Je pose le front sur le volant et essaie de comprendre ce qui m'est passé par la tête. Qu'en dirait Katherine ? La ligne de téléphone fixe est déconnectée et Mag-gie et moi n'avons pas échangé nos numéros de portable. De toute façon, les messages ne passent que sur le mur. Bon Dieu. J'hésite en quittant la station. Je pourrais faire demi-tour, lui dire que j'ai commis une erreur et qu'elle doit s'en aller. Sauf que je n'en suis pas capable. Je poursuis ma route vers Londres, parce que je suis une grosse nouille. Je vais juste rester chez moi ce week-end, aider Katherine, puis je repartirai en Écosse pour faire face à Maggie.

J'arrive en retard au rendez-vous avec Katherine et elle ne mentionne pas la soirée que nous devions passer ensemble – si nous pouvons tenir jusqu'à la fin du mois sans en parler, elle rangera l'affaire dans la boîte des déceptions sororales et ça ne ressortira que si nous avons une querelle digne de ce nom.

Nous avions prévu de boire un café avant de nous rendre chez elle et elle en aurait forcément profité pour me détailler son plan d'action : déménagement, autorisation d'absence à son travail, vacances profondément spirituelles mais aussi instruc-tives, renaissance. "Bon, dit-elle en me lançant un sourire, t'es en retard, alors je crois qu'il vaut mieux aller directement à l'ap-part."

Elle se montre courtoise, comme toujours ; elle s'est coupé les cheveux et me complimente sur mes chaussures. Elle marche plus vite que moi, probablement pour rattraper le temps que je nous ai fait perdre. Nous passons devant un pub récemment rénové – le genre qui propose un brunch avec prosecco à volonté, organise un quiz ironique le mardi soir.

"Et si on s'arrêtait boire un verre vite fait avant d'y aller ? Peut-être que, tu sais… tu serais un peu plus cool." Je regrette mes paroles dès qu'elles franchissent mes lèvres.

Katherine se tourne vers moi, me sourit à nouveau.

"Je suis parfaitement cool. De quoi tu parles ?"

Dans sa bouche, *cool* me fait le même effet que quand papa disait *groovy*. Je hausse les épaules.

"D'ac.

— D'ac." Sourire, sourire, sourire. "Il est un peu tôt pour boire, de toute façon, non ?

— Bien sûr, c'était juste une blague", lui dis-je. Le mensonge semble puéril.

"On peut, si tu veux ? Excuse-moi, Viv – ce que je te demande est difficile ?"

Ça lui ressemble tellement de se comporter comme si c'était *moi* qui traversais une crise. C'est censé mettre en valeur sa géné-rosité et son abnégation totales face à ma merditude et ça me plombe immédiatement le moral.

"Non, non, non – je t'assure que je plaisantais. Tout ce que je voulais dire, tu sais…" Je change de sujet : "J'aime tes cheveux."

Elle passe une main sur sa tête.

"Oh, c'est juste un peu plus commode comme ça."

Je ne vois pas ce qu'elle veut dire.

Nous marchons en silence. Nous ne sommes pas loin ; avec le bruit de la circulation et des gens qui jouent au foot dans le parc, le silence n'est pas écrasant. Nous devons avancer l'une derrière l'autre quand la voie se rétrécit entre la route et le parc.

"Il n'y sera pas, si ?" Je n'ai pas poussé la réflexion au-delà de la logistique nécessaire pour garer ma voiture à proximité de chez elle, puis de la maison de notre mère.

"Il m'a dit que non, mais sait-on jamais…" répond-elle en sou-riant. C'est un sourire pincé qui dissimule quelque chose, autre chose que le contrôle, autre chose que la déception. Elle s'arrête soudain en haut de leur rue.

"Peut-être, dit-elle en se tenant de profil et en changeant son sac à main d'épaule, peut-être qu'on devrait boire un verre, en fin de compte."

Je guette un signe de sarcasme, mais je n'en vois aucun. Elle me regarde.

"Alors ?" Elle me pose la question avec une certaine agressivité. J'opine et nous repartons en direction du pub. "En réalité, il n'est plus si tôt que ça, puisque nous avions rendez-vous à dix heures et demie et qu'il est déjà onze heures et quart."

À l'intérieur, une collection de vieilles bobines de coton trône au-dessus de notre box. Sur notre gauche, des chaussures d'enfant sont disposées autour d'une tête de cerf. Deux petits verres de vin coûtent £15.

"Alors ! Comment ça va ?" Je le demande avec un enthousiasme surfait. "Comment ça allait jusqu'à maintenant – jusqu'à ça ?

— Bien ! Même si c'est pas idéal, j'imagine, en ce moment précis." Pendant qu'elle descend avidement son vin, quelque chose lui traverse l'esprit : "J'aime ma nouvelle coupe de cheveux. Et toi, alors ? Quoi de neuf de ton côté ?"

Je hausse les épaules. On fait vraiment chauffer les points d'exclamation.

"Maman dit que tu vois quelqu'un… avance-t-elle.

— Quoi ?

— Elle dit que tu fais ton hermine.

— Je fais mon hermine ?

— Tu sais. Elle dit que t'es comme une… hermine dans la neige – qui caracole – comme si tu t'apprêtais à te faufiler dans une jambe de pantalon.

— Oh putain…"

Elle sourit.

"Eh bien ? C'est vrai ?

— Pas vraiment. Je veux dire qu'elle se trompe.

— Dommage.

— Une hermine ?"

Ma sœur se passe la main sur le visage et change d'expression.

"Mon Dieu, Viv. Je retourne vivre chez maman. Qu'est-ce qui va m'arriver ?"

Une bouteille de vin ne coûte que £19, alors nous continuons avec ça.

"Pourquoi c'est *toi* qui déménages, et pourquoi c'est *lui* qui garde la voiture ? Les deux sont bien à toi, non ?

— C'est compliqué.

— Il sait que tu vas le quitter ?"

Une longue pause s'ensuit. Katherine remplit nos verres plus généreusement qu'elle ne le tolérerait d'ordinaire. Je me souviens, une fois soûle, que je conduis. Je m'applique à oublier ce détail.

"Il devrait avoir compris la situation à l'heure qu'il est", dit-elle. Une remarque qui se veut impénétrable, mais j'en déduis qu'elle file à l'anglaise.

À midi et demi, nous plissons les yeux face à un soleil lumineux et descendons la rue en titubant légèrement.

Dans l'appartement de Katherine et Dom, à première vue, tout semble à sa place. Les épaules de ma sœur se détendent en constatant que son mari n'est pas là. Nous restons immobiles dans le couloir et regardons. Son pardessus. Sa mallette pleine de carnets qui l'attend comme un chien à la porte. Il la traîne à toutes les réunions de famille et la consulte de temps en temps, comme si elle comportait des documents très importants dont il ne peut se séparer. Mais moi, je sais qu'elle renferme des magazines de pêche et un carnet de poésie. J'ai lu quelques-uns des poèmes de Dom un jour, il m'en a donné un avant-goût, bourré. Une strophe m'est restée à l'esprit :

Oh, les monts pourpres de mon pays
gémissent de mon absence,
regardent mon épanouissement
en fleurs sauvages du printemps.

Je me souviens qu'il m'avait pris le carnet des mains et dit : "Ça parle de mon éjaculat."

"T'as déjà lu ses poèmes ?" je demande à Katherine. Elle m'adresse un regard qui veut dire que oui et qu'elle ne trouve rien de drôle à ça.

Elle se crispe en entendant une voix dans la chambre à coucher. C'est le radio-réveil, programmé à six heures et demie tous les matins, que personne n'a arrêté.

"Il est à Swindon pour une espèce de festival de slam", dit-elle en agitant la main devant son visage comme s'il s'agissait d'un événement tout à fait ordinaire. Elle va éteindre la radio pendant que j'attends ses instructions dans le couloir. Une clope roulée intacte dans le cendrier ; une bouteille de vin à moitié bue ; un verre taché de lie, renversé, son pied brisé sur la desserte proche du sofa. La table basse est fendue en deux, comme si quelqu'un était tombé dessus.

Dans la cuisine, j'ouvre le frigo, curieuse de voir comment leur couple s'alimentait. La nourriture est avariée, le bœuf haché gris et barbu de moisissure, les feuilles de salade ont les contours brunis, des tomates se sont effondrées sous le poids de leur peau. Personne n'a mangé ici depuis des semaines. Je referme la porte. Un bol de prunes noires fripées sur la table. Deux minuscules coquillages blancs prélevés d'une coupe décorative. Ils appartiennent à Katherine et je les empoche, au cas où nous les oublierions. Il ne reste dans la coupelle que des petits escargots de mer jaunes, des patelles nacrées et des coques ardoise. Je glisse le pouce sur le dos des coquillages au fond de ma poche. C'était elle la collectionneuse quand nous étions enfants. Elle passait des heures à écumer les dépôts de la marée du bout des doigts, examinant patiemment chaque débris pour ces oreilles de souris blanches.

Je sursaute en entendant la chasse d'eau. Je suis plus ivre que je le pensais, mais exactement aussi ivre que je dois l'être, vu la quantité de vin que j'ai bu.

Katherine sort des toilettes, quelque chose à la main.

"Il a laissé ça." Elle tient une petite culotte rouge, en tissu glissant et inconfortable.

"Ce n'est pas la mienne, précise-t-elle, il l'a laissée ici pour que je la trouve." Elle semble paumée, effondrée comme je ne l'en aurais jamais cru capable. Il n'y a pas de larmes – j'ai le sentiment qu'elles ont déjà été versées. Ne reste plus que de la poussière d'os salée perdue en mer.

Je m'approche d'elle et pose la main sur son bras. Il se contracte et elle frissonne.

"Personne ne porterait un truc pareil", dis-je en pensant que c'est peut-être vrai.

Elle laisse glisser la culotte entre ses doigts ; le slip s'effondre en une petite flaque de rouge sur le sol.

Doucement, elle dit : "Je me demande si c'est pas pire."

Tout ce qu'elle emporte est un sac à dos rempli de vêtements et une valise pleine de livres et de photos.

"Qu'est-ce qui va se passer, maintenant ? je lui demande, une fois que nous sommes dans la voiture. Tu peux pas lui laisser l'appart, la voiture et tout le reste.

— Je vais attendre un peu. Que les choses se calment."

Je ne démarre pas. "Il baise quelqu'un d'autre, c'est ça ?"

Katherine ne répond pas. Je fais lentement tourner la clé dans le contact.

"Merde !" hurle-t-elle. Je sursaute.

"Quoi ?

— T'es trop soûle pour conduire." Elle le dit à voix basse, porte les mains à son visage. Je démarre et nous nous engageons dans la circulation de l'après-midi. Elle se couvre les yeux pendant tout le trajet, jusqu'à la maison de notre mère.

Les rumeurs couraient à propos de la femme dans la cabane de berger, la fille avait surpris les propos de son père avec les pêcheurs.

"C'était juste une question de temps", avait-il dit, ce qui lui avait valu un murmure approbateur. L'un des hommes l'avait alors aperçue et on l'envoya chercher sa mère à la grande maison, car ils avaient faim.

La mère s'essuya les mains sur son tablier et tendit une demi-miche de pain à la fille. "Dis-lui que j'ai encore du travail ici. Il y a une soupe sur le feu et du hareng dans le garde-manger. Dis à ton père d'attendre, je rapporterai du mouton." Elle lui donna une pièce pour acheter une cruche de bière à la taverne, puis elle lissa ses cheveux et l'embrassa sur le haut du crâne. "Allez, file – si je ne m'y mets pas, je serai ici jusqu'à minuit.

— Mère ?"

Celle-ci rouvrit avec agacement la porte déjà à moitié fermée. "Qu'y a-t-il ?

— Qu'est-il arrivé à la femme dans la cabane de berger ?"

Sa mère la regarda.

"Qu'est-ce que tu as entendu ?"

La fille poussait la terre du bout du pied. "Père et les hommes en ont parlé."

La mère soupira, baissa la voix et sortit de la maison, tirant la porte derrière elle pour que personne ne puisse l'entendre à l'intérieur.

"La femme dans la cabane a été prévenue, mais elle n'est pas partie. C'est tout ce que tu as besoin de savoir. Tu dois écouter tes parents – ta mère, tout au moins –, tu ne dois t'approcher ni du Law ni de la cabane, et tu ne dois en parler à personne. Si ça arrive aux oreilles de monsieur le comte, il y aura tout un tas d'histoires et de tracas, et personne ne peut se permettre d'arrêter de travailler, pas en ce moment. Quant à elle, elle savait, mais elle a persisté, et maintenant elle a payé le prix – ne t'avise pas d'aller envenimer les choses, tu m'entends ?

— Quel prix a-t-elle payé ?

— Occupe-toi de tes oignons.

— Qu'est-ce qu'elle a persisté à faire ?

— Occupe-toi-de-tes-oignons."

La fille revint chez elle avec les provisions. Quelques hommes étaient partis, mais quatre d'entre eux partagèrent la bière, le pain et le hareng. Ils n'étaient pas intéressés par la soupe à l'orge. "Ça me barbouille l'estomac en ce moment", dit le père. La fille les laissa et s'assit sur la marche à l'arrière de la maison. De là, elle voyait la cabane, simple petite ombre sur le flanc du Law, survolée par des oiseaux. Au-delà la mer, puis Bass Rock, noir et silencieux.

L'ÎLOT THE SOW

I

Maman a invité notre grand-tante Pauline et notre grand-oncle John à déjeuner : ils sont à Londres, car *ils doivent effectuer quelques tests sur John*, selon l'expression de ma mère, comme s'il était un lave-vaisselle défectueux. Pauline et Alistair, son mari braillard, habitaient à Édimbourg et apportaient des souris en sucre à Christopher et mon père à l'époque où ils étaient en pension. Papa les tenait responsables de sa dépendance aux bonbons, en particulier les bouteilles cola gélifiées et les sucettes acidulées. Il avait ri quand il avait eu la langue brûlée par la chimiothérapie – le genre de rire qui fait l'effet de voir un chien recevoir un coup de pied.

En contrepartie des souris en sucre, maman persistait à les inviter chaque fois qu'ils étaient à Londres pour leur rendre la pareille.

"Ne pas avoir de mari dont elle doit s'occuper est la chose la plus sensée que ta sœur ait jamais faite, dit-elle à Katherine en parlant de moi. Et ta récente décision est la plus formidable que tu aies prise depuis très longtemps."

Nous restons plantées, toutes deux silencieuses, en attendant que le sujet soit clos. On dirait parfois que ma mère est un peu soulagée d'être veuve.

"Je veux que tu embrasses ce changement avec enthousiasme, Katherine. Et je veux aussi que tu sois ici quand Alistair, Pauline et John viendront déjeuner, parce que sinon je serai obligée de leur parler." Elle braque une baguette chinoise vers ma sœur. "Ce que toi, tu as fait de plus sensé, dans le cadre de l'idiotie suprême qu'est le mariage, c'était de choisir un époux qui n'avait pas de famille élargie. Bien joué, ma puce."

Ma sœur grimace. "Maman, ça te dérange si je passe sur ce repas ? Je ne souhaite pas vraiment parler de tout ça.

— Ma chérie, John et Pauline se sont à peine aperçus que tu étais mariée. Dom est canadien, ça ne compte pas pour eux." Elle se baisse pour fureter dans un placard.

Katherine cligne des yeux et les ferme un instant. "Je n'en ai pas envie. Pourquoi ma présence est-elle si importante ?

— Ils sont vieux, ils s'ennuient, John est malade et ils sont à Londres. Et la bienséance veut que l'on garde le contact avec les gens du passé, ma chérie."

Elle lui donne un vase qu'elle a rempli de pailles au fromage. "Pose-le sur la table. Je vais préparer des martinis, tu seras un peu pompette et avant de comprendre ce qui t'arrive, tout ira mieux." Elle fourre la tête dans le frigo pour sortir les olives, puis regarde Katherine qui reste plantée là, le vase entre les mains. "Chérie, tiens-nous compagnie pour l'entrée et si tu es toujours malheureuse, tu pourras t'éclipser."

Notre mère essaie d'aider à sa façon, nous le savons toutes les deux. Sa manière de surmonter les semaines suivant le décès de papa avait consisté à remplir la maison de monde, puis à aller promener le chien, jusqu'à quatre fois par jour, pour éviter d'être serrée contre la poitrine plantureuse d'une parente parfumée. Elle semblait trouver plus facile de se rendre invisible au sein d'un large groupe de personnes ; elle les nourrissait, les abreuvait et les rassurait en disant qu'elle allait bien.

Katherine entre dans la salle à manger en tapant des pieds, sa bouche n'est qu'un trait, et elle fait claquer les pailles au fromage sur la table. Elle me surprend à la regarder depuis la cuisine. Je hausse légèrement les épaules. La quarantaine, mais nous sommes toujours les enfants de notre mère. Ma sœur revient au salon et s'assied sur le canapé avec la chienne, lui embrasse les oreilles. L'animal étire ses longues pattes, écarte les orteils et gémit avec une lassitude de sainte. Étrange de voir Katherine se comporter ainsi : dans la famille, c'est moi qui boude. Ça me rend nerveuse. Elle démontre habituellement la même aptitude que papa à mettre les gens discrètement à l'aise, à poser les questions adéquates pour animer la conversation. Il faisait ça avec moi quand j'étais enfant et infernale. Comme s'il savait tout de moi et comprenait complètement mes raisons de refuser de descendre de l'arbre – il allait jusqu'à reconnaître que c'était ma place légitime. Son devoir était de garantir que tout le monde soit compris et que tout soit compréhensible. Il s'assurait que les gens se sentent aimés, c'était important pour lui. Il se souvenait des souris en sucre.

Katherine tourne la tête vers la fenêtre, mais je vois sur les os de ses tempes qu'elle serre et desserre la mâchoire et sa jambe palpite, comme électrocutée.

Lorsque les trois invités arrivent, nous nous asseyons autour de la table de la salle à manger et maman disparaît presque aussitôt dans la cuisine. Pauline a un collier de lamelles de cristal transparentes, sous lesquelles se dessinent les ondoiements et les ombres de son cou. Ma mère porte une robe noire courte et des bottes de moto. J'ai fait un effort, ce qui est toujours dangereux, et enfilé une robe trapèze bleu clair.

"La taille est trop haute sur cette robe, non ?" me demande maman. Elle ne cherche pas à m'insulter, juste à m'informer.

"Ah bon ?" Je baisse les yeux. Il est vrai que je ressemble à une de ces poupées fabriquées avec une pince à linge. Les sabots souples qui faisaient "fantaisie" quand je les ai essayés me donnent à présent l'air de m'être échappée d'un asile psychiatrique.

"Un peu, mais c'est bien – tu me fais penser à une infirmière." Elle me tend une bouteille de vin dans un seau à glace. "Va administrer ça aux patients."

Katherine, qui s'est appliquée à ne faire aucun effort vestimentaire, reste néanmoins la personne la plus élégante à table.

Je sers le vin tandis qu'Alistair, le mari de Pauline, parle de l'itinéraire qu'il a emprunté pour venir et relate une histoire de contravention dont il a un jour écopé dans une rue en sens interdit. Tout le monde attend qu'il finisse.

"Alors, comment ça se passe dans cette épouvantable vieille maison, Viviane ? Si j'en crois Christopher, tu en es devenue la gardienne", lance Pauline en riant fort. Son appareil auditif siffle. Je ne suis pas tout à fait sûre de ce qu'elle trouve drôle – peut-être l'idée que je puisse être en charge de quoi que ce soit.

"C'est bon, ça va, je réponds de manière un peu défensive.

— Je n'ai jamais compris pourquoi Ruth ne l'a pas vendue pour aller vivre dans un endroit moins ridicule.

— Eh bien, elle n'était pas la seule à y vivre, fait remarquer ma mère en posant le pain et la vinaigrette sur la table, mais elle s'est volatilisée avant que Pauline puisse répondre.

— Le problème avec cette femme, c'est qu'elle était terriblement snob. Et une alcoolique invétérée par-dessus le marché. Elle n'a jamais été à la hauteur de la première épouse de Peter, voyez-vous, de notre sœur. Cela dit, c'était impossible." Elle a l'air de penser que c'est une observation généreuse et lève même son verre en guise de toast. Un long silence s'ensuit, tout le monde boit pour le combler. Alistair est assis à la place de papa, qui aimait être près de la cuisine et se chargeait toujours de débarrasser la table. Il trouvait que la vaisselle était le meilleur moment du repas, parce qu'il pouvait écouter la conversation sans avoir à y participer.

"J'ai invité Elinor chez Clarke's, dimanche", lâche John tout à trac, comme s'il nous avait déjà parlé d'Elinor ou de Clarke's et que nous attendions impatiemment la suite.

"Sans blague", dit Pauline, sa sœur, d'un ton plus affirmatif qu'interrogatif.

"Ce n'était pas donné, mais délicieux – et Elinor mange très lentement. Quoi qu'il en soit, nous avons pris une excellente salade de homard, que j'ai finie le premier, puis Elinor a choisi le blanc de perdrix, même si ce n'est pas tout à fait de saison ; j'avais peur qu'il soit coriace mais, d'après elle, pas du tout, c'était bon." Je croise le regard de Katherine. Nous échangeons un sourire fugace. "Et j'ai mangé un poisson si je me souviens bien, je crois que c'était du bar – la salicorne était un peu excessive. Le poisson exquis, en revanche. Nous avons tous les deux terminé avec le pudding au chocolat en pot."

Pauline a depuis longtemps reporté son attention sur son sac à main et quand elle trouve ce qu'elle cherche – un mouchoir vert clair – elle décide, après un examen plus poussé, qu'il n'est pas convenable en public, le range et se tapote rapidement le nez avec sa serviette de table.

Alistair, qui est un peu sourd, s'est mis à parler en même temps que John au début de la description du plat principal d'Elinor. Il proclame maintenant haut et fort : "Nous sommes des êtres humains, nom d'un chien, pas des robots. Qui se soucie d'un petit pincement sur les fesses, franchement ? Pas de quoi en faire un caca nerveux." Je n'ai pas le choix, je dois faire comme si John s'adressait à moi. Notre mère s'est absentée, ayant délibérément sélectionné des plats qui demandent un maximum d'attention en cuisine, chassant ma sœur ou moi quand nous essayons de l'aider.

"Donc dans l'ensemble, conclut John, je dirais que c'était très réussi. Ouais.

— Bien, dis-je. Ça avait l'air très bon."

Normalement, à ce stade, ma sœur détournerait la conversation sur quelque chose de plus universel. Je suis surprise de voir qu'elle tient sa tête dans ses mains. Quand elle lève les yeux, ils sont bordés de rouge. Elle quitte précipitamment la pièce. Si le gang Hamilton s'en aperçoit, il le cache bien. Maman pose un large plat en faïence rempli d'artichauts sur la table. Elle regarde Katherine partir et s'assied.

"Bernadette, dit Pauline en étirant chaque syllabe, explique-moi comment diable tu prépares tes artichauts : je n'ai jamais réussi à obtenir un résultat satisfaisant.

— Oh, répond distraitement ma mère, à la vapeur, tout simplement.

— À la vapeur ! Voilà mon erreur, vois-tu, je les ai toujours fait bouillir. Pas étonnant. Combien de temps tu les laisses ?" Maman fixe l'embrasure de la porte par laquelle Katherine a disparu, les bouts des doigts disposés en araignée sur la table. Elle se tourne vers Pauline, manufacture un sourire.

"Vingt-cinq minutes environ, selon leur taille.

— Je vois, je vois. Tu es tellement douée, je l'ai toujours dit."

Ma mère me glisse un regard furtif puis revient à Pauline. John arrache les feuilles, le petit doigt en l'air, la serviette rentrée dans le col, comme si l'artichaut risquait de lui gicler à la figure. Il les trempe une à une dans un ramequin de beurre, les porte à sa bouche, les ressort et les replonge trois fois, s'assurant d'avoir mangé toute la chair. Il empile les feuilles raclées dans sa soucoupe, s'essuyant les lèvres après chacune d'elles. Je quitte la table en m'excusant. S'il était avec nous, papa se serait déjà éclipsé et aurait réglé la situation sans que j'aie à m'impliquer. Je suis un piètre substitut.

Katherine s'est installée dans son ancienne chambre. Elle a été convertie en bureau, mais il reste des vestiges de son enfance. L'abat-jour en forme de montgolfière. Nous avions un hamster que nous placions dans la nacelle et dont il sautait pour atterrir sur le lit. L'autocollant de chat sur l'interrupteur, les nombreuses marques de graisse au plafond datant de nos petits bonshommes cascadeurs gluants qui adhéraient aux murs ou dégringolaient le long des vitres. Katherine est assise par terre, adossée à la cloison, elle feuillette un magazine.

"Ça va ?

— Ça va aller. Je suis juste pas d'humeur à écouter tous ces gens."

Je ne l'ai jamais entendue parler de quelqu'un en ces termes, si ce n'est de moi.

"Ils ne le font pas exprès." Ça ne sert pas à grand-chose de dire ça, mais c'est mieux que rien. Pour être honnête, je suis tout excitée que Katherine se soit donnée en spectacle, même si personne ne s'en est aperçu.

"Je suis juste incapable de faire un effort, aujourd'hui. Je peux pas rester à table et dire ce qu'il faut. Je veux dormir, c'est tout ce que je veux."

Je m'apprête à partir dès que le lave-vaisselle est plein, après que ma mère m'a demandé pour la troisième fois si je sais ce qui arrive à Katherine.

"Elle a quitté son mari, maman – ça l'attriste.

— Il y a autre chose, tu ne crois pas ?" Elle se verse un whisky. "Tu en veux un ?

— Non, je dois rentrer." Je me sens soudain très puritaine, la sobriété incarnée. Le fait d'être seulement toutes les trois dans la maison crée un malaise. Il amplifie l'absence de papa, mais aussi il m'infantilise. J'ai envie de m'allonger avec la chienne dans son lit et d'y rester, comme il avait l'habitude de le faire. Quand mes parents l'avaient adoptée, elle n'était qu'un petit chiot ressemblant à une taupe. Je trouvais parfois mon père endormi sur le canapé, le chiot niché à l'intérieur de sa robe de chambre.

"Taxi ?

— Je te préviendrai quand je serai rentrée.

— Sois prudente."

Nous nous embrassons et, en sortant, je m'arrête un moment devant la chambre de Katherine. Il n'en provient aucun bruit, il n'y a aucune lumière sous la porte, alors je m'en vais.

Je suis dans un état de demi-sommeil, avec mes pensées qui vagabondent bêtement, quand je l'entends.

C'est un léger toc-toc-toc que mon cerveau traduit en tapotement d'un ongle long contre la vitre de la porte du jardin.

Je n'ai jamais envoyé de texto à un homme en pleine nuit, je n'ai jamais eu une telle impulsion, j'ai toujours eu peur de ce que ça risquait de sous-entendre sur ce que j'attendais de lui.

Salut, tu dors ?

Le signal d'envoi de mon SMS me fait tressauter. Une seconde plus tard, le spot de sécurité s'allume. Je m'assieds dans le lit. Ce n'est sans doute qu'un renard. Bien sûr, c'est juste un renard, c'est toujours juste un renard. La lampe s'éteint à nouveau. J'aurais dû me lever et aller regarder par la fenêtre du salon tant qu'elle était allumée, par acquit de conscience.

Non, je dors pas ! Qu'est-ce que tu fais ?

Je regrette déjà d'avoir envoyé le message. Je ne veux pas qu'il sache que je suis au lit, complètement éveillée, en train d'imaginer un psychopathe à ma fenêtre.

Je me mords la lèvre. *Ça va. J'ai entendu un bruit en bas qui m'a réveillée et j'arrive pas à me rendormir.*

C'était quoi ?

Rien. Juste un truc qui frappait contre la vitre.

T'as vérifié ?

Non, mais on dirait que ça s'est arrêté.

Tu veux que je passe voir ?

J'hésite, en sachant que je n'ai pas le temps d'hésiter ; une hésitation indique une réflexion et ce n'est pas censé être un échange réfléchi.

Je peux être chez toi dans dix minutes. Donne-moi ton adresse.

J'ai l'impression fugace de m'être fait piéger. Mais je divague, bien sûr, il agit par simple gentillesse.

Je te jure que c'est pas un problème, j'ai déjà mis mes chaussures.

C'est vraiment pas la peine, tout va bien.

Je te crois pas, je pars, j'arrive bientôt.

Sérieusement, laisse tomber, je vais bien.

Je suis sorti de chez moi, texte-moi ton adresse sinon je vais me planter devant la fromagerie en hurlant ton nom.

Rentre chez toi !

;)

Et merde.

Comment me suis-je débrouillée ? C'est cette fameuse seconde d'hésitation. Maintenant il va rappliquer à deux heures du matin et je serai obligée de le laisser entrer. Non seulement ça, il va sans doute passer la nuit ici, et ça mènera où ? Une histoire de sexe ?

Toc-toc-toc.

J'allume. Le miroir me renvoie l'image d'une femme qui n'a pas assez dormi. Heureusement que j'ai pris une douche avant de me coucher. Je me surprends dans la glace en train de me renifler l'aisselle. Putain. La plaie de ma jambe me démange – dans mon sommeil je l'ai grattée violemment, le sang séché forme un nœud de croûte noire.

J'enfile un jean et un pull. Je me brosse les dents et essaie de me donner l'air de ne pas attendre de compagnie. J'allume la bouilloire et prépare un café, non que j'aie l'intention d'en boire, mais il me semble que c'est le genre de chose que ferait une personne qui sait se prendre en charge. Que ferait Deborah ? J'empile quelques livres qui traînent par terre, passe un coup d'éponge sur la table, ramasse un verre et un bol sales près du sofa et les mets dans l'évier ; je me demande quelle odeur il y a chez moi. J'aurais dû sortir la poubelle avant d'aller au lit. J'envisage d'allumer une bougie parfumée, mais ça pourrait donner l'impression que j'essaie de créer une ambiance romantique. Je pousse du pied la robe de chambre à l'araignée jusque dans la salle de bains, puis l'écrase avec la porte. J'ouvre, vérifie la cuvette des toilettes, range ma vieille coupe menstruelle au fond d'un tiroir, et referme. Dans la version télévisée de cet épisode, je serais ébouriffée et porterais un survêt gris chiné, difforme mais propre, sans soutien-gorge. Nichons fermes et rondelets mais sans excès. Sous mon tee-shirt Foster, ils ressemblent à des museaux de chiens. Je trouve un soutien-gorge à peu près propre et l'enfile.

Le spot du détecteur s'est à nouveau allumé, et cela fait un moment, je n'avais juste pas percuté. La lumière froide donne une impression d'immobilité, une ambiance photographique. Je m'approche lentement de la porte de derrière, qui s'ouvre sur un jardin minuscule. Elle a des panneaux vitrés en haut et en bas pour laisser entrer le jour au rez-de-chaussée. Un petit renard se tient sous le spot, le museau pressé contre le verre, les dents apparentes. Il lèche la fenêtre. Ce serait drôle si ça se passait en plein jour. Le genre de scènes qu'on trouve sur internet. Soit il ne me voit pas, soit ma présence ne le dérange pas. Il continue. Je marche doucement vers la porte. Tout à sa tâche, il ne réagit pas. Je discerne un résidu blanc et visqueux. L'animal se tient à l'emplacement de deux grandes empreintes de chaussures humides sur le revêtement en bois. Les marques disparaissent sous mon nez ; je regarde à nouveau le résidu, les yeux vitreux du renard et le mur sombre. Je ne peux pas distinguer le jardin avec le spot, mais je dois être éclairée et exposée. J'éteins la lumière de la cuisine et prends un grand couteau dans le bloc.

Je reste plantée dans le couloir jusqu'à ce que j'entende des pas à l'extérieur ; je regarde par le judas et vois que Vincent est déjà arrivé. Je ne crois pas pouvoir supporter le bruit de la sonnette ce soir.

Quand il entre, le renard est parti, les empreintes aussi. Vincent examine la porte de derrière d'un air dubitatif.

"Et donc, tu dis qu'il y avait du foutre sur la fenêtre ?

— Je sais pas ce que c'était. Mais j'ai vu des traces de pas.

— Et un renard a mangé tout le foutre sur la vitre ?"

Je ne réponds pas.

"Excuse-moi, écoute, je comprends que c'est franchement atroce, mais c'est pas aussi juste un tout petit peu marrant ?

— Si, sans doute." Il est possible que j'aie tout imaginé, comme ces grosseurs fantômes qu'on se trouve à un sein à trois heures du matin et qui ont disparu le lendemain.

"Je veux pas dire que ce soit pas horrible quand on y réfléchit, ni rien." Il regarde les palissades des deux côtés du jardin. "Ça demande un sacré effort pour entrer ici, qu'est-ce que t'en penses ?

— J'ai vu les traces de pieds." Je le murmure, je me sens vraiment bête.

"Bien sûr, je dis pas que tu l'as imaginé. J'essaie seulement… de te réconforter. Hé, tu veux qu'on appelle la police ?" Il examine la tache visqueuse que le renard a laissée sur la vitre. "Ils pourraient peut-être faire un test ADN, un truc comme ça ?

— Je suis pas sûre qu'ils fassent ça juste pour des mecs qui se branlent contre une fenêtre. Les mecs se branlent dans des endroits bien pires." Nous nous taisons, puis je nous surprends tous les deux en riant. Dès lors, tout va mieux, Vincent se joint à moi et nous rions aux larmes. Puis le rythme ralentit, se change en une série de soupirs et Vincent se frotte le nez.

"Tu sais que t'as un très gros couteau à la main ?"

Je baisse les yeux, je l'avais complètement oublié. Je le pose sur le plan de travail. "Tu veux un café ? Je viens juste d'en faire."

Il tend le bras derrière moi et nous sert un whisky.

Nous nous asseyons dans le sofa et finissons la bouteille. Quand mes pieds en chaussettes se retrouvent sur ses genoux, il les enlace sans hésiter. Nous ne bougeons pas avant que le soleil commence à se montrer à travers le store de la cuisine. Il règne une étrange impression d'aboutissement. Je dois repartir en Écosse aujourd'hui. Le trajet sera mortel.

"Je sais pas de quoi nous avons parlé toute la nuit.

— Moi non plus, dit-il en ajoutant avec un rare sérieux, mais j'en avais vraiment besoin. Merci."

Il se lève, s'étire. Je me lève aussi.

"Il faut que j'y aille." Il regarde son téléphone. "Je dois être au boulot dans trois heures.

— Ouais." Je souris et, arrivé à la porte, il m'embrasse. Un baiser timidement chaleureux. Je savoure l'idée d'être une personne qu'une autre personne a envie d'embrasser. Ça efface la maladresse de la première fois – c'est une forme différente d'ivresse.

Je sors la poubelle et le regarde descendre la rue. Je reste longtemps, parce qu'il a dû me le dire ; c'est la première chose qu'on demande, la première chose qu'on découvre sur quelqu'un. Mais je ne me souviens ni de l'endroit où il travaille ni de ce qu'il fait.

II

Peter téléphona dans la matinée.

"Chérie ? demanda-t-il quand elle décrocha.

— Ah, oui. Bonjour." Ruth n'avait pas bien dormi. Nauséeuse et inquiète, elle était restée trop longtemps dans la baignoire pour essayer d'apaiser les démangeaisons de ses jambes, le chatouillement des piqûres de moustiques. De la salle de bains, elle entendait Betty crier contre Bernadette, car, bien sûr, elle ne lui avait pas donné la permission d'aller au pique-nique. Ruth s'était enrhumée et, en plus de cela, Betty faisait frire du bacon dont l'odeur se logeait très désagréablement dans sa gorge.

"Comment s'est passé le pique-nique ?"

Elle aurait aimé lui dire que c'était une débâcle complète, qu'il avait filé en la laissant dans une situation très embarrassante. Ce n'était pas loin de la vérité, mais rien de cela n'était dû à l'absence de Peter. Elle se garderait de lui parler de l'excursion en bateau.

"Bien, répondit-elle, étrange mais bien." Elle se garderait aussi de lui dire que quand la barque était revenue, les enfants étaient trempés, atones et transis de froid. "Ah, ces embruns ! avait lancé le révérend Jon Brown. C'était agité, mais on s'est bien amusés, n'est-ce pas, les garçons ?" Il avait complètement ignoré les trois filles. Les enfants avaient suivi Ruth à la maison en silence, répondant à ses questions pleines d'entrain – "Vous avez vu des phoques ?" – par des hochements de tête négatifs. Elle voulait désespérément les savoir sains et saufs et montrer qu'elle aussi était indemne. Ils étaient gelés, Peter aurait été horrifié. Près de la demeure, Betty, sans foulard, les cheveux bruns dressés sur le crâne, avait couru à leur rencontre, le visage blême.

Ruth avait cru un instant qu'elle s'apprêtait à frapper Bernadette, mais elle l'avait tirée vers elle et gravi l'allée en petite foulée sans souffler mot. Michael avait pris la main de Ruth, ce qui constitua l'unique moment de la journée qu'elle put porter dans son cœur. Elle s'était postée devant leur chambre plusieurs fois dans la nuit, à l'affût de la preuve qu'elle les avait tués – du râle dans leur souffle. Mais au-delà d'un murmure ensommeillé occasionnel, la pièce n'émettait que la tiédeur rauque d'enfants endormis.

"Écoute, lui dit Peter. Je regrette infiniment ce que je t'ai dit. Je pense que tu fais un travail de premier ordre avec les garçons. J'ai juste été décontenancé par ce pasteur fou qui les a tirés du lit en pleine nuit.

— Ce n'est rien, chéri, je comprends. Quand reviendras-tu ?"

Peter inspira profondément, comme si le fait même de devoir y réfléchir l'exténuait. "Je suis en train de consulter mon agenda ; j'ai un déjeuner de Noël incontournable avec un client le 14, ça n'aurait donc aucun sens de rentrer avant mercredi. Pourras-tu te débrouiller sans moi ?" Percevant le sourire dans sa voix, elle en ressentit un tel besoin à cet instant qu'elle se résolut à jouer le jeu. Le pique-nique hivernal était passé, elle n'y participerait pas l'an prochain et n'autoriserait plus l'utilisation de leur plage.

"Bien sûr. Tout ira bien.

— La fille s'adapte ?

— Ma foi, Betty se charge de l'occuper." Ruth se regardait dans la glace en lui parlant. Le visage qu'elle y voyait aujourd'hui n'était pas tout à fait le sien.

"Bien, bien." Il était distrait, probablement en train de lire un document pendant qu'il lui téléphonait. Elle l'avait vu faire la même chose avec la mère d'Elspeth.

"Je vais te laisser, maintenant. N'hésite pas à faire un saut chez Alice si tu te sens seul." Son bureau de Londres était à Holland Park et Alice non loin à Kensington. Ruth songea un instant aux lumières de Noël.

"Bonne idée – j'irai voir comment elle est installée." Il n'irait pas, bien sûr. Ils ne se comprenaient absolument pas et quant à Mark, son beau-frère, Peter le considérait comme une espèce de pervers à cause de sa collection de sculptures.

"Au revoir alors, chérie, dit-il.

— Dors bien", lui répondit-elle en dépit du fait qu'il était neuf heures et demie du matin. Il raccrocha. Il avait l'esprit ailleurs. Ce serait formidable de se sentir absorbée par quelque occupation. En reposant le combiné, elle entendit des bruits de pas dans l'escalier ; les garçons descendaient.

"Bonjour ! lança Michael en criant presque.

— C'était papa au téléphone ? demanda Christopher d'un ton plus calme.

— Oui, il revient mercredi. Après cela, espérons qu'il reste avec nous jusqu'à Noël."

Betty avait dressé la table avec son zèle habituel. Il y avait une miche encore tiède et, dans les assiettes des garçons, deux petits pains en forme de canard avec des raisins en guise d'yeux. Quand elle apporta le thé, elle semblait embarrassée.

"Avez-vous passé la nuit au four, Betty ?" C'était censé être une plaisanterie, mais en le disant, Ruth s'aperçut qu'elle contenait certainement une part de vérité.

"J'étais matinale aujourd'hui, voilà tout", répondit Betty avant de disparaître à nouveau. Tandis que les garçons prenaient leur petit-déjeuner, Ruth alla dans la cuisine et trouva Bernadette attablée devant un bol de porridge et une bande dessinée ; Betty, debout derrière elle, caressait les cheveux de la fillette. Bernadette semblait tolérer cette marque d'attention plus qu'elle ne l'appréciait. Quand Betty aperçut Ruth dans l'encadrement de la porte, elle descendit les marches qui menaient à l'office. Ruth la suivit.

"Tout va bien, Betty ?

— Oh oui, je suis navrée pour hier.

— Non, c'est moi qui suis navrée, je croyais que vous l'aviez autorisée à se joindre à nous.

— J'ai réagi de façon excessive.

— Pas du tout, si j'avais su qu'il allait les embarquer en mer pendant des heures, je ne l'aurais pas laissé partir. Et je n'aurais pas laissé partir Christopher et Michael non plus. Le révérend Jon Brown a juste… comment dire ?… pris la main.

— *Aye.* C'est tout lui.

— Et ce jeu. Pour être honnête, c'était un véritable cauchemar.

— Ça, je me suis toujours estimée heureuse que mon rôle se limite à fournir les tourtes. Le pasteur adore les célébrations et il n'a pas son pareil pour rallier les gens qui ne savent pas quoi faire de leur temps ni de leur argent." Betty se redressa et dégagea les cheveux de son front. "Quand dois-je attendre Mr Hamilton ?

— Pas avant mercredi.

— Il travaille dur, cet homme." Sa manière de le dire n'était pas exactement flatteuse.

"En effet.

— Et les garçons vont bien ? demanda Betty en s'attaquant vigoureusement au nettoyage d'un rayon. Après leur tour en bateau ?

— Ils semblent en forme. Ils ont eu très froid, ce qui est loin d'être idéal. Leur mère souffrait de fragilité pulmonaire."

Betty acquiesça.

"*Aye.* Le pasteur aime le froid, pas de doute."

Il faisait mauvais temps et les enfants étaient heureux de rester à l'intérieur. Elle les trouva dans la salle de bal. Michael, accroupi par terre, dessinait avion après avion et étalait les feuilles pour former une escadrille ; Christopher, adossé à un coussin sous le piano face aux portes-fenêtres, tenait une épaisse pile de bandes dessinées sur ses genoux.

"Vous avez assez chaud, les garçons ?" demanda Ruth. Ils levèrent leur visage blafard et leurs yeux sombres vers elle. Ils opinèrent.

"Que dessines-tu, Michael ?

— Une escadrille.

— Une escadrille ?

— Il dessine des avions, expliqua Christopher, peut-être agacé d'être dérangé.

— Eh bien, je serai en haut si vous avez besoin de moi. Betty servira le déjeuner à midi, assurez-vous d'être propres et prêts à cette heure-là."

Elle referma la porte et resta quelques instants derrière pour écouter, mais elle n'entendit que la friction du crayon de Michael sur le papier. Peut-être avait-elle excessivement dramatisé la situation. Elle avait bu au moins cinq flûtes de champagne, et plutôt vite. Un jeu puéril, qui s'était terminé par des chatouilles. Les enfants, simplement partis à l'aventure en bateau et revenus frigorifiés. Il s'agissait désormais de songer à Noël et à rien d'autre, rien d'autre.

Elle monta dans son bureau. Noël devait se préparer en amont. Surtout avec la venue des grands-parents des garçons. Deux listes. La première de tâches souhaitables, comme acheter des costumes neufs aux garçons, faire accorder le piano et encourager Peter à jouer des chants de Noël. La seconde de tâches essentielles : une oie, du pudding aux prunes, un cadeau pour Peter (peut-être une veste en tweed), des cadeaux pour les garçons (allez savoir quoi), une prime pour Betty, un livre pour Bernadette.

Elle se carra dans le fauteuil et regarda par la fenêtre. Bass Rock était complètement obscurci par la bruine et de grosses gouttes collaient à la vitre. Elle aurait dû être heureuse. Elle aurait dû. Elle pensa à Alice, à Londres. Comment, si ça lui chantait d'aller faire un tour, sa sœur pouvait descendre Kensington Church Street, longer le parc, s'asseoir au bord de l'étang ou dans un café, visiter le Victoria and Albert Museum, ou bien retrouver une amie et simplement flâner le long du fleuve. Prendre l'air à North Berwick à ce moment précis équivalait à se faire molester par le vent et gifler par la pluie. Ruth avait le Pavillon, mais elle n'y était pas incognito. Le pasteur, Janet, ou n'importe qui d'autre, pouvait lui rapporter qu'on l'avait aperçue devant une tasse de thé, comme si ce genre d'information était susceptible de l'impressionner. Comment s'était-elle débrouillée pour se retrouver complètement seule, à son âge ? Elle avait perdu ses amis après la mort d'Antony. Ils n'étaient pourtant pas étrangers au malaise suscité par le chagrin d'autrui – tout le monde connaissait un garçon disparu à la guerre. C'était la réaction de Ruth qui les avait poussés à interrompre leurs visites. Ces journées où elle sentait la présence de son frère si puissamment autour d'elle, dans les oiseaux surtout, parfois même comme s'il s'était brusquement glissé dans la peau du chien. Le vent martelait la fenêtre et un courant d'air glacial traversa la vitre.

Quelle idiote. Ce n'étaient que des chatouilles. C'était puéril, voilà tout. Lorsqu'elle se retourna, l'armoire était ouverte – elle ne se souvenait pas qu'elle l'eût été avant. Elle se leva, ferma la porte, et dès qu'elle fut close, elle entendit trois coups rapides de l'autre côté. Elle la rouvrit, pensant que quelque chose pendait à l'intérieur, mais il n'y avait rien, seulement le vieux tabouret en bois qui était déjà là quand ils avaient emménagé.

Elle ne déjeuna pas avec les garçons. Quand elle alla vérifier que tout allait bien, elle constata qu'ils avaient enveloppé leurs sandwichs dans une serviette et les avaient montés dans la salle de bal, où ils avaient repris leur place. Le nombre d'avions de Michael avait triplé ; Bernadette l'avait rejoint et l'aidait en dessinant des chars d'assaut, très soigneusement et plutôt bien. Ils discutaient tranquillement de leur travail ; Christopher était toujours à l'abri sous le piano.

"Je pensais qu'on pourrait essayer de le faire accorder avant Noël, lui dit Ruth, pour que ton père puisse nous ennuyer à mourir avec ses cantiques."

Christopher la regarda et sembla admettre la plaisanterie. Il sourit.

"Ce serait amusant.

— Que lis-tu ?

— *L'Aigle*", répondit-il. C'était le même livre qu'il avait tenu dans ses mains après le petit-déjeuner et elle remarqua qu'il était aussi ouvert à la même page : un monstre aquatique aux doigts palmés avec la légende *Maître des ténèbres*. Peut-être l'avait-il lu plus d'une fois en entier.

"C'est un bon livre ?

— Il me plaît."

Le moment était mal choisi pour lui demander s'il allait bien. Il allait bien. "Les enfants ne sont pas comme les adultes, ils ne refoulent pas leurs sentiments ; on sait toujours ce qu'ils pensent", voilà comment sa mère concevait l'enfance. Ruth espérait que ce fût vrai. Ça ne l'avait pas été entièrement pour elle, mais les garçons étaient peut-être plus robustes.

Elle trouva à nouveau Betty dans la cuisine et se prépara un thé.

"Betty, je vais être horriblement indiscrète."

Betty posa le couteau avec lequel elle coupait des carottes. Elle s'assit à table, comme si elle savait ce que Ruth allait lui demander.

"Quelqu'un, au pique-nique, a dit que Bernadette était le portrait craché de son père. Puis il y a eu une scène. L'une des femmes...

— Mrs Beech.

— Oui."

Betty leva une jambe et posa la cheville sur son genou, à la manière d'un pêcheur. Il y eut un silence, Ruth s'assit à son tour. Betty poussa un long soupir.

"Mr Beech violentait Mary. Depuis un très jeune âge. Notre mère le savait, mais elle préférait qu'il s'en prenne à elle plutôt qu'à moi, parce qu'elle considérait que Mary était déjà compromise, à cause de ses crises." Betty fit tourner le couteau d'office dans sa main.

"Oh grand Dieu. Je suis navrée. C'est épouvantable." Bien sûr, ce genre de chose ponctuait la vie de toutes les filles à un moment donné – dans le cas de Ruth, il s'était agi du vicaire et il n'avait que difficilement réussi à la peloter et à poser ses lèvres humides sur elle. Mais on espérait toujours que les parents ne s'en rendraient pas compte et que cela resterait ainsi. Il devait être atroce pour Betty d'être au courant de ce que subissait sa sœur. Sans parler de leur mère qui laissait perdurer la situation. Il y avait de quoi diviser une famille, c'était indéniable.

"Puis Mrs Beech les a surpris et c'est là que Mary a dû partir." Quelle scène cela avait dû causer. Ruth se demanda brièvement comment elle réagirait si elle trouvait Peter sur une autre femme.

"Le révérend Jon Brown a organisé son admission à Landbrooke et Mr Beech financé le séjour. Nous avons gardé sa grossesse secrète, maman étant catholique, car Mr Beech aurait forcé Mary à se débarrasser de l'enfant. Quand les Beech ont été au courant, il était trop tard pour se débarrasser de Bernadette. Notre mère a conservé son emploi à condition que Mary et Bernadette ne mettent jamais les pieds à la maison puis, à la mort de Mr Beech, sa veuve a vendu la propriété. Voici l'étendue du scandale de tout cet épisode.

— Est-elle au courant ? Bernadette ?

— Non. Elle sait où vit sa mère, c'est déjà assez lourd à porter pour une enfant. Nous lui avons dit que son père était un soldat disparu à la guerre.

— Je suis vraiment désolée. Ces imbéciles, au pique-nique…

— Ce n'est pas leur faute. Elles se fient à leur vérité. C'est Mr Beech qui est responsable, et plus personne ne peut l'atteindre. Les hommes font ce genre de choses puis ils poursuivent tranquillement leur vie comme si de rien n'était." Elle reposa le couteau sur la table, entrelaça ses petits doigts dont elle encagea son genou.

"Et maintenant qu'il n'est plus là – qui règle la facture de la maison de santé de Mary ?

— Depuis qu'elle est adulte, c'est le révérend Jon Brown qui s'en charge. Je participe aussi, quand je le peux, mais il a de l'influence auprès du conseil d'administration et on lui accorde un tarif préférentiel. J'espère que nous réussirons bientôt à la faire sortir. Nous avons déjà parlé, le pasteur et moi, de mettre de l'argent de côté afin de louer un appartement pour Mary, Bernadette et moi. Je continuerai à travailler pour vous, bien sûr, si vous voulez de moi – c'est juste que je ne dormirai plus ici."

Ruth posa sa tasse de thé. "Depuis qu'elle est adulte ?

— Elle avait treize ans quand le scandale a éclaté. Et à peu près l'âge de Bernadette quand il a commencé à s'en prendre à elle. Je la cachais au dernier étage dès que je le pouvais. Il y avait un placard dans lequel elle rentrait – celui de votre bureau. Dans la journée, si Mrs Beech s'absentait, je l'enfermais là-dedans, mais avec ses crises c'est devenu de plus en plus compliqué. La maison est assez grande pour qu'une fillette s'y cache facilement, malheureusement ça s'applique aussi à un homme sournois et malintentionné. Mary a eu un épisode dans le placard ; quand je l'ai trouvée, elle était à moitié morte et elle n'a plus jamais été la même après ça. Ils lui font des tas de traitements à l'hôpital, bains glacés et tout ça. Rien ne marche, mais s'ils la laissent tranquille assez longtemps, elle sort de sa coquille. Je l'ai vue faire avec Bernadette. Comme si notre Mary est quelque part, cachée, et ne peut se montrer que quand elle se sent en confiance."

Betty s'essuya les yeux, bien qu'ils fussent secs, d'un revers de manche.

"Bref. Nous avons toutes notre lot de malheur, n'est-ce pas ? Mais une tout autre vie les attend, elle et la fillette ; il suffit qu'on lui fasse passer quelques tests et ils la laisseront sortir.

— Quel genre de tests ?

— Eh bien. Disons que des membres du conseil d'administration doivent être convaincus de certains faits.

— Elle n'est pas libre de sortir ?

— Pas encore. Il y a eu *plusieurs incidents* pendant son séjour."

Sa voix se fit légèrement hésitante.

"Betty."

Elle écarquilla les yeux, inspira profondément et se leva, prête à retourner à ses carottes.

"Comme je le disais, on a toutes nos malheurs. Mais je suis très reconnaissante de ce que vous et Mr Hamilton faites pour Bernadette. Je vous le dis sincèrement – la bataille est à moitié gagnée.

— Si je peux faire quoi que ce soit pour aider…"

Betty acquiesça et sourit. L'espace d'une seconde, Betty parut son âge véritable. Elle était plus jeune qu'Alice. Peut-être avait-elle le même âge que Ruth.

En remontant avec son thé, elle longea le bureau de Peter au premier étage, fit demi-tour et resta devant l'entrée. Elle tint la soucoupe d'une main et porta la tasse à ses lèvres en regardant la porte close. Elle but comme cela, jusqu'à ce qu'elle eût fini, puis elle ouvrit. La pièce avait gardé son odeur – clou de girofle et un antiseptique rappelant la menthe poivrée. Elle posa soigneusement tasse et soucoupe sur un sous-verre, sur le buffet. Il y avait une pile de registres, une pile de documents et une loupe sur le bureau. Elle alluma la lampe et s'assit dans le siège de Peter. Par sa fenêtre, une vue de Craigleith. Le soleil rayonna un instant sur l'îlot, illuminant l'herbe, puis un nuage l'obscurcit et il plut à nouveau. Quel temps fou. La barque du pique-nique, que le pasteur n'avait toujours pas rapportée au port, se remplissait d'eau de pluie, hors d'atteinte de la mer.

Le premier tiroir contenait un fatras d'objets – plumes de stylo, trombones tordus, ruban usagé de machine à écrire, un compas à la pointe protégée par un bouchon en liège. Ruth pensa aux trésors et objets perdus de Michael. Elle ressentit une étrange affection pour Peter, comme s'il n'était lui aussi qu'un petit garçon, blessé par des drames qui auraient dû épargner l'enfance. Il y avait une forte odeur de tabac. Dans le deuxième tiroir, un pistolet de départ, une poignée de chausse-pieds récupérés dans différents hôtels, les lettres envoyées de l'école par les enfants et plusieurs cartes de condoléances bordées de noir datant des semaines après le décès d'Elspeth. Elle ne les lut pas, cela aurait trop ressemblé à examiner les valves et les muscles en action d'un cœur vivant. Le simple fait de les tenir à la main lui valait de se détester. Il lui semblait parfois illogique de n'avoir jamais connu cette femme. Cette personne occupait une place si importante dans la vie de Peter et des garçons ; sa mort constituait vraisemblablement l'instant le plus marquant de leur existence. Là-dessus, elle était arrivée dare-dare, fraîchement débarquée de Kensington, et elle s'était immiscée dans leur quotidien. Le moment de leur rencontre, quand il lui avait offert un gin tonic pendant l'entracte d'une représentation de *Tout est bien qui finit bien*, qu'elle n'avait du reste pas du tout appréciée. Suivi d'un enchaînement de démarches qui semblaient toutes prédéterminées, comme s'ils ne faisaient que les répéter, n'avaient plus qu'à retracer leurs pas. Le soulagement manifeste sur le visage de sa mère quand elle avait compris qu'elle allait enfin se marier, qu'elle ne resterait pas une vieille fille épouvantail toute sa vie. Et ces traces de pas l'avaient menée au moment présent : elle se retrouvait seule dans une maison immense, n'avait pas confiance en son mari et cherchait à établir un lien avec sa femme défunte. Elspeth avait-elle vécu la même chose ? Comment était-ce possible ? Elle débordait trop d'énergie pour se laisser piéger par ce genre de pensées. Elle n'était certainement jamais restée seule dans une pièce en se demandant ce qu'elle y faisait, elle n'avait jamais regardé fixement son reflet dans la glace sans reconnaître la personne qu'elle était devenue.

Ruth sortit un épais journal intime qu'elle posa sur le bureau ; elle en frôla le cuir doux et tiède, plus tiède que ses propres mains. Elle ouvrit le troisième tiroir, le plus profond, et fut récompensée en y découvrant une bouteille de whisky. Elle se leva et en versa une dose, puis quelques gouttes de plus, dans sa tasse.

Le journal ne contenait pas d'écrits sur le chagrin qu'éprouvait Peter pour son épouse défunte. Ni de descriptions de Ruth n'ayant pas été à la hauteur de la situation et l'ayant déçu ; rien sur leur dispute le jour du pique-nique qui aurait confirmé ses pires attentes. Le carnet ne renfermait aucun mot – seulement des dessins. Elle ne lui connaissait pas cet intérêt.

Des paysages au crayon pour la plupart, certains au trait léger, d'autres très travaillés, les pages craquantes de plomb. Il s'agissait juste d'esquisses, rien de très abouti, mais elles n'en étaient pas moins régulières et exercées. Elle n'avait jamais vu Peter à l'œuvre. Il n'avait jamais mentionné le moindre goût pour le dessin, pour l'art. Après quelques tableaux marins – les îlots Bass Rock, Lamb et Craigleith –, la tête et le poitrail d'un oiseau de mer au large bec et au dos droit faisaient leur apparition dans le ciel. Avec ses traits de croquis humoristique, l'oiseau ne ressemblait en rien aux autres, beaucoup plus sérieux. On avait l'impression que s'il l'avait dessiné en entier, il l'aurait affublé d'un short tyrolien. Peut-être un albatros, pensa-t-elle, en se référant à celui qui figurait sur la couverture de *La Complainte du vieux marin*. C'était plutôt attendrissant. Elle regrettait qu'il n'eût pas souhaité le lui montrer. Plus loin dans le journal, le style devenait un peu plus accompli. Les vestiges du château de Tantallon, le rendu noirci du désespoir des singes devant la maison. Le pic du Law, de la perspective du rivage, avec à l'horizon de nouvelles esquisses griffonnées. Le profil d'un chat comme un enfant l'aurait représenté : deux cercles noirs superposés, des moustaches et une queue. Une coccinelle, un papillon et un homme assis sur une chaise, vu de dos. Vint ensuite un paysage presque vide – une ligne fine et légère, sur laquelle il avait tracé un arbre sans feuilles, de simples branches dressées en pointes. L'arbre apparaissait de nouveau sur la page d'après, mais sous des traits plus précis, comme si Peter avait puisé dans sa mémoire. Dans le troisième croquis, une silhouette se détachait au sommet de l'arbre : une forme noire, dessinée d'une main novice dans une pose maladroite. Le suivant se rapprochait encore du sujet – l'homme n'était pas chaussé, ses pieds représentés par des blocs blancs comme des pattes de canard. Il se nichait dans l'arbre et, en regardant attentivement, on pouvait l'imaginer mort, une branche lui transperçant la poitrine. Après cela, le reste du carnet reproduisait la même image – celle d'un homme de dos, assis sur une chaise. Elle le feuilleta en désespérant un peu plus à chaque page. Les dessins ne s'amélioraient pas, n'évoluaient en rien, ils se contentaient d'exister, coincés là, pratiquement identiques. Il y en avait à peu près deux cents, estima-t-elle.

Ruth s'écarta du bureau, les mains sur les cuisses. Elle se leva et regarda la mer par la fenêtre ; l'eau était du même gris acier que le requin mort. Le paysage entier était un monstre géant, le ciel indifférent, le terrain de golf dévasté. Elle s'accroupit puis s'allongea par terre, les bras croisés sur la poitrine. Le plafond lui apparaissait successivement net ou flou. Elle sentait son cœur cogner sur le bois du plancher, à travers sa cage thoracique. Un, deux, trois, quatre, cinq, six. Il lui semblait qu'au lieu de se calmer, les battements s'amplifiaient, lui injectaient une vague de sang dans la tête, percutaient ses tympans ; elle ferma les yeux et sentit le parquet ployer. Les picotements faisaient danser son corps.

Elle se redressa en entendant des pas, redoutant d'être surprise étendue par terre dans le bureau de Peter, la bouteille de whisky sur la table. Mais le bruit s'éloigna et, quand elle eut repris ses esprits, elle remit tous les objets à leur place avant d'aller vérifier ce que faisaient les garçons et Bernadette. Ils étaient toujours dans la salle de bal, absorbés par leurs activités, tandis qu'en cuisine Betty fouettait des œufs dans un grand saladier, comme s'il ne s'était rien passé, comme si aucune enfant n'avait été traquée, comme si aucun homme n'avait été brisé.

Longtemps après que Betty eut ordonné aux enfants de se laver et qu'ils étaient tous les trois au lit, Ruth partit se coucher. Elle avait trop bu en essayant de lire son livre. Elle éteignit le salon et monta l'escalier pour rejoindre sa chambre, gardant une main sur la cloison pour plus de sécurité. Elle s'arrêta devant la fenêtre du palier et regarda les framboisiers dans l'obscurité. Elle perçut un mouvement, chat ou renard – une tache noire traversa la pelouse en flèche et disparut dans l'ombre que projetait la lune sur le mur du jardin.

"Bonsoir, créature de la nuit, lui dit Ruth. Où vas-tu ?" Elle colla le front contre la vitre froide.

III

La jupe de Sarah s'est retroussée pendant la nuit et des goutte-lettes parfaitement rondes se sont amoncelées sur la peau de sa jambe. Si on les rejoignait, elles couleraient en un mince filet. Je m'affole en voyant qu'elle ne dort plus et qu'elle me regarde la regarder. Je détourne les yeux, mais ils reviennent vite sur elle ; elle a rabattu sa jupe.

L'air matinal est étouffant de fumée de bois humide. Personne ne nous a suivis depuis le village, mais ça ne m'a pas empêché de me réveiller chaque fois qu'une souris se faufilait dans le sous-bois, chaque fois qu'un oiseau gonflait ses plumes. Sarah baisse la tête sur ses genoux. Père observe.

La veuve Clements vient se poster près de lui et met les mains sur ses épaules ; il lui touche les doigts. Sarah la regarde. Sa lèvre fendue s'est refermée en une ligne mince et nette. Cook me pousse du pied et me tend une gamelle d'eau bouillie. Je m'assieds droit et la pose par terre – elle est trop chaude. Cook administre son petit-déjeuner déprimant à tous, et tous, nous nous asseyons et buvons en silence. J'essaie d'oublier l'odeur d'incendie au vil-lage, sa chaleur douceâtre et sèche.

"Bien, dit mon père. Notre cap est le suivant. Nous nous diri-gerons vers l'est, vers le littoral. Ma famille était originaire de là, avant de gagner l'intérieur du pays pour prêcher. Nous attein-drons le rivage, où nous n'aurons plus à dépendre de la terre pour nous nourrir, où nous aurons les poissons dans la mer. Nous chercherons quelqu'un qui se souvient de nous. Il y aura forcé-ment quelqu'un et nous pourrons recommencer à zéro." Cook témoigne son approbation d'un bruit. Les doigts de la veuve

Clements dansent sur les épaules de mon père. Elle marque son territoire. Je détourne les yeux. Et s'il n'y avait personne ? Ils seront tous morts, j'en suis certain. Puis les gens ont la mémoire courte lorsque les temps sont durs. Je regarde la veuve Clements ôter une brindille des cheveux de Père. Elle a oublié son mari. Père a oublié Mère. Qu'adviendra-t-il de nous quand nous aurons pêché, quand nous aurons le ventre plein ? Chercherons-nous du travail, serons-nous dispersés dans des familles différentes, comme c'est arrivé à Cook ? Ou retournerons-nous à l'état sauvage et continuerons-nous de vivre ainsi, ensemble, parmi les loups et les blaireaux ? Je ne pose pas ces questions à voix haute. Je ne suis pas assez courageux.

J'ai le souvenir, avant la naissance d'Agnes, de me trouver seul avec mon père au bord d'un ruisseau où il m'apprenait à pêcher. Je lui arrivais à la taille ; il avait retroussé sa culotte pour entrer dans l'eau où il était resté immobile une éternité, à observer le courant. Puis il s'était accroupi lentement, avait glissé les mains dans l'eau et en avait soudain sorti une truite qui étincelait au soleil et se débattait entre ses doigts. Mon père avait ri et crié : "Tu vois, Joe ! Si tu écoutes en silence assez longtemps, Il envoie ses messagers !" Sans cesser de rire, il avait pataugé vers moi, le poisson frénétique entre ses mains, et il me l'avait tendu. La truite était énorme et lourde dans mes petits bras, elle bataillait furieusement et me faisait l'effet d'un cœur qui bat, cru et ouvert, sa gueule béante en quête d'une chose que je ne pouvais pas lui donner. J'en avais peur. Elle s'était calmée, vivante mais résignée, son dos brun me renvoyant le reflet glacial des arbres et du ciel.

"Va-t-on la rapporter à Mère ? avais-je demandé.

— Non, avait répondu mon père. Je voulais simplement que tu tiennes un instant le cœur battant de Dieu, pour que tu saches toujours ce que tu dois rechercher dans la vie." Il avait repris le poisson, l'avait remis à l'eau, et l'avait laissé filer à toute allure sous la surface transparente.

Père chasse une feuille des cheveux de Sarah. Celle-ci regarde fixement droit devant elle, comme si elle n'habitait plus son corps.

Sarah marche devant moi et le tombé de sa robe sur l'arrière de ses genoux accapare mon attention. Le vêtement est trop grand pour son ossature menue, elle doit le tenir à deux mains pour ne pas trébucher sur l'étoffe. Quand elle franchit des ronces en levant haut la jambe, elle donne un peu l'impression de danser.

Nous marchons toute la journée et nous ne trouvons rien. La forêt est infinie, comme quand on s'allonge sur le dos et que le ciel nous engloutit. Plus d'une fois, je remarque un coin de mauvaises herbes et de jeunes pousses que j'ai le sentiment d'avoir déjà vu.

À certains endroits, les bois sont si sombres et denses que nos pas traînent par nécessité, lourds et lents comme les battements d'un cœur de vache, puis nous débouchons dans une clairière. Là nous nous reposons ou, si la journée touche à sa fin, ce qui est le cas maintenant, nous établissons notre camp ; c'est systématiquement l'heure que choisit la pluie pour se mettre à tomber et elle tombe jusqu'au matin. Personne ne mentionne les rythmes étranges de la forêt, car en parler à voix haute leur donnerait une réalité inéluctable.

Sarah est toujours aussi réservée. Les bavardages proviennent surtout de la veuve Clements, qui regorge de bonnes nouvelles et se figure que ce nouveau départ nous sera favorable.

"Nous trouverons un petit village près de la mer et ensemble, nous aurons assez de travail pour obtenir une maisonnette où nous recommencerons à zéro, cette fois-ci avec des poissons, des anguilles et toutes les autres créatures qui vivent dans l'eau. J'ai vu la mer une fois, quand j'étais enfant ; c'est de son odeur que je me souviens surtout – si fraîche et si pure. Et de l'eau à perte de vue. Un homme vous emmène en barque sur une île, où vous dénichez des œufs d'oiseaux et pêchez le hareng au filet. Vous avez déjà mangé du hareng ?" demande-t-elle au groupe. Personne ne lui répond. "C'est vraiment délicieux, un petit poisson au goût fort et salé."

Il s'ensuit un long silence qu'une personne moins bavarde interpréterait comme une exhortation à se taire.

"Vous n'en croirez pas vos yeux, c'est tout à fait remarquable, tout à fait remarquable." Plus elle parle, moins Père répond. Lorsque nous marchons les uns derrière les autres, il s'assure de placer Cook juste après lui, bien qu'elle tousse et crache souvent dans les ronces, pour que la veuve Clements soit forcée de radoter dans son dos plutôt que dans le sien. C'est la peur qui la fait jacter, même moi je le comprends, mais tout le monde est effrayé et nous, nous évitons de taper sur les nerfs du groupe.

Dans la nuit, j'entends quelque chose bouger dans le camp. Je pose la main sur mon couteau émoussé et attends, les poils hérissés. C'est Sarah, elle vient s'allonger face à moi. Je vois qu'elle a les yeux humides. J'aimerais lui montrer le morceau de toile qui est dans ma poche et lui expliquer ce qu'il représente pour moi, j'aimerais lui raconter tout ce qui s'est passé ces dernières années et j'aimerais coller mon nez et ma bouche contre la chair douce et froide à l'intérieur de son bras. Au lieu de ça, je l'observe, immobile.

"Je suis navrée pour les soucis que je vous ai causés, murmure-t-elle de son étrange voix rauque.

— On n'était plus très appréciés dans le village, de toute façon", je lui réponds. Bien que l'obscurité m'empêche de voir le marron de ses iris, je sais qu'il est là. J'écarquille le plus possible mes propres yeux, comme si je pouvais absorber davantage ainsi.

"N'empêche, dit-elle, je suis reconnaissante. Je sais ce que c'est de ne pas être aimée."

Mon père crie dans son sommeil. Nous restons tranquilles en attendant d'être sûrs que personne ne s'est réveillé.

"Moi aussi, j'ai perdu ma mère et ma sœur." Je suis exalté de lui avoir fait cette confidence, persuadé qu'elle va créer un lien entre nous.

"Oui, je sais, ton père me l'a dit." Je me sens abattu et j'en ai honte. Je voulais que nous soyons les seuls à partager mon secret. Comment ose-t-il s'en servir pour parler à la fille, il n'appartient qu'à moi de livrer mon chagrin. Je ne sais pas pourquoi je pense ça.

"Pourquoi te traitaient-ils de sorcière ?" Je lui pose la question pour combler le silence. Je la vois hausser les épaules dans la pénombre.

"Ils m'ont surprise en train de boire le lait d'une de leurs truies. Ils étaient en colère. Ce sont des hommes et je suis une fille.

— C'est toi qui as incendié leur étable ?

— Comment elle est morte, ta sœur ? me demande-t-elle en guise de réponse.

— Je croyais que Père te l'avait dit, non ?

— Il m'a dit qu'elle a été prise par la forêt.

— Elle s'est éloignée et elle s'est fait attraper.

— La forêt n'attrape pas les gens. Il n'y a rien à craindre dans les bois.

— Elle avait la gorge tranchée."

Sarah hoche la tête.

"Après. Ça a dû arriver après, ça.

— Ma mère est morte quand elle l'a appris.

— Parce qu'elle savait.

— Quoi ?

— Parce qu'elle savait ce qui s'était passé. Elle savait ce qui était arrivé à sa fille.

— Je n'aime pas cette conversation.

— Alors n'en parlons plus."

Sarah tend la main et touche la mienne, qui est serrée en poing sur le sol. Je sens sa chaleur me traverser. Lorsqu'elle l'ôte, je conserve la sensation de sa patte, forte, ossue et calleuse – une main coriace qui a vécu à l'orée des bois.

Je m'éveille sous le vert aqueux des feuilles nouvelles, au son de la pluie. Quand nous étions à la maison, longtemps avant que les récoltes n'échouent, une telle averse printanière, précoce, aurait été accueillie avec joie – elle aurait engraissé les épis de maïs, abreuvé le bétail et arrosé les pâturages. Bien que nous soyons maintenant loin du village, j'y songe encore et me demande s'il y pleut aussi, si quelqu'un tresse de la paille, assis par-devant notre vieille chaumière, en regardant la boue d'un noir corbeau frétiller et soupirer sous les gouttes. Peut-être l'ont-ils incendiée. Ça ne devrait pas avoir importance, il est impossible de rentrer chez nous.

Père est debout, je l'entends péter puis pisser dans les broussailles. Un filet de fumée de bois humide chatouille mes narines, je me penche et vois que Cook a allumé un feu, comme presque tous les matins de sa vie, sur lequel elle chauffe l'eau puisée dans le torrent.

"Où est-elle ?" je lui demande. Cook pointe du menton au sud de la clairière, où Sarah est assise, la robe tirée sur ses pieds, les yeux creusés par le manque de sommeil.

La veuve Clements se lève toujours avant nous et part fourrager en quête de nourriture. Elle revient quand l'eau frémit dans la marmite, tend à Cook les orties qu'elle a ramassées en se protégeant les doigts avec son tablier. Cook les examine, hausse les épaules, les plonge dans l'eau. Père s'avance et se rapproche d'elles.

"Attention ! On va vous accuser de sorcellerie", lance-t-il. C'est une plaisanterie. Tout le monde le regarde. Sarah se met à rire – tout le monde la regarde.

Après avoir mangé les orties, qui avaient bon goût au début car nous avions faim, mais qui laissent une étrange sensation de peluche sur le palais, nous commençons à rassembler nos affaires. Cook aime étouffer le feu et en dissimuler les traces, mais Père lève la main et l'interrompt avant qu'elle puisse le recouvrir de terre. Il se tient debout sur un arbre tombé, le regard braqué dans la pénombre des bois, vers notre village. Il se déplace bizarrement, le menton dressé comme s'il essayait de flairer une odeur, les doigts déployés devant lui, perdus dans l'air.

Il descend du tronc.

"On part tout de suite, dit-il à voix basse, laissez tout, quelqu'un vient.

— Mais…" réplique Cook. Père prend son poignet et la tire d'un coup sec vers notre destination. Elle respire fort, se couvre la bouche avec l'ourlet de sa robe et tousse lamentablement dans le tissu.

"On y va", siffle-t-il en passant une main sous l'aisselle de Sarah pour la lever. Dans sa précipitation, la veuve s'embrouille dans ses jupons. L'effroi de Père me perturbe. Je saisis le murmure d'autres voix dans l'air. Nous courons.

II

Assise au bord du lit, Ruth regardait Peter plier deux chemises dans son petit sac de voyage. C'était, lui avait-il promis, la toute dernière affaire qu'il avait à régler avant le Nouvel An. Une douceur s'était nichée entre eux. Plus tôt ce matin-là, Ruth avait rêvé qu'elle était poursuivie par une créature aux pieds silencieux et son cauchemar avait envahi leur chambre. Peter l'avait réveillée en lui enlaçant la hanche, les traits inquiets, et elle avait éprouvé une telle gratitude qu'ils avaient aussitôt fait l'amour. Il emballa ses belles mules réservées au week-end, mais aucun sous-vêtement. Leur conversation se prolongea très plaisamment.

"Que l'on ait ou non fait de l'équitation pendant l'enfance, je ne pense pas que ça compte beaucoup, car tous ces muscles ont disparu aujourd'hui. Je ne suis pas certaine de pouvoir résister à un trot soutenu, même dans un fauteuil."

Peter rit. "J'aimerais bien voir ça." Il se tourna vers elle. "Je suis sûr que tu aurais superbe allure à dos de cheval – tu serais du plus bel effet."

Il possédait une légèreté d'esprit flatteuse que Ruth avait remarquée le jour de leur rencontre et, brièvement, se laissant aller en arrière, elle se demanda s'il allait encore lui faire l'amour. Mais il ferma la glissière de son sac, fit le tour du lit et lui donna un baiser chaste sur la joue.

"L'apprentissage de nouvelles compétences est une excellente idée – une source d'occupation." Il se redressa. "Qui sait, si les garçons se prennent d'affection pour l'équitation, nous pourrions même songer à louer une écurie." Ils restèrent ainsi quelques instants. Ruth, souriant, le visage dressé vers son mari ; lui, souriant, le visage baissé sur elle.

"Chéri, pourquoi n'emportes-tu pas de sous-vêtements ?" Elle posa la question sans réfléchir.

"Quoi ? répondit-il sans cesser de sourire, bien qu'elle crût le voir ciller.

— Je me demandais juste… tu as pris des chemises, mais pas de sous-vêtement… ni de pantalon de rechange, à vrai dire.

— J'en garde quelques-uns au bureau."

Ruth souriait toujours. "Eh bien, voilà un mystère d'éclairci.

— En effet. Tu serais bien avisée d'organiser cette histoire de cheval plutôt que de jouer au détective de sous-vêtement." Mais il s'était passé quelque chose entre eux. Si elle avait pu revivre ce moment au ralenti, elle aurait capté son regard. Ses yeux lui demandant de renoncer, l'intimant d'ignorer cette anomalie. Ses yeux à elle lui répondant *Je ne peux pas ne plus savoir ce que je sais*.

Mais l'instant fondit comme un grain de sel.

Ils descendirent l'escalier en silence. Dans le couloir, alors qu'il enfilait son manteau et son chapeau, elle se souvint que Betty lui avait préparé un encas.

"Betty a laissé des sandwichs pour ton voyage.

— Vraiment ? Quelle horreur ! Sans doute un quelconque désastre au jambon et au piccalilli. Le wagon-restaurant est parfaitement convenable.

— Je sais, mais prends-les tout de même." Elle s'éclipsa dans la cuisine. Bernadette, attablée devant ses devoirs, leva la tête et Ruth lui sourit.

"Je viens juste chercher les sandwichs de Mr Hamilton.

— Ils sont au jambon et au piccalilli, répondit consciencieusement la fillette.

— Oh, il va *adorer*", renvoya Ruth de son ton le plus enthousiaste.

Ils étaient enveloppés dans du papier paraffiné et entourés d'une ficelle.

"Voilà, chéri, dit-elle en les tendant à Peter qui consultait sa montre devant la porte ouverte. Ne les jette pas dans la poubelle de la gare : quand elle descend en ville, Betty va toujours de ce côté du quai." Peter exagéra ses difficultés à pouvoir tenir à la fois son sac et les sandwichs.

"D'ac, à dans quelques jours, faut que je me sauve." Une autre petite bise et il s'en alla.

N'était-il pas inhabituel de garder des sous-vêtements au bureau ? Où dans le bureau ? Peut-être existait-il des dispositions spéciales pour les employés qui n'habitaient pas sur place. Ça paraissait très improbable. Et ce n'était pas comme s'il louait une chambre à l'année dans un hôtel de Londres. Le bruit de ses pas s'éloigna. Ruth repartit dans la cuisine, où Bernadette semblait l'attendre.

Elle sourit de nouveau et alors qu'elle s'apprêtait à lui demander ce qu'elle étudiait ou à formuler une autre platitude, elle lui dit : "Peux-tu avertir Betty que je suis allée voir ma sœur ? J'ai une petite affaire urgente à régler. Je serai de retour demain, pas trop tard j'espère." Elle se dirigeait déjà vers la sortie ; Bernadette acquiesçait avec sérieux.

Elle avait besoin de son manteau, de son chapeau et de son sac à main qui étaient tous accrochés dans l'entrée ; elle se glissa dans son manteau d'un mouvement d'épaules, partit en trébuchant, vérifia sans s'arrêter qu'elle avait son carnet de chèques et de l'argent, puis elle se mit à courir sur la plante des pieds pour éviter que ses pas ne résonnent dans la rue déserte.

Elle arriva à temps pour voir Peter monter en première classe, ce qui tombait bien, car ils seraient séparés par la voiture-restaurant. Elle entra dans le wagon et referma la porte derrière elle, le cœur martelant en cadence avec les pistons. Avant de quitter la gare, elle remarqua les sandwichs de Peter, posés en évidence sur la poubelle pleine du quai.

Fort heureusement, son compartiment était vide et elle respira profondément pour tenter de se calmer. Puis elle se mit à rire – quelle idée saugrenue que de prendre son mari en filature pour une histoire de sous-vêtement. Elle sourit et hocha la tête en y songeant ; elle envisagea même d'aller le rejoindre en première classe, elle pourrait le surprendre puis attendre à l'hôtel qu'il revienne du bureau. Pourquoi n'avait-elle jamais pensé à le faire quand les garçons étaient à l'internat ? Il lui semblait qu'une épouse serait encline à prendre ce genre d'initiative. Elle s'ingénia à imaginer une expression de plaisir sur le visage de Peter, mais curieusement, l'image lui échappait. Il serait plus vraisemblablement froissé d'être surpris ; c'était un voyage d'affaires et il était sans doute déjà au travail dans sa voiture. Mieux valait attendre la suite des événements, en parler avec Alice peut-être. Elle était persuadée que sa sœur comprenait ce type de situation. Après tout, Mark était membre d'un club privé.

Ils s'arrêtèrent en gare d'Édimbourg et un homme la rejoignit dans son compartiment. Sa forte odeur de tabac et de whisky lui rappela le carnet de croquis dans le tiroir de Peter. Elle aurait préféré ne pas voir ces dessins. Elle n'aimerait pas que son mari eût accès à ses pensées intimes, elle n'imaginerait jamais les consigner. Le passager s'éclaircit la gorge en guise de salut ; elle lui sourit, baissa les yeux, puis dirigea son regard par la fenêtre, au moment précis où le convoi s'ébranlait. L'homme sortit un journal, le déplia à grands gestes et feuilleta les pages avant de pousser un soupir satisfait en trouvant l'article qu'il cherchait.

Une femme vêtue d'un manteau vert en laine, déboutonné, et d'un pull-over jaune ajusté, courut sur le quai, se déplaçant quelques instants à la même vitesse que le train. C'est drôle, pensa Ruth, comme on sait parfois exactement ce qui va se passer juste avant que cela se passe. La femme souriait – rouge à lèvres écarlate, trait d'eyeliner épais. Avec facilement cinq ans de moins que Ruth, elle semblait à peine sortie de l'enfance. L'homme qui allait à sa rencontre était Peter ; il lui enlaça la taille et enfouit la tête dans son cou. Puis l'image disparut, restée sur le quai, et le contrôleur vint lui vendre un billet.

"Votre destination, madame ?

— Je n'en sais rien", répondit-elle à voix basse. Le passager leva les yeux de son journal. "Londres", dit-elle pour expédier l'opération.

Il y avait un soupçon de rondeur sur l'avant de la jupe de la femme. Ruth tint son billet à deux mains et garda les deux pieds plats par terre pendant tout le trajet.

"Tu as envie de sortir ? Ou préfères-tu qu'on dîne à la maison ?"

Alice l'avait accueillie comme si elle l'attendait, sans surprise, et avait demandé à sa domestique de préparer la chambre d'amis. Cette dernière semblait très contrariée par sa requête.

"J'espère que ce n'est pas un moment importun, dit Ruth quand elle fut partie.

— Un moment importun ?

— Je veux dire que j'arrive chez toi à l'improviste."

Alice posa une main sur son cœur.

"Dieu merci. Franchement, j'ai cru que ta visite était prévue et que je l'avais oubliée – oh, me voilà soulagée à présent. Je suis ravie que tu sois ici. Si Rebecca est agacée, c'est la simple conséquence d'une série de soirées impromptues. En fait, quel heureux hasard, je me disais justement qu'il était l'heure de prendre un verre et Rebecca réprouve ouvertement que je boive seule." Ruth sourit. "Alors, on sort ? Ou on reste ici ?

— Je ne suis pas sûre d'être habillée pour sortir.

— Tu n'as rien apporté ?" Alice examina Ruth des pieds à la tête. "Je te proposerais bien une de mes robes, mais tu es horriblement grande, non ? Très bien, nous resterons ici – mes martinis sont passables et mes petits sandwichs efficaces – nous ne demanderons rien à Rebecca, ça nous épargnera sa moue."

Elles allèrent au salon, Ruth s'installa dans le sofa tandis qu'Alice ouvrait le bar. Cette pièce n'était pas encore fonctionnelle lors de sa dernière visite – le couple avait emménagé peu après s'être marié, mais Alice avait tenu à se charger de la décoration intérieure, une mission que Ruth n'avait jamais envisagé de vouloir assumer. Elle se demanda si elle ne devrait pas fournir plus d'efforts pour se sentir chez elle dans la maison de Berwick.

Le sofa rouge foncé d'Alice était très profond. Quand Ruth s'adossait, ses pieds ballaient comme ceux d'une enfant, elle préféra donc se percher au bord et regarder Alice verser un verre, puis deux, devant la lumière froide et crue de la fenêtre. Une chaise en osier était suspendue au plafond, telle une balançoire enfantine. Ruth se demanda si elle était purement décorative ou si elle résistait au poids d'une personne. Les livres couvraient les murs d'une manière qui aurait déplu à leur mère. La plupart étaient de beaux livres avec le nom de l'artiste sur le dos – c'est ce qu'elle supposa en tout cas, car elle n'avait jamais entendu parler de la majorité d'entre eux. Sur une table basse en verre, il y avait une statue d'homme sur un cheval, doté d'un gros membre. Les fesses de l'animal étaient plus définies que nécessaire. Ruth se surprit à détourner les yeux, non pas par dégoût, mais parce qu'elle se trouvait pudibonde de l'avoir remarqué d'emblée. Alice s'en aperçut.

"Est-ce un peu excessif ? demanda-t-elle. Mark adore ce genre d'objets – il aime acheter les œuvres de jeunes artistes, il aime se dire qu'il leur donne un coup de main. Mais en toute honnêteté, je ne suis pas sûre qu'il s'y connaisse autant qu'il le pense dans le domaine.

— Cette pièce est charmante.

— Nous ne laissons pas maman y entrer, si c'est ce qui te préoccupe : c'est *notre* espace. Nous avons un salon tout à fait ordinaire avec une tenture gentillette de saules quand nous recevons maman et papa. Mark a tellement de chance, ses parents sont morts." Alice tendit son verre à Ruth et s'assit sur la chaise en osier pour boire le sien. Elle se déchaussa et recourba ses pieds sous ses fesses. Un chat bleu fit son apparition et s'installa sur ses genoux. Ils se balançaient doucement ensemble. "Je t'en prie, chérie, détends-toi. Quitte donc tes souliers. Et dis-moi pourquoi, après tout ce temps, tu as enfin décidé de me rendre visite ?"

Si c'était une pique, Alice l'avait lancée avec tendresse et le tort semblait déjà pardonné. Ruth n'avait pas eu l'intention de se confier à elle mais, dès les premières gorgées d'alcool, le besoin devint impérieux. Elle se pencha et ôta ses souliers. Elle avait des ampoules – elle n'avait pas pensé à changer de chaussures avant de courir à la gare, puis elle était allée à pied chez Alice en regardant les lumières de Noël et en essayant de reprendre ses esprits, d'analyser ce qu'elle avait vu à Édimbourg. Le verre à la main, elle se laissa sombrer dans le sofa. Cette pièce contrastait avec leur propre salon aux coussins rebondis, aux rayures bleu clair et crème similaires à celles de chez ses parents. Pour autant, elle ne trouvait pas que la maison d'Alice fût de bon goût, pas du tout, il s'en dégageait une impression différente dont Ruth se sentait exclue. C'était le genre de décor qu'une jeune femme belle et chic savait maîtriser. Elle se demanda à quoi ressemblait le salon de la fille au pull-over jaune.

"J'ai récemment constaté, expliqua-t-elle en prenant soin de parfaitement agencer ses mots avant de boire une gorgée d'alcool pour s'assurer que c'était exactement ce qu'elle voulait dire, que Peter avait quelqu'un d'autre dans sa vie.

— L'ordure ! lança Alice d'une voix qui gazouilla légèrement. C'est une ordure finie, chérie. Quand l'as-tu découvert ? *Comment* l'as-tu découvert ?

— Ce matin. Je les ai vus. Et je soupçonne la fille d'être enceinte.

— Oh, pour l'amour du ciel." Elle fit déguerpir le chat et rejoignit Ruth sur le sofa. Elles s'assirent, l'une à chaque extrémité, les pieds se touchant.

"Qu'est-ce que tu vas faire ? On parle divorce, ou quoi ? Mark connaît un type extraordinaire, il pourra s'occuper de toi ; Peter est plein aux as, tu pourras venir vivre ici, près de moi, on te trouvera un appart, je te présenterai…

— Non. Je… je ne crois pas, Alice. Je ne crois pas. Je n'en sais rien.

— Tu l'as pris entre quatre yeux ?

— Non.

— Un enfant. Mark n'est pas un ange, certes, mais s'il avait un enfant avec une autre femme…

— Est-ce que Mark te trompe ? Depuis que vous êtes ensemble ?

— Oh chérie." Alice changea de position. "Eh bien, oui, mais – il n'a jamais mis personne enceinte. Les hommes sont si… ils sont poussés par leurs pulsions. Ce que je veux dire, c'est que si Mark n'avait pas occasionnellement un – un interlude avec une autre femme, je ne pourrais jamais rien faire, jamais. Je considère donc que ça allège mon fardeau, mais s'il en mettait une enceinte, je ne sais pas. Je compterais qu'il s'en occupe. Avant que je l'apprenne.

— Tu veux dire par là qu'il s'en débarrasse ?

— C'est exactement ce que je veux dire par là. Et tu dois en parler à Peter. Le sommer de ne pas laisser évoluer la situation." Elle se pencha et, du bout des doigts, saisit une bouteille de sherry presque vide sur le buffet. Elle fit signe à Ruth de finir son martini, Ruth s'exécuta, et elle versa un verre à chacune.

"Franchement, si j'avais su que les hommes étaient aussi pénibles, j'aurais déménagé en France et me serais dégoté une lesbienne.

— J'ai soudain l'impression qu'il planifiait ça depuis longtemps. Qu'il est venu me chercher et m'a reléguée en Écosse pour que les garçons aient un point de chute. Pendant les vacances scolaires, par exemple, nous faisons tous semblant d'être une famille. Et parfois c'est formidable. Mais je me demande maintenant s'il n'avait pas l'esprit complètement ailleurs pendant tout ce temps.

— Puss chérie. Puss chérie, les hommes se contentent d'être, voilà la vérité. Ils ne sont pas faits du même bois que nous, ils veulent des choses différentes. Pour vivre heureuses, nous devons faire certaines concessions. Sans se leurrer, ce serait intolérable – il nous faut regarder la réalité en face, serrer les dents, et finir par comprendre et accepter que nous pouvons mener une vie très gratifiante, en partie avec eux, mais aussi en partie avec nous-mêmes. Et le gros avantage, c'est qu'ils meurent presque toujours avant nous."

Ruth songea au sentier qui descendait aux dunes, au vent, aux résidus de goudron noir collés à ses bottes, à ses manches de pull humides et sableuses à force de fouiller dans les flaques de marée. Le soupir discret de la maison qu'elle ressentait en y entrant, et son odeur. La sensation de danger dans l'eau. La table de cuisine de Betty et sa longue histoire. Les cigarettes dans le jardin. Peut-être que tout cela l'avait rattrapée, pénétrée, et qu'elle avait trouvé son chez-elle sans s'en apercevoir.

Son verre était encore vide, celui d'Alice aussi. Cette dernière les ramassa, se leva, chassa le chat d'un coup de pied, se dirigea vers le bar et rapporta une nouvelle bouteille de sherry et deux verres propres, plus adaptés. Elle les remplit d'une quantité inégale et laissa la bouteille à portée de la main.

Elles restèrent quelques instants assises sans rien dire, puis Alice s'approcha de Ruth et posa son verre par terre. Elle saisit ses deux mains et se plaça de sorte à l'obliger à la regarder dans les yeux.

"Si c'est plus grave, je sais comment régler l'affaire. Je connais un homme qui peut rassembler des preuves et tu peux venir habiter chez nous jusqu'à ce que tu trouves un logement. J'ai deux amies divorcées qui mènent une vie très heureuse."

La voix posée d'Alice fit monter les larmes de Ruth. Sa pitié. Elle imagina le visage de sa mère. Elle imagina celui de Michael, de Christopher, de Betty, même celui de Bernadette. Elle imagina la femme au pull-over jaune chez elle avec eux. Le visage de Peter n'apparut pas dans ses pensées, alors même qu'elle se surprit à se remémorer le sandwich au jambon et au piccalilli, soigneusement emballé de papier paraffiné, abandonné dans la poubelle sous la pluie.

Alice se redressa. "Eh bien, ma chérie, je ne sais pas quoi ajouter. Voilà tes options. Que t'aurait conseillé Antony ?" Sur la cheminée, il y avait sa photo de mariage en noir et blanc. Ludwig, les pattes en l'air, était couché sur la traîne d'Alice, nappée au premier plan. Mark se dressait à côté d'elle, les talons joints comme un pingouin. Ses parents étaient à sa gauche ; Ruth n'avait jamais vu sa mère aussi fière et son père frisait l'embonpoint. Quant à elle, son visage et sa longue silhouette affligée se tenaient en retrait d'un pas. Pour marquer le vide qu'Antony aurait dû combler, mais bien sûr il était déjà mort depuis quatre ans. Le distant défunt désormais encore plus éloigné. S'il avait été présent, le photographe aurait pris un cliché d'eux trois et Antony aurait glissé ses bras sur les épaules de ses deux sœurs.

I

Je prends le train car j'ai besoin de sommeil. J'ai envie de mauvais café, de sandwichs sous plastique et de temps pour me reposer, mais finalement je me tiens droite, sur le qui-vive, mes pieds chauffent dans mes chaussures comme si je risquais à tout instant d'avoir à bondir de mon siège. Je connais cette sensation, celle du loup-garou qui gagne du terrain. Lorsque j'arrive à North Berwick, je me suis persuadée que quelque chose cloche terriblement. Je suis plombée par une chaleur, qui m'envahit tout le corps et que j'analyse en permanence pour tenter d'en localiser l'origine. Rien n'est clair. Oui, je suis triste pour ma sœur, mais je mentirais si je n'admettais pas une infime exaltation à l'idée que sa vie a dévié de son parcours tout tracé. La chaleur vient peut-être de la culpabilité suscitée par cette exaltation. Par ailleurs, je m'inquiète et je redoute de revenir dans la maison que Maggie risque d'avoir transformée en une maison close avec des travailleurs du sexe.

La police a bouclé mon raccourci, la ruelle qui rejoint le front de mer. Quatre voitures et deux fourgons sont alignés en contrebas, des agents et agentes sont postés à intervalles réguliers le long de la route. J'essaie de me souvenir si j'ai vu ne serait-ce qu'un seul policier en ville avant. Leur présence peut se justifier de diverses manières.

Un homme vêtu d'un gilet haute visibilité déverse une poudre blanche sur une flaque sombre. J'ai déjà vu faire ça après un accident ; la poudre sert à absorber le sang. Je pense à un gâteau. Il y a une petite tente blanche et un soulier de dame renversé à l'entrée de la ruelle. Je ne l'aperçois qu'une fraction de seconde, entre les jambes bleu marine des officiers de police qui surveillent la scène, mais je vois qu'il est encerclé d'un trait à la craie blanche et accompagné d'une étiquette en papier avec le numéro 3. Ce qui pourrait signifier n'importe quoi. Il pourrait s'agir d'un accident de la route.

C'est un soulier marron, à bout arrondi. Le talon est un truc mastoc, en bois. Il devait produire un bruit de sabot quand la femme marchait. Puis le bruit de sabot a dû cesser. Le ciel s'assombrit sur le front de mer ; ne reste qu'une tranche de soleil sur Bass Rock. Elle est dorée, elle est jaune, elle m'attriste.

Arrivée à la maison, je referme la porte derrière moi et entre sans ôter mon manteau, je ne me débarrasse même pas de mon sac. Je suis fatiguée. Je m'installe dans la cuisine, lumières éteintes, où j'examine une tache d'humidité à la jonction du mur et du plafond ; mes pensées ne portent sur rien que je puisse nommer.

J'appelle : "Maggie ?" Pas de réponse. Elle est partie. J'attends que la faim me pousse à prendre une tranche de pain dans un sac sur le plan de travail et à la tartiner de beurre de cacahuète. Je me débats pour ôter une moitié de manteau, identifie mais ignore l'envie de faire pipi, me rassieds pour manger mon dîner, les pieds sur la table sans enlever mes chaussures. Quelque chose m'a suivie. Une espèce de certitude que ma vie est une série d'erreurs sans intérêt ou d'heureux concours de circonstances qui n'aboutiront à rien de plus qu'un palet de gâteau couleur chair, la farine saturée de sang.

Je ne me relève pas avant d'y être forcée par le besoin de faire pipi. Je quitte mon manteau et le laisse dans le couloir. Je reste si longtemps assise sur la cuvette que j'ai des fourmis dans les cuisses quand je me mets debout. Je regarde fixement la brosse à dents au bord du lavabo sans réussir à concevoir où puiser l'énergie de l'utiliser. Je gratte ma cicatrice pour ressentir une humidité rassurante au bout des doigts, mais elle résiste ce soir. Je suis en train d'allumer des lampes autour de la maison lorsque l'on sonne. Il est dix heures juste passées. C'est Maggie et elle est soûle.

"Je t'ai donné une clé, lui dis-je.

— Tu le sens ? me demande-t-elle en me prenant les mains, ses yeux vitreux dans les miens, me laissant profiter de son haleine à la bière.

— Je sens quoi ?" Elle ne répond pas, me bouscule pour traverser le couloir jusqu'aux toilettes. Elle baisse son collant et s'assied sur le siège ; j'essaie de passer devant elle sans regarder, mais elle me rappelle dès que l'urine se met à couler.

"Viv. Viviane. Tu le sens pas ?

— Je sens quoi ?" Je répète la question, au bord de la colère. Je suis sûre que j'étais sur le point d'entamer ma soirée – l'ordinateur est seulement en veille.

"Que ta vie est un gros tas de merde insignifiant, que tu peux crever la gueule ouverte et que tout le monde s'en battra les couilles."

Elle sort des toilettes en remontant son collant – elle le tire d'un coup sec par-dessus sa robe et ne rectifie pas sa tenue. Elle se dirige vers la fenêtre de la cuisine, regarde à l'extérieur, descend le store puis va ouvrir le frigo, mais ne trouve rien qui corresponde à ses besoins – seulement des bouteilles vertes. Elle fouille dans les placards.

"Où gardes-tu l'alcool ?

— Je n'ai plus rien." C'est un mensonge.

"T'es sérieuse ?"

Elle me regarde comme si je la décevais horriblement. Le silence devient de plus en plus pesant. Si je reste passive et muette, si je ne lâche rien, il est encore possible qu'elle aille docilement se coucher. J'aimerais être seule, j'aimerais ne pas boire, j'aimerais dormir pour me débarrasser du sentiment qui me poursuit, en finir avec cette journée.

"Tu le sens forcément. Je le vois sur ton visage. Je parie que t'as même pas quitté ton manteau ; tu t'es tout de suite assise et t'as attendu, pas vrai ?" Elle sourit parce qu'elle sait qu'elle a raison. Les crépitements de mon cœur ; un dard comme un cure-dent de glace planté dans ma nuque.

"T'as ressenti un tel putain de désespoir – aucun espoir." Elle lève un index vers moi, pour prouver sa théorie et assène : "Un – putain – de – désespoir. Va falloir te battre, Viv. Va falloir que tu reconnaisses ce désespoir et là…" Sa voix s'éraille. "… Va falloir te ressaisir, bordel, et picoler jusqu'à ce que ce sentiment se barre. Tu dois te fixer un objectif : ce soir, ton boulot c'est de soûler ton corps – tu dois te convaincre que ça a de la valeur. Il le faut.

— Ce que tu dis n'a aucun sens.

— Tu sais pertinemment, me renvoie-t-elle avec un aplomb absolu, que ce que je dis est tout à fait sensé." Je me demande si elle est juste ivre ou si elle a pris autre chose. Je perçois en elle une lueur de danger, un grain de folie. "Cette odeur – ces putains de cochons, les fleurs et le feu, tous les trous creusés dans la terre, tout est embourbé." Elle me regarde, les yeux vitreux ; elle se balance légèrement sans perdre l'équilibre, comme si son sang la fouettait en circulant, voulait s'échapper de son corps.

Je vais chercher le whisky dans le bar du salon. De retour à la cuisine, je nous verse deux doses généreuses dans des mugs. Maggie se tait, mais elle ne me quitte pas du regard en prenant sa tasse. Nous buvons debout, les yeux dans les yeux. Je me répète intérieurement "Elle a raison, elle a raison", sans savoir en quoi elle a raison. Mon radar ne détecte rien. Tout ce que je sais, c'est que nos mugs vides se remplissent de nouveau, que nous buvons encore, et je m'aperçois seulement après la deuxième tasse pleine que je n'ai pas allumé la lumière de la cuisine et que nous sommes dans l'obscurité.

On frappe à la porte, des coups réguliers. Un, deux, trois, quatre, cinq. Nous sursautons toutes les deux, puis Maggie lève un doigt et prononce à voix basse : "Bouge pas."

Le loup-garou.

Après une pause, les coups reprennent, plus rapides et plus forts. Je m'apprête à aller regarder qui est là à travers le store, mais elle me retient par le bras en hochant la tête. Quand les coups s'arrêtent, après plusieurs minutes, elle s'empare de la bouteille et nous ressert, d'une main tremblante à présent.

Je me réveille dans la nuit, sur le canapé, en entendant se fermer la porte de derrière. J'ai la tête sous mon manteau. Je trouve Maggie en train de s'enfiler une pinte d'eau à l'évier de la cuisine.

Elle tient son téléphone, qu'elle fixe d'un regard incrédule. "Écoute ça, me dit-elle. *Tu as un goût de pêche.*"

Elle se tourne vers moi, écarquille ses yeux cernés de mascara.

"Je n'ai pas un goût de pêche, bordel." Elle lève haut les bras, comme pour soliloquer devant un public. "J'ai un goût de terre, de sel et de ce putain d'océan. Des putains de profondeurs des zones les plus obscures de l'océan, avec ses marées noires, ses poissons écaillés et ses scorpions de mer. Voilà, c'est ça mon goût. Et parfois, j'ai un goût de betterave rouge."

Elle fait claquer son téléphone sur la table et entreprend de rouler une cigarette. Elle n'a pas encore dessoûlé. Je ne me résous pas à lui demander d'aller fumer dehors. Alors j'ouvre la fenêtre.

"Il t'arrive de te faire peur ? me demande-t-elle en humectant le papier. Il t'arrive de te regarder dans la glace si longtemps que tu te mets à voir autre chose que ton reflet ? Comme s'il y avait quelqu'un d'autre sous ta peau. Est-ce qu'il t'est arrivé de te regarder dans la glace et de faire délibérément une grimace affreuse, de montrer les dents, de gronder et de rugir et de prendre soudain conscience qu'il y a quelque chose en toi que tu empêches de sortir ? Comme si on était les loups, disons, et que c'est pour ça qu'on nous chasse."

Elle se carre dans le canapé, allume sa cigarette, inspire une longue bouffée et laisse les volutes de fumée s'échapper. Je sais qu'elle n'attend pas de réponse.

"C'est pareil quand t'es au lit et que t'as des pensées malsaines – ces pensées sont dans ta tête. Inutile de se raconter des conneries genre « Tout ça n'est qu'un rêve ». D'où viennent les rêves, à ton avis ? Quand tu te vois en train de grogner et de postillonner dans la glace, c'est toi, cette personne – au même titre que quand tu fais tes courses, quand tu tailles une pipe ou quand tu cuisines un jambon de Noël à la con.

— J'ai besoin de prendre l'air", lui dis-je. L'idée que Maggie est dérangée me traverse l'esprit.

Nous sortons dans le noir et montons sur le mur pour regarder les rayons de lune qui strient la mer. Il fait froid, mais ça reste supportable. Maggie s'est calmée. La cigarette éclaire son visage. Elle semble divinement triste.

Je reçois un message sur mon téléphone. *Salut, contacte-moi quand tu reviens d'Écosse. J'ai vraiment passé une super soirée hier.*

"Qui c'est ?" demande Maggie. C'est agaçant, cette manie qu'elle a de présumer que ma vie doit lui être accessible, qu'elle peut servir à tuer le temps. J'envisage de mentir, mais je ne ferais que remplacer une information sans importance par une autre.

"C'est juste un type que je vois." On ne peut pas dire que je voie Vincent. Pas dans le sens où Maggie va l'interpréter. Mais la désinvolture de la formulation me plaît. Elle laisse supposer que nous couchons peut-être ensemble, que Vincent est peut-être un bel ombrageux qui vient devant ma fenêtre la nuit. Un homme intéressé, voire envoûté par moi.

"Juste un type que tu vois ?" Elle m'examine longuement, comme si elle n'arrivait pas à rassembler ses esprits. "Mais c'est quoi, ce bordel ?" Elle écrase sa cigarette sur le mur. "Qui ?

— Pourquoi c'est si dur à croire ?"

Maggie s'agite. "C'est juste. Je pensais pas que t'avais quelqu'un."

Je hausse les épaules, mais j'éprouve la sourde et profonde satisfaction de l'avoir surprise.

"Rien de sérieux", lui dis-je comme pour l'envoyer paître. Les secrets servent à dispenser au compte-goutte des fragments de notre vie, histoire de la rendre plus attrayante.

"Qu'est-ce qu'il dit ?" Elle ne me demande ni "Qui est-ce ?", ni "Comment s'appelle-t-il ?", ni "Où vous êtes-vous rencontrés ?". Je me tais.

Elle me regarde, elle veut une réponse.

"Attends un peu – vous avez baisé ?

— Mais merde, Maggie, c'est pas tes affaires." Elle soutient mon regard, essaie de percer le mystère.

"Dis-moi juste ce qu'il est. Loup ? Ou renard ?

— Quoi ?

— Oh, j'en sais rien, bordel. J'en sais rien."

Je vais me coucher, laissant Maggie sur le mur tandis que le soleil commence à poindre et que les premiers chants d'oiseaux se font entendre.

Je me réveille en pire état encore. Il faut que j'arrête de boire. Je pense au nombre de fois où j'ai trop bu et mal mangé cette dernière semaine ; je m'imagine capable de revenir en arrière, de les radier de mon passé afin d'être désintoxiquée, en bonne santé. J'aimerais être une de ces policières à la télé qui gère ses émotions en courant avec acharnement, jusqu'à ce qu'elle se retrouve pliée en deux et sanglote ou vomisse tout ce qui l'encombre. Je vomirais sans doute avant même d'atteindre la plage.

Maggie m'a laissé un mot disant qu'elle est allée travailler. Je me demande à quelle heure elle est partie. Je mets un bonnet de laine vert, enfile mon manteau et descends au bord de la mer pour m'éclaircir les idées. Je ne vois pas l'autre bout de la baie où se trouvait la police hier, mais je prends lentement cette direction. La marée est basse et je me retrouve vers les mares résiduelles. C'est un endroit où je vais souvent, depuis toute petite, et il ne change jamais. Je pourrais jurer que les patelles qui tapissent les rochers sont disposées exactement comme quand j'étais enfant, que les vagues déferlent à la même cadence – mêmes cris de mouette, aboiements de chien, ratissage du vent sur mon visage. C'est toujours précisément comme dans mon souvenir, pas un détail ne varie ; je parcours les mares en quête d'une quelconque balafre du passé, mais je ne trouve aucun indice. Rien. La roche est indifférente.

Je croise une fille, l'aperçois du coin de l'œil sans parvenir à dévier mon regard de l'espace devant moi. Elle s'approche du rivage où les vagues projettent des embruns blancs haut dans les airs et elle se tourne vers Bass Rock. Lorsque je lève la tête, elle a disparu ; mon cœur s'emballe, car elle a dû passer par-dessus bord, là où la mer est déchaînée, mais quand j'y arrive, il n'y a que la fine écume de l'eau qui se retire et un creux au fond de mon ventre.

De retour à la maison, je trouve Christopher qui m'attend sur le seuil.

"Salut, vieille branche, dit-il en m'embrassant rapidement sur la joue.

— Oh, salut. Excuse-moi, je ne savais pas que tu devais passer. Tu n'as pas tes clés ?

— Je dois bien les avoir, si, mais je ne voulais pas t'alarmer. Je n'aime pas arriver sans prévenir, mais tu sais ce que c'est, le réseau est vraiment mauvais ici. Je ne te dérange pas, j'espère ?"

J'ouvre la porte en souriant.

"Deborah t'a contacté ?

— Quoi ? Oh. Non. Pauvre Deborah. Je vois mal cette maison se vendre rapidement. Qu'en penses-tu ?" Il y a quelque chose de désarmant dans sa manière de demander mon opinion, de m'accorder un certain discernement.

Je hausse les épaules.

"Non, vraiment, j'étais à Édimbourg, j'ai eu des nouvelles et je suis venu ici sur un coup de tête, j'espère que tu ne m'en veux pas – tu es peut-être occupée ? Parce que je peux repartir, je ne voudrais pas t'interrompre." Il commence à reculer, je lui prends le bras, ce qui nous plonge tous les deux dans l'embarras.

"Mais non, entre. Tes nouvelles étaient-elles bonnes ou mauvaises ? Tu veux un café ?" Nous entrons dans le couloir et il referme doucement la porte.

"S'il te plaît", répond-il à l'offre de café. Nous nous dirigeons vers la cuisine. "Oui, alors. Les nouvelles n'étaient pas bonnes, à vrai dire, c'est un ami d'enfance, un des rares camarades d'école avec qui j'étais resté en contact. Il est mort hier."

Il tient son bonnet à la main, il n'a pas ôté son manteau.

"Oh. Oh, je suis navrée." Je ne sais pas quoi ajouter.

"Oui, répond-il avec un sourire en faisant tourner son bonnet entre ses doigts. Oui, je crains que ce soit plutôt tragique. Enfin bref, j'ai pensé que j'aimerais en parler, c'est absurde vraiment, et je t'assure que je ne veux pas t'ennuyer. Je t'ai toujours quelque peu admirée. Ça ne te dérange pas que je dise ça, j'espère."

Mon ricanement est tout à fait déplacé. "Moi ?

— Tu ressembles tellement à ta mère."

Il suspend son bonnet au valet et se débarrasse lentement de son manteau. Je laisse le mien en tas par terre. Je n'ai jamais eu l'impression de ressembler à maman. Elle est compétente, organisée et sereine. À côté d'elle, je me sens parfois comme une vieille chaussette.

"Oui", dit-il en réponse à une question qui n'a pas été posée.

Dans la cuisine, je remplis la bouilloire. Les mains dans les poches, il me regarde la replacer sur le socle et la mettre en marche. Le bruit qu'elle fait est bienvenu. "On boit quelque chose ? demande-t-il. J'ai apporté une bouteille de whisky." Je débranche la bouilloire.

"D'accord." Nous nous rendons dans la salle à manger où je prends les deux verres en cristal que Deborah a disposés de manière que les rayons de soleil matinaux les traversent et se profilent sur la table du petit-déjeuner, qu'elle a dressée en *style minimal*, comme elle dit, avec une cafetière et un porte-toasts. Il y a deux perdrix en argent au centre, pour apporter *une touche ludique*.

Pendant que Christopher nous sert, l'horloge du couloir sonne onze coups. Je songe que ça pourrait être pire, qu'il pourrait être moins de dix heures.

"Le monde conspire à nous faire culpabiliser, n'est-ce pas ?" dit-il. Puis il s'empresse de trinquer avant de siffler son verre. Je sirote le mien, l'estomac encore fragile après les abus de la veille. Il me vient à l'esprit que mon oncle n'aime guère boire seul et que j'étais juste la personne la plus proche de lui quand il a appris la nouvelle.

"Qui c'était, ton ami ?" Nous sommes assis face à face sur la banquette au bord de la fenêtre.

"Wally. Un brave type, très sensible. Il nous arrivait de partager une piaule, en hiver. En fait, il est venu ici, à la maison, une ou deux fois – après le départ de papa pour Édimbourg, après la naissance de Deborah." Le souvenir provoque une légère hésitation. "Nous devons laisser sa chance à cette pauvre Deborah. Je m'en veux toujours de ne pas mieux la connaître et je crois savoir qu'elle a traversé une sale période avec mon père et sa folle de mère." Il repose son verre et se frotte vigoureusement les jambes comme pour essayer de faire circuler le sang. Je connais ce tic, je le reconnais : c'est l'envie d'écorcher la peau. "On prenait une barque pour aller fumer des pétards sur Bass Rock, Wally et moi, après le départ de ta mère pour Londres.

— Il était malade ?

— Non, pas que je sache. À moins que tu veuilles dire dépressif, ce qui était probablement le cas. Mais ce n'est pas le premier.

— Ah bon ?"

Christopher nous ressert généreusement. Il détourne les yeux pour regarder Bass Rock qui semble très distant aujourd'hui. Une rouille d'algues cerne l'îlot comme une collerette.

"Il faut sans doute être prodigieusement fort pour se pendre, tu ne crois pas ?

— Oh. C'est ce qu'a fait Wally ?

— C'est ce qu'il a fait. Oui."

Je sais que je devrais combler le silence qui suit, mais je n'en fais rien.

"Wally, ton père et moi partagions une histoire de loup-garou quand nous voulions décrire une certaine forme de terreur

– l'impression que quelque chose nous poursuivait. C'est ridicule, plutôt puéril, mais en vérité je la ressens encore parfois."

Je cligne des yeux. Peut-être que papa m'a parlé du loup-garou. Peut-être que ça explique pourquoi je suis familière avec ce sentiment précis et avec cette bête précise.

"C'est une émotion proche de la nostalgie. Le seul remède est la distraction ; je suis donc descendu hier soir, j'ai appelé Wally en arrivant à la gare et je suis tombé sur sa fille, la pauvre." Il y a un long silence. Je ne trouve rien à dire. "Bien sûr, entre Michael et moi, on savait détecter son apparition l'un chez l'autre et on parvenait parfois à l'étouffer dans l'œuf."

Je comptais répondre par un *hum* contemplatif, mais le bruit qui m'échappe ressemble davantage à un jappement.

Christopher se penche vers moi et me serre la main, s'apercevant trop tard que nous ne sommes pas une famille de serreurs de main. Le geste amorcé avec naturel devient vite déroutant ; il me tapote la main deux fois et se lève pour regarder par la fenêtre. J'entends dans sa respiration le soupçon d'une émotion intense. Il reprend son sang-froid et se retourne : "Tu sais que j'ai failli tuer un homme il y a quelques années ?" Il semble heureux.

"Je ne savais pas, non." J'ai des brûlures d'estomac, mais je ne m'en sortirai jamais sobre. Je remplis mon verre.

"J'étais parti pour des petites vacances en solitaire sur l'île de Wight. Nous étions au printemps et je voulais faire le Tennyson Trail. Tu as déjà fait cette randonnée ?" Je hoche la tête de droite à gauche. "C'est exquis, et il y a seulement un terrain de golf. Je n'ai pas pris ma voiture parce que – tu ne vas pas me croire – c'est moins cher d'y aller en train et d'en louer une sur l'île que de faire la route et de l'embarquer sur le ferry. Les prix qu'ils pratiquent sont scandaleux et certains insulaires doivent faire la traversée tous les jours. Avec leur voiture. C'est effroyable."

Il y a quelque chose de vain dans sa digression. Je me demande s'il avait déjà commencé à boire avant de venir puis je me sens idiote, parce que la réponse est évidente, oui.

"Bref, la randonnée était charmante, j'étais très satisfait. De retour sur le continent, j'ai pris le train en débarquant du ferry – ce sont des wagons à l'ancienne sur cette ligne, avec des portes que l'on ouvre et ferme soi-même. Pas de verrouillage, il suffit de baisser la vitre et d'ouvrir de l'extérieur.

— Ah bon ?"

Christopher fait tourner le whisky dans son verre. Cris de mouettes dehors. Le camion des poubelles fait sa tournée, j'entends les bips quand il recule.

"Je regarde dans le compartiment, je vois ce vieil homme et, bordel de merde, c'est mon ancien maître d'internat. Je le reconnais immédiatement. Cette saloperie de Charles Lahore. Alors je me dis que si je m'installe en face de lui, si j'ouvre tranquillement la fenêtre puis la porte, je peux le balancer sur la voie." Il ricane. "J'enfile mes gants pour ne pas laisser d'empreintes sur la poignée. J'avais le sentiment d'avoir déjà commis mon acte, comme quand tu marches, que ta destination est en vue et qu'elle t'attire à elle. La tâche semblait facile, j'allais l'accomplir, et peut-être que ce type ne manquerait à personne. Et même s'il manquait à quelqu'un, même si j'étais arrêté, j'imaginais tous ces garçons – et nous sommes tous vieux, à présent, tous ceux d'entre nous qui restent –, je les voyais ouvrir le journal au petit-déjeuner, apprendre la nouvelle et en tirer un tel réconfort… Bref, je savourais l'instant.

"Du coup je n'ai pas remarqué qu'on était déjà à Brockenhurst et qu'il s'apprêtait à descendre. J'avais raté ma chance. Mais il n'y arrivait pas, il n'arrivait pas à lever la poignée. Je l'ai regardé batailler – il était très âgé et très faible, un sac d'os à vrai dire. Puis il s'est tourné vers moi en souriant, un sourire à la *Peux-tu aider un vieil homme, mon cher garçon*, et je lui ai rendu son sourire. Je me suis levé, j'ai ouvert la porte, il est descendu en vacillant et je lui ai fait passer sa valise, qui portait ses initiales. Puis il m'a dit : « Merci beaucoup, cher garçon » et j'ai répondu : « Il n'y a vraiment pas de quoi. » Puis j'ai ajouté : « Bonne journée, monsieur. » Il m'a jeté un regard un peu curieux quand je l'ai appelé « monsieur », mais sans plus. Et je n'ai rien dit ni fait de plus." Christopher a gardé les yeux sur la mer pendant toute son histoire. Sa voix trémule légèrement.

"Qu'est-ce qu'il t'avait fait ?" Je n'avais pas l'intention de poser cette question, mais il ne manifeste aucun étonnement lorsqu'elle chute de mes lèvres.

"Un jour, il m'a surpris en train de fumer. C'est ce qui m'a trahi, il a vu la fumée de l'autre côté du terrain de cricket – j'étais aussi en train de boire, on commençait plutôt jeunes à l'époque, ce n'est pas comme maintenant, bien sûr. Je ne me rappelle plus ce qui était pire alors : fumer ou boire. Il y avait un hêtre en bordure de la pelouse, dans lequel je cachais une bouteille de brandy à utiliser au moment opportun, et il m'est soudain tombé dessus. Il m'a dit : « Je ne vais pas te punir tout de suite. Tu ne sauras pas quand je vais te punir, mais quand je t'appellerai, tu comprendras. » Une ou deux semaines plus tard, j'avais tout oublié. Et je pensais que lui aussi. Mon brandy était toujours caché dans l'arbre, il n'avait rien confisqué. Je crois même qu'il y a eu des vacances où nous sommes rentrés à la maison, puis quand nous sommes revenus, ils ont organisé une espèce de dîner des maîtres d'internat et j'ai été convoqué en plein milieu de la nuit. Je suis descendu en pyjama et je l'ai trouvé, rond comme un boulon, en toge et mortier, avec une baguette à la main qu'il cinglait en faisant les cent pas dans sa chambre, comme s'il était excité ou furieux. Bien sûr aujourd'hui, avec le recul, je suis à peu près sûr qu'il avait pris de la cocaïne. Il fumait un cigare. Il m'a fait venir devant son bureau et il m'a dit : « À poil, Hamilton. »"

Mes gros orteils se dressent tout droit et butent contre le bout de mes bottes. L'horreur est quelque chose de physique. Je regrette ma question.

"Il m'a longuement frappé, mais en faisant un petit break de temps en temps. Il s'interrompait pour boire un coup, marquait une pause devant la fenêtre en fredonnant un air, tirait sur son cigare. Il m'a cassé le nez, il l'a salement amoché – c'est pour ça que j'ai gardé cette bosse plutôt seyante." Il touche l'arête de son nez quelque peu déformé. "Puis quand il en a eu assez, et comme je saignais sans doute trop pour pouvoir rester dans sa chambre, il m'a renvoyé au lit en me disant : « Voilà un moment que tu n'es pas près d'oublier. » Il était tout fier de lui."

Dans le silence qui suit, nous baissons les yeux tous les deux.

"Enfin bref, reprend-il avec un petit rire. J'aurais vraiment dû tuer ce salopard, ç'aurait valu le coup, pas de doute. J'aurais pu gueuler « Voilà un moment que tu n'es pas près d'oublier » quand il dégringolait du train – ç'aurait été magnifique.

— Tu avais quel âge ?

— Je devais avoir quatorze ans.

— Tu ne pouvais pas en parler à quelqu'un ?"

Christopher se tourne vers moi et nous nous regardons dans les yeux pour la première fois depuis le début de son histoire.

"À qui ? Je crains bien que notre père ait eu d'autres préoccupations – quant à cette bonne vieille Ruth, tu sais… difficile de deviner ce qu'elle pensait. Michael et moi avons seulement commencé à l'appeler maman quand nous avions une vingtaine d'années, parce qu'on sentait qu'elle en avait besoin. Ce n'était pas notre mère. Et d'ailleurs, même si notre mère avait été vivante, comment savoir… on ne parlait pas de ces choses-là. Elles faisaient partie intégrante de la vie – c'est ce qu'on voulait nous faire croire en tout cas. Et honnêtement, il y avait bien pire. Ton pauvre père a terriblement souffert. Il était d'un naturel rêveur, et très mignon."

Christopher semble se ressaisir un peu, il se souvient peut-être de mon lien avec le mignon garçonnet en question.

"À vrai dire, il y a eu un moment, juste après, où j'ai envisagé d'en parler. J'avais trouvé un moyen d'aborder le sujet avec Ruth – en fait, je l'avais déjà mentionné à ta mère pour voir ce qu'elle en pensait. J'avais l'intention de tout raconter à Ruth. Je voulais lui demander de convaincre notre père de nous retirer de l'internat. Je m'étais même entraîné, j'étais descendu sur ces rochers là-bas – il montre par la fenêtre avec son verre –, et j'avais répété dans le vent. Il y avait un pasteur à l'époque, un type tordu qui était de mèche avec les directeurs d'école, complètement obsédé par le froid : il leur conseillait d'éteindre le chauffage, de nous faire prendre des douches glaciales, pour nous rapprocher de Dieu. Bref, il m'a trouvé sur la plage et je ne sais pas s'il m'a entendu, mais il donnait toujours l'impression de pouvoir lire dans nos pensées. Un sale con, persuadé qu'il était assis à la droite de Dieu. Tu crois en Dieu, Viv ?"

Il me prend au dépourvu. "Je… non. Non, je crois pas, non.

— Vous êtes peu nombreux à croire dans votre génération, hein ? On nous l'inculquait dès la naissance. Ce n'était pas le cas de ta mère, cependant.

— Maman croit aux fantômes.

— Oui, eh bien, faut dire qu'elle en a vu de ses propres yeux. Bref, avant que j'aie le temps de rassembler mon courage, comme une intervention divine, il y a eu un accident, Ruth a perdu son bébé, et après ça, je n'ai pas pu me résoudre à aborder la question. C'était trop. Et elle a beaucoup changé. Cette bonne vieille Ruth. J'imagine qu'elle te terrorisait quand tu étais petite.

— Je ne savais pas qu'elle avait eu un bébé.

— Ah non ? Eh bien, il me semble qu'elle se promenait sur les rochers, elle était presque à terme, puis il s'est passé quelque chose et elle a perdu le bébé. C'était atroce pour elle, et pour notre père, même s'il n'était pas là. D'ailleurs papa, c'est tout à son déshonneur, l'a quittée peu après.

— Quel fiasco.

— Ça, tu l'as dit, oui." Il rit et nous ressert à boire. "C'est drôle comme tout arrive en même temps, parfois.

— Je suis vraiment désolée." C'est une remarque maladroite, comme le fait de serrer la main, mais je dois dire quelque chose. Christopher a la galanterie de ne pas la laisser tomber à plat. Il remplit de nouveau mon verre qui est encore à moitié plein.

"Eh bien, en fait, j'ai eu de la chance à plus d'un titre. Je suis toujours en vie. Ils se comportaient de façon odieuse envers…" Il hésite et j'interprète le vide comme "ton père". "… beaucoup d'autres garçons. Et tu as sans doute entendu parler du scandale suite à l'enquête, je ne sais plus quand.

— Ton maître d'internat n'a pas été inquiété, même alors ?

— Oh non. Ce qu'il faisait était considéré comme plutôt ordinaire à l'époque. Il y avait bien pire, je te l'ai dit."

Odieux.

"Je m'en veux terriblement de ne pas l'avoir jeté du train.

— Oui.

— Bon, à mon ami Wally.

— À Wally." Nous trinquons encore.

Quand j'avais onze ans, j'ai dormi chez une amie et je me suis réveillée dans la nuit en sachant que quelque chose d'effroyable allait se produire. Je suis restée immobile une éternité, j'ai murmuré le nom de mon amie, mais elle n'a pas réagi. Je me suis faufilée hors du lit, je suis allée dans le couloir où était le téléphone et j'ai appelé chez moi à quatre heures du matin. Papa a répondu et avant que j'aie pu prononcer trois mots, il m'a dit "J'arrive, ne bouge pas" et il est venu me chercher. Il était sur le seuil, une couverture dans les bras, il a glissé un mot dans la boîte aux lettres et m'a reconduite en silence à la maison ; les réverbères orange striaient le trottoir humide.

Il ne fait pas complètement noir, mais une atmosphère fantomatique règne sur le front de mer. La fille est en retard. Une légère mouillure suinte du paquet et a laissé une petite tache sur sa robe, résultat d'un moment d'inattention. En empruntant le raccourci à travers bois, il lui faut deux fois moins de temps pour rentrer chez elle. Le bœuf à braiser dégoutte de plus en plus.

La vérité, c'est que la fille a rencontré son amie et qu'elles sont restées assises dos à dos sur un banc du rivage ; elles ont regardé les fous de Bassan prendre leur envol et plonger de Bass Rock, en partageant une bouteille de cidre que l'amie a dérobée dans la ferme de son père. Cette amie fait naître chez elle une douce tiédeur qu'elle ne ressent avec nul autre. Ce n'était pas seulement le cidre qui lui déliait la langue, c'était son besoin de lui parler, de la connaître, et cette étrange sensation de ses omoplates pressées contre les siennes, d'ailes enchevêtrées. Elle songeait à ses cheveux, lavés au savon et épinglés sur le haut de son crâne, aux mèches s'effeuillant le long de son cou hâlé.

En pénétrant dans les bois, elle est à nouveau distraite par le paquet qui continue de fuir. La cuisinière va se plaindre de ce que la viande est gorgée d'eau, et la fille devra cacher l'ourlet de sa robe ou prétendre qu'elle a été surprise par ses menstrues.

Elle croise le fils aîné du maître et baisse les yeux. Un proche parfum de fleurs. Il la salue d'un doigt sur le bord de son chapeau, ne ralentit pas. "Bonsoir", dit-il. Elle répond d'un hochement de tête, sans un mot. Elle vérifie à deux fois derrière elle, mais il est parti.

Elle n'a pas confié à son amie qu'elle a laissé le valet de ferme lui faire ce qu'il voulait, dans l'espoir de remplacer ce qu'elle éprouvait pour elle par un sentiment plus en accord avec la nature. Le domestique l'avait besognée en silence et elle n'avait ressenti rien d'autre que la friction de ses mains sales.

Dès qu'elle entend le craquement de brindilles derrière elle, une boule lui serre le ventre ; elle comprend qu'elle a commis une erreur. La déchirure de l'air est si vive et soudaine qu'elle lâche son paquet et se met à courir, après une seconde d'hésitation en imaginant la fureur de Cook quand elle rentrera en retard et les mains vides, mais le fils du maître est là, sans chapeau ni manteau, un bâton dressé au-dessus de la tête ; il la poursuit à toute vitesse, en silence.

Elle quitte précipitamment le sentier ; un instinct animal la pousse à se cacher parmi les feuilles mortes et les fougères dans la terre humide et noire ; il s'arrête, entrevoit sa main blanche luire dans la pénombre, bondit sur elle, et elle ne crie pas, ce qu'elle peut espérer de mieux, c'est que personne ne l'apprenne ; elle n'aurait pas dû s'adosser à son amie, elle n'aurait pas dû boire le cidre, pas dû être en retard, pas dû prendre le raccourci ; il enfonce ses pouces dans le doux creux de sa gorge comme pour éplucher une orange à la peau épaisse.

LE PIC DU LAW

I

Par ma fenêtre de Londres, les cimes des arbres se profilent en noir sur le ciel ; ils se balancent avec les premiers vents de l'orage qu'on nous a promis. J'ai un verre d'eau froide posé sur le ventre. J'en bois une gorgée dès que le silence devient trop appuyé. Nous sommes allongés dans les vestiges froissés de mon lit. Le sexe des vingt-cinq minutes précédentes était bruyant et... j'essaie de trouver l'adjectif approprié. Pressant ? Non, Vincent n'avait pas l'air pressé, il semblait certain que nous allions coucher ensemble. Passionné ? Encore faux – nous ne sommes pas assez jeunes pour que le terme convienne. Le sexe n'était pas lent, mais dur. Animal ? Ça s'en rapproche. Mais ce n'était pas aussi érotique que ça pourrait paraître. Sans précipitation, mais dur. Je ne trouve pas mieux.

Quoi qu'il en soit, nous nous sommes retrouvés entre le drap et l'alèse. Je suis contente de mon alèse – un vieux cadeau de Noël que m'avait fait Katherine, dans l'optique de me remettre sur le droit chemin.

"Quelle est ta nourriture préférée ?" me demande Vincent.

Je me débarrasse du verre et tire le drap pour me couvrir la poitrine. Il le repousse et pose la main sur mon ventre.

"J'aime les fruits de mer.

— Lesquels ?

— Je mange beaucoup de palourdes.

— Je me demande si c'est sexy, dit-il.

— Ça m'étonnerait, c'est surtout des conserves. Et toi ?

— Hein ?

— Qu'est-ce que tu aimes manger ? Et me sors pas un truc dégueulasse sur les palourdes, ça me fera pas rire.

— Euh." Il enfouit le nez dans mon épaule. "J'aime la chair de femme fraîchement baisée." Il me mordille gentiment.

"Ça chatouille !" Je tressaille. "J'ai horreur des chatouilles, et ce n'est pas une invitation." C'est toujours idiot de dire ce genre de truc, c'est toujours pris comme une invitation.

Vincent s'assied droit dans le lit, fait des petites oreilles de lapin avec ses doigts et me fixe d'un drôle de regard, en montrant les dents.

"Qui t'es censé être ? Ce gros con de lapin de Pâques ?"

Sans me lâcher des yeux, il se rapproche et se met à ronronner ou à gronder. J'ai l'impression d'avoir raté un épisode. Il me chevauche et me coince entre ses cuisses étroitement serrées. Il se penche sur mon visage. Je continue de sourire, car il s'agit juste d'une plaisanterie que je ne comprends pas. Je ne veux pas y voir autre chose.

"Je suis le truc qui t'épie par la fenêtre chaque nuit", murmure-t-il. J'éprouve une sensation fugace, une simple pulsation, comme quand vous traversez la route et qu'une voiture vous frôle de si près que vous sentez le vent sur votre figure, vous le sentez jusqu'au bout des doigts, puis ça passe et il ne reste plus que de la colère.

"Tu veux bien t'enlever, s'il te plaît ? T'es lourd."

Vincent cesse de faire le lapin et je pense qu'il va me libérer, mais au lieu de ça, il commence à me chatouiller.

"Casse-toi, putain !" Je cherche à me dégager et je m'attends à ce qu'il cède, mais non, alors je lui frappe le torse. "Descends !", mais il persiste, m'enfonce les doigts dans les côtes et une impression atroce m'envahit – perte de souffle, perte de contrôle –, je le cogne de toutes mes forces et, prise de panique, je l'atteins à l'oreille. Il me saisit les poignets et me cloue sur le dos. La panique empire. "Mais, bordel ?" Je m'entends répéter ça en boucle, car aucun autre mot ne me vient et je suis essoufflée. Il se baisse jusqu'à ce que son nez touche le mien et il me fixe droit dans les yeux, de très près. Toujours assis, il me bloque dans l'étau de ses cuisses, m'épingle les poignets de ses mains, respire par les narines comme un taureau et quand je dis "Qu'est-ce que tu fous, bordel de merde ?" avec des larmes dans la voix, il garde le silence, sa tête écrasant la mienne.

J'ai l'impression que ça dure une éternité. Il finit par se relever, me libère, part aux chiottes sans un mot et ferme la porte. Je reste un moment au lit puis je me lève, enfile mon jean et un tee-shirt ; je suis en train de chercher mon sac quand il revient en se brossant les dents avec ma brosse.

"Qu'est-ce tu fous ? me demande-t-il, la bouche pleine de mousse.

— Moi ? Qu'est-ce que je fous, moi ?" C'est tout ce que je trouve à dire.

"Ouais. Qu'est-ce que tu fous, bordel ? Pourquoi t'es habillée ? J'allais nous préparer des palourdes ou je sais pas quoi.

— Vincent. Qu'est-ce que c'était, putain ?"

Il promène son regard dans la chambre. "Quoi ? Qu'est-ce que tu veux dire : y a une araignée ?

— Ce que tu viens de faire."

Il brandit la brosse à dents et l'examine. "T'es en colère parce que j'ai utilisé ta brosse à dents ?

— Non. Ce qui… je comprends pas ce qui vient de se passer, au lit.

— Qu'est-ce que tu veux dire ?" Horrifié, il avale autant de mousse qu'il le peut.

"Les chatouilles."

Il soupire de soulagement. "Putain, dit-il avec un sourire. Merde alors, j'ai cru un instant que t'allais dire que je t'avais violée ou je sais pas quoi.

— Les chatouilles, c'était pas cool.

— Les chatouilles ?

— Les chatouilles, oui, bordel." Plus je parle, plus je me sens conne. "T'as fait une espèce de grimace puis tu m'as chatouillée."

Il plisse un œil. "Tu m'en veux de t'avoir chatouillée ?" Il semble complètement embrouillé. Je me sens complètement conne. "Désolé, j'ai raté quelque chose ?

— Je t'ai dit que j'avais horreur d'être chatouillée.

— Ouais, mais tout le monde dit ça – et de toute façon, tu savais que dès que tu l'aurais dit, j'allais te chatouiller. C'est comme ça que ça marche. C'est une invitation. Putain, tu veux que je m'excuse parce que : après t'avoir baisée, je t'ai *chatouillée* ? Nom de Dieu, je suis vraiment navré." Il fait volte-face et repart dans la salle de bains en claquant la porte. Je m'assieds au bord du lit, penaude.

Je retrouve Katherine à Southbank pour boire un café. Elle est négligée. Son visage est bouffi, comme si elle avait trop dormi. En prenant un mouchoir dans la poche de son manteau, elle sort aussi un tampon déballé et une poignée de vieux reçus.

"Merde, dit-elle.

— Comment ça se passe, chez maman ?" Elle se mouche. Nous vivons une situation improbable : je sais que j'ai un paquet de mouchoirs neufs dans mon sac alors que Katherine utilise un morceau de papier toilette rêche qui s'est entortillé et désintégré dans sa poche. Il laisse des peluches sur son nez. Je ne lui propose pas un de mes kleenex balsam. Ce serait cruel.

"Ça va. Maman respecte ma vie privée. Elle essaie de me faire faire les sudokus avec elle le matin, mais ça ne va pas plus loin.

— Tu veux m'expliquer où tu en es ?

— Non." Nous laissons passer un moment de silence. Nous buvons nos cafés. Près de nous, une femme jongle pour manger une bouchée de quiche en tenant son bébé sur les genoux. Elle y parvient de justesse. Katherine la regarde ouvertement. La femme rosit et recule sur sa chaise, détachant les doigts du bébé de ses cheveux.

"Je me suis fait avorter il y a environ six semaines", dit Katherine. J'approuve. "T'as fait le bon choix.

— Oui. C'est vrai.

— N'empêche, je suis désolée. C'était horrible ?

— Pas vraiment. Je me demande juste si ça explique pourquoi je me sens si… détraquée. À cause des hormones."

Nous restons devant nos cafés, que nous buvons lentement. Ce que nous allons faire une fois le café terminé est source d'inquiétude.

"T'en veux un autre ?

— Un autre bébé ?

— Un autre café.

— Ah. Mais je fais quoi maintenant ?" demande-t-elle. Elle se couvre le visage de ses mains et appuie. J'entends un bruit de pression humide sur ses orbites. Elle renifle et relève la tête comme si elle s'extirpait d'un sommeil profond.

"Il arrête pas d'appeler. Et d'envoyer des messages.

— Éteins ton portable.

— J'ai peur de le faire. Le téléphone reste posé, à emmagasiner sa… sa douleur. Hier soir, il m'a envoyé un texto me disant qu'il était devant chez maman et que si je ne sortais pas, il allait faire *quelque chose*.

— Faire quoi ?" Elle hausse les épaules. "Trouver un bon psy, peut-être ?"

Katherine sourit ; je parviens rarement à l'amuser et suis prise au dépourvu par la douce sensation que cela procure.

"Il est tellement paumé et blessé, reprend-elle. Je ne m'attendais pas à ce qu'il réagisse comme ça, mais je pense qu'il est possible qu'il m'aime vraiment."

Je triture l'ongle à vif de mon pouce, puis commence à le mordiller. La main de Dom dans mon dos, sa bouche sur la mienne. Que ferait quelqu'un de bien à ma place ? Devrais-je lui dire que ça n'a aucune importance s'il l'aime : la seule chose qui compte, c'est qu'elle ne l'aime pas ? Devrais-je lui avouer que nous nous sommes embrassés, pour qu'elle comprenne à quel genre de tordu elle a affaire ? M'avouer à moi-même qu'on a baisé une fois ou en fait deux fois, mais la seconde j'ai arrêté en plein milieu et je ne sais pas si ça compte, si une vraie baise doit durer de la pénétration à l'éjaculation. Je me lève, elle me regarde.

"Qu'est-ce que tu fais ?"

Je me rassieds et me gratte furieusement la jambe.

"Rien.

— Tu te sens bien ? T'as pas l'air bien.

— Arrête de jouer à ce jeu, s'il te plaît.

— Quel jeu ?

— Ce n'est pas moi qui vais mal cette fois-ci. Arrête de vouloir être ultra généreuse en me traitant gentiment alors que t'es en train de t'effondrer."

En temps normal, ce genre de pique raviverait entre nous des querelles remontant à des décennies, un silence d'une quinzaine de jours suivrait, jusqu'à ce qu'elle suggère de boire un verre ou de dîner avec maman, puis nous reprendrions notre relation comme si de rien n'était. En toute honnêteté, c'est ce que j'espère. Au lieu de ça, elle fait une grimace méconnaissable. Elle ouvre grand la bouche, sans un mot, je pense un instant qu'elle va vomir, mais elle pleure. Je crois que je ne l'ai jamais vue comme ça. Les yeux rougis aux funérailles de papa, une larme vite chassée, tel un puceron – mais elle est maintenant la douleur physique incarnée. Elle se couvre rapidement le visage quand elle remarque mon inquiétude. Je sors mes kleenex de luxe.

"Excuse-moi, lui dis-je. Tiens !" J'en pousse un dans son poing serré. Sa main est froide. La femme avec le bébé abandonne sa quiche entamée et s'éloigne de nous.

Katherine ne fait aucun bruit en pleurant, mais elle pleure longtemps, le visage caché. Elle ne va pas se réfugier dans les toilettes, car elle est manifestement incapable de bouger. Je mâchonne mon pouce, goûte le sang, ne cesse de gratter ma jambe qui refuse désespérément de saigner.

Elle presse le mouchoir sur sa figure et murmure : "Merci. Merci."

Je ne peux pas être la méchante à ses yeux dans l'immédiat. Même si ça l'aiderait peut-être de savoir que Dom est aussi nul que nous le soupçonnions d'être, tous. J'ai trop peur de ce que j'ai fait, de qui je suis, de devoir interpréter mon acte.

Katherine renifle intensément. Elle s'ébroue comme un cheval après une longue course.

"Papa t'a-t-il jamais parlé de Dom ? me demande-t-elle.

— De Dom ?

— Oui : il n'a jamais voulu me dire ce qu'il pensait vraiment de lui. Tu crois qu'il lui plaisait ? Qu'il trouvait que c'était quelqu'un de bien ?"

J'hésite.

"Je crois que ses paroles exactes étaient : « Il fera un premier mari tout à fait acceptable pour Katherine. »"

Je pense un moment qu'elle s'est remise à pleurer, mais elle rit. Elle pose le front sur la table et hoquette doucement.

"Quel enfoiré fini, dit-elle. Il me manque."

II

Ils célébreraient Noël dans la compagnie réduite des grands-parents maternels des enfants ; les parents de Peter étaient décédés et ceux de Ruth n'étaient pas disposés à faire le voyage puisque les petits-enfants, comme la mère de Ruth avait imploré sa fille de comprendre, "n'ont rien à voir avec nous". La cérémonie de mariage les avait plongés dans un embarras qu'ils n'entendaient aucunement revivre : la mère d'Elspeth, Judith, avait sangloté publiquement pendant les vœux sans extraire une once de compassion de celle de Ruth – après tout, elle avait perdu son unique fils, c'était forcément pire que de perdre une fille – qui, lèvres pincées, avait fustigé les Américains à voix haute auprès de son mari. Même Peter, d'ordinaire capable de se dérober aux malaises en société avec désinvolture, avait sué en lui passant la bague au doigt. Pauline, la sœur cadette d'Elspeth, expliquait à qui voulait l'entendre que sa sœur aurait su animer l'ambiance au petit-déjeuner de noces et son frère John avait énuméré tous les plats servis lors du "premier mariage de Peter".

Depuis son voyage à Londres, tel que Ruth s'appliquait à le considérer, elle éprouvait une irrésistible envie de briser des objets. Comme elle l'avait fait avec le saladier de Betty, bien qu'elle pût difficilement continuer de décimer la vaisselle. Elle s'était donc faufilée dans le bureau de Peter en son absence où elle avait cassé trois crayons en deux ; une autre fois, elle avait déchiré toutes les pages de sa propre édition scolaire d'*Orgueil et préjugés*. Elle avait repéré sur la cheminée une paire de bull-terriers très stupides en faïence marron et blanc, mais n'avait pas encore trouvé le meilleur plan d'action pour leur régler leur compte. C'était le cadeau de mariage de Pauline et elle n'ignorait pas qu'il était assez coûteux. Briser les deux chiens à la fois risquait d'éveiller les soupçons.

Les Sandling arrivèrent en fanfare, comme toujours. Leur tapage était inqualifiable, leurs plaisanteries exécrables. Madame portait un chapeau avec une grande plume blanche tombante qu'elle força immédiatement les garçons à caresser en leur racontant que c'était de l'autruche, qu'elle venait d'Afrique, avant d'étaler son savoir sur les œufs de l'oiseau, aussi gros que la tête de Michael. La mère de Ruth n'aurait jamais toléré une telle vulgarité, mais Ruth réussit à sourire, à prendre les manteaux qu'on lui tendait et à accepter la bise sur la joue de Denis Sandling dont la moustache empestait le tabac froid. Il lui tint les bras et la regarda droit dans les yeux. "Comment allez-vous, ma vieille amie ?" lui demanda-t-il en l'écartant pour saluer les enfants avant qu'elle ne pût répondre. Il leur chanta :

Une jeune dame nommée Dorothée
Eut une forte envie de péter
Elle fila à l'extérieur
Et à sa grande stupeur
Renversa cheval et charretée.

"Denis, le réprimanda Judith Sandling, pourrais-tu t'abstenir de jurer devant les petits ?

— Ils adorent ça et, du reste, y avait pas vraiment de jurons. Je réserve les vrais gros mots pour après le déjeuner, d'accord, les gars ?"

Les garçons sourirent par devoir. Ruth songea qu'ils étaient sans doute désemparés. Ils devaient associer leurs grands-parents à la perte de leur mère, mais ces deux-là faisaient toujours les clowns en leur présence et ensuite, dès qu'ils avaient quitté la salle, Judith beuglait comme un animal blessé à un tel volume que les enfants l'entendaient forcément. Denis plissa les lèvres et fit un bruit de pet retentissant qui leur permit enfin de basculer dans l'hilarité. Il tira une pièce de monnaie de derrière leurs oreilles et, tandis que les garçons la tenaient dans le creux de leur main, il leur ébouriffa les cheveux en détruisant complètement la raie que Ruth avait consciencieusement tracée sur leur tête ce matin-là. Ça n'avait aucune importance, bien sûr. Ce qui comptait, c'était que les Sandling aient vu qu'ils étaient bien peignés. Il leur appartenait ensuite de les ébouriffer ou non. Elle avait rempli son rôle, respecté son engagement.

Ruth accrocha les manteaux et alla chercher le plateau d'apéritif qu'elle avait préparé. Betty était à Landbrooke avec Bernadette ; sa présence lui manquait, mais elle était en même temps soulagée qu'il y eût le moins de témoins possible de son échec à organiser les festivités attendues par les Sandling.

Elle avait épinglé une liste sur le placard à verres.

11 h 45 – 12 h 15 Arrivée
12 h 15 – 13 h 45 Apéritif et canapés

Elle prit un crayon et biffa la première ligne, comme si elle avait déjà accompli quelque chose. Le cocktail snowball s'était légèrement figé dans la carafe, car les invités étaient arrivés peu avant 12 h 15 ; elle le mélangea avec une cuillère en bois, vérifia la température et le servit. Judith refusa d'en boire un verre, comme il se doit, et Denis sembla confondu par la cerise rouge vif.

"C'est un snowball, expliqua Ruth, un cocktail boule de neige pour Noël." Elle qui pensait qu'ils faisaient fureur en Amérique… "Quant à cela : c'est une cerise au marasquin." Elle avait chargé Alice de lui en envoyer un bocal de Londres tout spécialement.

"Et qu'y a-t-il là-dedans ? demanda Denis en reniflant sans chercher à dissimuler sa méfiance.

— De la limonade, du brandy et du blanc d'œuf.

— De l'œuf ?

— Oui, mais juste pour donner de la texture.

— Peut-être auriez-vous un simple sherry ? demanda Judith.

— De l'œuf ? Sans blague…" marmonna Denis. Il en but une gorgée et fit une grimace qui n'était pas complètement dépitée. "Ça alors, ce n'est pas si mauvais." Il fit claquer ses lèvres comme pour confirmer son opinion avant de déposer son verre sur le guéridon à côté de lui. "Goûte-le, Judy, tu seras surprise.

— Je ne suis pas très œufs, tu sais.

— On ne sent pas l'œuf du tout, je t'assure, chérie.

— N'empêche, il me suffit d'y penser pour avoir l'estomac retourné.

— Je suis sûre que Ruth pourra vous trouver un sherry, Judith", lui répondit Peter en adressant un regard appuyé à son épouse.

Dans la cuisine, Ruth ouvrit une bouteille de sherry et examina les œufs mimosas subversifs qu'elle avait préparés. Elle ne savait pas s'il était pire de les servir ou de prétendre qu'elle n'avait pas prévu d'amuse-gueules. Son livre de recettes parlait d'un "plat certain de ravir vos convives". Mais l'idée lui semblait à présent tout à fait répugnante.

Elle jeta le contenu de l'assiette dans la poubelle et servit un sherry pour Judith. Elle réprima l'envie de repêcher un des œufs dans les ordures et de le tremper dans son verre. Puis elle s'accorda une dose qu'elle descendit debout à côté de la poubelle. Elle avait commencé à boire, une tasse de brandy, juste après neuf heures. "Pour le petit-déjeuner", avait-elle décrété toute seule à voix haute.

Elle écouta quelques instants à la porte de la salle de séjour.

"Alors, les garçons, dit Judith, qu'est-ce que le père Noël vous a apporté de beau ?

— J'ai eu un pistolet lance-patates", répondit Michael. Judith émit une exclamation offusquée.

"Et toi, Christopher, qu'est-ce qu'il t'a apporté ?

— Un couteau suisse.

— Un couteau ? Un couteau et un pistolet."

Ruth revint avec le sherry.

Au déjeuner – l'oie *peut-être un brin trop cuite* et les pommes de terre, *pas rôties à la hasselback, comme nous en avions mangé en Suède* –, les Sandling étaient assis face aux enfants. Ils avaient offert à Peter un portrait de leur fille dans un cadre d'argent, et deux versions réduites pour les garçons ; c'étaient les mêmes cadeaux que l'année précédente et les mêmes qu'ils recevaient à chaque anniversaire. Ça se perpétuerait sans aucun doute jusqu'à la fin de leurs jours. La maison grouillait de photos d'Elspeth que Peter ressortait avant chacune de leurs visites. "C'est pour eux, tu comprends ? avait-il demandé à Ruth qui s'était aperçue qu'il redoutait sa jalousie.

— Tu peux les laisser si elles t'aident à te sentir mieux", avait-elle répondu. Il avait froncé les sourcils, mais n'avait rien ajouté.

Après l'oie vint le satané pudding vapeur qui était acheté, comme Judith le fit remarquer, et non pas "fait maison". Les garçons eurent la permission de quitter la table et Peter ouvrit le brandy que Ruth lui avait offert. "J'imagine, répondit cette dernière à Judith, que quelqu'un a fait ce pudding dans une maison. Il ne s'est pas cuisiné tout seul dans la rue." Elle sourit. Peut-être avait-elle un peu abusé du sherry. Elle plaça sa langue entre ses dents dans l'espoir de pouvoir la tenir. Denis rit fort et Peter proposa aussitôt de porter un toast en l'honneur des vivants et des disparus, comme si Ruth avait tenu des propos totalement déplacés. Il posa le pied sur sa cheville et elle éloigna discrètement sa jambe.

Les garçons ayant quitté la pièce, Judith se sentit enfin, iné-vitablement, assez à l'aise pour fondre en sanglots. Ruth débarrassa les assiettes et lui apporta un verre d'eau.

"Pour l'amour du ciel, ma fille, ce n'est pas comme si je m'étouffais !" hoqueta la femme dans sa serviette. Son mari lui tapota le dos et Ruth trouva un prétexte quelconque pour repartir en cuisine. Betty gardait une bouteille de gin sous l'évier, elle s'en servit un grand verre. Elle se sentit mieux. Elle mit des gants de ménage et rechigna au contact du caoutchouc humide. Betty lui avait dit qu'elle viendrait faire la vaisselle dans la soirée, mais Ruth était soulagée de s'en charger. Elle se demanda comment se passait le repas de Noël à Londres avec Alice et ses parents. Ils auraient sans nul doute engagé du personnel pour préparer le déjeuner – Alice était encore moins bonne cuisinière qu'elle. Puis elle songea à Betty et Bernadette dans la maison de santé, à l'épreuve qu'elles devaient traverser.

Elle entendit la conversation dans la pièce voisine ; cette femme était manifestement capable de se ressaisir dès que Ruth n'était plus là. Peter parlait d'un voyage d'affaires à Francfort qu'il pro-jetait au printemps. C'était la première fois que Ruth en avait vent, mais elle chassa la pensée en reprenant un verre. Des bulles de savon glissèrent sur la bouteille verte.

La porte s'ouvrit et Denis apparut, mal à l'aise derrière sa mous-tache.

"Je peux vous donner un coup de main ?" demanda-t-il. Elle s'apprêtait à refuser, mais il repéra le gin avant qu'elle pût répondre.

"Ah ah, dit-il. Où sont les verres ?" Elle montra le placard où il en prit un propre et le remplit après avoir resservi Ruth. "Il n'y a pas de tonic, j'imagine ?

— Non, j'ai pioché dans la cachette de Betty.

— Dans ce cas… lança-t-il en s'apprêtant à trinquer, ça fera l'affaire pour vous présenter nos excuses. À la vôtre. Judith ne cherche pas délibérément à… enfin, si, elle le cherche, mais ce que je…

— N'y pensez plus. C'est inutile.

— Merci", dit-il. Il grimaça en buvant. "Bon Dieu, je sais pas comment vous arrivez à avaler ça, vous autres." Il remplit son verre au robinet pour faire passer le goût.

"Elspeth ne valait pas mieux. Elle sifflait du brandy de cerise. Quelle cochonnerie infâme."

L'air était vicié entre eux et Ruth n'était pas encline à le dissiper. Denis finit par parler.

"J'ai souvent pensé à vous ici, dans cette vieille maison." Dès qu'il eut prononcé ces mots, elle sut ce qui allait suivre. Elle calma ses mains dans l'eau savonneuse, se prépara à encaisser le coup. "Le chagrin est une drôle de chose. Il peut avoir des effets bizarres sur une personne – sur un homme. Avec la guerre et tout le tremblement, je pense qu'on a comme l'impression que ceux qui restent sont… indestructibles. Mais…" Il cherchait ses mots. "… les émotions – la puissance des émotions, vous comprenez. Le corps a des difficultés à les contenir. Ce que je veux dire, c'est que nous les surmontons tous à notre manière, mais l'essentiel dans tout cela, ce sont les enfants, bien entendu." Il glissa une des mèches rebelles de Ruth derrière son oreille, et le geste darda une sensation importune le long de son dos. Elle était consciente que son rôle devait se limiter à rester immobile, à être tripotée. Mais elle choisit de faire volte-face, posa ses mains gantées de chaque côté de son visage et l'embrassa. C'était un long et dangereux baiser, durant lequel ils gardèrent tous deux les yeux grands ouverts. Ruth se colla à lui, sentit le tressaillement du corps de Denis, prêt à l'action.

"Vas-y, lui murmura-t-elle en le regardant droit dans les yeux, vas-y."

Alors qu'il semblait déjà prêt à défaire sa ceinture, elle le vit peser le pour et le contre. Il préféra finalement glisser une main sous sa jupe et l'empoigner. Son souffle bruyant humectait le visage de Ruth. Il finit par s'écarter. Ruth se retourna et se remit à la plonge. Voilà de quoi lui donner matière à confusion, songea-t-elle.

"Ah, dit-il. Un autre verre ?

— Non merci, Denis, je dois vraiment m'occuper de la vaisselle.

— Bien. Bien." Elle ne lui accorda pas un regard, se contenta de frotter dans l'évier.

"Je vais juste…" dit-il, puis il quitta la cuisine.

Après avoir terminé, elle se rendit dans la salle de séjour, empoigna l'un des chiens de faïence sur la cheminée et lui brisa la tête avec soin en le craquant comme un œuf sur la pierre du foyer. Il fit un bruit satisfaisant sans être assez fort pour éveiller les soupçons dans la pièce voisine. Elle récupéra les deux morceaux, les emballa dans un vieux journal pris dans la boîte à charbon, les posa dans l'âtre et les piétina du talon.

"Et voilà", dit-elle en essuyant ses doigts. Elle se sentit observée du coin du salon et se retourna, les sens en alerte, n'ayant concocté aucune excuse. Il n'y avait que le cadran de la pendulette d'officier et dès qu'elle eut repris ses esprits, elle se demanda comment elle pourrait, à une date ultérieure, trouver un moyen de détraquer son mécanisme.

Une fois que les Sandling furent partis et que le silence se fit dans la chambre des garçons, Ruth alla se coucher, laissant Peter planté dans la salle de séjour, le visage perplexe. Elle ôta ses souliers, ses bas et sa robe, et se glissa dans le lit en combinaison, sans prendre la peine de se démaquiller. Sa mère aurait eu une crise d'apoplexie en la voyant. Elle resta éveillée, écoutant la contraction et l'expansion de la maison autour d'elle, le retour de Betty et Bernadette, leurs vœux de Noël à l'attention de Peter. Dans le jardin, Booey aboya trois fois avant qu'un *chut* le fît taire. Une mouette, les vagues, les craquements de l'escalier. Elle ferma les yeux quand Peter la rejoignit, fit semblant de dormir et sentit son côté du lit s'affaisser puis se rehausser lorsqu'il retira sa montre et s'installa.

"Tu dors, chère amie ?" murmura-t-il. Elle ne répondit pas et il la caressa de la cuisse à l'épaule. Elle ressentit une profonde envie de le blesser, physiquement. Comment osait-il lui demander si elle dormait, comprendre que oui, puis s'employer à la réveiller. En cet instant, ça lui semblait d'une cruauté inconcevable.

"Denis m'a embrassée dans la cuisine."

La main de Peter se figea. Pour Ruth, la révélation ne procura pas le frisson de satisfaction escompté.

Il se redressa et alluma sa lampe. "Bon sang, mais qu'est-ce que tu racontes ?" Il était en colère. Sans être incrédule, pas le moins du monde, ce qui faisait toute la différence, aux yeux de Ruth.

"Tu sais.

— Je ne sais absolument rien. Que penses-tu donc qu'il soit arrivé ?

— Il m'a embrassée. Il a passé une main sous ma jupe."

Il y eut un silence durant lequel chacun d'eux prit une décision.

"Eh bien, je ne sais pas pour qui tu te prends. Mais l'idée ridicule que tu t'es mise en tête est inventée de toutes pièces. Franchement..." Sa voix montait, en volume et en hauteur. "... le plus perturbant, c'est ton niveau d'égoïsme. Sans parler de ton récent problème d'alcool.

— Je n'ai pas de problème d'alcool.

— Tu t'es donnée en spectacle aujourd'hui. Je l'ai seulement toléré pour ne pas inquiéter Denis et Judith, mais que diable cherchais-tu à accomplir avec une telle attitude ? Je ne veux pas avoir à l'expliquer à mes enfants. Toutes ces absurdités découlent de tes excès de boisson – j'espère que tu t'en rends compte." Il éteignit la lampe. Ils restèrent silencieux.

"Est-ce que tu embrasses les épouses des autres ?

— Ça suffit. Je ne tolérerai pas ces inepties pernicieuses." Il descendit du lit et traversa la pièce. "Si j'étais toi, je réfléchirais très sérieusement à la manière dont tu t'es comportée ce soir."

Il sortit et Ruth écouta le bruit de ses pas dans le couloir, jusqu'à son bureau. La porte s'ouvrit et se referma.

Trois coups résonnèrent dans le coin de la chambre – un, deux, trois – et cette fois-ci Ruth ne ressentit plus l'appréhension de ses cauchemars, simplement la vague satisfaction qu'un témoin ait assisté à la scène.

Les jours où le temps n'était pas résolument abominable, Ruth sillonnait à grands pas l'intérieur des terres, laissant Peter seul, voûté sur son bureau, tandis que les garçons et Bernadette partaient presque toujours, soit au bord de la mer, soit en ville pour des *pikelets** dès qu'ils avaient pris leur petit-déjeuner. Elle rejoignait le pied du Law, qui donnait une sensation vertigineuse jusqu'à ce que l'on en fût tout près, où il semblait se ratatiner. La première fois, elle avait cru qu'une excursion à l'arche en os de baleine durerait une demi-journée, mais en atteignant le premier raidillon, deux coureurs en débardeur et short blancs l'avaient dépassée et avaient poursuivi l'ascension. Ils l'avaient saluée de la tête avant de se ruer en avant, trébuchant sur des pierres et projetant un petit glissement de terrain dans leur sillage. Elle avait choisi un chemin moins escarpé, mais les avait croisés quand ils étaient redescendus, à peine un quart d'heure plus tard.

Aujourd'hui, elle goûtait le confort de la solitude. La pluie fine qui tombait quand elle avait quitté la maison avait forci, sans être trop drue. Elle se trouvait dernièrement de plus en plus mal à l'aise avec Peter. Au cours des longues journées silencieuses entre Noël et la Saint-Sylvestre, ils avaient évité d'aborder directement leur querelle ; l'un, ou l'autre, ou les deux, avait dit "Noël est parfois une période éprouvante" et bien que Peter l'embrassât toujours sur la joue et l'appelât "chère amie", leur relation s'était clivée, les tendons vitaux séparés. Ruth ne trouvait de sens que dans le mouvement. Quand elle s'asseyait au salon pour essayer de lire, elle avait l'impression que la maison était dévorée par les flammes et qu'elle devait intervenir.

Arrivée au sommet du Law, les cheveux lui fouettant les yeux, le vent s'engouffrant par la nuque dans son manteau trop lâche, elle remarqua un nageur qui flottait dans les hauts-fonds. Que pouvait-il bien faire par ce froid ? C'était invraisemblable. Elle renifla profondément et sentit une brûlure au fond de la gorge

---

* Les *pikelets* (ou *crumpets*) sont des petites crêpes épaisses et spongieuses, comme des pancakes, mais avec des trous.

– un premier signe de grippe, peut-être. Elle alluma une ciga-rette dans le creux de ses mains et la fuma, adossée à l'arche. La présence des os de baleine – leur beauté blanche cariée – sem-blait contre nature en ce lieu.

De là-haut, Bass Rock paraissait aussi blanc que les os. Ruth songea aux oiseaux qui perdaient pied puis se repositionnaient à la cime de l'îlot rocheux. Elle perçut un mouvement sur sa gauche, un roitelet dans les ajoncs. Il sautilla de branche en branche, puis hocha la tête en la regardant. Elle sentit sa bouche frémir, une émotion intense la ceintura ; elle se calma. Il n'était pas juste que Christopher et Michael aient perdu une mère et voient la suivante sombrer dans la folie.

Elle termina sa cigarette, se tourna pour redescendre et faillit percuter un poney de plein fouet. Silhouette de tonneau brun noix, il se tenait à moins d'un mètre d'elle. Trébuchant dans sa surprise, elle brandit les bras vers lui et, alors qu'elle s'attendait à ce que l'animal s'effarouchât et s'enfuît, il ne bougea pas, la regarda à travers ses longs cils. Il avait un cœur velours crème sur le nez. Prudemment, elle avança d'un pas, la main tendue. Il renâcla et expulsa une écume blanche par ses naseaux char-bon, mais il accepta son contact. Le museau était froid et lisse. Le toupet du poney était enchevêtré de bardanes et son odeur lui rappela le cabanon de jardin de son père. Il retroussa légère-ment la lèvre, dévoilant de grandes dents jaunes. Il n'y avait pas un souffle de vent.

"Bonjour, Antony", lui dit-elle. Il cligna des paupières et elle vit dans son œil le reflet des os de baleines derrière elle et la sil-houette d'une fillette ; elle se tourna, paniquée, mais il n'y avait personne et l'image avait désormais disparu de l'œil du poney, voilé par les années.

En descendant le sentier sinueux de la colline, Ruth chercha le nageur en vain. Quand elle passa devant la cabane de berger abandonnée, un gros corbeau s'en échappa ; elle distingua vague-ment les côtes d'une carcasse d'animal protégée par le mur en ruine puis le vent porta son odeur – ce pourrissement qu'elle avait senti à l'internat des garçons, cette puanteur de cadavre en putréfaction.

Lorsque le sentier s'aplanit, Ruth, pas encore tout à fait prête à rentrer, se retrouva sur le chemin côtier qui serpentait jusqu'aux rochers. Ses mains s'étaient couvertes d'une espèce de résidu cireux après avoir touché le poney, elle se demanda s'il sécrétait de la lanoline, comme les moutons. Elle trouva une ressemblance frappante entre l'animal et Bass Rock – dans leur immobilité, leur indifférence aux éléments. Un bateau de pêche clignota près de l'îlot et lui fit prendre conscience du changement de temps. Les nuages s'étaient effondrés et le ciel avait viré en un jaune foncé qui annonçait la neige. Il faisait assurément assez froid pour cela. L'eau noircit et s'anima, projetant ses petites vagues à lame blanche vers le rivage. C'était un beau spectacle et, dans un élan romantique, Ruth escalada les rochers pour avoir un meilleur point de vue ; elle s'imagina avec un châle et une lanterne, un siècle plus tôt, attendant le retour d'un navire. Elle s'arrêta en voyant une silhouette solitaire sur la plage et dut regarder à deux fois. Un homme nu se dressait face à la mer : c'était le nageur, les bras tendus au-dessus de sa tête comme s'il cherchait à apaiser la tempête, à la diriger en chef d'orchestre.

Il se tourna pour accueillir la pluie et le vent du nord, confirmant qu'il s'agissait évidemment du révérend Jon Brown, les fesses blanches serrées dans l'extase, les cheveux hérissés sur la tête et les poils sur les épaules, comme un vieux chien refoulé par la mer. Le vent charria quelques bribes de ses cris, mais pas leur signification, à supposer qu'il y en eût une.

Ruth se retira prudemment jusqu'à ce qu'elle fût en terrain stable ; elle rentra vers la maison en souriant puis en riant. Cet homme était réellement fou à lier. Elle s'exalta à l'idée d'en parler à Peter, puis éprouva un brin d'inquiétude. Elle ne s'y risquerait pas. Elle en parlerait à Betty. Betty saurait en rire.

III

Sarah chante en marchant, un air que je n'arrive jamais à saisir. Elle a attaché ses cheveux sur le haut de sa tête pour qu'ils ne la gênent pas et les mèches rebelles ont l'épaisseur de ficelles rouges. J'aperçois parfois son cou devant moi. Alors que tous, nous avons les visages, les bras et les jambes crottés de boue projetée par la pluie, son cou reste d'un blanc laiteux. La pluie redouble. Elle tombe toute la nuit et toute la journée, mais il ne fait pas froid. L'air est pesant en début de matinée, comme une épaisse couverture sur nos épaules. Avec le crépitement bruyant des gouttes sur les feuilles, qui agitent les broussailles autour de nous, rebondissent sur les jeunes pousses vertes et alourdissent les branches, j'ai l'impression que nous marchons dans le ventre d'une gigantesque bête à écailles, que nous sommes réchauffés par son sang. Il est vrai qu'après dix jours de fuite, nous semblons avoir changé de saison : dans notre village, la boue noircit le paysage entier et tout ce qui se profile devant lui apparaît pâle et mort tandis qu'ici, le vert intense de la forêt nous transporte dans une autre contrée.

Le chemin s'interrompt là où les racines d'un grand chêne ont suffisamment retourné la terre pour que nous puissions nous y blottir ensemble, nous abriter et nous reposer, adossés au tronc. Cook a des difficultés à respirer, elle tousse moins à présent, mais à chaque quinte, on l'entend expectorer. Sarah la surveille en entortillant sans relâche une tige autour de son pouce.

Père ferme les yeux et la veuve Clements garde le silence, les bras croisés sur la poitrine. Elle scrute les bois.

Sarah se lève et sort de la clairière. "Je reviens", dit-elle en disparaissant dans l'obscurité. Personne n'a le temps d'objecter, mais Père rouvre les yeux et redresse sa posture.

"Elle a dû aller pisser", décrète-t-il. La veuve se détourne de lui et appuie la tête contre les racines, comme si elle était souffrante.

Sarah est partie depuis longtemps. Cook tient sa tête entre ses mains. "Nous devrions y aller, suggère la veuve Clements, elle s'est enfuie.

— Non", dis-je. Tout le monde me regarde.

Père acquiesce. "Attendons. Elle s'est peut-être perdue." Cook se lève et hurle "Sarah !" en direction des bois, mais Père la fait taire. D'ailleurs son cri l'a épuisée, elle se rassied en vacillant.

Sarah finit par revenir. Personne ne parle. Nous sommes fatigués et je suis heureux que son absence nous ait permis de nous reposer. Si les voix se font à nouveau entendre, je préfère me cacher plutôt que courir. Je creuserai une tombe peu profonde pour nous protéger, Sarah et moi.

Elle a ramassé des racines quelconques dans son tablier ; elle prépare un trou dans la terre et lentement, en silence, allume un petit feu à l'aide d'un silex et d'un bout de ficelle qu'elle a réussi à conserver au sec. La voir travailler me réconforte. Ses mains blanches s'activent calmement, avec une efficacité et une précision qui prouvent qu'elle a déjà effectué ces gestes à maintes reprises. J'ai honte de nos difficultés à faire du feu sous la pluie, qu'elle a dû observer avec exaspération ces jours derniers. Le visage de Père trahit aussi un certain malaise. Il doit avoir l'impression qu'une enfant a pris notre destin en main ; je me sens fier d'elle. *Tu vois, Père*, pensé-je d'une voix que je ne me reconnais pas, *elle n'est pas pour toi*. La veuve Clements détourne le regard. Cook, ravie, émet des petits caquètements favorables, comme une poule en train de couver.

"Où as-tu trouvé quelque chose d'assez sec pour allumer le feu ? demande-t-elle.

— Un nid de souris dans un arbre creux."

La veuve désapprouve en claquant la langue.

"Les flammes brûleront les crottes", explique Sarah, mais la veuve n'est pas convaincue. Nous nous rapprochons.

"Bon, maintenant qu'on a du feu, je vais aller chercher de quoi manger – je trouverai peut-être des champignons ou un poisson dans le ruisseau, annonce mon père en s'apprêtant à se lever.

— Non, répond Sarah sans le regarder, les champignons sont tous vénéneux ici et le ruisseau est souterrain." Père hésite, ses traits sont redevenus enfantins. Puis il s'assombrit. Et reste assis.

"Mais, poursuit Sarah, j'ai ramassé quelques salsifis et des orties." Elle tire des racines de son tablier, les enfouit sous les flammes. Tandis qu'elles noircissent, elle nous demande nos gamelles et les place sous le filet d'eau qui coule des feuilles de l'arbre. L'odeur des racines est agréable, comme celle des pommes de terre à la braise. Pourquoi aucun d'entre nous n'a pensé à récupérer l'eau de pluie dans nos gamelles jusqu'à présent, je ne saurais dire. Je me sens stupide à la lumière de son ingéniosité. Combien de temps s'est-elle nourrie exclusivement de racines et de plantes ? Je me le demande en m'accordant une once de pitié – c'est toujours mieux que l'embarras de l'inaction. Ce n'est pas la vie que je lui offrirai. Je lui fournirai de la viande, je gagnerai de l'argent pour acheter du pain. Je me complais un moment dans l'image de notre couple, nos jeunes enfants à mes pieds, ma main sur son genou. Elle tire alors un lièvre mort de son tablier et Cook glousse de plaisir. C'est un véritable tour de magie.

"Je l'ai trouvé dans le même arbre creux que les souris, annonce-t-elle, il s'abritait de la pluie." Elle arbore un petit sourire triomphal. Elle sait qu'elle nous a surpris, peut-être sait-elle qu'elle nous a sauvés alors que nous pensions que c'était nous qui la sauvions. Je ressens une admiration sans bornes, sous laquelle pointe le regret que je ne sois pas celui qui ait attrapé le lièvre. Après un temps, Père se détend, puis rit et tout le monde, même la veuve Clements, s'attendrit à l'idée de la viande rôtie. Sarah me tend la main, je lui prête mon couteau. Elle dépouille et vide l'animal avec soin et nous l'observons tous dans un silence respectueux – le moment où la chair se révèle profondément écarlate, où l'odeur n'est plus que sang et herbe. Nous sommes hors d'atteinte de la pourriture. Une fois la bête embrochée avec une jeune branche et déposée sur les braises avec les salsifis, Sarah s'accroupit à côté des viscères, les examine attentivement, les remue avec un bâton.

"Qu'est-ce que tu fais ?" Elle lève vivement les yeux vers moi, comme si elle avait oublié ma présence. Elle regarde si quelqu'un d'autre a remarqué son manège, mais ils sont tous occupés à tourner le lièvre ou à sécher leurs bottes auprès du feu. L'odeur de viande a remonté le moral des troupes ; Père et la veuve Clements échangent des mots doux.

"Je vérifiais juste la santé de l'animal", me répond Sarah.

Après un silence, je constate en riant : "Je dirais qu'il n'est pas très en forme."

Elle sourit, enduit les entrailles de terre et les enroule autour de son bout de bois pour les ramasser.

"Quand nous aurons mangé, explique-t-elle, nous les brûlerons pour ne pas attirer les charognards." Elle pose le bâton contre un arbre et récupère les écuelles d'eau de pluie, qu'elle enfouit au chaud près du feu. Elle y plonge les orties, les pinçant fort entre l'index et le pouce pour éviter de se piquer. Après les avoir fait un peu macérer, elle revient, les enlève et les jette dans les flammes qui crépitent. Elle apporte à chacun sa gamelle et si la méfiance subsiste quant au contenu, elle y met fin en disant à Cook : "En retirant les orties après un moment, elles ne laissent pas de peluche sur la langue." Cook acquiesce et avale une gorgée de boisson chaude.

"C'est bon, dit-elle. Merci, Sarah."

Elle ramasse les salsifis dans la braise, place les racines sur quatre larges feuilles et les fait rouler pour peler leurs peaux noires. L'eau de pluie s'évapore. Sarah enveloppe une feuille à la base de chaque racine et nous les distribue. Elles dégagent une douce odeur boisée ; elle en brise une autre en deux sans protéger ses mains des brûlures, en enfourne la moitié et mastique ; des nuées de vapeur s'échappent de sa bouche. Elles ont un goût de châtaigne et je n'ai rien mangé d'aussi bon depuis deux ans. Sarah se suce les doigts, puis s'occupe du lièvre. Elle retire la broche et, à l'aide de mon couteau, fait glisser la bête sur de nouvelles feuilles. Puis elle l'étête, tranche le corps le long du râble et des côtes pour le partager en quatre quartiers égaux. Elle nous les tend, garde la tête pour elle.

"Tu devrais avoir plus de viande, lui dis-je en lui offrant ma cuisse, que je meurs d'envie de dévorer.

— Non, je préfère la tête", répond-elle. Elle le prouve en masti-quant une oreille qui craque avant de se séparer du petit crâne. Elle me regarde en souriant.

"Merci", lui dis-je.

Si les racines étaient le meilleur plat que j'aie mangé depuis deux ans, le lièvre est ce que j'ai goûté de plus délicieux de toute mon existence. Je suis sidéré qu'il soit aussi tendre et fondant. Je pourrais en ingurgiter cinq à la suite. J'essaie de ne pas montrer mon étonnement et regarde Sarah glisser les dents de la bête dans sa poche.

"J'ai l'impression qu'on dort toujours au même endroit", me dit Sarah. Les autres ont tous sombré dans un sommeil profond. De mon côté, mon cœur bat plus vite et, avec la tension qui s'est emparée de mon corps, je me sens capable de parcourir une quinzaine de kilomètres supplémentaires dans le noir. J'ai envie de parler, envie de grimper aux arbres.

"Ils sont fatigués, dis-je. Ils sont vieux et nous avons beaucoup marché.

— Imagine jusqu'où on pourrait aller sans eux." Elle le dit d'un ton si léger que ça n'a rien de cruel – une simple pensée.

"Je crois que je pourrais aller jusqu'à la mer et revenir avant qu'ils se réveillent."

Sarah sourit. "Je parie que tu le pourrais." Elle se rapproche de moi pour que nos jambes se touchent. Elle sort de sa poche une petite boîte en bois et les dents de lièvre. Elle les laisse tomber dedans une à une et elles font un léger bruit creux qui évoque celui de gouttes de pluie quand on est à l'intérieur, au chaud et au sec. Elle souffle sur la boîte, comme pour refroidir les dents, puis referme le couvercle avec soin.

"C'est quoi, cette boîte ?

— Elle appartenait à ma mère, c'est elle qui l'a fabriquée.

— À quoi elle sert ?

— C'est pour moi.

— Je ne comprends pas."

Ses dents sont blanches dans l'obscurité. "À quoi te sert ton bout de tissu ?

— À me souvenir.

— Mais quand ta sœur et ta mère l'ont cousu, pourquoi l'ont-elles fait ?

— Pour s'exercer, pour que ma sœur apprenne à coudre.

— Montre-moi." Je sors le carré d'essai de ma poche et le lui tends. Elle le retourne, l'examine à la lumière mourante du feu.

"Regarde, dit Sarah, il y a de l'invention dans leur travail : les étoiles qu'elles ont brodées, les fils de couleur. Elles ont écrit une histoire, elles lui ont donné une vie.

— Je ne vois pas ce que tu veux dire." Mais je vois un peu ce qu'elle veut dire. Agnes continue à vivre dans le point qui part du centre du petit éclat d'étoile noire, dans ses mouvements, et ceux de ma mère dans les hachures croisées – la fabrication incarne le moment.

"La création est une affaire de femmes, me dit-elle en se caressant le ventre, tu peux lire leurs sentiments dans chaque point, tu peux entendre les mots qu'elles échangeaient et qu'elles consignaient dans l'étoffe."

Je regarde le bout de toile et brièvement, je vois tout cela, mais c'est une vision douloureuse.

"Qu'est-ce qu'il y a dans ta boîte ?" lui demandé-je, question d'éviter de continuer à parler de moi.

"C'est mon secret." Elle ne le dit pas méchamment, mais soudain, je ne désire rien de plus que de l'ouvrir et d'en découvrir le contenu.

"J'ai bien aimé te regarder faire le feu et préparer le repas", lui dis-je pour changer de sujet. J'ai l'impression d'avoir des yeux énormes et le corps brûlant. C'est l'effet de la satiété et le picotement de la tisane d'ortie dans le gosier.

"J'ai bien aimé cuisiner pour toi.

— Dis-moi ce que tu as vu dans les boyaux de lièvre.

— Rien. Rien que des entrailles." Mais son sourire vacille, puis elle détourne les yeux.

Elle se lève, s'approche du bâton de viscères posé contre l'arbre et le place sur les braises.

"Je pensais juste, me dit-elle en revenant et en s'asseyant à côté de moi tandis que les flammes crépitent autour des entrailles. Je pensais juste à ce qui va se passer maintenant.

— Tu le leur demandais ?"

Elle me regarde comme s'il s'agissait d'une plaisanterie, mais elle comprend que je suis sérieux et prend le temps de réfléchir.

"Je m'en moque si c'est ce que tu faisais, lui dis-je, c'est juste que ça m'intéresse. Ça m'intéresse de savoir ce que tu y as vu."

Elle me dévisage longuement. Dans le silence, j'entends les battements de mon cœur.

"Seulement du sang", répond-elle. Elle s'approche et monte le long de mon corps, sur moi. J'éprouve une sensation très étrange. Je ne suis pas inquiet. Je suis autre chose. Derrière elle, l'obscurité coule comme de l'eau. Tous mes poils se dressent, affluent et s'enflamment. Sarah m'embrasse et s'agite sur moi et alors même que ça se passe, je ne sais pas si c'est réel.

Quand je me réveille dans la nuit, je ne suis pas sûr de ce qui est arrivé. Sarah n'est plus à mes côtés et quelqu'un vomit dans le noir. J'entends un estomac se retourner sans répit ; si j'en crois la respiration essoufflée, il s'agit de Cook. Je ne vais pas l'aider. Je suis épouvanté. Si seulement je pouvais partir avec Sarah, nous rejoindrions la mer ensemble. Encore un bruit dans la nuit, un gémissement profond. Quelqu'un d'autre est malade.

II

Alors que les garçons avaient depuis longtemps repris l'école, un matin de mars où la tempête faisait rage, Betty alla ouvrir la porte. Ruth n'avait pas entendu la cloche, les violentes rafales ébranlaient les fenêtres et étrillaient la cheminée. Quand elle reconnut la voix, elle s'effondra dans son siège, puis se leva et l'accueillit.

"Madame Hamilton, dit le révérend Jon Brown, nous ne vous avons pas vue à l'église depuis des lustres." Il se pencha et l'embrassa sur la joue, ce qui la surprit, même si elle essaya de n'en rien laisser paraître. Il sentait la mer et son visage était froid et humide.

"Nous avons été très occupés", expliqua-t-elle en voulant adopter un degré d'amabilité qui, sans le vexer, l'encouragerait à passer son chemin le plus tôt possible.

"Je vais faire un thé", proposa Betty. Les deux femmes attendirent en espérant qu'il déclinât, mais le pasteur répondit : "Excellent" et s'invita dans la salle de séjour. Betty et Ruth échangèrent un regard.

Au salon, il ajouta une bûche dans la cheminée et s'appropria le fauteuil.

"Je croyais que vous aimiez le froid, Révérend.

— C'est le cas, en effet, dans ma relation à Dieu. Mais dans le domaine privé, j'apprécie mon confort comme n'importe quel autre homme.

— Le domaine privé ?

— Oui. Mr Hamilton serait-il à la maison par hasard ? Il n'est pas encore parti pour l'un de ses petits voyages, si ?" Sa manière de le dire suggérait, aux oreilles de Ruth, qu'il n'ignorait pas complètement ce que ces voyages impliquaient. Elle en ressentit de la haine pour les deux hommes.

"Il est ici, mais il travaille. Dois-je vraiment le déranger ?

— Eh bien, répondit-il en ajustant le coussin derrière son dos, c'est à propos du jeune Christopher alors je préférerais vous en parler ensemble.

— Il lui est arrivé quelque chose ?

— Rien d'inquiétant, je veux juste aborder quelques questions avec vous deux avant qu'il rentre de pension.

— Quelles questions ?

— Madame Hamilton, je tiens vraiment à ce que Mr Hamilton se joigne à nous. Après tout, ce sont ses fils."

Betty entra avec un plateau qu'elle posa sur le guéridon. Elle les observa tous les deux, se demandant sans doute ce qu'elle interrompait.

Une partie d'échecs s'était engagée, mais Ruth ne connaissait pas les règles du jeu.

Elle aurait pu se charger d'aller chercher Peter, accorder à son couple un instant de complicité dirigée contre le pasteur, mais elle se refusait à laisser cet homme seul chez elle ; elle le sentait capable de dérober quelque chose.

"Betty, dit-elle sans le quitter des yeux, auriez-vous l'amabilité d'appeler Mr Hamilton ?"

Elle s'assit dans le canapé et ils attendirent. Le silence se prolongea, le révérend souriait.

"Qu'est-il arrivé à l'autre chien ? demanda-t-il sans regarder la cheminée.

— Je ne sais pas. Il a disparu il y a quelque temps.

— Un vol ?

— Je ne pense pas, non.

— Pensez-vous que la fille ait pu le briser et cacher les morceaux ? avança-t-il en plissant légèrement les yeux.

— Je pense qu'il est préférable de ne pas en parler du tout, Révérend."

Il sourit encore et acquiesça. "Vous avez tout à fait raison, madame Hamilton."

Ruth changea de position et examina un coin de plafond comme si un objet important y était suspendu.

Lorsque Peter arriva, en pantoufles et vêtu d'un pull enfilé à la hâte – il était sans doute en peignoir dans son bureau –, il parcourut la pièce du regard comme s'il s'attendait à la trouver en flammes. Ou comme un écolier convoqué chez le proviseur, songea Ruth. Le pasteur se leva et lui serra la main.

"Tout va bien ? demanda Peter en se tournant vers l'un puis vers l'autre.

— Absolument, comme je le disais à Mrs Hamilton, il n'y a rien d'inquiétant, rien du tout. Je voulais simplement vous signaler deux ou trois choses avant le retour des garçons – je procède ainsi avec tous les parents d'élèves de Fort Gregory. Il me semble utile de faire le point sur le trimestre avant que les pensionnaires rentrent à la maison. Des informations au-delà de leurs résultats scolaires et de leur comportement, plus en ligne avec leur *psychologie*." Il prononça le mot comme s'il cherchait à les impressionner qu'il connût ce domaine.

"Vous n'êtes peut-être pas au courant, mais je m'intéresse à la psychologie de l'enfant et je me charge de suivre les jeunes gens de North Berwick. J'aime savoir ce qu'ils traversent et ce qui les motive. Dans cette optique, j'ai forgé un lien particulier avec St Augustus, Fort Gregory et le prieuré de Carlekemp où je suis aumônier. Ainsi donc, et je vous rappelle qu'il n'y a rien d'alarmant, vos deux garçons ont rencontré quelques difficultés le trimestre dernier. Ce n'est pas exceptionnel : Christopher traverse une période de transition, il devient un jeune homme, quant à Michael, il a vécu de nombreux bouleversements, et je pense qu'avec le décès de leur mère, ces troubles ont été… amplifiés. Bref, tout cela se conjugue pour aboutir à un comportement que vous risquez de trouver un peu… gênant.

— Que voulez-vous dire ?" demanda Ruth.

Peter se tenait au bord de son siège, comme s'il avait des difficultés à comprendre.

"Eh bien. Christopher s'est bagarré plus d'une fois ce trimestre.

— Bagarré ? Mais ça ne lui ressemble pas du tout", dit Ruth. Elle n'avait jamais entendu le garçon ne serait-ce qu'élever la voix, même avec Michael. "A-t-il été blessé ?

— Oh, rien de sérieux, je vous assure. Quelques bleus. Le nez déplacé, mais son adversaire est en bien pire état !

— Il a eu le nez cassé ?

— Allons, allons." Le pasteur leva les mains comme si Ruth était hystérique. "Il n'y a pas de quoi s'énerver.

— C'est juste que…" Elle se tourna vers Peter, qui restait silencieux. "Peter, n'as-tu rien à dire ?" Il était plongé dans ses pensées, ou dans ses souvenirs.

Il finit enfin par parler : "Il faut bien grandir et devenir un homme, voilà tout." Il sembla beaucoup plus convaincant après avoir déclaré cela. "Ils ont mené une existence très protégée depuis la mort de leur mère. J'imagine qu'un durcissement ne leur fera pas de mal. Après tout, la vie n'est pas un chemin de roses."

Le pasteur acquiesça, satisfait.

"Mais il n'a que quatorze ans." La poitrine de Ruth s'enflammait. "Michael ne s'est pas battu, lui ?

— Pas autant, non, mais il raconte beaucoup de balivernes. Là encore, ce n'est pas surprenant.

— Il ment ? À propos de quoi ?

— Il invente des histoires, certaines simplement pour amuser la galerie, j'imagine, pour faire peur à ses camarades de dortoir. Des loups-garous à la fenêtre, ce genre de choses. Mais je crains que d'autres fables ne concernent directement les maîtres d'internat et bien sûr, nous devons y mettre le holà.

— Qu'a-t-il dit ?

— C'est réellement sans intérêt. Les enfants savent que la réputation des adultes a de la valeur et Michael cherche juste à se faire bien voir de ses compagnons en traînant ses professeurs dans la boue.

— De quoi les accuse-t-il ?" Une panique indéfinissable lui nouait le ventre.

Peter se leva, le poing serré, avec une énergie nerveuse que Ruth ne lui connaissait pas. "Vraiment, chérie, les détails importent peu. Ce qui compte, c'est qu'il comprenne qu'un homme ne doit pas se conduire ainsi. Et si Christopher a besoin de se défouler et de se battre, c'est sur le ring qu'il doit le faire." Peter semblait possédé, il s'exprimait comme un inconnu. Ruth se représenta une main qui lui remontait dans le dos et faisait bouger ses lèvres telle une marionnette.

"Je répète, reprit le révérend Jon Brown en souriant, que je ne suis pas ici pour vous encourager à discipliner les garçons, c'est la responsabilité de l'établissement. Mon objectif serait plutôt de vous avertir : vous les trouverez peut-être un peu changés. L'âge adulte survient à pas de géants, mais il apporte aussi son lot de faux pas."

Ruth décrocha avant la fin de la conversation. Que se passait-il ? Elle eut l'impression que sa vie était un dessin dans le sable, sur lequel quelqu'un soufflait à travers une paille. Sur tout ce qu'elle avait tenu pour vrai : l'amour de Peter pour elle ; le progrès des garçons après le décès de leur mère ; son désir d'avoir son propre enfant.

Soudain, le pasteur s'en allait, leur serrait la main et Peter le raccompagnait. Ruth attendit que son mari revînt dans la salle de séjour et se leva quand il entra.

"Bien, comment allons-nous procéder ? lui demanda-t-elle.

— Procéder ?

— Il y a un externat privé à Musselburgh. Nous pouvons…

— Mon Dieu, mais où as-tu la tête ? Nous ne pouvons pas placer les garçons en externat. Ce n'est pas comme si nous avions besoin de leurs bras pour les travaux de ferme.

— Ils ne sont pas heureux. C'est ce que le pasteur a voulu dire : il y a un problème, ils ne se plaisent pas en pension.

— Ce n'est pas censé leur plaire." Le ton de Peter était tranchant et il se pinçait l'arête du nez, comme s'il s'adressait à une jeune étourdie qui faisait un caprice. "Ils deviennent des hommes, c'est incontournable, voilà où ils en sont. Ça ne leur plaît peut-être pas aujourd'hui, mais plus tard, ils porteront un regard affectueux sur leur école.

— Tu t'en fiches donc ?

— BIEN SÛR QUE NON." Il le hurla de toutes ses forces et de toute son âme. Son visage et son cou rougirent violemment ; il essuya les postillons sur ses lèvres d'un revers de main.

Il était méconnaissable. Le péril était dans la pièce. Ruth se rassit. Elle se sentit obligée de détourner les yeux de lui comme d'un chien enragé. Ils attendirent en silence que Peter reprît une couleur normale.

"Tu pars du principe que puisque je les envoie là-bas, je ne pense pas à eux.

— Non, pas du tout, je…

— Tu crois que l'école a été facile pour moi, que je ne connais pas les privations de l'internat ? Je n'agis pas dans mon intérêt, mais dans le leur. Je ne tolérerai pas qu'ils restent ici avec Betty, la fille et toi, et qu'ils deviennent des pédales qui font de l'aquarelle et collectionnent des coquillages. Ils devront faire face à la violence du monde, et c'est mon devoir, en tant que père, en tant que leur seul parent, de les préparer à cela." Il acquiesça pour lui-même. Et enchaîna. Pour se convaincre. "Parce que c'est comme ça. J'ai enduré la même chose et ça ne m'a pas fait de mal ! Regarde où j'en suis aujourd'hui : j'ai survécu à une guerre, j'ai survécu au décès de ma femme. Je t'ai survécu, à toi !" C'était un sale coup bas et elle lui rendit la pareille par réflexe.

"As-tu aussi l'intention d'envoyer ton nouveau bébé dans cette école ? Ou parviendra-t-elle à t'en empêcher ?

— Qu'est-ce que tu racontes ?"

Ruth se leva et fit un pas vers lui.

"Le bébé que tu vas avoir avec ta jeune amie, l'enverras-tu en pension pour le démolir ou est-ce un privilège que tu réserves à tes enfants légitimes ?"

Peter la gifla violemment et le bourdonnement de l'impact emplit la pièce quelques secondes. Elle souffrait moins qu'elle ne goûtait la douleur, car elle s'était mordu la joue. Peter semblait stupéfait ; il lui tourna le dos.

"Tu m'as frappée", dit-elle inutilement.

Il se frottait la tête de haut en bas, frénétiquement.

"Tu dois apprendre à te maîtriser, Ruth. Ces affabulations deviennent pénibles."

Elle avait chaud au visage, il l'avait giflée à pleine main. Du bout de la langue, elle tarit le filet de sang à la commissure de ses lèvres.

"Je sais, pour la fille, dit-elle. Tu ne peux pas le nier." Les mots étaient sortis, qu'allait-il se passer à présent ?

Peter renifla, se frotta le nez, porta le poids de son corps sur une hanche. Une énergie étrange, qui prenait une forme nouvelle sous sa peau, se dégageait de lui.

"La fille ?

— Celle d'Édimbourg. Ne me force pas à entrer dans les détails, Peter, c'est trop humiliant." Elle se sentit elle aussi capable de craquer et de le frapper. Peut-être les débordements étaient-ils permis à cette occasion.

"Je n'ai pas la moindre idée de ce que tu racontes.

— Arrête."

Il s'assit comme s'il était exténué et la regarda. Son visage s'attendrit. Sa voix était douce.

"Je suis navré, ma chérie, je ne comprends pas de quoi tu parles.

— Je t'ai suivi, je t'ai vu sur le quai de la gare d'Édimbourg.

— Tu as vu… ? Franchement, je m'inquiète pour toi. Serais-tu souffrante ?" Il se leva et posa une main sur son front. Elle s'esquiva.

"J'ai vu la fille, et j'ai vu… j'ai vu qu'elle attendait un enfant.

— Ruth, ma chérie, tu me fais peur.

— Tu peux garder tes « Ruth ma chérie » pour toi.

— Je crains que tu n'aies fait une erreur." Sa suavité était abjecte. Comme s'il éprouvait de la souffrance à entendre ce qu'elle suggérait. "Et je viens de faire une erreur moi aussi. Je te prie de m'excuser, j'ai eu peur pour toi, tu devenais hystérique."

Elle arracha la broche de son pull. "Tiens ! dit-elle en jetant le chien par terre entre eux.

— Je savais qu'il ne te plaisait pas.

— Le Bobby des Greyfriars, acheté à *Édimbourg*." Il examina longuement le bijou à ses pieds. "Ce n'est pas à Londres que tu l'as trouvé." Il finit par la regarder dans les yeux.

"D'accord. J'ai demandé à ma secrétaire de s'en charger, je le reconnais. J'avais trop de travail, tout simplement. Je lui ai dit que tu aimais les chiens."

Ruth comprit en quelques instants.

"Tu as envoyé la fille, n'est-ce pas ? C'est elle qui a choisi le cadeau pour ton épouse." Elle voyait juste. Elle ne pouvait expliquer comment elle le savait, mais elle en était certaine.

"J'ai l'impression d'entendre une folle, répondit-il d'un ton légèrement différent, à nouveau tranchant. Je sais que tu es colère que je me sois beaucoup absenté, mais je trime comme un forçat pour que nous puissions…"

Elle l'interrompit. "Mon Dieu, c'est *à cause d'elle* que nous avons emménagé ici, n'est-ce pas ?"

Ruth entraperçut l'expression d'un homme pris au piège, qui disparut au profit de la fureur.

"Comment oses-tu m'accuser de telles choses ? Comment *oses-tu* ?" Il se leva en ramassant le bijou. "Bien, je demanderai à ma secrétaire de rapporter la broche et je t'enverrai un chèque." Il se dirigea vers la porte, puis se retourna. "Je te rappelle que nous parlions des garçons et, comme de bien entendu, il a fallu que tu détournes l'attention sur toi." La déception suintait dans sa voix. Il quitta la pièce.

Ruth surprit son reflet dans la glace et vit l'autre visage, plus jeune, plus mince, effrayé. Puis elle se calma et comprit qu'elle n'était que cela : jeune, émaciée et apeurée.

I

Alors que notre train entre en gare de Blackfriars, je reconnais Dom sur le quai d'en face.

"Hé !" Katherine lève les yeux. "Hé, regarde, c'est Dom."

J'aurais mieux fait de me taire. Ma sœur ne s'effondre pas, mais quelque chose s'étiole au plus profond d'elle-même, je le vois dans le plissement de ses lèvres et dans sa manière de tenir les mains près de son corps, comme pour les cacher.

On dirait que Dom m'a entendue ; il dresse la tête, mais il faut croire que nous sommes protégées par le reflet du soleil sur la vitre, car son visage n'enregistre aucun changement et il ne nous fait pas signe. Une seconde plus tard, il se crispe.

Un instant suffit. Le train a ralenti et s'est arrêté, mais les portes restent fermées. Dom tourne les talons et part en courant vers notre quai. Nous le regardons se précipiter dans l'escalier où il manque de renverser un homme âgé, sans prendre le temps de s'excuser. Le vieil homme s'agrippe à la rampe et hoche la tête.

Je comprends que Dom s'est lancé à ma poursuite.

"Merde, dit Katherine, tandis que nous entendons le carillon d'ouverture des portes.

— Qu'est-ce qui se passe ? Qu'est-ce qu'il fait ?

— J'en sais rien. J'en sais rien.

— Tu crois qu'on devrait tirer le signal d'alarme ?

— J'en sais rien."

Je regarde le cadran. Nous sommes à dix secondes du départ. Nous avons les yeux rivés sur l'escalier d'où Dom va surgir, à notre gauche. Je compte à rebours – huit, sept, et le voilà qui apparaît au pied des marches ; son visage n'est pas celui d'un homme qui a été un petit garçon, qui a aimé ma sœur, qui l'a réconfortée, qui a ri avec elle, fait l'amour et des milliers de plats de pâtes qu'ils ont partagés devant la télé. Il n'est plus l'homme qui, après que nous avions couché ensemble la première fois, m'a serrée très fort dans ses bras et laissée pleurer contre lui, en me conseillant de diriger ma haine exclusivement sur lui, pas sur moi. Qui m'a acheté une boîte de poupées anti-tracas pour Noël une année, m'a regardée l'ouvrir, puis m'a tenu la joue dans le couloir alors que j'essayais de ne pas fondre en larmes, m'a embrassée sur le front et m'a dit : "Je suis vraiment sincèrement désolé." C'est un homme changé. Il se rue en haut de l'escalier, trois, deux, un, le carillon de ferme-ture retentit, les portes se rapprochent, se verrouillent ; son corps les percute, il tente de glisser les doigts entre les deux battants, de les forcer, mais ils sont plus rapides que lui ; nous le voyons hur-ler des propos inaudibles, il postillonne sur le verre, le blanc de ses yeux écarquillés apparaît autour du bleu, sa bouche profonde est rouge foncé, ses dents pointues. Il ressemble à un grand singe ; il frappe des deux poings sur la vitre, une dernière fois, tandis que le train se met en branle ; il recule d'un pas, se trouve à notre niveau et il accompagne quelques secondes le wagon en marche, le front collé à la fenêtre ; il regarde Katherine droit dans les yeux, il n'est qu'à quelques centimètres d'elle et s'il ne prononce aucun mot, son message n'en est pas moins limpide, épouvantable.

Il ne me voit pas.

Lorsque notre voiture prend de la vitesse, il s'écarte et reste planté sur le quai les bras ballants, les poings serrés. Il rétré-cit et disparaît ; nous sommes en route, sous le soleil. Ma sœur est blanche comme un linge et elle a les yeux humides. Quand elle ouvre la bouche, je remarque un saignement sur son inci-sive gauche.

"Qu'est-ce que je dois faire ? me demande-t-elle.

— Viens chez moi. On trouvera une solution." En me levant pour m'asseoir à côté d'elle, je m'aperçois que mes jambes trem-blent. Je pose une main sur son genou, elle la prend et la serre dans la sienne, qui est très froide et grelotte de peur.

De retour à la maison, j'appelle notre mère et la prie de ne pas dire à Dom que Katherine reste chez moi.

"Tu ne penses pas qu'il va s'en douter, de toute façon ? me demande-t-elle. Que s'est-il passé ?" Puis elle murmure dans le téléphone : "Tu crois qu'on devrait prévenir la police ?"

Katherine – qui boit un café noir, ayant refusé de partager un verre de vin parce qu'elle affirme ne pas être chamboulée, parce qu'il n'est pas encore midi – se tient derrière moi et dit à voix haute : "Tout va bien, maman, Dom est juste un peu pénible, c'est tout."

J'attends que Katherine ne puisse plus m'entendre pour glisser à ma mère : "Ne lui ouvre pas."

Ma mère digère l'information.

"Viviane. Ça semble grave.

— Ce n'est sûrement rien, simple précaution."

Dans la glace, je vois ma sœur verser du whisky dans son café en surveillant par-dessus son épaule, comme une enfant qui chaparde un biscuit.

La fille regarde à travers une fissure de la porte de l'armoire. Le phare de Bass Rock projette une lueur spectrale qui envahit la pièce, puis se retire. Elle était en train de se vêtir pour le voyage qu'ils avaient prévu lorsqu'il avait fait irruption. Il avait congédié la bonne qui s'en était allée, les yeux écarquillés à l'intention de la fille en refermant. La pauvre, il n'y avait rien à faire.

Après l'avoir tirée par les cheveux, que la domestique venait juste de coiffer, il l'avait étendue sur le lit et, incapable tout d'abord de manœuvrer sous le corset, il l'avait punie puis lui avait ordonné de se retourner. Il avait pris les ciseaux à raisins sur la table de chevet et coupé les lacets. Bien qu'elle n'eût pas bougé, il lui avait entaillé le dos à plusieurs endroits. Il n'y avait rien à dire, elle devait simplement tenir le coup et du reste il était prudent, à sa manière : il ne lui démolissait jamais le visage. Pour tenir le coup, elle avait compris l'importance de dissocier sa tête et son corps. Le corps, plus robuste, pouvait absorber la violence qu'il lui infligeait. Elle était toujours reconnaissante que les os délicats de sa figure et de ses mains fussent épargnés. Le contact du corset s'avérerait toutefois douloureux plus tard et la forcerait peut-être à feindre une autre affection. Il ne comprenait pas pourquoi ce sous-vêtement posait de telles difficultés. Elle avait trop maigri ces derniers mois, ce qu'il n'appréciait guère, mais elle avait fait coudre ce corset spécialement pour sa charpente diminuée. La bonne pourrait peut-être astucieusement délacer la cordelette d'un des anciens et remplacer celle du nouveau.

Après avoir terminé, il avait pris le temps d'ajuster sa tenue dans la glace et elle avait commis l'erreur de bouger trop tôt ; la douleur dans ses côtes l'avait poignardée aux larmes, ce qui l'avait poussé à la tirer encore par les cheveux et à l'enfermer dans l'armoire. Elle avait pour ordre de s'asseoir sur le tabouret qu'il y avait placé à cet effet, et de garder les mains soigneusement croisées sur les genoux – il le lui avait stipulé dans les détails la première fois. Si elle sortait de l'armoire, qui n'était pas verrouillée, les répercussions seraient sérieuses, elle le savait ; l'arrière de ses jambes portait toujours les cicatrices de la première fois où elle lui avait désobéi, avec une certaine indignation, pour utiliser le pot de chambre.

Il avait quitté la pièce en fredonnant. Elle ne partirait pas en voyage, finalement.

Plus tard, la bonne entre et allume la lampe. Elle apporte un plateau avec une bougie, un verre d'eau, deux œufs durs et du pain. Par une fissure de la porte, la fille l'observe poser la bougie sur la console et s'approcher sans bruit de l'armoire.

"Mademoiselle, Monsieur est parti – il ne reviendra pas avant après-demain. Voulez-vous sortir et manger quelque chose ?

— Non. Merci, Jane. Je suis très bien là où je suis.

— S'il vous plaît.

— J'ai dit non." Après un silence, la bonne regarde autour d'elle. La pauvre est nouvelle et passablement bouleversée.

"Est-ce que je peux vous donner de quoi dîner, alors, mademoiselle ? Ou une couverture ?

— Il s'en apercevra, Jane.

— Mais vous n'allez pas rester toute la nuit là-dedans.

— Partez, je vous en prie." La bonne se redresse, indécise. "Partez !" La fille le dit de sa voix la plus autoritaire, la plus acerbe, un ton qu'elle n'a pas utilisé depuis plusieurs années. Elle s'en fait mal aux côtes. La domestique sursaute et file. Un petit tintement provient de l'extérieur – le verre est en équilibre précaire sur le plateau. La bonne a oublié d'éteindre. La fille enfreint les règles, pose le front sur la porte et regarde fixement la lampe sur la console, cherchant à l'éteindre par la force de sa volonté. Le phare illumine encore sa chambre, un simple instant, puis ne laisse que l'obscurité.

L'ÎLOT FIDRA

I

Je ne trouve pas le sommeil.

Je pense au fait que nous sommes restées assises à l'attendre. Si le train n'était pas parti à temps, que se serait-il passé ? Si les portes s'étaient fermées ne serait-ce qu'une seconde plus tard, si Dom n'avait pas été ralenti de manière infime en bousculant le vieil homme. Pourquoi nous sommes-nous contentées d'attendre ? Nous savions que ça allait mal tourner. Nous aurions pu nous cacher dans les toilettes, descendre du wagon et courir vers l'ascenseur, nous aurions pu activer le signal d'alarme, nous aurions pu alerter la police. Mais nous avons attendu, juste au cas où nous nous serions trompées. Qu'aurait fait Dom s'il était parvenu à ouvrir les portes ? Je crois que Katherine connaît la réponse. Et je repense à l'accolade qu'il m'avait donnée aux obsèques de papa, cette étreinte qui m'avait permis de respirer profondément pour la première fois. Je me baisse pour gratter mon tibia et m'aperçois que la cicatrice a complètement disparu. Je l'examine, il ne reste sur ma peau qu'une tache claire, couleur thé. Je la fixe quelques instants. Je me demande si en l'attaquant avec les ongles, je parviendrais à la faire revenir.

Vincent m'a envoyé un message.

Tu m'ignores ou quoi ?

C'est le cinquième en deux jours.

Une version précise et facile de ma vie s'offre à moi, je la vois : réponds à son texto. Après tout, ce n'étaient que des chatouilles. Qu'est-ce que ça fait d'apprécier quelqu'un ? *Est-ce important ?* – *il t'apprécie, lui.* Je l'imagine s'intégrer à mon existence. Je nous vois faire du camping, voyager en France. Je nous vois mariés, peut-être. *Comment vous êtes-vous rencontrés, tous les deux ? Elle achetait du vin et moi du fromage.* Je vois tout cela. Une grossesse gériatrique. Un sens à ma vie. Réponds au message, toujours. *Tu le lui dois bien.*

Je sors du lit et prépare des affaires pour Katherine et moi, même si j'ai du mal à me la représenter dans mes vêtements. Si nous partons maintenant, nous pourrons arriver à l'aube. Elle est éveillée, les genoux serrés contre sa poitrine sur le canapé. Elle a pleuré.

"On va en Écosse", lui dis-je. Elle ne répond pas, se contente d'acquiescer en mettant ses chaussettes et ses chaussures.

Elle s'assoupit dans la voiture. Partir de Londres nous procure un soulagement intense, comme lorsque le train a quitté la gare. Des loups nous chassent tout au long du chemin. Après Leeds, je m'arrête dans une station-service. Katherine dort maintenant à poings fermés ; je ne la réveille pas, j'entre pour manger un muffin à la myrtille et boire un grand café infect. Deux nouveaux messages de Vincent. Un blessé, un rageur. Notre histoire touche à sa fin sans ma contribution. J'éteins le téléphone et vais me débarbouiller dans les toilettes. J'observe longuement mon visage dans la glace. Je l'observe jusqu'à ce que ses différentes parties se mettent à flotter en s'éloignant les unes des autres. Je m'efforce d'élaborer un plan, mais rien ne me vient à l'esprit. J'aurais dû aller chercher maman. Pourvu qu'elle ne lui ouvre pas. Je l'appellerai dans la matinée, lui suggérerai de nous rejoindre. Ils étaient amis dans le temps, Dom et elle. Il lui offrait des cadeaux de Noël qu'il choisissait personnellement, il ne se contentait pas de s'associer à ceux de Katherine. J'aimais bien ça, chez lui. Le débit du robinet ralentit, les gouttes tombent à une cadence régulière, apaisante. Je murmure "C'est bon, c'est bon, c'est bon", mais je ne sais pas qui je cherche à réconforter. Je retrousse la jambe de mon pantalon et regarde à nouveau ma peau guérie. Des coups discrets à la porte d'une cabine derrière moi me tirent de mes rêves. On frappe de plus en plus fort.

"Oui ?" dis-je. Les coups cessent. C'était seulement la plomberie. Je sors des toilettes, achète un croissant aux amandes et un café au lait pour Katherine. Je sais qu'elle les trouvera révoltants, mais je sais aussi que mon choix malheureux la réconfortera. Je me sens en sécurité sous les lumières crues de la station-service. Cet endroit représente une constante, des limbes – personne ne songerait à venir vous y chercher. Une famille entre avec une fillette de six ou sept ans, en pyjama, profondément endormie sur l'épaule de son père. Je n'aurais pas dû laisser ma sœur seule. Si elle se réveille, comment va-t-elle me retrouver ? Je reviens vers la voiture, Katherine ne bouge que lorsque je démarre.

Elle cligne des yeux. "Je me suis assoupie, constate-t-elle avec perplexité.

— C'est pas grave." Je lui tends le café et le croissant. Elle les regarde un moment, encore confuse et engourdie.

"Excuse-moi. Je suis restée longtemps endormie, non ?

— On pourrait dire la même chose de nous tous." Ma réponse sonne comme une réplique de théâtre, une boutade d'une grande platitude, et je me sens gênée, mais Katherine me surprend en opinant et en enlevant le couvercle de son gobelet pour souffler sur sa boisson.

Le soleil se lève au moment où le château de Tantallon se découpe sur la mer. Katherine a soigneusement décortiqué son croissant en bandelettes qu'elle a alignées sur le sac en papier posé sur ses genoux.

II

La gifle ne laissa qu'une marque éphémère et, trois jours plus tard, la plaie dans sa bouche se cicatrisa même si Ruth se surprenait souvent à la palper du bout de la langue. Elle se disait qu'elle n'était peut-être pas faite comme les autres femmes, qu'en vérité elle aspirait à vivre seule. La solitude ne lui faisait pas peur. Si Peter la quittait, il y aurait à n'en pas douter des problèmes logistiques. Qu'adviendrait-il de la maison ? Et des garçons ? Mais ces obstacles finiraient par être surmontés et elle serait soulagée de ne plus avoir à subir les fluctuations de la volonté d'autrui. Elle se ferait ermite, trouverait une grotte où s'installer, fonderait quelque chose d'autre qu'une famille, renoncerait à la couture et à l'organisation de pique-niques. Elle se nourrirait de pain et de fromage ; elle deviendrait grosse, trapue et coriace ; elle boirait du whisky et porterait des bottes en caoutchouc. Elle apprendrait à fumer la pipe, adopterait un bonnet en laine pour ne plus avoir à épingler ses cheveux les jours de vent. Peut-être apprendrait-elle à pêcher du rivage. L'idée la séduisit tant qu'au cours de sa promenade, elle se surprit à scruter les ravins et les sommets de falaises pour repérer l'emplacement idéal de sa masure. Il y avait la vieille cabane de berger qui surplombait la ville sur les flancs du Law – elle n'avait plus de toit et les poneys sauvages s'y réfugiaient. Elle prit un malin plaisir à imaginer sa mère rendre visite à sa grosse fille divorcée et sans enfants dans une cabane à moutons abandonnée. Elle lui servirait des sardines à même la boîte et le thé dans une gamelle.

Par une matinée particulièrement lumineuse, elle décida de partir en quête du puits. Elle avait appris son existence dans un fascicule en vente à l'épicerie, parmi quelques autres livres et cartes. Intitulé *Puits sacrés d'Écosse*, il stipulait simplement, dans le cas de celui de North Berwick, qu'il était "petit et ovale". Une description aussi insipide cachait forcément quelque chose, s'était-elle convaincue en achetant l'ouvrage, illustré d'un croquis permettant de le localiser. Elle prépara un thermos de thé, un morceau de fromage et une pomme, et se mit en marche. Une odeur de silex flottait dans l'air. Elle commença par longer le rivage, où elle aperçut les garçons et Bernadette en train de manger des *pikelets* chauds sur le banc dominant la falaise. Ils se blottissaient pour se protéger du vent.

"Qu'est-ce que vous avez prévu de faire aujourd'hui ?

— On va aller au château, répondit Bernadette.

— On pique-niquera au milieu des ruines, ajouta Michael.

— Nous avons pris des pommes pour les poneys", précisa Christopher. L'entreprise semblait un peu trop sage pour être crédible, mais Ruth sourit malgré tout et leur souhaita de bien s'amuser. Quand elle se retourna, elle vit Christopher sortir une cigarette allumée de sa poche, avec précaution, et la faire passer à Bernadette. Devrais-je me scandaliser ? se demanda-t-elle avant de s'apercevoir que ça ne la dérangeait pas le moins du monde. Elle avait seulement un an de plus que Christopher quand elle avait fumé sa première cigarette, roulée par Antony, et elle n'avait pas eu à surmonter les épreuves du pensionnat et de la perte de sa mère. Bernadette, assise entre les deux frères, proposa la cigarette à Michael, qui la refusa en hochant la tête. Voilà, c'est bon, tout va bien. Dans une certaine mesure, les enfants s'autodisciplinent, pensa-t-elle. Bernadette fit repasser la cigarette à Christopher puis haussa les bras et les coula sur les épaules des deux garçons, qui se rapprochèrent un peu d'elle. Étrange image, plutôt belle. Ruth poursuivit son chemin vers l'intérieur des terres, vers le cimetière. Elle avait eu les nerfs à fleur de peau avant le retour des garçons pour les vacances de Pâques – elle s'était attendue à les trouver si malheureux. Mais hormis la question du nez de Christopher, qui avait maintenant une bosse, ils semblaient finalement plus joyeux qu'avant. Les trois enfants disparaissaient toute la journée, des pommes plein les poches, et quand ils rentraient dîner, ils avaient les joues roses et sentaient la marée et le feu de bois. Elle avait surpris Betty à la fenêtre, occupée à les regarder traverser le terrain de golf sans se soucier des règlements sur le green. Ils marchaient trois de front et on pouvait les entendre, même avec la vitre fermée. "J'espère que ça ne vous inquiète pas, madame, lui avait dit Betty, que vos garçons vagabondent avec Bernadette. Je crois que ça lui manquait de n'avoir ni frère ni sœur.

— C'est une excellente chose, à mon avis, Betty. Nous avons tous besoin de quelqu'un.

— Ça ne dérange pas Mr Hamilton ?

— Ça ne dérange pas Mr Hamilton." Mr Hamilton n'avait probablement rien remarqué.

Après une demi-heure de marche protégée du vent marin par les arbres et les maisons, elle bifurqua vers l'intérieur des terres en traversant un champ. Selon la carte qu'elle tenait à la main, le puits s'y trouvait, mais elle n'en voyait aucune trace. Un léger grésil se mit à tomber et elle s'aperçut qu'à part sur l'étroite planche qui menait à un échalier, le terrain était extrêmement boueux, imbibé d'eau, et recouvert d'empreintes de sabots de vaches et de bouses. Elle escalada l'échelle rudimentaire et alors qu'elle l'enjambait, sa botte en caoutchouc glissa sur le lichen vert vif et elle perdit l'équilibre. Une chute disgracieuse ; elle se heurta le dos sur le second barreau.

"Bordel de merde !" pesta-t-elle à haute voix. Elle resta un instant immobile pour s'assurer qu'elle n'avait rien de cassé. En roulant sur le côté, elle découvrit qu'elle se trouvait dans une tourbière – un abreuvoir troué s'était déversé dans une flaque brune et fétide sur laquelle dansait une nuée de mouches orange. Elle était trempée du bas du dos jusqu'au cou et, désormais, glacée. Elle poussa quelques grognements furieux en essayant de se relever, mais ne réussit qu'à laisser échapper sa pomme qui finit dans la boue. Ce fut ce qui la chagrina le plus, s'aperçut-elle, car il lui sembla soudain si puéril et si doux d'être partie à l'aventure avec son pique-nique et d'être tombée dans la gadoue. *Nous avons tous besoin de quelqu'un.*

Une douleur à l'épaule lui rappela le regard de déception et de dégoût que Peter avait porté sur elle ; elle n'était pas la personne qu'il avait cru qu'elle était, il se sentait piégé avec elle et regrettait de l'avoir épousée. C'était ce regard, plus que la gifle, qu'elle rejouait si souvent dans son esprit depuis leur dispute. Une gifle ne suffirait plus, elle aurait aimé se faire encore plus mal en tombant de l'échalier et elle fut traversée par l'idée qu'elle éprouverait une grande satisfaction à donner un violent coup de tête dans un poteau de clôture.

Elle s'assit sur un barreau pour se remettre de ses émotions. Elle ne pouvait pas se permettre de sombrer dans la folie. Elle tint sa main blessée et la caressa, attendrie par cette menotte gelée et maculée de boue. Elle respira profondément, attendit un moment de plus et perçut un soupçon d'amélioration. Retrouvant son thermos de thé, elle s'en versa une tasse et la but ; c'était infect mais ça devint plutôt amusant, comme si elle se trouvait à l'endroit où elle avait prévu de pique-niquer depuis le départ. Le grésil tombait toujours. Elle jeta la moitié du thé dans l'eau puante de la tourbière, ce qui provoqua une nouvelle volée de mouches. Elle reboucha le thermos. "Eh bien, dit-elle à voix haute. Autant bouger avant d'être transie de froid." Elle se leva, fit un pas, et sa botte s'enlisa ; elle retira son pied en chaussette mais, n'ayant pas eu le temps de reprendre l'équilibre, elle le plongea de tout son poids dans la gadoue. Elle resta plantée, ébahie par l'intransigeance de la boue. Elle ne rit pas, ne pleura pas, mais quand elle s'efforça de songer à une réaction autre que ces deux-là, rien ne lui vint à l'esprit. Après avoir arraché la botte de la vase, elle glissa son pied mouillé et crasseux à l'intérieur ; elle revint chez elle en claudiquant, produisant à chaque pas des bruits de fange répugnants.

Elle entra par-derrière et s'arrêta net, avant d'avoir complètement ôté son manteau. Une odeur de tabac et une conversation abruptement interrompue par son claquement de porte. Elle utilisa le décrottoir pour se débarrasser de la botte fâcheuse et la pestilence lui remonta au nez. Peter sortit de la salle de séjour.

"Oh, bonjour, chérie. Tu n'es pas allée bien loin." Le visage rougeaud, il se dressait sur le seuil de la pièce comme s'il la gardait. Le cœur de Ruth ralentit. "Tu es dans un piteux état, dis donc.

— Je me suis embourbée. Je suis tombée." Elle aurait voulu qu'il vînt l'aider, qu'il se montrât prévenant comme il l'aurait été quelques mois auparavant, mais elle voulait aussi qu'il se tînt à l'écart. Son pied sentait si mauvais.

"Ah. Bon sang. Tu t'es fait mal ?

— Non, pas de mal. Si ce n'est pour ma fierté blessée. Nous avons de la visite ?" Une pensée horrible lui traversa l'esprit. Il ne l'aurait tout de même pas invitée ici ? Elle s'approcha lentement de la salle de séjour, un pied dans une botte boueuse, l'autre en chaussette encore plus abjecte faisant des bruits de succion.

Peter la dévisagea avec un certain effroi. "Grand Dieu, quelle est cette odeur ? Tu salis la moquette."

Elle finit d'enlever son manteau souillé, le lui tendit et il fut bien obligé de le prendre. "J'ai perdu une botte et je suis tombée dans la merde de vache." Une impression de marcher dans du goudron. Elle entendit le couinement du canapé, quelqu'un se levait ; Peter ne put l'empêcher d'entrer dans la salle, le poignet sur le nez pour se protéger de l'odeur. Le révérend Jon Brown était debout, une cigarette et un verre de whisky à la main.

"Ma chère madame Hamilton !" Elle remarqua qu'ils étaient tous les deux éméchés. "Par ma foi, vous en avez fait de belles, on dirait !" Le feu ronflait.

"Révérend." Sa présence n'avait pas de sens. "Je vois que vous n'êtes pas ici pour répandre la bonne parole", dit-elle en montrant la cheminée du menton. Le pasteur éclata d'un rire fort qui dura trop longtemps.

Elle se tourna vers Peter qui s'empressa d'expliquer : "Le révérend est juste venu faire un saut pour parler des garçons.

— C'est cela", confirma le pasteur.

Elle n'aurait rien obtenu en les accusant de mentir tous les deux.

"Oh. Encore ? Et tout va bien ?

— Oh, tout à fait, oui : nous trinquions d'ailleurs pour célébrer le fait que tout aille aussi bien.

— Vraiment.

— Oui", dit Peter. Les deux hommes ne firent aucun effort pour combler le long silence qui suivit.

"Eh bien, je vais peut-être aller chercher Betty.

— Ah, elle est sortie chercher la fille.

— Bernadette, Révérend, elle s'appelle Bernadette.

— Oui, bien sûr."

Cette manière qu'ils avaient de tout lui céder avait quelque chose de louche. Elle s'attarda un peu sur le seuil, se sentit ridicule.

"Eh bien, je pense que je vais aller quitter ces vêtements mouillés.

— Bonne idée, chérie.

— Révérend." Elle fit volte-face et Peter ferma la porte. Les deux hommes ne reprirent pas leur conversation. Elle monta les marches à pas lents, pour les entendre bavarder, mais le silence régnait. Elle avait la nette impression qu'ils chuchotaient. Elle se versa un grand verre de whisky et l'emporta dans son bain où elle s'attarda. Elle examina ensuite les premières manifestations d'un long hématome violet sur son dos. Ses orteils étaient encore auréolés de boue et elle eut beau essayer, elle ne parvint pas à s'en débarrasser.

Peter se coucha tard cette nuit-là. Après le départ du révérend Jon Brown, il s'était enfermé à double tour dans son bureau et lorsqu'elle s'était postée devant sa porte, elle ne s'y était pas sentie bienvenue et… quelque chose d'autre. Elle avait eu un peu peur, comme si une roue géante s'était mise en mouvement et que, quoi qu'elle fît désormais pour contrôler la situation, cela ne ferait que précipiter les choses. Elle avait décidé d'attendre qu'il vînt à elle. Elle avait laissé la lumière allumée, mais il n'entra dans la chambre que quand elle l'eut éteinte. Déjà déshabillé pour ne pas la réveiller, il se glissa sous les couvertures.

"Qu'est venu faire le pasteur ici ?"

Elle l'entendit retenir son souffle.

"Je croyais que tu dormais.

— Eh bien, tu te trompais. Pourquoi est-il venu ?

— Pour parler des garçons." Il empestait le whisky. Elle pouvait peut-être user son état à son avantage.

"Pourquoi en faire un tel secret ?

— Ce n'était pas un secret. J'imagine que nous nous sentions un peu fautifs d'être surpris en train de boire avant quinze heures.

— Et donc, quel est le problème ?"

Il se tourna vers elle et soupira profondément.

"Quel problème ?

— Avec les garçons.

— Oh, ce n'est rien du tout."

— De quoi avez-vous parlé pendant tout ce temps, alors ?

— C'est un interrogatoire ?

— Tu disais qu'il était fou à lier.

— Eh bien, j'avais peut-être tort. En fait, il se révèle passionnant quand on prend la peine de l'écouter.

— De quoi s'agit-il, Peter ?" Elle s'assit et alluma la lampe. "Que se passe-t-il ? J'exige de le savoir."

Exaspéré, il se couvrit le visage.

"Oh, pour l'amour du ciel.

— Qu'est-ce que c'est ?

— Écoute." Il se dressa sur les coudes. "Écoute. Serais-tu d'accord pour dire que nous ne nous entendons pas très bien ces derniers temps ?

— Lui as-tu parlé de moi ?

— Je lui ai demandé conseil.

— Qu'est-ce qu'il en saurait ?

— Cet homme a tout un vécu derrière lui. Et puis… il a le bras long.

— Qu'est-ce que ça signifie ?

— C'est juste… je… Écoute, je comprends que tu as subi une pression énorme – tu voulais être à la hauteur de ton rôle de mère – et quand on pense à ta sœur et toutes ses histoires… c'était éprouvant pour toi, peut-être as-tu besoin de faire une pause.

— De quoi diable veux-tu parler ?

— Je veux parler de… de ces idées que tu te mets en tête et dont tu ne démords pas.

— À propos de la fille d'Édimbourg ?

— Je ne le tolérerai pas." Il avait soudain élevé la voix, qui résonnait dans leur chambre.

"C'est de cela que vous parliez ?

— Je me renseignais sur la possibilité d'une brève cure volontaire dans un établissement thermal. Pour une quinzaine de jours.

— Un établissement thermal ? Pourquoi devrais-je rester volontairement en cure ? Les cures ne sont-elles pas volontaires par définition ?"

Il y eut un silence durant lequel elle sentit qu'il s'efforçait d'agencer ses mots pour ne pas perdre le contrôle.

"Cherches-tu à me faire admettre dans un asile ?"

Peter rit fort. "Grand Dieu, femme. Je pense juste que tu as besoin de faire une pause, de prendre des vacances, et il y a un endroit très bien pas loin d'ici. Je cherche à t'aider. À cause de cette paranoïa qui te donne l'impression que tout le monde t'en veut. Le pasteur m'a parlé du pique-nique, comme quoi tu aurais piqué une crise après avoir perdu une partie de cache-cache. Ce n'est sans doute pas le meilleur moyen de se faire des amis.

— Ça ne s'est pas passé comme ça.

— Eh bien, peu importe, tu ne sembles pas très heureuse dans l'état actuel des choses, si ?"

Elle se tourna vers lui. "Et toi ?

— Franchement, moi non plus.

— Eh bien. C'est toi qui as une lourde charge de travail. Pourquoi n'irais-tu pas passer une quinzaine de jours dans cet établissement thermal. Volontairement. Je suis certaine que ça te ferait autant de bien qu'à moi."

Il la regarda, la bouche entrouverte. Puis il hocha la tête avec un sourire d'incrédulité absolue.

"Je ne sais pas ce qui t'arrive ces derniers mois, mais tu n'as plus grand-chose à voir avec la fille que j'ai cru épouser." Il se balança hors du lit, se leva et prit son peignoir sur la chaise. "Sans compter que, honnêtement, je suis en droit de me demander ce qui suscite les problèmes de comportement que Christopher rencontre à l'école."

Il sortit. Ruth resta assise. Elle n'éprouvait pas ce qu'elle s'attendait à éprouver. Tout avait été déballé, au grand jour. Afin de dissimuler sa liaison, son mari était prêt à la faire interner dans un asile de fous. Elle sentit l'idée prendre forme et l'examina sans peur, avec ce qu'il fallait de tension et de dignité. Elle entendit son fracas dans le couloir, dans son bureau, le tintement de verre quand il enfonça trop brusquement le bouchon de la carafe. Elle l'entendit arpenter la pièce. Il ne tardera pas à s'installer sur la chaise longue et à dormir, songea-t-elle. Elle trouverait le sommeil bien plus tard et, d'une manière ou d'une autre, ils réussiraient à contourner le problème le lendemain matin. Au lieu de cela, elle l'entendit ouvrir sa porte, puis marcher d'un pas lourd. Il revenait à l'attaque. Elle s'empressa d'éteindre la lampe et fit semblant de dormir.

"D'accord, dit-il d'une voix forte comme s'ils avaient pris une décision ensemble, allons-y." Il l'attrapa par les chevilles et les tira d'un coup sec.

"Peter.

— Ferme-la", rétorqua-t-il en retroussant brutalement sa chemise de nuit. Elle tenta de se détourner, mais il s'agenouilla cruellement sur son corps et poursuivit néanmoins. Elle cessa donc de bouger et fit la morte, car le pire, pour elle, aurait été que les enfants entendissent. Quand il fut arrivé à ses fins, il roula sur le côté.

"Et voilà, dit-il. Tu vois, tu es toujours ma femme." Et cela devait lui sembler parfaitement logique, car il retrouva soudain le calme et sombra dans un sommeil dont il ne sortit que tard dans la matinée.

III

Une odeur familière se répand sur notre campement dans la nuit. Sarah s'approche de moi en rampant.

"C'est juste un satyre puant", me dit-elle avec assurance avant de caresser mon visage qui s'est couvert d'un fin duvet ces dernières semaines.

Mais l'effluve charrie des souvenirs qui m'empêchent de trouver le sommeil ; les premiers jours de pourrissement, l'impression d'avoir une boule de suif au-dessus du cœur après les funérailles de Mère. Les trois autres dorment, on entend Père et les femmes renifler et ronfler – quant à nous deux, nous sommes silencieux.

Le visage de ma mère se dessine sur la voûte sombre des arbres.

Ce n'est pas que je pleure, mais les larmes coulent néanmoins de mes yeux. Sarah me prend la main dans l'obscurité. Avant que je puisse décider que faire, la tiédeur de sa peau m'apaise et je retrouve une respiration normale. L'attention de mon corps se porte tout entière sur cette main. J'y sens les battements de son cœur, une chose vivante, comme Dieu. Je la place sous ma chemise, sur ma poitrine, pour qu'elle puisse elle aussi sentir mon cœur. J'ai dû m'endormir, car tout à coup, dans la pénombre entre les feuilles et les herbes, une lumière froide fait apparaître des toiles d'araignées, qui n'ont piégé rien de plus que des gouttes de rosée. L'odeur du satyre puant s'est estompée avec le jour, à moins que je ne m'y sois habitué. J'entends la pluie, mais aussi de l'eau qui coule. Sarah n'est plus là. Peut-être est-elle partie se soulager ou chercher de la nourriture.

Je quitte la clairière et les corps endormis. Le matin est tiède pour la saison et j'ai la gorge piquante et sèche. La rivière n'est pas très éloignée de notre campement, je la trouve en quelques minutes. Je compte me laver la figure et essayer de pêcher. Je me vois déjà revenir avec trois grosses truites, imagine Cook les placer sur le feu et leur noircir la peau, lorsque j'aperçois Sarah dans l'eau. Elle ne porte rien d'autre que le châle dans lequel elle s'est enveloppée. Il lui colle au corps quand elle se redresse et se déploie comme des ailes quand elle flotte. Elle chante toute seule, un air que je ne connais pas. *He'll give up all his comfort and sleep out in the rain**. C'est une mélodie grave et lente, une sorte de complainte sur l'abandon. Je devine un enfant lové dans la courbe de son ventre. Je ne l'avais pas remarqué quand j'avais vu Sarah dans la porcherie, il y a des semaines. Mais j'ai perdu la notion du temps. Peut-être s'est-il écoulé des mois depuis ce jour, plutôt que des semaines.

J'entends mon père crier dans la clairière. Sarah se retourne et me voit ; elle serre le châle contre son corps et s'approche de la rive, mais je m'enfuis avant qu'elle soit sortie.

La veuve Clements a disparu dans la nuit. Son manteau gît à terre comme un cadavre. Cook est fiévreuse ; quand nous nous taisons, nous entendons son estomac gargouiller.

"Charlotte ! crie mon père dans les bois. Charlotte, où es-tu ? Reviens ! Je suis désolé !"

Nous nous déployons, cherchons jusqu'à la rivière et sur une distance équivalente de forêt alentour. Rien. Nous attendons dans la clairière. J'ai envie de rappeler que la veuve était encline à abandonner Sarah, la fois où elle s'était simplement absentée pour nous trouver à manger, mais je m'abstiens. Père semble avoir peur. Cook reste silencieuse, les yeux exorbités. Le soleil s'insinue au-dessus de nos têtes, des ombres dansent sous la pluie ; après avoir ravivé le feu, nous laissons Cook recroquevillée auprès des flammes et retournons chercher la veuve.

"Elle est partie, dit Sarah lorsque nous sommes suffisamment loin de Père et qu'il ne peut plus nous entendre. Et c'est ce qu'on devrait faire, nous aussi.

— Père n'acceptera jamais de poursuivre sans elle.

---

* "Il renoncera à son confort et dormira sous la pluie", clin d'œil à la chanson *When a Man Loves a Woman*.

— N'en sois pas si sûr", me répond-elle, mais quand je lui demande ce qu'elle veut dire, elle esquive la question. "Nous devons continuer.

— Qu'est-ce que tu racontes ?"

Elle se tourne vers moi, me prend la main et la glisse sous sa robe, contre la peau tendue de son ventre. Je sens des picotements et salive comme si elle était devenue lièvre. Dressée sur la pointe des pieds pour atteindre mon visage, elle m'embrasse ; l'intérieur de sa bouche est chaud, la pluie s'insinue entre nos lèvres, je goûte le sel. Lorsqu'elle s'écarte, je palpite d'envie de partir avec elle, j'ai l'entrejambe douloureux. Nous allons nous enfuir ensemble, dès maintenant, je la baiserai de nouveau et tout ira bien.

"Je ne peux pas abandonner mon père.

— C'est lui qui t'a abandonné."

Je refuse de l'écouter.

"Qu'est-ce que tu chantais dans la rivière ? lui demandé-je.

— C'est un chant de deuil. Je crois que je l'ai inventé.

— Un sortilège ?

— C'est juste une chanson.

— Qu'est-ce que tu faisais dans l'eau ?

— Je me lavais.

— Et…" Je ne sais pas comment continuer.

"Mon ventre, dit-elle simplement. Ce n'est pas un choix, mais c'est comme ça. Ce n'est pas la première fois. Ça ne sera pas la dernière."

Des pensées héroïques m'enflamment le visage. Malgré notre jeune âge, quand nous atteindrons notre destination, je l'aiderai, nous élèverons l'enfant ensemble, nous pourrons faire semblant que c'est le mien. Elle sera toute à moi – ses cheveux roux et sa peau blanche. Les enfants à mes pieds, ma main sur son genou.

Nous nous arrêtons.

Devant nous, le sol de la forêt est retourné : feuilles mortes et mousses, lombrics fraîchement déterrés et scarabées noirs, carcasse d'un animal aux côtes dressées vers le ciel, viande encore rouge. L'odeur se fait à nouveau sentir, forte, le satyre puant. Des loups. Sarah me prend le bras, nous repartons vers la clairière sans un mot.

Il s'est écoulé plus de temps que nous le pensions depuis notre départ. Père est assis, le visage entre les mains, il s'empresse de se lever en nous voyant.

"Vous revoilà.

— Oui.

— Rien ?"

Je sens que Sarah me regarde. "Rien."

Cook, recroquevillée près du feu, ne se réveille pas. Sa peau est verdâtre, sa respiration fait un bruit de balai sur un plancher. Le lendemain matin, elle est morte. Nous l'avons tous entendue rendre son dernier souffle dans la nuit ; nous avons tous fait semblant de ne pas l'entendre.

II

Bernadette était avec Michael au coin du feu. Ils se morfondaient l'un sans l'autre pendant le trimestre scolaire et, profitant des grandes vacances d'été, ils abondaient de secrets. C'est ainsi que Ruth en était venue à voir les choses : elle ne considérait pas que les enfants lui manquaient, mais que Bernadette s'ennuyait sans eux. L'intelligence qu'elle percevait chez la fillette l'angoissait. Elle ne pourrait jamais s'épanouir et devenir une jeune femme heureuse à North Berwick quand Christopher et Michael seraient partis – et si une attirance devait naître un jour entre les garçons et elle, Peter la forcerait peut-être à s'en aller. Betty lui apprenait à cuisiner et, sans une intervention, dans quelques années, Bernadette arrêterait l'école et entrerait au service de quelqu'un.

Ruth les entendit rire et eut envie de savoir à propos de quoi, mais elle craignait de les déranger ; il aurait été terrible de les interrompre. Elle préféra s'approcher furtivement du salon et les regarder à travers une fissure dans la porte. Ils chuchotaient, souriaient. Michael leva la main et fit mine de frapper Bernadette avec une arme imaginaire. Elle s'effondra et se tordit de douleur en criant : "Tu m'as bien eue, vieille sorcière !" Ils éclatèrent de rire et Ruth se retira à la cuisine pour faire un thé. Leurs jeux étaient encore si innocents. Le bébé s'agita contre son bassin.

Elle n'avait pas vu Christopher depuis le déjeuner ; il était parti avec son filet pêcher dans les flaques de marée de Milsey. D'ordinaire, les autres l'auraient suivi, mais aujourd'hui, ils gardaient leurs distances. L'aîné semblait avoir vieilli précipitamment ce dernier trimestre. Il avait besoin d'intimité. Le garçonnet avait été siphonné et remplacé par autre chose. Elle se donna jusqu'à quatorze heures avant d'aller à sa recherche.

En servant le thé dans une tasse sans soucoupe, elle fit couler quelques gouttes le long du bec verseur. Il lui manquait le tour de main. Elle essuya le liquide et trouva la boîte à biscuits. Elle n'avait pas faim, seulement envie de s'occuper, et Peter lui rabâchait sans cesse qu'elle devait prendre du poids *dans l'intérêt du bébé*. Il avait menacé de l'envoyer en cure thermale si elle ne grossissait pas. Mais avec bienveillance, cette fois-ci. Il s'assurait par ailleurs d'être plus souvent à la maison, il ne partait plus qu'une nuit à l'occasion, ou pour la journée comme aujourd'hui. Si elle respirait profondément et revoyait la situation sous un angle bien particulier, elle parvenait presque à se convaincre qu'elle s'était fourvoyée. Ou tout du moins que sa grossesse avait changé la donne pour Peter – elle s'interdisait de réfléchir plus avant. "Nous avons besoin de pensées heureuses pour être heureux." C'était le conseil que lui avait prodigué sa mère lors de ses terribles premiers mois de grossesse, quand Ruth s'était sentie à la dérive sur une mer déchaînée et avait dû rester allongée, un linge humide sur les yeux, à boire de la limonade. C'était seulement à l'issue de ces mois de maladie qu'elle s'était souvenue du conseil, de comment sa mère avait présumé qu'elle feignait sa condition parce qu'elle était malheureuse. Cela dit, elle se demanda s'il n'y avait pas là une part de vérité.

Elle mit une galette à l'avoine bosselée dans la soucoupe qu'elle aurait dû placer sous sa tasse et l'emporta dans la salle à manger, d'où elle pouvait regarder la mer sans déranger les enfants. Une partie de cricket était prévue dimanche ; on l'avait sollicitée pour fournir des sandwichs garnis, mais elle n'était pas certaine des quantités. Janet s'était contentée de lui dire : "Oh, inutile de faire des folies." Une réponse agaçante. Elle ferait des folies si ça lui chantait. Elle comptait donc se renseigner auprès de Betty, tout en insistant sur le fait qu'elle ne lui demandait pas de se charger des préparatifs, ce que Betty ferait à coup sûr, quoi qu'il en fût. L'après-midi retenait une lueur d'un jaune profond, et de la tiédeur. Ses pensées lui étaient parfois étrangères. Un panier garni venait d'être livré par la maison Fortnum, envoyé par Peter, apparemment. Avec une carte lui rappelant qu'elle devait se nourrir. Le panier reposait, sans qu'elle l'ait ouvert, sur la table de la salle à manger. Elle savait ce qu'il contenait : la preuve qu'il se trouvait à Londres. Comme s'il n'était pas possible d'organiser cela au téléphone. Comme si le fait d'être à Londres allait de pair avec le fait d'être seul. Ruth écarta cette pensée d'un clignement de paupières et sortit une cigarette de sa poche. Le thé et la galette d'avoine demeuraient intacts ; elle fumait et regardait par la fenêtre.

Le reflet du soleil était doux sur l'eau, dépourvu de son habituel éclat aveuglant. Les vagues écumaient sur le rivage, les ombres noires des algues et des rocs se découpaient nettement. Elle songea à Christopher avec son filet dans la baie voisine. Quel plaisir de passer des heures à examiner les formes et couleurs des piscines naturelles dans la quiétude et la solitude, en sécurité sur les rochers, sans avoir à entendre une des dames de la paroisse rapporter plus tard d'une voix enjouée que l'on vous a aperçue en train de tituber, mettant votre vie et celle de votre bébé en danger. Les rides fuyantes de l'eau lorsqu'on verse du sable dans une flaque, les oursins dissimulés dans leurs cols roulés. Peut-être prendrait-elle un filet et irait-elle gambader comme une enfant dans les hauts-fonds. Elle pouvait se dispenser de crapahuter sur les rochers.

Ruth se tourna vers la falaise et vit que Christopher n'était pas à Milsey, mais plus près de la maison, sur un promontoire habituellement occupé par un pêcheur. Il avait dû s'arrêter au retour et se joignait désormais aux silhouettes noires sur les rochers noirs. Il fumait, à n'en pas douter. Il faisait face au large tandis que les vagues déferlaient doucement autour de lui. Ç'aurait été dangereux un autre jour, mais la mer était si calme.

Le bébé s'agita. Elle aurait aimé révérer l'océan en silence aux côtés de Christopher, nommer les oiseaux, déterminer la direction du vent, briser une carapace de crabe vide et la regarder flotter au loin. Une nouvelle silhouette surgit des rochers : le révérend Jon Brown. Elle se demanda depuis combien de temps il se trouvait là, s'il avait tenu compagnie à Christopher depuis le départ. Un soubresaut lui retourna le ventre, une mise en garde inquiétante qui lui fit baisser les yeux ; elle s'attendait presque à voir un coude crever sa robe. Le pasteur posa un bras sur l'épaule de Christopher et se rapprocha de son visage. Il fallut à Ruth quelques instants pour comprendre qu'il lui donnait du feu. Il s'éloigna ensuite du garçon, qui restait immobile, le regard fixé sur l'horizon ; le révérend marchait avec une aisance exercée, comme un homme en vacances. Peut-être espérait-il qu'en lui offrant une cigarette, il gagnerait la confiance de Christopher, qui lui révélerait l'origine de ses troubles. Elle s'escrimait à avoir des pensées heureuses, mais elle s'aperçut qu'une nausée familière commençait à lui baratter le corps.

Jon Brown rejoignit le milieu de la baie sans se presser ; le vent se leva. Ce n'était visible qu'à ses cheveux qui dansaient droit dans les airs comme s'il était suspendu la tête en bas, et à son manteau qui ballonnait derrière lui. Il se tourna face à la mer et ouvrit les bras en donnant l'impression d'ordonner au soleil de descendre. Une autre silhouette se dessina brusquement sur les dunes : facilement reconnaissable, c'était Betty qui avançait sans marcher ni courir, à grandes enjambées, comme si elle portait quelque chose de très lourd. Ruth prit sa tasse. Le foulard de Betty s'envola et ses cheveux se dressèrent autour de sa tête. Elle appela sans doute Jon Brown, car il se tourna vers elle. Quelques secondes plus tard, elle sortit un maillet de sous son manteau et l'asséna entre son cou et son épaule, comme si elle voulait détacher sa tête de son corps. Il s'effondra et Ruth distingua le trou noir de sa bouche ouverte de surprise ; Betty souleva encore la masse et l'atteignit, peut-être à la tête cette fois-ci. Ruth ne pouvait en être certaine ; elle voyait seulement les bottes du pasteur qui pédalaient pitoyablement dans le sable. Betty asséna un nouveau coup de maillet ; les bottes s'immobilisèrent. Ruth lâcha sa tasse et se couvrit la bouche des deux mains. Un rire s'échappa de la salle de séjour.

Elle sortit en courant par-derrière, franchit le portillon du jardin et traversa le terrain de golf déserté avant de s'apercevoir qu'elle était pieds nus, ce qui ne l'arrêta nullement. La douceur du jour avait cédé à un froid brutal ; les rafales qui jouaient dans les cheveux du révérend Jon Brown quelques instants plus tôt avaient apporté l'air glacial du nord. Elle chercha Christopher des yeux sur les rochers noirs, mais ne le vit pas. Sur la plage, tout allait mal. Betty hurlait et se lamentait, assise par terre. L'eau lui léchait les chevilles et léchait la tête du révérend Jon Brown. Jon Brown, mort. Ses oreilles inchangées, ses cheveux inchangés, mais son visage effacé – réduit à une bouillie d'os et de chair. Le maillet reposait à côté de lui. Le sable se teintait de rose autour d'eux, mais l'eau où baignait la tête de Jon Brown était noire.

"Qu'avez-vous fait ?" cria Ruth dans le vent. Elle se couvrait la bouche par peur de respirer des fragments de chair volants.

Betty la regarda à travers les cheveux bruns collés sur son visage, accrochés à ses cils. "Il a pris le cerveau de ma Mary. Ils lui ont grillé le cerveau, à cause de lui."

Après la plus brève des hésitations, sans comprendre d'où venait sa force, Ruth se surprit à traîner la barque au bord de l'eau.

"Aidez-moi à le soulever", dit-elle. Betty semblait avoir oublié sa présence. Son expression était distante, son teint blafard. Elle se leva lentement, essuya ses mains sur son manteau et prit Jon Brown par les épaules. Elle fixait directement la cavité de son visage.

"Ne le regardez pas." Ruth ramassa le foulard de Betty et recouvrit la figure du pasteur.

Elle le saisit par les chevilles. Il était si lourd, son corps imbibé d'eau, il semblait impossible de hisser ne serait-ce qu'une jambe.

"À trois. Un, deux…"

Elles s'escrimèrent, se démenèrent, avec Betty qui perdait pied et Ruth qui forçait comme si elle s'apprêtait à accoucher.

"Un, deux…" Elles recommencèrent, à la fois levant et poussant Jon Brown dans la petite barque où il finit par culbuter pesamment, la face contre le fond. L'eau se cramoisit et brilla dans la coque, puis vira rapidement au noir. Betty jeta le maillet qui atterrit en sonnant comme une cloche d'église.

I

"Bon, écoute", lui dis-je quand nous nous garons devant l'entrée. Le ciel commence à s'éclaircir, il vient de pleuvoir à North Berwick et la route est trempée. "J'ai quelqu'un à la maison."

Ma sœur me regarde. "C'est le mec avec qui tu sors ?

— Non. Elle s'appelle Maggie.

— Oh. Oh – et tu sors avec Maggie ?

— Non, c'est une amie.

— Une amie.

— Oui. Écoute, si je te préviens, c'est parce qu'elle peut paraître un peu étrange. Je veux pas que ça te fasse flipper.

— Qu'est-ce qu'elle a de si flippant ?

— Eh bien, il lui arrive parfois, pas toujours, juste quand elle a pas grand-chose d'autre à faire et qu'elle est fauchée, je crois… il lui arrive de se prostituer un peu. Je l'aurais pas mentionné, mais c'est le genre de personne capable de balancer ça à tout moment, comme si elle parlait de la pluie et du beau temps, alors je voudrais pas t'offusquer et…"

Je me tourne vers Katherine, m'attendant à une expression horrifiée.

"Mais Viv… Ça ne me regarde absolument pas." Elle ne m'a jamais paru aussi différente, avec le soleil dans ses cheveux emmêlés et son eyeliner dégoulinant. C'est une version barbouillée de ma sœur.

"Bon, c'est cool alors.

— J'ai baisé quelqu'un pour du fric un jour", poursuit-elle. J'avais enlevé les clés du contact, je les remets pour avoir les doigts occupés. "Et franchement, je ne vois pas ce que ça a d'étrange.

Le sexe m'a valu bien pire que de l'argent." Elle me regarde. Je m'accroche au volant. "Tu désapprouves ?

— Non. C'est juste que j'étais pas au courant." Mais ce n'est pas exact. "Je m'en veux de ne pas l'avoir su. Personne m'a jamais proposé de fric pour coucher avec moi."

Katherine sourit. Elle m'assène un petit coup de poing dans le bras. "Je parie que si tu te mettais au yoga et à l'eau, quelqu'un serait prêt à payer pour coucher avec toi."

Nous trouvons Maggie dans la salle à manger. Elle a disposé un bouquet d'œillets dans un vase, sur la table, et elle est assise, les jambes croisées sur le siège de la fenêtre qui donne sur la mer. Une version métallique de *When a Man Loves a Woman* s'échappe de ses oreillettes. Elle renifle. Elle ne nous a pas entendues, alors je frappe fort sur la porte ouverte. Elle tourne brusquement la tête avec un regard prédateur, puis elle me reconnaît et s'adoucit. Elle arrache ses écouteurs.

"Salut, dit-elle en se levant pour me donner une étreinte à laquelle je ne m'attendais pas. C'est ta sœur ?

— Oui, c'est Katherine. Katherine, je te présente Maggie.

— Vous vous ressemblez."

Je ricane comme si j'avais huit ans. Maggie enlace Katherine et la serre à son tour.

"Salut", lui dit-elle. Katherine pose un bras hésitant autour de la taille de Maggie et m'adresse un regard incertain.

"Ravie de faire ta connaissance", répond-elle.

Maggie libère Katherine et se tourne vers moi. Elle renifle. "Tu sais qu'il y a un fantôme ici, non ?"

À ma grande surprise, ma sœur répond : "La fille aux cheveux ?"

Maggie la regarde. "Elle est trop triste.

— Excusez-moi, dis-je, mais je n'ai pas la moindre idée de ce que je pourrais dire ensuite.

— Je croyais que personne d'autre ne la voyait, poursuit Katherine. Tu ne l'as jamais vue, toi, Viv ?

— Eh bien, non."

Maggie et Katherine se regardent.

C'est bête à pleurer, mais je me sens exclue.

Katherine est à califourchon sur le mur du jardin, au télé-phone avec maman.

"Qu'est-ce qui lui arrive, alors, à ta sœur ?" demande Maggie. Elle boit une longue gorgée de café et je remarque qu'en mon absence, elle est passée à la qualité supérieure en dénichant une cafetière.

"Faut croire que son mari est encore plus con que je l'imagi-nais.

— Ah bon ?

— Au fait, dis-je car je n'ai pas envie de parler de Dom et dois me rappeler qu'il ne m'appartient pas de le faire, j'ai eu comme l'impression que tu pleurais, tout à l'heure.

— Je pleurais, ouais.

— Tout va bien ?" Maggie pose sa tasse.

"Y a des trucs vraiment tristes des fois.

— Quels trucs ?"

Elle soupire. "Je pensais au boulot. On bosse pour gagner de l'argent, pour s'acheter de belles choses – et c'est pas un pro-blème jusqu'à ce qu'on réfléchisse à la nature de ces choses." Elle s'exprime avec lenteur, comme si elle était épuisée. "Une paire de souliers, une chaise plus confortable, un téléphone qui te permet de regarder des photos de la vie de château que mènent les autres. Du saumon de meilleure qualité sur tes tartines, des berlingots à la menthe de chez Marks & Spencer, une superbe tomate importée."

Sa voix se brise comme chaque fois qu'elle se perd dans ses pensées. Elle a les mains posées à plat sur la table et les yeux fixés sur la vieille pendule au-dessus de la porte.

"C'est quand même fou de faire un boulot de merde, que tu détestes, juste pour te payer une belle tomate qui aura disparu deux minutes plus tard."

Katherine a terminé sa conversation avec maman et reste assise à regarder le ciel. Une mouette cabriole dans un courant ascen-dant. Ma sœur balance une jambe par-dessus le mur et se laisse glisser sur le banc.

"C'est pareil entre les hommes et les femmes. Si les hommes veulent les femmes, c'est pour les baiser, au final, pas vrai ? Et des fois, après les avoir baisées, ils les tuent parce qu'ils avaient pas le droit de les baiser et qu'ils veulent pas s'attirer d'ennuis. C'est toujours une question d'appropriation, une question de définir clairement que cette tomate est la tienne, que t'as bossé dur pour l'avoir et qu'elle doit jouer son rôle de tomate, qu'elle doit rester dans ton assiette jusqu'à ce que tu la tranches et que tu la sales." Maggie se penche. "Je raconte des conneries ?

— J'en sais rien.

— Je me demande juste comment trouver un sens à tout ça. Pourquoi quelqu'un se débarrasserait-il d'une autre personne comme ça ? C'est ça, la question. Et je me rends compte qu'elle a pas de réponse – leur raison ne change rien à l'affaire. Qu'est-ce que ça peut faire si ces gens détestent les rousses, s'ils se sentent rejetés, ou si leur maman les a déguisés en costumes de marin quand ils étaient petits."

Le dernier message est de Vincent : *N'oublie pas que je sais où tu habites. Tu peux pas disparaître aussi facilement.*

Katherine est à la porte.

"John est mort, dit-elle.

— Quoi ?"

Je me lève et me rassieds. Maggie se lève et va chercher le whisky dans le placard.

"Qui est John ? demande-t-elle.

— Notre grand-oncle. Il était vieux et malade."

Katherine s'assied ; Maggie sert à boire, seulement pour ma sœur et moi. Je ne saurais dire pourquoi, mais ça me paraît capital.

Je suis surprise de voir Katherine pleurer. Je pose la main sur la sienne, froide.

"Désolée, dit-elle. J'ai été méchante avec lui quand il est venu chez maman. Je crois qu'il m'a vue lever les yeux au ciel pendant son histoire de perdrix.

— Mais non, il s'en est pas aperçu, je t'assure."

Elle renifle. "Bref, les obsèques sont prévues dans une semaine et elles auront lieu ici, pour que Pauline n'ait pas à voyager trop loin. Tonton Christopher se charge de l'organisation. Maman va nous rejoindre.

— Hé, dit Maggie en prenant ma main et celle de Katherine. Fermez les yeux."

À aucun autre moment de notre vie serions-nous disposées à suivre ces instructions, mais Katherine ferme les yeux sans hésiter et je suis heureuse d'obéir. Quand j'ai les yeux clos, Maggie se met à fredonner puis à psalmodier. Je suis surprise de ne pas me sentir embarrassée.

Diane, déesse de la lune, éclaire-nous
Pan, dieu cornu de la nature, éclaire-nous.

Elle serre nos mains et nous nous joignons à elle, nous répétons ces phrases en boucle, et je retrouve la même sensation que quand je pleure et hurle en voiture sur l'autoroute, mais là, l'impression cède la place à une certaine euphorie et je ne perçois bientôt plus qu'un noir rosi derrière mes paupières et les vibrations du chant dans mes dents ; je me sens bien, réduite à mes mains unies à celles de ma sœur, à mes yeux protégés dans leurs orbites, à ma langue, et à mon échine jusqu'à la base. Je ne sais pas combien de temps nous psalmodions, c'est comme si j'étais une chauve-souris ou une baleine, puis je m'aperçois que nous avons de la compagnie : des enfants et des femmes qui se tiennent par la main comme nous. Je me demande s'il s'agit du fantôme que tout le monde voit, s'agirait-il en fait de cent mille fantômes différents ? On ne parvient à se concentrer que sur un à la fois. Ils débordent par la porte et je vois à travers le mur qu'ils emplissent la maison de fond en comble ; ils sont enfermés dans les armoires, ils sont sous le parquet, ils sont attroupés devant la porte de derrière et dans le jardin, ils sont sur le terrain de golf et sur la plage, leurs têtes flottent sur la mer et quand nous nous déplaçons, nous marchons à travers eux. Les oiseaux recouvrent entièrement Bass Rock puis d'autres les remplacent, leur nombre ne diminue pas avec le temps, ils nichent sur les os des oiseaux morts.

"Mais qu'est-ce qui se passe ici, nom d'un chien ?" Deborah est sur le seuil, une chemise en plastique serrée contre sa poitrine.

"Bonjour, Deborah", dis-je et, pour une raison quelconque, je me sens euphorique. Elle regarde derrière moi et blêmit. Elle laisse tomber la chemise et s'en va ; ses pas résonnent dans le couloir et la porte claque.

"C'est elle", dit Katherine qui me fait face et peut donc voir derrière moi. Maggie n'ouvre pas les yeux. Je ne me retourne pas, mais je sens une odeur de bois, de terre et de pluie.

Les premiers accords d'une chanson retentissent bruyamment dans la chambre principale ; un homme brun, sec et nerveux, se campe au milieu de la pièce, jambes écartées ; il pratique son swing de golf. Il est torse nu et porte un pantalon jaune évasé à la cheville. Il chante en playback.

When a man loves a woman*, il s'amuse, le club vacille. En entendant les cuivres, il le brandit au-dessus de sa tête comme un trophée. Il crie à tue-tête sur la musique. *If she's a bitch, he can't see it*** ; il braque son regard sur un coin de la chambre. Sa posture se modifie, comme si on le soulevait par la nuque ; il redresse les épaules et, d'un pas sordide et lent, en cadence avec la chanson, il s'approche du recoin où se tapit une femme. Il chante dans le fer de golf comme dans un micro. *He'll give up all his comforts, and go and sleep in a drain**** ; il effectue un swing au-dessus de la tête de la femme, qui se recroqueville puis se précipite vers la porte. Il en profite pour lui crocheter la cheville avec son club et elle chute, lourdement. Il se déplace avec calme ; tout se déroule en une espèce de ralenti suggérant qu'il a déjà vu cette scène et peut anticiper la suite, tout est chorégraphié au rythme de la musique. La femme se relève en s'agrippant au chambranle. Le visage marbré de sang, le nez éclaté, la gorge violacée, elle a des difficultés à tenir debout. Elle quitte la chambre en titubant et

---

* "Quand un homme aime une femme" : Les paroles de cette chanson, reprises telles quelles ou modifiées par l'auteure dans ce passage, apparaissent en italique.
** "Si c'est une salope, il ne le voit pas."
*** "Il renoncera à son confort et dormira dans l'égout."

l'homme lui emboîte tranquillement le pas, le club de golf derrière la tête, les poignets reposant de chaque côté. Il sort à son tour de la pièce. *Baby, please don't treat me bad**. Le volume du disque ne suffit pas à couvrir un premier bruit sourd, puis un second. Il revient en traînant la femme, qui est à quatre pattes, par une grosse touffe de cheveux, comme un chien par la peau du cou. Il la jette sur le lit. À moitié inconsciente, elle obéit à ses ordres, c'est son seul lien avec la réalité. Il se dresse au pied du lit et mouline avec un bras, à la Elvis Presley. *When a man loves a woman. Deep down in her hole. She brings him such misery***.

Il bondit sur le lit en souriant, maîtrise son excitation. Il chevauche la femme, lui glisse le club sous le menton et pèse de tout son corps sur elle. Il cesse de chanter, il cesse le playback, il n'a plus de musique en lui, il montre les dents, appuie de toutes ses forces sur le fer de golf. Le sang coule sur le matelas, mais il est difficile de déterminer d'où il vient. Il pourrait provenir de tant d'endroits. La corne de brume d'un remorqueur salue le gardien de phare en contournant Bass Rock.

* "Chérie, ne me maltraite pas."
** "Quand un homme aime une femme. Au plus profond de son trou. Elle peut le rendre si malheureux."

LE LIEU-DIT THE CAVE

I

Maman arrive avec trois bouteilles de vin ; c'est mieux que du whisky. "J'en aurais apporté plus, dit-elle en se dirigeant vers la cuisine, mais je ne pouvais pas les prendre dans le train et m'occuper de cette vieille vache." La chienne, perturbée par le trajet, hoche la tête en plissant les yeux avant d'aller se pelotonner dans le fauteuil, à côté de la cheminée éteinte. Elle se couvre le museau avec sa queue, nous reluque et décroche.

Nous n'avons pas parlé de ce qui s'est passé dans la cuisine ; au lieu de cela, nous avons consacré ces jours derniers à préparer la maison pour la veillée funèbre. Je n'irais pas jusqu'à dire que je n'ai pas peur de ce que j'ai senti derrière moi quand nous étions autour de la table. Mais elle m'est apparue comme Bass Rock dans la mer : une observatrice immuable, calme et imperturbable.

Assise dans la cuisine, Maggie sourit timidement à maman.

"Maman, je te présente Maggie." Cette dernière serre notre mère dans ses bras comme ni Katherine ni moi ne le ferions. Maman est surprise, mais elle finit par enlacer Maggie à son tour.

"Je suis vraiment contente de vous rencontrer, dit Maggie.

— Oui, répond ma mère en s'essuyant les yeux. Je suis désolée, je ne sais pas qui vous êtes. Mais vous avez l'air très gentille."

Maggie rayonne.

"Rien n'a changé", fait observer ma mère en promenant son regard dans la pièce.

Elle sort une petite coupe d'un placard et ouvre un sachet de pistaches. Bruit quand elle les verse dans la coupelle en porcelaine blanche. Elle les pose sur la table à côté d'un mug vert pâle.

303

"Coquilles", explique-t-elle en montrant le mug.

L'une après l'autre, nous prenons une poignée de pistaches et commençons à les décortiquer et les manger. Bruit de coquilles dans la tasse. Tic-tac de la pendule, verres à vin sur la table.

"Ma mère a subi une ponction lombaire sur cette table, dit maman comme si elle cherchait à détendre l'atmosphère.

— C'est déjà ça", commente Katherine.

Maman égraine une poignée de coquilles dans le mug vert. Elle ne parle jamais de sa mère.

"Quand elle était petite, elle vivait ici, comme moi."

Maggie empoche son paquet de cigarettes. "Faut que j'aille vérifier mes messages sur le mur", dit-elle. Elle se lève en prenant appui sur mon épaule, qu'elle serre discrètement avant de récupérer son verre de vin. J'ignore ce qu'elle a perçu. Une fois qu'elle est partie, maman nous ressert à boire et soupire.

"Je continue de bavarder avec votre père, vous savez. Je continue de lui demander ce qu'on va manger pour dîner et je continue de me disputer avec lui à propos des mêmes broutilles. Mais John… pourtant je sais qu'il était très vieux. Et je sais que ça nous pend tous au nez. Mais je songe à tous ses souvenirs, à ses pensées. À toutes ses petites habitudes. Et à tous ses secrets, quels qu'ils aient été. Là, c'est vraiment la fin, parce qu'il n'a laissé personne qui puisse lui parler." Elle a des larmes plein les yeux. Je ne l'ai jamais vue pleurer ; c'est profondément perturbant.

"Maman", dit Katherine.

Ce matin-là, ma sœur avait passé la nuit chez eux. Elle m'avait appelée à sept heures pour dire : "Papa est mort. Prends ton temps."

Exactement ce que j'avais fait : je m'étais douchée, habillée, puis j'étais restée près d'une heure à écouter *Graceland* dans ma voiture. Papa était demeuré vivant pendant cette heure-là, car il était encore possible que Katherine ait menti. Puis j'étais allée chez maman où Dom m'avait accueillie, le visage ruisselant de larmes. Il me serrait dans ses bras, respirait mes cheveux, puis il m'avait pris la tête entre ses mains en répétant : "Il est parti, il est parti."

J'avais caressé les poils raides de ses favoris en descendant jusqu'à sa mâchoire. "Les gens partent, tu sais", avais-je répondu, mais mes mots sonnaient comme une langue étrangère. Il était allé marcher pour s'éclaircir les idées.

Dans la cuisine, maman et Katherine avaient les yeux aussi secs que moi, mais la chienne était angoissée, elle ne cessait de venir poser sa tête sur nos genoux. Nous avions échangé une accolade – c'est le terme qui convient : une morne étreinte vite expédiée avant de reprendre nos affaires. Nous avions bu du whisky à neuf heures et demie du matin, puis ma mère avait dit : "Tu devrais monter le voir. *C'est important.*" C'est là que j'avais compris qu'il y avait quelque chose à voir. J'avais attendu un moment derrière la porte de la cuisine, envisageant de faire semblant d'y être allée, mais maman estimait que c'était *important* alors j'avais suivi son conseil. Il était étendu dans leur chambre, recouvert d'une courtepointe tirée sur la poitrine, les bras soigneusement croisés au-dessus ; il était glabre et jaune avec de grandes mains immobiles. Sa tête et ses pieds étaient grands, aussi, son corps plat comme le dessus-de-lit. Je guettais son souffle. Sa bouche était juste assez ouverte pour deviner le contour d'une dent abîmée. Ses yeux étaient ouverts. Je guettais son souffle. On aurait dit qu'il se concentrait pour peler une tomate. J'avais fait ce que font les gens au cinéma, j'avais passé la main sur ses paupières pour les fermer, mais ça n'avait pas marché alors je lui avais simplement caressé le visage puis j'avais retiré ma main comme si je m'étais brûlée et mon premier réflexe avait été de vouloir la laver immédiatement. Je guettais son souffle. Je voulais avoir une pensée pour lui, mais j'avais l'impression d'être en présence d'un étranger. J'avais ouvert la fenêtre. Assis sur le muret de la maison d'en face, Dom écrivait dans un carnet. Il avait levé la tête et, quand il m'avait reconnue, il m'avait envoyé un baiser.

Elle pousse un long soupir.

Katherine examine la table sur laquelle notre grand-mère a subi une ponction lombaire.

Maman sort un mouchoir de sa manche et se mouche bien plus longtemps qu'un être humain puisse le justifier. "Mince", lâche-t-elle. Katherine lui tapote la main, ma mère se hâte de la retirer. "Je vais bien, juste un peu fatiguée.

— Christopher devrait arriver demain matin, dis-je pour avoir quelque chose à dire. Il apportera des sandwichs et du vin."

Maman, déjà complètement ressaisie, demande : "Au fait, les filles, est-ce que je vous ai déjà raconté que Christopher et moi étions ensemble avant votre père ?"

Katherine éloigne son verre d'une trentaine de centimètres, puis le rapproche à nouveau d'elle. "Non. Non, maman, tu ne nous en as jamais parlé.

— Eh bien, dit maman.

— Qu'est-ce qu'on est censées faire de cette information ?" demande ma sœur.

Ma mère hausse les épaules. Les larmes ne sont plus qu'un lointain souvenir.

"Il ne voulait pas d'enfants." Nouveau haussement d'épaules.

Je m'excuse et quitte la cuisine. Je reste un moment debout dans la salle de bal. Je regarde Maggie qui fume dehors, sur le mur. Katherine me rejoint. Maman apparaît dans le jardin et remplit le verre de Maggie, qui lui tend sa cigarette roulée à moitié finie. Maman la prend. Je ne l'ai jamais vue fumer avant. Elle avale la bouffée en experte.

"Bon, dis-je. J'ai baisé Dom." Ça y est, c'est sorti. Katherine me regarde.

"Oui, je sais.

— Tu sais ?"

Nous nous dévisageons pendant une éternité.

"Depuis quand es-tu au courant ?

— Suffisamment longtemps." Elle renifle intensément, âprement. Je porte mes doigts à ma tête, puis les baisse. "Pour être honnête, j'avais envie de t'en parler, j'avais envie de te dire : « Hé ! Merci beaucoup ! T'as foutu mon mariage en l'air ! »" Elle glousse un semblant de rire. "Mais t'étais trop mal en point. Trop fragile. Je ne voulais pas que tu retombes malade par ma faute."

Je m'adosse au mur et me laisse glisser par terre. *Et maintenant ? Et maintenant ?* grince la voix.

Le décès de papa n'était pas la cause de mon séjour à l'hôpital, mais je n'avais parlé que de lui quand j'y étais. De sa maladie, de souvenirs de disputes jamais réglées avec lui. Du contact de sa peau morte.

En réalité, je ressassais le fait que Dom m'avait désirée, plus qu'il ne désirait Katherine. Le baiser envoyé par la fenêtre.

"On a déjà trop à penser." Réaction typique de ma sœur : le pardon.

"Écoute, me dit-elle du ton qu'elle réserve aux agents de voyages et aux vendeurs. Dom et moi n'aurions jamais pu tenir la distance. C'est un gros con. Ça ne justifie pas ce que tu as fait, mais ne va pas t'imaginer que tu es la seule raison de notre rupture.

— Tu crois que j'aurais dû te le dire ?"

Elle hausse les épaules. "Ça n'a aucune importance. C'est comme ça."

Je presse le dos contre le mur et nous regardons ensemble le terrain de golf déserté.

"Je n'arrive pas à décider ce que je dois penser."

Mon grincement intérieur s'est tu.

Je me recroqueville et baisse la tête.

Katherine pose une main sur mon genou et forme des cercles. C'est d'une gentillesse absolue. La chienne égarée entre dans la salle et se couche sous le piano.

Dans la nuit, j'épie Katherine dans le lit voisin : celui dans lequel papa ou Christopher dormait quand ils étaient enfants. Deux sœurs occupant les lits de deux frères. C'est comme une devinette dont la réponse est quelque chose d'exaspérant, genre *Roméo est un poisson rouge* ou *l'arme du crime était une chandelle de glace*. Je me demande si Christopher a parfois épié papa pour s'assurer qu'il respirait. Au clair de lune, je vois Katherine, sa raideur de mannequin, ses doigts fins lacés sur son ventre, ses yeux ouverts sur la nuit. Au matin, elle se réveillera fraîche et dispose.

Les obsèques se déroulent à St Baldred, une étrange petite église devant laquelle se dresse un désespoir des singes avec une plaque dédiée à un pasteur depuis longtemps disparu en mer. À l'intérieur, un cercueil vide est exhibé pour la forme ; les cendres de John sont dans le vestibule à la maison, Pauline nous ayant demandé de les garder. Elles sont emballées dans une boîte en plastique violette que maman a glissée dans un sac de supermarché *La vie dans le sac*, un message qui peut prêter à confusion.

L'église, de taille modeste, est à moitié pleine ; les seules personnes que je connais sont Pauline et Alistair, mais je repère des visages familiers, la plupart très âgés, de la petite ville. John avait quatre-vingt-trois ans et deux mois. Des photos de lui sont affichées sur les murs ; on le voit enfant sur l'une d'elles, aux côtés de Pauline et de leur autre sœur Elspeth, la mère de papa et Christopher, prématurément emportée par une maladie pulmonaire. L'image me donne la chair de poule ; c'est ce qu'on éprouve quand on regarde une femme depuis longtemps décédée en sachant qu'elle détenait le pouvoir procréateur à l'origine de votre existence.

Christopher nous a ratées à la maison et l'assemblée s'est déjà installée quand il apparaît sur le seuil de l'église. Il embrasse ma mère, puis un moment de timidité s'établit entre eux. Je me demande si cette gêne a toujours été là.

Il s'assied à côté d'elle, le dos de leurs mains se touche sur le banc. Je croise le regard de Katherine ; elle dresse un sourcil puis hausse les épaules.

Maggie est parmi nous. Elle s'est même installée au premier rang. Elle s'implante au sein de notre famille ; bien que ça me paraisse étrange et anormal si j'y réfléchis trop, globalement ça me semble convenable. Elle est formidable avec Pauline, j'entends cette dernière lui parler sans répit devant moi.

"Alistair ira peut-être jouer au golf plus tard dans l'après-midi, dit-elle avec son chic accent anglais, puis nous avons réservé une table au restaurant sur la marina. Celui où nous avions célébré les noces de Nigel, il y a des lustres.

— Qui est Nigel ?" demande Maggie et je me rends compte qu'elle est véritablement intéressée. Leurs têtes se rapprochent. Elle est acceptée, là aussi.

"Oh, c'est notre fils, répond Pauline en ajoutant avec fierté, il est avocat."

Alistair arrive, d'un pas un peu traînant, après être allé garer la voiture. Maggie se lève pour lui serrer la main.

"Pas facile de trouver une place de parking dans le coin de nos jours", braille-t-il de sa voix de sourd. Il ne lui lâche pas la main, alors qu'il est impossible qu'il sache qui elle est.

"M'en parlez pas, lui renvoie Maggie. Vous avez essayé la Maison des oiseaux ? Ils vérifient jamais les tickets.

— Bon tuyau", lui dit-il en la remerciant d'un doigt sur le front. Ces gens que je m'emploie à éviter sont de braves gens. Je sais que je vais continuer à les éviter, mais il faut se rendre à l'évidence : ils sont gentils. Je repense aux souris en sucre qu'ils apportaient à papa et Christopher au pensionnat. Une petite attention dans une mer de rien.

Le pasteur s'embrouille en parlant de Lazare. Maman chuchote "Quel idiot !" assez fort pour être audible de mon banc et pour faire sourire Christopher. Lorsque le révérend a terminé et nous a tous invités à prendre en sortant une brochure pour explorer la foi chrétienne, Christopher se lève et délivre son oraison funèbre. Je n'en entends pas un mot, car je me rejoue à la place le discours qu'il a prononcé aux funérailles de papa.

"Mon petit frère, avait-il dit. Le sauvage du Sud de Londres." Il y avait eu un murmure amusé.

"Ça oui", avait confirmé Pauline.

"Tout à fait", avait renchéri John.

"Je me rappelle le jour de la naissance de Michael. Je me rappelle notre mère, Elspeth, à la maternité. Elle m'avait dit : « Regarde ce que je t'ai apporté. » Franchement, sur le coup, j'aurais préféré un exemplaire de L'Aigle *ou une petite voiture." Nouveau chuchotis d'assentiment. "Mais lorsqu'elle nous a quittés, j'en suis venu à comprendre la valeur d'avoir un frère. C'est lui qui m'a suggéré, alors qu'il avait sept ans et que nous habitions à Dummer, que nous pouvions chevaucher les cochons de la ferme voisine ; et c'est lui qui m'a évité une rouste du fermier quand il l'a fait rire aux éclats en tombant face contre terre dans la boue. Nous avons dû redoubler d'imagination dans nos excuses en rentrant à la maison. Mamie était loin d'être charmée." Pauline avait applaudi. "Plus tard, il m'a rejoint en pension à Fort Gregory et, sans que l'on puisse véritablement parler d'années heureuses, Michael a toujours su nous divertir. Je suppose qu'il serait déplacé de mentionner ici la fois où il a mis le feu aux jupons de l'infirmière en chef, ou de rappeler sa réputation de voleur légendaire : cigares, doses de brandy… Un jour, il a même récupéré le martinet du maître d'internat que nous avons fait brûler ensemble de manière rituelle."*

"*Hummm*", avait dit Alistair comme si l'on venait de lui présenter la liste des spécialités au restaurant.

"*Au fil du temps, il est devenu roi des secrets. Il a déjoué toutes sortes de fouilles en fabriquant un double fond dans une canette de boisson gazeuse. Il réussissait à y dissimuler pas moins d'une trentaine de grammes d'herbe et l'on pouvait toujours compter sur lui pour une cigarette ou son LSD de qualité fort prisé.*"

Christopher souriait en parlant. Le pasteur avait gloussé, gêné, tandis que Pauline, John et Alistair acquiesçaient et marmonnaient plaisamment.

"*Bien sûr, à un stade plus avancé de sa vie, il s'est intéressé aux oiseaux et à vrai dire, il ne les a plus lâchés des yeux. Il s'est pris d'affection pour les fous de Bassan de Bass Rock, les fantômes blancs.*" *Là, Christopher avait regardé maman. Leur échange renfermait un sentiment qui m'était inconnu, mais qui nous expliquait tous.*

Christopher s'était redressé et avait essuyé un œil avec un mouchoir à pois rouges.

"*Et je me plais à imaginer — si vous voulez bien m'accorder un certain degré de sentimentalité —, je me plais à imaginer que notre mère est simplement venue reprendre ce qu'elle m'avait apporté à la maternité.*" *Quelqu'un avait bruyamment manifesté son émotion derrière moi, mais je ne m'étais pas retournée.* "*Mon petit frère Michael était d'une nature douce. Il avait été un peu fracassé par les excentricités de la vie, mais il restait profondément humain et discrètement drôle ; je ressens le vide qu'il va laisser dans ce monde. Je le reverrai toujours pêcher au filet dans les flaques de marée de North Berwick avec son nounours, Wilfred, dans la poche de son manteau.*" *J'avais perçu un léger mouvement sur ma gauche, que j'avais pris pour un chat égaré, mais en me tournant, j'avais vu le visage d'os et de papier de Mrs Hamilton ; elle s'était couvert la bouche avec un mouchoir rouge.*

Nous avons prévu de nous retrouver à la maison autour d'un verre et d'un "petit gueuleton", pour reprendre une expression de tante Bet, mais nous ne sommes pas très nombreux : Alistair est parti jouer au golf et Pauline est montée s'allonger. Ce qui manque, c'est le commentaire de John sur le buffet. Maggie circule avec des plateaux de vols-au-vent et d'œufs au curry révoltants, et s'assure que les verres sont toujours pleins. C'est comme si elle était devenue la fille sage de la famille, ce qui permet à Katherine de rester assise, sans avoir à s'occuper de rien. Je n'arrive pas à quitter ma mère et Christopher des yeux. Je me demande s'ils ont jamais envisagé de former une famille triparentale. Chaque fois qu'ils doivent parler à un tiers, ils redoublent d'efforts pour détourner le regard l'un de l'autre. Christopher a les mêmes yeux que papa, les mêmes que moi. Il profite de ce que maman est sortie un moment de la pièce pour me rejoindre, prêt, semble-t-il, à me révéler quelque chose de profond. Il cherche ses mots. "Deborah a jeté l'éponge, finit-il par dire.

— Oh… Oh mon Dieu, je suis désolée, c'était…

— Tout va bien, ne t'en fais pas ; il y a plus d'agents immobiliers que de maisons par ici. Je m'étais juste senti obligé de lui laisser tenter sa chance, tu sais – elle en a tellement bavé, avec papa qui les a abandonnées toutes les deux." Il prend une grande respiration pour continuer à parler, mais il est interrompu par une voix qui appelle ma sœur, dehors. Qui hurle son nom. Notre petit groupe se tait. Katherine est collée au canapé gris. Dom se découpe dans l'encadrement de la porte.

"Zut alors", lâche quelqu'un comme si un enfant avait renversé un verre d'eau.

Dom tient un marteau à la main. Quand il me voit, il en assène un grand coup sur le mur et un bloc de plâtre tombe par terre.

"Dom", lui dis-je mais il ne m'entend pas, il appelle à nouveau Katherine.

"Tu me parleras, que tu le veuilles ou non", beugle-t-il. Je sens les battements de mon cœur m'escalader l'échine. Ce n'est pas moi qu'il voit. C'est Katherine, sa petite forme sombre sur le canapé. Il s'avance vers elle à grands pas. Christopher se lève, ma mère sort de la cuisine et s'apprête à s'interposer, Christopher la rejoint. Maman a un couteau.

Maggie nous passe devant et se dirige vers Dom d'un pas tranquille et assuré. J'essaie de la retenir, mais je m'y prends trop tard. Elle pose les mains sur ses épaules et lui murmure quelque chose à l'oreille tout en lui confisquant le marteau. Je m'aperçois qu'elle parle vite et que le visage de Dom se décompose et blêmit ; il est presque revenu à l'état de petit garçon, il n'est plus un grand singe et quand Maggie s'écarte, un fin sourire aux lèvres, il regarde autour de lui comme s'il voyait quelque chose pour la première fois, puis il bat en retraite, épouvanté. Dès qu'il a franchi le portillon du jardin, il prend ses jambes à son cou. Maggie pose le marteau sur le chiffonnier et repart en cuisine en remportant un plateau vide.

"Qu'est-ce que tu lui as dit ?" demande Katherine, derrière moi. Elle est pâle comme un linge.

Maggie hausse les épaules. "Juste que ce n'était ni l'heure ni l'endroit", répond-elle en m'adressant un clin d'œil. À travers mes collants, je gratte l'emplacement où se trouvait la croûte de ma cicatrice.

II

Les premiers mois qui avaient suivi le décès d'Antony, lorsqu'une foule d'oiseaux se bousculait sans relâche à sa fenêtre, Ruth était sûre d'elle. Elle avait conscience du rôle qui lui incombait : elle devait se faire l'interprète des oiseaux, tout comme le pape portait la parole de Dieu. Elle le savait, mais elle savait aussi qu'Antony ne parlait au travers des oiseaux ni pour sa mère, ni pour son père, ni même pour Alice – il parlait pour elle seule. C'était grâce à elle que les éléments qui constituaient son frère pourraient demeurer dans ce monde. Si elle avait un bébé, ce serait un garçon, elle l'appellerait Antony et ce dernier lui parlerait par sa bouche. En fait, presque aussitôt après sa mort, elle avait ressenti le besoin impérieux de donner la vie, de faire un enfant à qui elle révélerait, au fil de sa croissance, sa vraie nature et leur existence commune ultérieure. Viendrait ensuite le jour où le garçon pourrait lui répondre et il le ferait avec la voix de son frère. Elle en était certaine. Elle était la seule et unique dépositaire des secrets d'Antony qui menaçaient, avec sa disparition, de se désagréger comme de la cendre. Elle commença donc par tenter sa chance auprès du vicaire, celui qui lui avait manifesté de l'intérêt quand elle était plus jeune. Mais lorsque, du haut de ses dix-huit ans, elle lui proposa de s'unir à elle, il rougit et répondit : "Éloignez-vous de moi, je ne sais pas de quoi vous parlez, ne revenez jamais ici." Ruth était perplexe. Peut-être l'avait-elle effaré par son audace. Les filles étaient censées être timides et réservées.

Elle s'appliqua alors à sommer son ventre d'accueillir un bébé sans l'aide d'un homme. Elle consacra de longues heures à songer à Antony et à ses os qui devaient exister quelque part dans l'univers, sous forme de poudre que le vent soufflait dans la mer, puis que les nuages absorbaient et que la pluie reversait – tout cela prenait à ses yeux des allures de sortilège. Comme rien n'en découlait, que son ventre restait maigre, blanc et silencieux, elle se rendit à une foire de campagne où elle rencontra un jeune homme brun qui tenait un stand de tombola. Elle tira un billet de la boîte puis lui demanda à quelle heure il finissait le travail.

"Tout de suite, si c'est pour toi", lui dit-il. Puis il l'entraîna dans le grenier à foin du champ voisin. N'ayant qu'une idée très vague du déroulement de l'affaire dans la nature, si ce n'était que la présence d'un homme était requise, Ruth posa les paumes de ses mains sur la paille et tenta de comprendre le processus par le simple contact de son partenaire.

"Je te fais pas mal ? s'inquiéta-t-il d'une voix rauque.

— Pas du tout", répondit-elle platement. Elle songea alors qu'elle devrait peut-être chercher à animer sa voix en imitant la sienne, mais elle se sentit très lasse et se contenta de le laisser agir à sa guise. Ce qui n'avait pas l'air de le déranger.

"T'as souvent fait ça ? lui demanda-t-il ensuite.

— Seulement cette fois-ci, répondit-elle et il opina avec sérieux.

— Eh bien, faudra t'agiter un peu si tu veux en faire un métier."

C'était peut-être une plaisanterie, mais peu importait à Ruth. Elle rentra chez elle et attendit. Or rien ne se produisit, rien du tout.

À l'hôpital d'Édimbourg, dans les semaines suivant l'incident sur la plage, elle fut placée dans une chambre aux murs vert opaline. Il y avait une coiffeuse, au cas où elle aurait voulu s'asseoir et s'examiner dans la glace. La pièce était différente de celle où le bébé était sorti sans un bruit, dans un silence terrible. Elle avait demandé à Peter de lui donner à boire ; il avait mal interprété sa requête et commandé un thé.

"Peux-tu m'apporter une bouteille de sherry ?" avait-elle clarifié, mais l'infirmière l'avait entendue et avertie : "Pas avec vos saignements."

Un haricot en argent à son chevet, en cas de nausée. À côté, la photo encadrée de leur mariage, à Peter et elle. Il l'avait apportée pour qu'elle se sente "plus à la maison". Il lui rendait visite une fois par jour et restait jusqu'à ce qu'il fût incapable de le supporter – ce qu'elle lisait sur son visage. C'était commode pour lui d'être à Édimbourg, supposa-t-elle. Si tout s'était passé normalement, l'autre bébé devait maintenant avoir quelques mois. Elle compatissait parfois sincèrement avec Peter.

Un poste de télévision gris trônait sur une étagère en cuivre. Deux lampes bleu foncé, une de chaque côté de la chambre. La plus proche de Ruth éclairait la photographie ovale d'une jeune femme en tenue victorienne. De qui s'agissait-il ? Ce n'était pas clair, peut-être de Florence Nightingale. Ruth n'avait jamais vu la célèbre infirmière en photo. Le portrait était de taille modeste, le cadre orné. Il reposait sur un guéridon recouvert d'un napperon blanc au crochet, qui paraissait spécialement conçu pour le meuble, et le guéridon lui-même semblait être là dans le seul objectif d'accueillir le portrait et son napperon.

Sur une seconde table à roulettes qui pouvait s'encastrer sur le lit à l'heure des repas, une petite cruche jaune côtoyait un vase de chrysanthèmes. Le vernis de la cruche était fendillé. Il y avait deux sièges dans la chambre, l'un était un fauteuil rose pâle, qui se serait bien intégré au décor de leur salle de séjour. Elle imaginait qu'il avait un dossier inclinable et aussi un repose-pied. L'autre, moderne, orange et massif, était d'apparence plus austère et moins douillet. Quand ses parents lui avaient rendu visite, son père, qui voulait se sentir utile, avait insisté pour que sa mère s'assît dans le rose pâle, se résignant à l'inconfort du meuble contemporain. Sa mère avait chouiné dans ce fauteuil – chouiné était le terme approprié, car elle émettait de véritables *chouin chouin chouin*. Plus tard, le mouchoir tirebouchonné dans la main, elle avait cessé de pleurer et demandé : "Où diable avais-tu la tête pour te promener sur des rochers dans ton état ?" Son mari l'avait gentiment fait taire. Elle avait laissé une légère marque sur le rose, une tache de larmes, là où son mouchoir trempé s'était frotté au tissu. Alice était venue sans Mark et avait utilisé le siège moderne pour poser un panier garni acheté chez Harrods. Il renfermait apparemment une grande variété de spécialités gastronomiques qui lui soulevaient toutes le cœur, à tel point que Ruth avait demandé à l'infirmière en chef de le partager avec les soignantes après le départ de sa sœur. Alice avait beaucoup bavardé avant de se taire longuement, de prendre sa main et de lui dire : "Le destin en a voulu autrement, n'est-ce pas, Puss ?" Le soir où Betty était venue, elle ne s'était pas assise. Elle était arrivée à la nuit tombée et, après avoir soudoyé la sœur de garde, elle était restée debout à son chevet tandis qu'elles discutaient et buvaient du porto. Elles n'avaient pas une seule fois abordé le sujet de Jon Brown, et en fait, ni l'une ni l'autre n'avait parlé du bébé non plus.

Betty avait dit : "Quand vous serez prête à rentrer à la maison, je vous fournirai toute l'aide dont vous aurez besoin", puis elle avait lu les lettres de Christopher, de Michael et de Bernadette, qui lui souhaitaient un prompt rétablissement et un retour prochain. Betty était restée le temps de deux portos, puis elle avait caché la bouteille et le verre de Ruth dans la table de chevet.

III

Quand je les découvre, Sarah est étendue sur le corps de Père de sorte que je ne vois que sa nuque. Elle ne se débat pas. J'aimerais qu'elle se débatte. Père a les yeux clos. Pire que le dégoût, ce qui m'envahit est autre : une déception lardée de clous. Je savais qu'il avait vu Agnes en elle, mais elle lui a aussi fait voir Mère.

Nous étions destinés à nous marier, à fonder notre propre famille. À héberger Père, durant ses vieux jours, dans une annexe du salon, comme nous l'avions fait avec Cook. Le soir, Sarah aurait bourré sa pipe, un enfant assis sur ses genoux auprès du feu où aurait bouillonné une marmite pleine de bonnes choses. J'ai honte d'avoir eu ces pensées, de lui avoir tenu la main en croyant qu'elle les partageait. La douceur de la peau froide de son bras. C'est vraiment typique d'une sorcière de séduire un homme.

La pluie crépite sur les feuilles. Au-dessus des arbres, l'aube éclaircit le ciel. Je reste derrière eux sans me faire remarquer. Entre mes mains, le bâton est lourd et épais, de ceux que l'on scie pour fabriquer des piquets. Je ne me rappelle plus où je l'ai trouvé. Un petit bruit répugnant s'échappe d'eux. Sarah gémit.

En heurtant son crâne, le bâton sonne comme une bêche qui plonge dans une boue compacte. Sarah est arrachée à Père, dont les yeux s'écarquillent dans la confusion la plus totale ; il se couvre à la hâte pour fuir ce qui lui arrive.

Elle lève la tête et me regarde, tapie dans la terre et les feuilles du sol forestier. Une fronce blanche apparaît sur sa tempe puis le sang se déverse, encore plus rouge que ses cheveux. Elle garde ses yeux dans les miens, mais ils ne me voient plus.

"Si elle avait vécu, elle t'aurait ressemblé", dit-elle d'une voix qui n'est pas tout à fait sienne. Elle se dresse à quatre pattes, tente de s'éloigner du sol, car elle sait que s'allonger revient à succomber ; elle tangue sur place comme dans de l'eau. Je me demande combien de temps elle survivrait, si je la laissais ainsi – dispose-t-elle d'une racine ou d'une teinture à appliquer sur sa pauvre tête brisée, peut-elle implorer, s'acoquiner avec le Diable ?

Je la frappe une nouvelle fois, au front ; le coup la retourne sur le dos, c'en est sûrement fini pour elle, mais sa poitrine se soulève comme un animal blessé. Ses mains trouvent son ventre, ses lèvres remuent, ses yeux sont aussi morts que ceux d'un poisson appât. Je m'agenouille et approche mon oreille de sa bouche pour l'écouter rendre l'âme. Tout est clair à présent, je comprends ce que les Browning avaient vu dans la porcherie. Son souffle est haché, chuintant, et elle dit dans un dernier soupir : "Regarde. Regarde, c'est un bébé." Puis son visage se fige et sa main glisse de son ventre. J'ai libéré l'âme d'un nombre incalculable d'hommes. Je sors de sa poche la petite boîte en bois avec les dents de lièvre. Je l'ouvre et elle contient les dents, rien de plus exceptionnel, mais je la garde pour me souvenir des promesses en l'air.

Père est livide. Je le regarde. Il a les larmes aux yeux.

"Ce n'était pas elle", dis-je. Je me lève et m'accroupis près de lui, je l'aide à se couvrir, pose une main sur son dos. "Elle portait la robe de Mère simplement pour vous piéger. Elle s'est fondue dans l'image d'Agnes pour vous ensorceler. Vous étiez ensorcelé."

Je ne savais pas que ces mots me viendraient à la bouche, mais en les prononçant, je comprends qu'ils sont vrais et que le mal existe véritablement en ce bas monde.

"Tout ira bien maintenant, Père." Il ravale ses larmes en reniflant, s'essuie les yeux, souffle par le nez et me tapote le bras.

"Merci, mon fils. Merci infiniment." Ma déception se mue en fierté.

II

Elle trouvait plaisant de constater que Bernadette et les garçons se sentaient toujours chez eux à la maison. Ce qui était plutôt ridicule, en revanche, c'était qu'elle persistât à les considérer comme *les garçons*. De la chambre à l'étage, Ruth regarda Michael et Bernadette arriver – il portait le bébé, elle balançait les bras telle une enfant. Le roux de ses cheveux avait foncé à l'âge adulte et Ruth se demanda si elle les teignait ou si la vie de Bernadette était aussi simple et frivole qu'elle semblait l'afficher. Pas de soutien-gorge, remarqua-t-elle.

Elle entendit la sonnette et vit en même temps Christopher approcher derrière eux. Il resta un moment en retrait, peut-être pour les laisser présenter le nouveau-né à sa grand-tante, peut-être pour finir sa cigarette en paix. Ça ne prit qu'une trentaine de secondes, puis il contourna le mur en arborant un large sourire. D'une voix huilée, amicale et forte, il s'extasia devant le chien ou le bébé, puis elle perçut le murmure plus suave de Michael et enfin le rire bien particulier de Bernadette, que Betty qualifiait parfois de *rire de marin soûl*. Une sensation pénétrait la maison jusqu'aux os quand ils y séjournaient tous ensemble ; les éléments fusionnaient et se ressoudaient, la moelle de la bâtisse s'imprégnait de rosée et dégageait de l'énergie, comme si elle se retournait dans son sommeil, ouvrait un œil et souriait.

La fille faisait désormais des apparitions plus ou moins régulières. Cela aurait pu être attribué aisément, et sans grande surprise, aux premiers signes d'une accoutumance au gin. Ruth repérait un mouvement fugace du coin de l'œil, s'attendait à voir le chien et, au lieu de cela, l'ombre d'un instant, apercevait une fille enveloppée d'un châle. Celle-ci disparaissait dès qu'on la regardait directement, mais à ce moment précis, elle se tenait dans le coin de la pièce et se rongeait les ongles jusqu'au sang. Elle y resterait tant que Ruth continuerait à fixer ses propres mains, serrées sur la coiffeuse. Au début, elle s'était interrogée sur ce que la fille augurait – son décès imminent ? Elle était proche et se rapprochait au fil des ans ; elle avait cessé de lui faire peur. Elle n'était qu'une troisième personne de la maisonnée à prendre en considération, une présence ancrée et silencieuse qui l'avait poussée à rejeter l'occasion de vendre la propriété quand elle s'était présentée. Elle avait longuement attendu que la fille lui délivre un message. Mais la fille ne parlait pas.

Ruth se pinça les joues, ramena ses cheveux derrière ses oreilles, descendit prudemment l'escalier et les trouva dans la salle de séjour, le bébé langé dans une couverture et profondément endormi dans les bras de Christopher.

Ils se tournèrent tous vers elle.

"Chérie", dit-elle à Bernadette qui vint à sa rencontre en souriant. Elles s'embrassèrent sur la joue, celle de Bernadette était plaisamment fraîche.

Michael se leva et l'embrassa à son tour. Christopher resta assis, par crainte de réveiller l'enfant.

"Comment te sens-tu ? demanda Ruth à Bernadette.

— Oh, je vais bien. Heureuse d'avoir quitté Londres."

Ruth gardait les mains croisées sur la poitrine, incapable de se souvenir où elle les plaçait d'ordinaire.

"Eh bien, dit-elle en regardant la petite à distance, elle semble en pleine forme, elle aussi. Avez-vous choisi un nom ?

— Viviane, répondit Bernadette, et Ruth essaya de montrer qu'elle trouvait cela joli.

— Ça veut dire *vive*, expliqua Michael qui avait peut-être remarqué une certaine hésitation sur le visage de Ruth.

— Oui, ajouta Bernadette, elle n'arrête pas de gigoter.

— J'en suis fort aise", affirma Ruth en souriant. Elle avait, s'aperçut-elle, peur du nourrisson.

Les mains de Christopher semblaient énormes et rêches à côté de lui. Il le tenait comme un saladier rempli d'eau à ras bord qu'il ne devait pas renverser. Il était ostensiblement silencieux et Ruth s'affola en remarquant ses yeux humides.

"Eh bien ! lança-t-elle haut et fort, espérant détourner l'attention de Christopher et d'elle-même. Je me demande où est passée Betty — elle est aux fourneaux depuis des heures à préparer Dieu sait quoi. Laissez-moi vous servir à boire ; qu'est-ce que vous prendrez ?" Elle frappa dans ses mains, ce qui ne lui ressemblait pas, et fut mortifiée : *Ne réveille pas le bébé. Il ne doit pas être réveillé par ta faute.*

"Bon, dit Bernadette, je meurs d'envie de fumer une cigarette. T'en aurais pas une, Christopher ? Michael a décidé d'arrêter."

Le visage de Christopher se fendit d'un sourire géant, démesuré.

"Mais bien sûr que si, répondit-il en s'éclaircissant la gorge.

— Je vais chercher nos bagages, annonça Michael, ensuite je boirai un scotch avec grand plaisir, maman, si tu en as : j'ai apporté une bouteille au cas où." Il sortit et Christopher tapota les poches de sa veste en quête de cigarettes. Bernadette lui prit le bébé endormi avec une aisance qui semblait précaire. Christopher trouva son tabac.

"Tu m'accompagnes ?" lui demanda Bernadette. Il acquiesça. Elle s'approcha très près de Ruth et, avant que cette dernière pût comprendre ce qui se passait, elle eut la petite dans les bras. "Tu veux bien la garder une minute ? Je meurs d'envie de fumer et apparemment, c'est pas terrible pour les bébés. Elle ne dégage aucune mauvaise odeur pour l'instant." C'est ainsi que Ruth se retrouva avec l'enfant endormie. Elle n'en avait jamais tenu avant. Les quelques semaines après avoir perdu le sien, elle s'éveillait la nuit en sentant un poids dans ses bras, comme si elle avait serré quelque chose tout contre son corps dans son sommeil, mais son propre enfant ne s'était jamais matérialisé. Elle s'éveillait, le temps passait et on ne lui disait pas grand-chose d'autre que : *Tu peux toujours réessayer.*

Son sang gardait la mémoire du saut de saumon lorsque le bébé s'était repositionné dans son ventre.

N'y pensons plus.

Le bébé dormit, surmonta jusqu'au danger de ses bras. La pluie qui menaçait depuis le petit matin finit par tomber et répandit son odeur de vieille pierre par une fenêtre ouverte. Ruth susurra et fit délicatement sautiller le bébé, non qu'il eût besoin de réconfort, mais elle avait vu des mères agir ainsi et elle avait peur pour cette créature rose qu'elle se sentait incapable de protéger. Elle regretta de ne pas être le genre de personne qui peut aisément fredonner pour repousser le silence et le sentiment de lourdeur que l'enfant lui donnait. Il y avait des éclairs mais pas encore de tonnerre, la pluie redoublait, faisant frémir les capitules de roses dans le jardin. Au large, elle voyait l'averse descendre comme un voile de dentelle sur Bass Rock, fondre ses contours dans les nuages.

Si elle avait vécu, elle aurait été exactement comme toi. Elle ne le pensait pas, mais les mots résonnaient dans sa tête comme s'ils y avaient été injectés avec une grosse seringue.

Derrière le piano, la fille apparut, se triturant les doigts comme à son habitude.

Regarde, pensa bruyamment Ruth. *Regarde, c'est un bébé.*

La fille resta où elle était, puis vacilla légèrement quand le tonnerre roula sur l'eau, comme en proie à la surprise. Ruth eut l'impression qu'elle n'était plus seule dans la salle de séjour, que le martèlement de la pluie contre les fenêtres avait fait venir une kyrielle d'autres filles. Le bébé tressauta dans son sommeil, ses lèvres remuèrent comme si elle rêvait qu'elle tétait.

I

Katherine a pris un congé sabbatique, elle restera avec Maggie et moi dans la maison jusqu'à ce qu'elle soit vendue. Christopher a décidé qu'il ira quelque temps à Londres tenir compagnie à maman. Personne ne remet ces dispositions en question. Personne ne mentionne Dom. Nous accompagnons ma mère, Christopher et la chienne à travers le terrain de golf, jusqu'à la plage ; nous longeons les rochers, nous longeons le squelette de la barque qui repose à l'envers, la coque trouée. Maman et Christopher s'arrêtent. Ils regardent les côtes de la barque et se donnent la main. La chienne urine à côté du bateau.

Nous formons parfois une ligne soudée aux coudes. Lorsque nous arrivons au site de l'ancienne piscine extérieure convertie en parc ornithologique, près des ruines de la vieille église, nous nous séparons en nous embrassant. Eux deux continuent sur le sentier aménagé – il semble naturel de nous laisser sur la plage. Les cheveux de maman, dressés à l'oblique sur sa tête comme un prunellier battu par les vents ; Christopher agrippé à son coude. Ils ne sont plus jeunes.

Katherine, Maggie et moi revenons sur nos pas ; nous nous sommes lâché le bras, mais nous discutons. En arrivant à l'embranchement du terrain de golf, je leur dis : "Je crois que je vais continuer un peu – ça vous fait rien ?

— On va préparer à manger", répond Maggie en tirant Katherine vers la maison. Je lui en suis reconnaissante. J'ai besoin d'un peu de solitude. Je remonte le sentier sinueux du rough jusqu'aux quelques arbres qui restent dans le petit bois. Le vent chasse le sifflet du train à travers les branches, c'est sans doute celui d'Édimbourg. Il règne une telle sérénité dans ce bosquet où ma grand-mère est morte que j'en ai le souffle coupé, j'ai l'impression de regarder dans l'espace ou dans une profonde crevasse au plafond élevé. "Hé ho !" Je crie, juste pour voir s'il y a de l'écho. Ma voix me revient, trois fois.

Sur le lit, la valise la plus grande de la fille. Pas assez grande pour déplacer une vie entière, mais ça fera l'affaire. Plus de la moitié des vêtements sont pour son enfant à qui ils seront bientôt trop petits, mais elle ne peut se résigner à les laisser. Elle ne parvient pas à croire qu'ils en soient arrivés là.

Quand ils s'étaient rencontrés, la fille portait encore son uniforme de lycéenne. Il avait insisté pour qu'ils attendent. C'est ainsi qu'elle avait compris qu'il était différent.

Mamie et maman lui disaient sans cesse : "Ne sois pas si pressée de grandir", comme si elles avaient oublié ce que c'était. Comme si elle avait le choix. Elle l'avait remarqué chez ses camarades, même celles de la classe inférieure qui n'avaient pas encore de nichons. Il survenait dans la nuit, ce fardeau. Un jour, tu lances une lessive pour aider maman et, avant de comprendre ce qui t'arrive, tu te retrouves à ramasser le slip crasseux de ton frère par terre et d'ouvrir la fenêtre pour chasser les odeurs. Tu commences par préchauffer le four pour que maman puisse y mettre le dîner dès qu'elle rentre du travail et, du jour au lendemain, c'est toi qui fais la cuisine un soir sur deux pendant que papa et tes frères sont devant la télé, occupés à flinguer des prostituées ou des Afghans ; ils ne te répondent pas quand tu leur cries "À table !" et tu lèves les yeux au ciel, mais un picotement de satisfaction se mêle à ton agacement. Le club des garçons t'a accepté dans le club des femmes.

"Je sais pas pourquoi je me décarcasse", dis-tu.

La fille appelle un taxi et lui demande de venir dans un quart d'heure ; elle n'oublie pas les brosses à dents et le shampoing pour bébé. Dans la salle de bains, elle applique encore un peu de maquillage couvrant – elle ne veut pas que les gens parlent, elle a horreur de l'embarras que tout cela provoque. Il faut commencer par un soupçon de vert pour camoufler correctement un hématome profond, mais elle n'a pas le temps pour cela. Elle vérifie par la fenêtre : la rue est toujours déserte, la mer gris ardoise et aujourd'hui, Bass Rock se découpe en blanc sur les nuages orageux.

La nuit où ils avaient couché ensemble, dans sa garçonnière, c'était la nuit de ses seize ans et elle l'avait taquiné en lui disant qu'elle était née aux premières heures du lendemain matin et que donc, techniquement parlant, il s'agissait toujours d'un viol – il s'était fâché. "Je t'interdis de plaisanter avec ces conneries, avait-il dit d'une voix excédée. T'as aucune idée de ce que c'est, cette panique qu'une d'elles mente sur son âge – tu ne mens pas, hein ? Hein ?"

Les hommes, avait-elle pensé avec attendrissement. *Comment sont-ils ?* L'inquiétude manifestée par le sien était attachante, avait-elle décidé, et comme ils avaient refait l'amour, elle avait su qu'elle était pardonnée.

Il était venu chez elle quelques semaines plus tard et avait rencontré sa famille. Il était passé la chercher pour aller au cinéma. Elle avait une robe longue, les sourcils très marqués et son maquillage creusait des pommettes qui seraient toujours là quand sa bouille de bébé aurait fondu. Il portait un bleu de travail propre, ce qui avait plu à la fille, car ça prouvait à son père et à ses frères que c'était un bosseur et qu'il pouvait prendre soin d'elle. Il gardait les clés de son fourgon à la main, impatient de partir, mais le père lui avait offert une bière et ils étaient restés ensemble dans le salon, mal à l'aise, devant un quiz télévisé. Il s'était montré réservé, mais poli avec le père et il avait ignoré les frères jusqu'à ce que l'un d'entre eux branche le jeu de tir ; il s'était alors intéressé et renseigné. Il était bientôt devenu l'un des leurs ; le père avait dit à la fille "Donne une autre canette à ton gars" et elle avait senti son rouge à lèvres sécher sur sa bouche.

"Si on file tout de suite on verra le film, mais on aura raté les annonces", avait-elle dit. Il lui avait adressé un regard déçu.

Tandis qu'ils s'en allaient, le père avait empoigné le bras de sa fille, signe qu'il approuvait son choix. L'homme avait peu parlé sur la route du cinéma et il s'était montré un peu bourru après la séance. Elle n'aurait pas dû le forcer à partir alors qu'il s'amusait. Quand elle rentra, tard, elle vit la nuque d'un de ses frères, pas encore couché.

"C'est un type bien, avait-il dit. Il reviendra ?"

La chose étrange, c'est que quand elle était tombée enceinte, il faisait déjà partie de la famille et, bien qu'elle n'ait eu que dix-sept ans, ça n'avait dérangé personne et si ça l'avait dérangée, elle, elle en avait fait abstraction, comme tout ce dont elle ne pouvait pas être sûre. C'est important d'être sûre. Toujours.

Il venait tous les dimanches tandis qu'elle, maman et mamie servaient le rôti ; il avait même prononcé un petit discours aux funérailles de la grand-mère et tout le monde l'avait félicité d'une tape dans le dos. Quand la fille avait perdu les eaux au milieu d'une dispute sur le montant de ses dépenses en produits d'entretien, il avait téléphoné à la mère et, au nom de la fille, l'avait informée qu'ils ne voulaient personne à la maternité, qu'ils appelleraient après la naissance.

Une fille, encore une.

Une infection prolongea le séjour à la maternité ; il devait quant à lui terminer un boulot qu'il s'était engagé à faire. Lorsqu'elle s'était plainte d'être seule, il lui avait cassé le doigt. Puis il s'était confondu en excuses. Il avait une telle pression et la fille avait vraiment le chic pour l'exaspérer. L'infirmière qui avait mis son doigt dans une attelle lui avait demandé comment c'était arrivé. "Je l'ai coincé dans une porte", avait-elle répondu.

La valise n'est pas encore fermée, mais elle est pleine. Elle ne prendra que la peluche favorite de sa fille. Ça suffira, il le faudra. Elle doit aller la chercher chez sa mère dans l'heure qui vient, puis la petite restera avec une amie, tout est prévu. Elle accroche un ongle sur un fil et elle se sent à vif, comme elle l'est à l'intérieur de son corps. Ses ongles sont couverts de rouge, elle les a vernis la veille pour tenter de se calmer, mais ses mains tremblaient et elle a passé une éternité à nettoyer le carnage autour de ses doigts. Elle les imagine, sa fille et elle, cinq ans plus tard, sur une île tropicale – allez savoir pourquoi. Tout est possible.

Elle va prendre la peluche, un lapin aux longues oreilles, dans la chambre de sa fille et la pose sur la pile de vêtements de la valise. Elle la ferme et s'assied dessus pour tasser les affaires ; elle tire sur la fermeture éclair. Qui commence à céder. Le taxi doit arriver dans quelques petites minutes. Elle s'arrête et se fige sur place. En bas, la porte s'est doucement refermée.

REMERCIEMENTS

Merci à :

Maman, papa, Scout, Juno, Hebe, Speedy, Tom, Emma, Flynn, Jack, Matilda.

La famille Wyld pour être restée imperturbable face à mes indiscrétions. J'espère qu'au milieu du carnage, vous reconnaissez l'affection que je vous porte.

Toute l'équipe de Jonathan Cape qui, comme toujours, m'a fourni exactement ce dont j'avais besoin, en particulier Ana Fletcher, Michal Shavit et Joe Pickering. Diana Miller à Knopf et Nikki Christer à PRH Australia.

Tous à Watson Little, mais surtout Laetitia Rutherford.

Sherele Moody, que je n'ai jamais rencontrée mais dont la *Carte australienne des féminicides et décès d'enfants* a plus ou moins formé la base de ma réflexion.

Karen Kilgariff et Georgia Hardstark, Kiri Pritchard-McLean et Rachel Fairburn pour leurs formidables podcasts et pour aider les femmes à se sentir moins sournoises.

Mes ami(e)s qui m'ont aidée de toutes sortes de manières, Karen et Minnie, Gwen et Ross, Joe, Sian, Claire, Lizzie, Katia, Roz, Ruth, Alex, Ary, Max.

David et Johanna, Dylan et Blake, pour avoir joué avec Jamie et Buddy pendant les week-ends où je finissais le roman.

Jamie, je ne pourrais jamais écrire sans ton soutien, tu peux avoir la moitié de je ne sais pas trop quoi.

Et Buddy, j'ai écrit une bonne partie de ce livre d'une main pendant que tu serrais l'autre dans ton sommeil, merci de m'avoir tenu compagnie.

OUVRAGE RÉALISÉ
PAR L'ATELIER GRAPHIQUE ACTES SUD
ACHEVÉ D'IMPRIMER
SUR ROTO-PAGE
EN NOVEMBRE 2021
PAR L'IMPRIMERIE FLOCH
À MAYENNE
POUR LE COMPTE DES ÉDITIONS
ACTES SUD
LE MÉJAN
PLACE NINA-BERBEROVA
13200 ARLES

DÉPÔT LÉGAL
1ʳᵉ ÉDITION : JANVIER 2022
N° impr. : 99398
(Imprimé en France)